O CADERNO DE MAYA

Cabo Frio III.12
Saarbrücken IV.12
Lisboa V.12
Paris VI.12
Saarbrücken VI.12

Da autora:

Afrodite: Contos, Receitas e Outros Afrodisíacos
O Caderno de Maya
Cartas a Paula
A Casa dos Espíritos
Contos de Eva Luna
De Amor e de Sombra
Eva Luna
Filha da Fortuna
A Ilha sob o Mar
Inés da Minha Alma
Meu País Inventado
Paula
O Plano Infinito
Retrato em Sépia
A Soma dos Dias
Zorro

As Aventuras da Águia e do Jaguar

A Cidade das Feras (Vol. 1)
O Reino do Dragão de Ouro (Vol. 2)
A Floresta dos Pigmeus (Vol. 3)

ISABEL ALLENDE

O CADERNO DE MAYA

1ª edição

TRADUÇÃO
Ernani Ssó

Rio de Janeiro
2011

Copyright © Isabel Allende, 2011

Título original: *El cuaderno de Maya*

Capa: Silvana Mattievich

Ilustração de capa: Ana Juan

Foto da autora: Lori Barra

Editoração: FA Studio

Texto revisado segundo o novo
Acordo Ortográfico da Língua Portuguesa

2011
Impresso no Brasil
Printed in Brazil

CIP-Brasil. Catalogação na fonte
Sindicato Nacional dos Editores de Livros – RJ

A428c	Allende, Isabel, 1942-
	O caderno de Maya / Isabel Allende; tradução Ernani Ssó. – Rio de Janeiro: Bertrand Brasil, 2011.
	434p. : 23 cm
	Tradução de: El cuaderno de Maya
	ISBN 978-85-286-1538-8
	1. Romance chileno. I. Ssó, Ernani, 1953-. II. Título.
11-8022.	CDD: 868.9933
	CDU: 821.134.2(83)-3

Todos os direitos reservados pela:
EDITORA BERTRAND BRASIL LTDA.
Rua Argentina, 171 – 2º andar – São Cristóvão
20921-380 – Rio de Janeiro – RJ
Tel.: (0xx21) 2585-2070 – Fax: (0xx21) 2585-2087

Não é permitida a reprodução total ou parcial desta obra, por quaisquer meios, sem a prévia autorização por escrito da Editora.

Atendimento e venda direta ao leitor:
mdireto@record.com.br ou (21) 2585-2002

Aos adolescentes da minha tribo:
Alejandro, Andrea, Nicole, Sabrina,
Aristotelis e Achilleas

Tell me, what else should I have done?
Doesn't everything die at last, and too soon?
Tell me, what is it you plan to do
with your one wild and precious life?

Diga-me, o que mais eu devia ter feito?
No fim, tudo não acaba morrendo, e tão
                              prematuro?
Diga-me, o que pretende fazer
com sua única, selvagem e preciosa vida?

Mary Oliver,
"The Summer Day"

VERÃO

Janeiro, fevereiro, março

Uma semana atrás, minha avó me abraçou sem lágrimas no aeroporto de São Francisco e repetiu para mim que, se dou o mínimo de valor à minha vida, não deveria me comunicar com nenhum conhecido até que tivéssemos certeza de que os meus inimigos já não estão mais à minha procura. Minha Nini é paranoica, como qualquer habitante da República Popular Independente de Berkeley, todos perseguidos pelo governo e por extraterrestres, mas no meu caso não estava exagerando: todo cuidado é pouco. Entregou-me um caderno de cem folhas para eu registrar um diário da minha vida, como fizera dos oito aos quinze anos, quando o destino sofreu uma guinada.

— Você vai ter tempo de sobra para se entediar, Maya. Aproveite para escrever as enormes burradas que você fez, para ver se aprende — disse ela.

Tenho diversos diários, lacrados com fita adesiva industrial, que meu avô guardava a sete chaves em sua escrivaninha e que agora minha Nini deixa numa caixa de sapatos embaixo da cama. Este seria o meu caderno de número 9. Minha Nini acha que eles vão me ajudar quando eu fizer análise, porque contêm a chave para desatar os nós da minha personalidade; porém, se os tivesse lido, saberia que estão cheios de historinhas capazes de despistar o próprio Freud. Em geral, minha avó desconfia dos profissionais que ganham por hora, já que resultados rápidos não lhes convêm. Mas abre uma exceção para os psiquiatras, porque um deles a salvou da depressão e das armadilhas da magia, quando deu para se comunicar com os mortos.

Coloquei o caderno na minha mochila, para não ofendê-la, sem a intenção de usá-lo, mas o fato é que aqui o tempo se arrasta e escrever é um modo de ocupar as horas. Esta primeira semana de exílio foi longa para mim — estou numa ilhota quase invisível no mapa, em plena Idade Média. Acho complicado escrever sobre a minha vida, porque não sei quanto é lembrança e quanto é fruto da minha imaginação; a verdade nua e crua pode ser tediosa, por isso, sem mesmo me dar conta, eu a mudo e a exagero, mas me dispus a corrigir esse defeito e mentir o menos possível no futuro. É o que venho fazendo agora, escrevendo a mão, quando até os ianomâmis da Amazônia usam computadores. Demoro, e minha escrita mais parece cirílico, porque nem eu mesma consigo entendê-la, mas espero que vá melhorando a cada página. Escrever é como andar de bicicleta: a gente não esquece, mesmo que fique anos sem praticar. Tento avançar em ordem cronológica, já que alguma ordem é necessária, e achei que assim seria fácil, mas perco o fio da meada, entro em atalhos ou me lembro de algo importante várias páginas depois, sem ter mais como mencionar. Minha memória anda em círculos, espirais e saltos de trapezista.

Sou Maya Vidal, dezenove anos, sexo feminino, solteira, sem namorado — por falta de oportunidade, e não por frescura —, nascida em Berkeley, Califórnia, passaporte norte-americano, temporariamente refugiada numa ilha ao sul do mundo. Me chamaram de Maya porque minha Nini é fascinada pela Índia e não ocorreu outro nome a meus pais, mesmo tendo tido nove meses para pensar. Em hindi, *maya* significa "feitiço, ilusão, sonho". Nada a ver com o meu temperamento. Átila me cairia melhor, porque onde boto os pés não nasce mais pasto.

 Minha história começa no Chile com a minha avó, a minha Nini, muito antes de eu nascer, porque, se ela não tivesse imigrado, não teria se apaixonado pelo meu Popo nem teria se instalado na Califórnia, meu pai não teria conhecido minha mãe e eu não seria eu, mas uma jovem chilena muito diferente. Como sou? Tenho um metro e oitenta, cinquenta e oito quilos quando jogo futebol e vários outros se me descuido, pernas musculosas, mãos desajeitadas, olhos azuis ou acinzentados, conforme a hora do dia, e acho que sou loura, embora não tenha certeza, já que não vejo meu cabelo natural há muitos anos. Não herdei a aparência exótica da minha avó, com sua pele azeitonada e aquelas olheiras escuras que lhe dão um ar depravado, nem do meu pai, tão bonito e tão vaidoso quanto um toureiro; também não me pareço com meu avô — meu magnífico Popo — porque infelizmente não é meu antepassado biológico, mas o segundo marido da minha Nini.

 Pareço-me com minha mãe, pelo menos no tamanho e na cor. Não era uma princesa da Lapônia, como eu pensava antes de começar a fazer uso da razão, mas uma aeromoça dinamarquesa por quem meu pai, piloto comercial, se apaixonou no ar. Ele era jovem demais para casar, mas enfiou na cabeça que aquela era a mulher da sua vida e, teimoso, a perseguiu até ela ceder por cansaço. Ou talvez porque estivesse grávida. O fato é que se casaram e se arrependeram em menos de uma semana, mas permaneceram juntos até eu nascer. Dias depois do meu nascimento, enquanto seu marido voava, minha mãe fez as malas, me enrolou num cobertorzinho e foi de táxi visitar seus sogros. Minha Nini andava em São Francisco protestando contra a Guerra do Golfo, mas meu Popo estava em casa e recebeu a trouxa que ela lhe entregou sem muitas explicações, antes de correr para o táxi que a esperava. A neta era tão pequena que cabia numa só mão dele. Pouco tempo depois, a dinamarquesa mandou a papelada do divórcio pelo correio e, de quebra, a renúncia à guarda da filha. Minha mãe se chama Marta Otter, e a conheci no verão dos meus oito anos, quando meus avós me levaram à Dinamarca.

Estou no Chile, país de minha avó Nidia Vidal, onde o mar come a terra aos pouquinhos e o continente sul-americano se desmancha em ilhas. Para ser mais precisa: estou em Chiloé, parte da Região dos Lagos, entre o paralelo 41 e o 43, latitude sul, um arquipélago de mais ou menos nove mil quilômetros quadrados de superfície e uns duzentos mil habitantes, todos mais baixos que eu. Em mapuche, a língua dos indígenas da região, Chiloé significa terra de *cáhuiles*, umas gaivotas gritalhonas de cabeça preta, mas devia se chamar terra de madeira e batatas. Além da Ilha Grande, onde se encontram as cidades mais populosas, existem muitas ilhas pequenas, várias delas desabitadas. Algumas estão agrupadas de três em três ou de quatro em quatro e tão próximas umas das outras que, na maré baixa, se unem por terra, mas eu não tive a sorte de parar numa dessas: vivo a quarenta e cinco minutos, de lancha a motor e com mar calmo, do povoado mais próximo.

Minha viagem do norte da Califórnia até Chiloé começou no nobre Volkswagen amarelo da minha avó, que sofreu dezessete batidas desde 1999, mas corre como uma Ferrari. Saí em pleno inverno, num desses dias de vento e chuva em que a baía de São Francisco perde as cores e a paisagem parece desenhada a bico de pena, branco, preto, cinza. Minha avó dirigia à sua maneira, aos trancos, agarrada ao volante como a um salva-vidas, com os olhos em mim, mais do que no caminho, concentrada em me passar as últimas instruções. Ainda não havia me explicado para onde exatamente ia me mandar; Chile era tudo o que tinha dito ao traçar o plano que me faria desaparecer. No carro, revelou-me os pormenores e me entregou um guia turístico de edição barata.

— Chiloé? Que lugar é esse? — perguntei.

— Aí tem toda a informação necessária — disse, apontando o guia.

— Parece muito longe...

— Quanto mais longe, melhor. Tenho um amigo em Chiloé, Manuel Arias, a única pessoa neste mundo, fora Mike O'Kelly, a quem eu ousaria pedir para esconder você por um ou dois anos.

— Um ou dois anos! Está maluca, Nini!

— Olhe, menina, há momentos em que a gente não tem nenhum controle sobre a própria vida, as coisas simplesmente acontecem. Este é um desses momentos — anunciou com o nariz grudado no para-brisa, tentando se situar, enquanto andávamos às cegas pelo emaranhado de autoestradas.

Chegamos apressadas ao aeroporto e nos separamos sem sentimentalismos; a última imagem que guardo dela é o Volkswagen afastando-se aos trancos e barrancos na chuva.

Viajei durante várias horas até Dallas, espremida entre a janelinha e uma gorda que cheirava a amendoim torrado, e depois dez horas em outro avião até Santiago, acordada e com fome, lembrando, pensando e lendo o guia sobre Chiloé, que exaltava as virtudes da paisagem, as igrejas de madeira e a vida rural. Fiquei aterrorizada. O dia 2 de janeiro de 2009 amanhecia com um céu alaranjado sobre as montanhas lilases dos Andes, definitivas, eternas, imensas, quando a voz do piloto anunciou a aterrissagem. Logo apareceu um vale verdejante, fileiras de árvores, terrenos cultivados e, ao longe, Santiago, onde nasceram minha avó e meu pai e onde jaz um pedaço misterioso da história da minha família.

Sei muito pouco sobre o passado da minha avó, raras vezes mencionado por ela, como se sua vida tivesse começado quando conheceu meu Popo. Seu primeiro marido, Felipe Vidal, morreu no Chile, em 1974, alguns meses depois do golpe militar que derrubou o governo socialista de Salvador Allende e instaurou uma ditadura no país. Quando enviuvou, ela decidiu que não queria viver sob um regime de opressão e migrou para o Canadá com seu filho, Andrés, meu pai. Ele não pôde acrescentar grande coisa ao relato, porque se lembra pouco de sua infância, mas ainda venera o pai, de quem restaram apenas três fotografias.

— Não vamos mais voltar, não é? — comentou Andrés, no avião que os levava ao Canadá.

Não era uma pergunta, mas uma acusação. Tinha nove anos, havia amadurecido de repente nos últimos meses e queria explicações, porque se dava conta de que sua mãe tentava protegê-lo com mentiras e meias verdades. Tinha aceitado bem a notícia do súbito infarto do pai, enterrado sem que ele tivesse podido ver o corpo e se despedir. Pouco depois foi parar num avião rumo ao Canadá.

— Claro que vamos voltar, Andrés — garantiu sua mãe.

Mas ele não acreditou.

Em Toronto, foram recebidos por voluntários do Comitê de Refugiados, que arranjaram para eles roupas adequadas ao frio e os instalaram num apartamento mobiliado, com camas feitas e geladeira cheia. Nos três primeiros dias, enquanto duraram os suprimentos, mãe e filho ficaram trancados, tiritando de solidão, mas no quarto apareceu uma assistente social fluente em espanhol que os informou dos benefícios e direitos de todo habitante do Canadá. Antes de mais nada, receberam aulas intensivas de inglês, e o menino foi matriculado na escola; logo em seguida, Nidia conseguiu um emprego de motorista para evitar a humilhação de receber do Estado esmola por não trabalhar. Era o emprego menos apropriado para a minha Nini, que, se dirige mal hoje, imagine naqueles dias.

O curto outono canadense deu passagem a um inverno polar, sensacional para Andrés, agora chamado Andy, que descobriu a felicidade de patinar no gelo e esquiar, mas insuportável para Nidia, que não conseguia se aquecer nem superar a tristeza de ter perdido seu marido e seu país. Seu humor não melhorou com a chegada de uma primavera vacilante, nem com as flores, que surgiram da noite para o dia como uma miragem, onde antes só havia neve dura. Ela se sentia sem raízes e mantinha a mala pronta, esperando a oportunidade de voltar ao Chile assim que a ditadura terminasse, sem imaginar que esta duraria dezesseis anos.

Nidia Vidal permaneceu em Toronto por uns dois anos, contando os dias e as horas, até que conheceu Paul Ditson II, meu Popo, um professor da Universidade da Califórnia em Berkeley, que estava em Toronto para proferir uma série de conferências sobre um planeta muito arisco, cuja existência ele tentava provar mediante cálculos poéticos e saltos de imaginação. Meu Popo era um dos poucos astrônomos afro-americanos numa profissão de esmagadora maioria branca, uma eminência em seu campo e autor de vários livros. Quando jovem, havia passado um ano no lago Turkana, no Quênia, estudando os antigos megálitos da região, e desenvolveu a teoria, baseada em descobertas arqueológicas, de que essas colunas de basalto haviam sido observatórios astronômicos usados trezentos anos antes da era cristã para determinar o calendário lunar borana, ainda em uso entre os pastores da Etiópia e do Quênia. Na África, aprendeu a observar o céu sem preconceitos, e assim começaram suas suspeitas sobre a existência do planeta invisível, que depois procurou inutilmente no céu com os telescópios mais potentes.

A Universidade de Toronto o instalou numa suíte para acadêmicos visitantes e alugou para ele um carro numa agência; foi assim que coube a Nidia Vidal escoltá-lo durante sua estada. Ao saber que sua motorista era chilena, ele contou que estivera no observatório de La Silla, no Chile, que, no hemisfério sul, se veem constelações desconhecidas no norte, como as galáxias Pequena Nuvem de Magalhães e Grande Nuvem de Magalhães, e que, em alguns lugares, as noites são tão limpas e o clima tão seco que são ideais para esquadrinhar o firmamento. Assim se descobriu que as galáxias se agrupam num desenho semelhante ao das teias de aranha.

Por uma dessas coincidências novelescas, ele terminou sua visita ao Chile no mesmo dia de 1974 em que ela partiu com o filho para o Canadá. Cogitei que tivessem estado ao mesmo tempo no aeroporto, à espera de seus respectivos voos, sem se conhecerem, mas, segundo eles, isso não seria possível, pois ele teria notado aquela bela mulher e ela também o teria visto, porque um negro chamava a atenção no Chile da época, especialmente um tão alto e bonito como meu Popo.

Bastou uma manhã dirigindo por Toronto com seu passageiro no banco de trás para que Nidia compreendesse que ele possuía a rara combinação de uma mente brilhante com a fantasia de um sonhador, carecendo por completo do bom-senso que ela afirmava possuir. Minha Nini não conseguiu me explicar como chegou a essa conclusão ao volante e em pleno trânsito, mas o fato é que acertou em cheio. O astrônomo vivia tão perdido quanto o planeta que procurava no céu; podia calcular, num piscar de olhos, o tempo que uma nave espacial leva para chegar à lua viajando a 28.286 quilômetros por hora, mas ficava perplexo diante de uma cafeteira elétrica. Ela não sentia o difuso adejar do amor havia anos, e esse homem, muito diferente dos outros que tinha conhecido em seus trinta e três anos, a intrigava e atraía.

Meu Popo, bastante assustado com a audácia das manobras de sua motorista, também sentia curiosidade pela mulher que se ocultava naquele uniforme grande demais e naquele gorro de caçador de ursos. Não era homem que cedesse facilmente a impulsos sentimentais e, se por acaso lhe passara pela cabeça a ideia de seduzi-la, descartou-a na mesma hora por ser muito embaraçosa. Em compensação, minha Nini, que não tinha nada a perder, decidiu cruzar o caminho do astrônomo antes que ele terminasse suas conferências. Gostava de sua notável cor de mogno — queria vê-la por inteiro — e pressentia que ambos tinham muito em comum: ele, a astronomia, e ela, a astrologia, que, em sua opinião, eram quase a mesma coisa. Pensou que ambos tinham vindo de longe para se encontrar naquele ponto do globo e de seus destinos, porque assim estava escrito nas estrelas. Desde aquele tempo, minha Nini vivia grudada no horóscopo, mas não deixou tudo por conta do acaso. Antes de tomar a iniciativa de atacá-lo de surpresa, averiguou que era solteiro, de boa situação econômica, saudável e somente onze anos mais velho que ela, embora, à primeira vista, ela pudesse parecer sua filha, se fossem da mesma etnia. Anos depois, meu Popo confessaria, rindo, que, se ela não o tivesse nocauteado no primeiro assalto, continuaria até hoje apaixonado pelas estrelas.

No segundo dia, o professor se sentou no banco da frente para ver melhor sua motorista, e ela deu várias voltas desnecessárias para lhe dar tempo de ser vista. Nessa mesma noite, depois de servir o jantar a seu filho e deitá-lo, Nidia tirou o uniforme, tomou banho, pintou os lábios e se apresentou diante de sua presa com o pretexto de lhe devolver uma pasta que havia ficado no carro, que poderia muito bem ter entregado na manhã seguinte. Nunca tinha tomado uma decisão amorosa tão atrevida. Chegou ao edifício desafiando um ventinho gelado, subiu até a suíte, benzeu-se em busca de coragem e bateu à porta. Eram onze e meia quando entrou definitivamente na vida de Paul Ditson II.

Minha Nini tinha vivido como uma reclusa em Toronto. À noite, sentia saudades do peso de uma mão masculina em sua cintura, mas precisava sobreviver e criar o filho num país onde sempre seria estrangeira; não sobrava tempo para devaneios românticos. A coragem com que se armou aquela noite para chegar até a porta do astrônomo se dissipou assim que ele a abriu, de pijama e com cara de sono. Olharam-se durante meio minuto, sem saber o que dizer, porque ele não a estava esperando, e ela não tinha um plano, até que ele a convidou para entrar, surpreso com a aparência dela sem o gorro do uniforme. Admirou seu cabelo escuro, seu rosto de feições irregulares e seu sorriso um pouco torto, que antes só vira de esguelha. Ela se surpreendeu com a diferença de tamanho entre ambos, bem menor dentro do carro: na ponta dos pés, ela conseguiria cheirar o esterno do gigante. Em seguida, percebeu a desordem cataclísmica naquela suíte compacta e concluiu que aquele homem precisava seriamente dela.

Paul Ditson II havia passado a maior parte de sua existência estudando o misterioso comportamento dos corpos celestes, mas sabia muito pouco sobre corpos femininos e nada sobre os caprichos do amor. Nunca se apaixonara, e seu mais recente relacionamento era com uma colega da faculdade com quem se encontrava duas vezes por mês, uma judia atraente e em boa forma para sua idade, que sempre insistia em pagar a metade da conta do restaurante. Minha Nini havia amado dois homens, seu marido e um amante, que arrancara da cabeça e do coração fazia dez anos. Seu marido tinha sido um companheiro aturdido, envolvido com o trabalho e a ação política, que viajava sem cessar e estava distraído demais para dar atenção às necessidades dela, e com o outro tivera uma relação truncada. Nidia Vidal e Paul Ditson II estavam prontos para o amor que os uniria até o fim.

Muitas vezes escutei a história, provavelmente romanceada, do amor dos meus avós e cheguei a decorá-la palavra por palavra, como um poema. Não conheço, claro, os pormenores do que aconteceu naquela noite, a portas fechadas, mas posso imaginar baseando-me no conhecimento que tenho de ambos. Será que o meu Popo suspeitava, ao abrir a porta para aquela chilena, de que se encontrava numa encruzilhada transcendental e de que o caminho que escolhesse determinaria seu futuro? Não, com certeza não lhe ocorreu uma bobagem dessas. E minha Nini? Eu a vejo avançando como uma sonâmbula por entre a roupa atirada no chão e os cinzeiros cheios de guimbas, cruzando a salinha, entrando no quarto e se sentando na cama, porque a poltrona e as cadeiras estavam ocupadas com papéis e livros. Ele se ajoelharia a seu lado para abraçá-la e assim ficariam por um bom tempo, procurando se acostumar àquela súbita intimidade. Talvez ela tenha começado a se sufocar com a calefação e ele a tenha ajudado a se desfazer do casaco e das botas; então se acariciaram hesitantes, reconhecendo-se, sondando a alma para se assegurar de que não estavam equivocados.

— Você cheira a tabaco e a doce. E é liso e preto como uma foca — comentaria minha Nini.

Eu a ouvi dizer essa frase inúmeras vezes.

Não preciso inventar a última parte da lenda, porque me contaram. Com esse primeiro abraço, minha Nini concluiu que havia conhecido o astrônomo em outras vidas e em outros tempos, que aquele era apenas um reencontro e que seus signos astrológicos e seus arcanos do tarô se completavam.

— Ainda bem que você é homem, Paul. Imagina se nesta encarnação você calhasse de ser minha mãe... — suspirou, sentada em seus joelhos.

— Como não sou sua mãe, o que acha de a gente se casar? — respondeu ele.

Duas semanas mais tarde, ela chegou à Califórnia arrastando seu filho, que não desejava emigrar pela segunda vez, e empunhando um visto de noiva válido por três meses. Ao fim deles, devia se casar ou sair do país. Casaram-se.

Passei meu primeiro dia no Chile dando umas voltas por Santiago com um mapa na mão, sob um calor forte e seco, fazendo hora para pegar um ônibus para o sul. É uma cidade moderna, sem nada de exótico ou pitoresco, não há índios com roupas típicas nem bairros coloniais de cores fortes, como tinha visto com meus avós na Guatemala ou no México. Peguei um bondinho até o topo de um morro, passeio obrigatório para os turistas, e tive uma ideia do tamanho da capital, que parece não terminar nunca, e da poluição que a cobre como uma bruma poeirenta. Ao entardecer, embarquei num ônibus cor de damasco rumo ao sul, para Chiloé.

Em vão tentei dormir, embalada pelo movimento, pelo rom-rom do motor e pelos roncos de outros passageiros, mas para mim nunca foi fácil dormir e agora muito menos, pois ainda tenho nas veias resíduos da má vida. Ao amanhecer, paramos para ir ao banheiro e tomar café numa pousada, em meio a uma paisagem bucólica de colinas verdes e vacas, e depois seguimos várias horas mais até um embarcadouro simples, onde pudemos esticar as pernas e comprar empanadas de queijo e mariscos de umas mulheres vestidas com jalecos brancos de enfermeiras. O ônibus subiu num ferryboat para cruzar o canal de Chacao: meia hora navegando silenciosamente por um mar luminoso. Desci do ônibus para me debruçar na borda com o restante dos entorpecidos passageiros que, como eu, estavam confinados por muitas horas a seus assentos. Desafiando o vento cortante, admiramos os bandos de andorinhas, como lenços no céu, e os golfinhos, uns delfins de barriga branca que acompanhavam, dançando, a embarcação.

O ônibus me deixou em Ancud, na Ilha Grande, a segunda cidade em importância do arquipélago. Dali devia pegar outro para o povoado onde me aguardava Manuel Arias, mas descobri que estava sem a carteira. Minha Nini tinha me prevenido contra os punguistas chilenos e sua habilidade de ilusionistas: roubam amavelmente até a alma da gente. Por sorte me deixaram a foto do meu Popo e o meu passaporte, que se encontrava em outro bolso da mochila. Eu estava sozinha, sem um centavo, num país desconhecido, mas, se as minhas infelizes aventuras do ano anterior haviam me ensinado alguma coisa, fora a não me deixar abalar por inconvenientes menores.

Numa das pequenas bancas de artesanato da praça, onde eram vendidos tecidos de Chiloé, havia três mulheres sentadas em círculo, conversando e tricotando, e pensei que, se fossem como minha Nini, elas me ajudariam; as chilenas se apressam em ajudar qualquer um em apuros, especialmente se se trata de um forasteiro. Expliquei-lhes o meu problema com o meu castelhano capenga e, na mesma hora, soltaram suas agulhas e me ofereceram uma cadeira e um refrigerante de laranja, enquanto discutiam o meu caso interrompendo umas às outras para opinar. Fizeram algumas ligações de um celular e me conseguiram transporte com um primo que viajaria para aquelas bandas; poderia me levar dali a umas duas horas e não se importava de se desviar um pouco para me deixar no meu destino.

Aproveitei o tempo de espera para visitar o povoado e um museu das igrejas de Chiloé, projetadas por missionários jesuítas anos atrás e construídas tábua por tábua pelos nativos, mestres na madeira e construtores de embarcações. As estruturas se sustentam mediante encaixes engenhosos, sem um único prego, e os tetos abobadados são botes invertidos. À saída do museu, encontrei um cachorro. Era de porte médio, manco, de pelo arrepiado e acinzentado, e um rabo lamentável, mas com uma atitude digna de um animal de pedigree. Ofereci a ele a empanada que trazia na mochila; pegou-a sem afobação entre seus grandes dentes amarelos e a pôs no chão, depois me olhou, dizendo claramente que sua fome não era de pão, mas de companhia. Minha madrasta, Susan, era adestradora de cachorros e me ensinara a não tocar um animal antes de ele se aproximar, sinal de que se sentia seguro, mas com aquele quebrei o protocolo e desde o começo nos demos bem. Fizemos juntos o passeio e, na hora combinada, voltamos à tenda das tricoteiras. O cachorro ficou do lado de fora, apenas uma pata no umbral, educadamente.

O primo demorou uma hora além do combinado para aparecer e chegou num furgão abarrotado até o teto, com sua mulher e um bebê. Agradeci a minhas benfeitoras, que, além de tudo, haviam me emprestado o celular para entrar em contato com Manuel Arias, e me despedi do cachorro, mas ele tinha outros planos: sentou-se aos meus pés, varrendo o chão com o rabo e sorrindo como uma hiena; tinha feito o favor de me distinguir com sua atenção e agora eu era sua humana premiada. Mudei de tática.

— *Shoo! Shoo! Fucking dog!* — gritei em inglês.

Não se mexeu, e o primo observava a cena com pena.

— Não se preocupe, senhorita, podemos levar seu Fákin — disse, por fim.

E, desse modo, aquele animal cinzento adquiriu seu novo nome; talvez se chamasse Príncipe em sua vida anterior. A duras penas coubemos no carro atulhado e, uma hora depois, chegamos ao povoado onde eu deveria me encontrar com o amigo de minha avó, com quem havia marcado encontro na igreja, em frente ao mar.

O povoado, que os espanhóis fundaram em 1567, é um dos mais antigos do arquipélago e tem dois mil habitantes, mas não sei onde estavam, porque víamos mais galinhas e ovelhas do que humanos. Esperei Manuel por um bom tempo, sentada nas escadas da igreja pintada de branco e azul, na companhia de Fákin e observada a certa distância por quatro garotinhos silenciosos e sérios. De Manuel eu só sabia que tinha sido amigo da minha avó e que não se viam desde a década de setenta, mas haviam mantido contato de modo esporádico, primeiro por carta, como se fazia na pré-história, depois por e-mail.

Finalmente, Manuel Arias apareceu e me reconheceu pela descrição que minha Nini fizera por telefone. O que teria dito? Que sou um obelisco de cabelos pintados com quatro cores primárias e uma argola no nariz? Ele me estendeu a mão e me deu uma rápida olhada de cima a baixo, avaliando os resquícios de esmalte azul em minhas unhas roídas, os jeans puídos e as botas militares pintadas com spray rosa, que consegui numa loja do Exército da Salvação quando era mendiga.

— Sou Manuel Arias — apresentou-se o homem, em inglês.

— Oi. O FBI, a Interpol e uma máfia de Las Vegas estão atrás de mim — anunciei de supetão, para evitar mal-entendidos.

— Parabéns.

— Não matei ninguém e, francamente, duvido que se deem o trabalho de me procurar no cu do mundo.

— Obrigado.

— Desculpe, não quis insultar seu país, cara. Na verdade, aqui é bem bonito, tem muito verde e muita água. Mas precisa ver como fica longe!

— Do quê?

— Da Califórnia, da civilização, do resto do mundo. Minha Nini não me disse que faria frio.

— É verão — informou.

— Verão em janeiro! Onde já se viu!

— No hemisfério sul — respondeu secamente.

Ai, ai, ai, esse sujeito não tem senso de humor, pensei. Ele me convidou para tomar chá enquanto esperávamos um caminhão que ia lhe trazer uma geladeira e devia ter chegado três horas atrás. Entramos numa casa com um pano branco enrolado num pau, como uma bandeira de rendição, sinal de que ali se vendia pão fresco. Havia quatro mesas rústicas com toalhas plásticas e cadeiras de vários tipos, um balcão e um fogão, onde fervia uma chaleira negra de fuligem. Uma mulher gorda, de riso contagioso, cumprimentou Manuel Arias com um beijo bochecha e me observou um tanto desconcertada antes de decidir se me beijaria também.

— Americana? — perguntou a Manuel.

— Não dá para ver? — disse ele.

— E o que aconteceu com a cabeça dela? — acrescentou a mulher, apontando o meu cabelo pintado.

— Nasci assim — informei, aborrecida.

— A gringuinha fala cristão! — exclamou ela, encantada.

— Sentem-se logo, num instante trago o chazinho.

Ela me pegou por um braço e me sentou com determinação numa das cadeiras, enquanto Manuel me explicava que, no Chile, "gringo" é qualquer pessoa loura que fala inglês e que, quando se usa o diminutivo, "gringuinho" ou "gringuinha", o termo é afetuoso.

A mulher nos trouxe chá em saquinhos e uma pirâmide de um pão aromático saído do forno, manteiga e mel, depois se sentou com a gente para vigiar se comíamos bem. Logo ouvimos os roncos do caminhão, que avançava aos solavancos pela rua sem pavimentação e cheia de buracos, com uma geladeira balançando na carroceria. A mulher foi até a porta, deu um assobio, e rapidamente apareceram vários jovens para ajudar a descer a encomenda, levá-la suspensa até a praia e colocá-la no bote a motor de Manuel por uma passarela de tábuas grandes.

A embarcação tinha uns oito metros de comprimento e era de fibra de vidro. Estava pintada de branco, azul e vermelho, as cores da bandeira chilena (quase igual à do Texas), que tremulava na proa. Tinha o nome na lateral: *Cahuilla*. Os jovens amarraram a geladeira o melhor que puderam, em posição vertical, e me ajudaram a subir. O cachorro me seguiu com seu trotezinho patético; tinha uma pata meio encolhida e andava de lado.

— E este? — perguntou-me Manuel.

— Não é meu, grudou no meu pé lá em Ancud. Me disseram que os cachorros chilenos são muito inteligentes, e este é de boa raça.

— Deve ser pastor-alemão com fox terrier. Tem corpo de cachorro grande e patas de cachorro pequeno — opinou Manuel.

— Depois que eu der um banho nele, vai ver como é fino.

— Como se chama?

— *Fucking dog* em chileno.

— Como?

— Fákin.

— Espero que o seu Fákin se dê bem com os meus gatos. Você vai ter que amarrá-lo de noite para não fugir e matar as ovelhas — avisou-me.

— Não será preciso, vai dormir comigo.

Fákin se deitou no fundo do bote, com o focinho entre as patas dianteiras, e ali se manteve imóvel, sem desgrudar os olhos de mim. Não é carinhoso, mas nos entendemos na linguagem da fauna e da flora: esperanto telepático.

Do horizonte vinha rolando uma avalanche de nuvens carregadas e corria uma brisa gelada, mas o mar estava calmo. Manuel me emprestou um poncho de lã e não me dirigiu mais a palavra, concentrado no timão e em seus aparelhos, bússola, GPS, radiotransmissor e vai-se lá saber o que mais, enquanto eu o estudava pelo canto do olho. Minha Nini havia me contado que ele era sociólogo, ou algo do tipo, mas em seu barquinho poderia muito bem passar por marinheiro: estatura mediana, magro, forte — fibra e músculo —, curtido pelo vento salgado, com rugas expressivas, cabelo arrepiado e curto, olhos do mesmo acinzentado do cabelo. Não sei calcular idade de gente velha; de longe ele parece bem, porque ainda caminha rápido e não tem aquela corcunda dos anciãos, mas de perto se nota que é mais velho que a minha Nini. Então deve ter, digamos, uns setenta e tantos anos. Eu caí como uma bomba na vida dele. Terei que pisar em ovos para ele não se arrepender de ter me acolhido.

Depois de quase uma hora de navegação, passando perto de várias ilhas desertas (apenas na aparência, porque não o são), Manuel Arias me apontou um promontório que, a distância, era apenas uma pincelada escura e, de perto, se mostrou um morro rodeado por uma praia de areia quase negra e rochas, onde quatro botes de madeira secavam virados de barriga para cima. Atracou a *Cahuilla* num embarcadouro flutuante e atirou cordas grossas para um grupo de meninos, que tinham vindo correndo para amarrar habilmente a lancha em umas estacas.

— Bem-vinda à nossa metrópole — disse Manuel, apontando uma aldeia de casas de madeira sobre estacas diante da praia.

Um calafrio me sacudiu, porque agora aquele seria todo o meu mundo.

Outro grupo desceu à praia para me ver de perto. Manuel havia anunciado que uma americana chegaria para ajudá-lo em seu trabalho de pesquisa; se aquela gente esperava alguém respeitável, teve uma decepção, porque a camiseta com o retrato de Obama, que minha Nini me dera no Natal, não conseguia tapar nem o meu umbigo.

Descer a geladeira sem inclina-la foi uma tarefa para muitos voluntários, que se encorajavam com risinhos, apressados porque já escurecia. Subimos para o povoado em procissão — a geladeira na frente, depois Manuel e eu, mais atrás uma dúzia de crianças barulhentas e, na retaguarda, uma leva de cachorros de todo tipo latindo furiosamente para Fákin, mas sem se aproximar muito, porque sua atitude de supremo desprezo indicava claramente que o primeiro que o fizesse arcaria com as consequências. Parece que Fákin é difícil de intimidar e não permite que lhe cheirem o traseiro. Passamos em frente a um cemitério, onde pastavam cabras com as tetas inchadas, entre flores de plástico e casinhas de boneca demarcando os túmulos, alguns com móveis para uso dos mortos.

No povoado, as palafitas eram interligadas por pontes de madeira, e na rua principal, na falta de outro nome, vi burros, bicicletas, um jipe com o emblema de fuzis cruzados dos carabineiros, a polícia chilena, e três ou quatro carros velhos, que na Califórnia seriam de colecionadores se estivessem menos amassados. Manuel me explicou que, por causa do terreno irregular e do barro inevitável do inverno, o transporte pesado é feito em carretas de bois, o leve com mulas, e as pessoas andam a pé ou a cavalo. Letreiros desbotados identificavam lojas modestas, dois armazéns, a farmácia, várias tabernas, dois restaurantes que consistiam num par de mesas metálicas, cada uma diante de uma peixaria, e uma lan house, onde se vendiam pilhas, refrigerantes, revistas e bugigangas para os turistas, que chegam uma vez por semana, trazidos por agências de ecoturismo, para degustar o melhor *curanto* de Chiloé. Mais adiante descrevo esse prato, porque ainda não o provei.

Algumas pessoas saíram para me observar com cautela, em silêncio, até que um homem baixo e atarracado como um armário decidiu me cumprimentar. Limpou a mão nas calças antes de estendê-la para mim, sorrindo com dentes de ouro. Era Aurelio Ñancupel, descendente de um célebre pirata e o personagem mais imprescindível da ilha, porque vende bebida alcoólica a crédito, extrai dentes e tem uma televisão de tela plana, que seus clientes curtem quando há eletricidade. Seu negócio tem o nome muito apropriado de A Taberna do Mortinho; por causa de sua localização privilegiada, perto do cemitério, é parada obrigatória para os parentes aliviarem a tristeza do funeral.

Ñancupel se tornou mórmon com a intenção de dispor de várias esposas, mas descobriu tarde demais que os mórmons renunciaram à poligamia depois de uma nova revelação profética, mais de acordo com a Constituição norte-americana. Assim Manuel Arias o descreveu para mim, enquanto o dito-cujo se escangalhava de rir, acompanhado pelos curiosos. Manuel também me apresentou a outras pessoas, cujos nomes fui incapaz de guardar, que me pareceram velhos para serem os pais daquele bando de crianças; agora sei que são os avós, pois a geração intermediária trabalha longe da ilha.

Nisso veio andando pela rua, com ar mandão, uma cinquentona forte, bonita, com o cabelo dessa cor bege das louras grisalhas, amarrado num coque desgrenhado na nuca. Era Blanca Schnake, diretora da escola, a quem as pessoas, por respeito, chamam de tia Blanca. Beijou Manuel no rosto, como é costume aqui, e me deu as boas-vindas oficiais em nome da comunidade; isso ajudou a dissolver a tensão no ar e estreitou o círculo de curiosos ao meu redor. Tia Blanca me convidou para visitar a escola no dia seguinte e pôs a biblioteca à minha disposição, dois computadores e videogames que poderei usar até março, quando as crianças voltarão às aulas; a partir de então, os horários serão limitados. Acrescentou que, aos sábados, passam na escola os mesmos filmes que em Santiago, mas de graça. Me bombardeou de perguntas e resumi para ela, em meu espanhol de iniciante, minha viagem de dois dias desde a Califórnia até o roubo da minha carteira, o que provocou um coro de gargalhadas das crianças, rapidamente silenciado pelo olhar gélido da tia Blanca.

— Amanhã vou preparar umas *machas** à parmegiana para que a gringuinha comece a conhecer a comida daqui. Espero vocês lá pelas nove — anunciou a Manuel.

Depois fiquei sabendo que o correto é chegar com uma hora de atraso. Aqui se janta muito tarde.

---

* Amêijoas abundantes no Peru e no Chile. (N.T.)

Terminamos o rápido trajeto do povoado, subimos numa carreta puxada por duas mulas, onde já haviam colocado a geladeira, e lá fomos nós por um caminho de terra apenas visível no pasto, seguidos pelo Fákin.

Manuel Arias vive a uma milha — um quilômetro e meio, digamos — do povoado, de frente para o mar, mas, por causa das rochas, não há acesso à propriedade dele com a lancha. Sua casa é um bom exemplo de arquitetura da região, disse-me com uma ponta de orgulho na voz. Achei igual a outras do povoado: também descansa sobre pilares e é de madeira. Mas ele me explicou que a diferença está nos pilares e vigas talhadas a machado, nas telhas "de cabeça circular", muito apreciadas por seu valor decorativo, e na madeira de cipreste das Gualtecas, antes abundante na região e agora muito escasso. Os ciprestes de Chiloé podem viver mais de três mil anos, são as árvores mais longevas do mundo, depois dos baobás da África e das sequoias da Califórnia.

A casa é composta de um cômodo amplo com pé-direito duplo, no qual a vida gira em torno de um fogão a lenha, preto e imponente, que serve para aquecer o ambiente e para cozinhar. Tem também dois quartos, um de tamanho médio, que Manuel ocupa, outro menor, o meu, e um banheiro com pia e chuveiro. Não há uma só porta no seu interior, mas o banheiro fica separado por um cobertor de lã listrado pendurado na entrada, para dar privacidade. Na parte destinada à cozinha, há uma mesa ampla, um armário e um grande caixote com tampa para armazenar batatas, que em Chiloé são usadas em todas as refeições; do teto pendem molhos de ervas, tranças de pimentas e de alhos, linguiças defumadas e pesadas panelas de ferro, adequadas ao fogo a lenha. Por uma escada de mão se chega à água-furtada, onde Manuel guarda a maior parte de seus livros e arquivos. Não se veem quadros, fotos nem enfeites nas paredes, nada pessoal, apenas mapas do arquipélago e um belo relógio de navio com moldura de mogno e tarraxas de bronze, parecendo resgatado do *Titanic*. Do lado de fora, Manuel improvisou uma jacuzzi com um grande tonel de madeira. As ferramentas, a lenha, o carvão e os tambores de gasolina para a lancha e o gerador são guardados no galpão do quintal.

Meu quarto é simples como o restante da casa; consiste numa cama estreita com um cobertor semelhante à cortina do banheiro, uma cadeira, uma cômoda de três gavetas e vários pregos para pendurar roupa. Suficiente para os meus pertences, que cabem com folga na minha mochila. Gosto desse ambiente austero e masculino. A única coisa destoante é a mania de organização de Manuel Arias. Sou mais relaxada.

Os homens colocaram a geladeira no local determinado, ligaram-na ao gás e depois se acomodaram para compartilhar duas garrafas de vinho e um salmão que Manuel havia defumado uma semana antes, num tambor metálico com lenha de macieira. Olhando o mar pela janela, beberam e comeram calados — as únicas palavras que pronunciaram foram uma série de elaborados e cerimoniosos brindes: "Saúde!", "Que Deus lhe dê em dobro!", "Com a mesma consideração lhe pago", "Que viva muitos anos", "Que você vá ao meu enterro". Manuel me olhava com o rabo do olho, preocupado, até que o chamei a um canto para dizer que não se preocupasse, que eu não pensava em me jogar sobre as garrafas. Com certeza, minha avó o prevenira, e ele tinha planejado esconder a bebida, mas isso seria absurdo. O problema não é o álcool, sou eu.

Nesse meio-tempo, Fákin e os gatos se avaliaram com prudência, compartilhando o território. O tigrado se chama Gato-Tolo, porque o pobre animal é abobalhado, e o cor de cenoura é o Gato-Literato, porque seu lugar favorito é em cima do computador. Manuel garante que ele sabe ler.

Os homens terminaram o salmão e o vinho, despediram-se e foram embora. Me chamou a atenção Manuel não fazer menção de pagá-los, como também não o fez com os outros que o ajudaram a transportar a geladeira, mas seria imprudente da minha parte perguntar a respeito.

Examinei o escritório de Manuel, com duas escrivaninhas, um móvel para arquivo, estantes de livros, um computador moderno com dois monitores, fax e impressora. Havia internet, mas ele me lembrou — como se eu pudesse esquecer — de que estou incomunicável. Acrescentou, na defensiva, que todo o seu trabalho está nesse computador e prefere que ninguém o toque.

— Trabalha no quê? — perguntei.

— Sou antropólogo.

— Antropófago?

— Estudo as pessoas, não as como — explicou.

— Eu estava brincando, cara. Os antropólogos já não têm matéria-prima; até o último selvagem deste mundo tem celular e uma televisão.

— Não me especializei em selvagens. Estou escrevendo um livro sobre a mitologia de Chiloé.

— E pagam por isso?

— Quase nada — informou.

— Qualquer um nota que você é pobre.

— Sim, mas vivo com pouco.

— Não gostaria de ser um peso para você.

— Você vai trabalhar para pagar os seus gastos, Maya. Foi o que combinamos com a sua avó. Poderá me ajudar no livro e, em março, trabalhar com Blanca na escola.

— Aviso que sou muito ignorante, não sei nada de nada.

— Sabe fazer o quê?

— Biscoitos e pão, nadar, jogar futebol e escrever poemas de samurais. Precisa ver meu vocabulário! Sou um verdadeiro dicionário, mas em inglês. Não acho que possa ajudar você.

— Veremos. Os biscoitos têm futuro.

Me pareceu dissimular um sorriso.

— Escreveu outros livros? — perguntei bocejando; o cansaço da longa viagem e as cinco horas de diferença de fuso horário entre a Califórnia e o Chile me pesavam como um saco de pedras.

— Nada que possa me tornar famoso — disse, apontando vários livros sobre sua mesa: mundo onírico dos aborígenes australianos, ritos de iniciação nas tribos do Orinoco, cosmogonia mapuche do sul do Chile.

— Segundo minha Nini, Chiloé é mágico — comentei.

— O mundo todo é mágico, Maya — respondeu.

Manuel Arias me garantiu que a alma de sua casa é muito antiga. Minha Nini também acredita que as casas guardam lembranças e sentimentos;

ela pode captar as vibrações: sabe se o ar de um lugar está carregado de energia ruim porque ali aconteceram desgraças, ou se a energia é positiva. Seu casarão em Berkeley tem alma boa. Quando o recuperarmos será necessário reformá-lo — está caindo aos pedaços —, e então penso viver nele até morrer. Me criei ali, no topo de um morro, com uma vista da baía de São Francisco que seria impressionante se dois pinheiros frondosos não a tapassem. Meu Popo nunca permitiu que fossem cortados, dizia que as árvores sofrem quando são mutiladas, assim como sofre a vegetação de uns mil metros ao redor, porque tudo está interligado no solo; seria um crime matar dois pinheiros para poder ver uma poça de água que pode ser apreciada do mesmo modo da autoestrada.

O primeiro Paul Ditson comprou a casa em 1948, o mesmo ano em que foi abolida a restrição racial para se adquirir propriedades em Berkeley. Os Ditson foram a primeira família de cor no bairro e a única durante vinte anos, até que começaram a chegar outras. Foi construída em 1885 por um magnata das laranjas, que, ao morrer, doou sua fortuna à universidade e deixou a família na miséria. Ficou desocupada muito tempo e depois passou de mão em mão, deteriorando-se a cada transação, até ser comprada pelos Ditson, que a reformaram porque o esqueleto era firme e os alicerces, bons. Depois da morte de seus pais, meu Popo comprou a parte dos irmãos e ficou sozinho nessa relíquia vitoriana de seis quartos, coroada por um inexplicável campanário, onde instalou seu telescópio.

Quando Nidia e Andy Vidal chegaram, ele utilizava apenas dois cômodos, a cozinha e o banheiro; tudo o mais se mantinha fechado. Minha Nini irrompeu como um furacão de renovação, atirando cacarecos no lixo, limpando e defumando, mas sua ferocidade em combater a bagunça se chocou com o caos endêmico do marido. Depois de muitas brigas, combinaram que ela podia fazer o que lhe desse na telha com a casa, desde que respeitasse o escritório e a torre das estrelas.

Minha Nini se sentiu à vontade em Berkeley, aquela cidade suja, radical, extravagante, com sua mistura de etnias e tipos humanos, com mais gênios e prêmios Nobel que qualquer outra no mundo, saturada de causas nobres, intolerante em sua justiça. Minha Nini se transformou; antes era uma jovem viúva prudente e responsável, que procurava passar despercebida, e em Berkeley emergiu seu verdadeiro temperamento. Já não precisava se vestir de motorista, como em Toronto, nem sucumbir à hipocrisia social, como no Chile; ninguém a conhecia, podia se reinventar. Adotou a estética dos hippies, que vegetavam na Telegraph Avenue vendendo seus artesanatos em meio a fumaça de incenso e de maconha. Vestiu túnicas, sandálias e colares indianos, mas estava muito longe de ser hippie: trabalhava e se desdobrava com uma casa e uma neta, participando ainda da comunidade — e nunca a vi chapada, entoando cânticos em sânscrito.

Para escândalo de seus vizinhos, quase todos colegas de seu marido, com suas residências sombrias, vagamente inglesas, cobertas de hera, minha Nini pintou o casarão dos Ditson com cores psicodélicas inspiradas na rua Castro, de São Francisco, onde os gays começavam a se assentar e a reformar as casas antigas. Suas paredes de cores violeta e verde, seus frisos amarelos e suas guirlandas de flores de gesso geraram fofocas e motivaram duas intimações da prefeitura, até a casa ser fotografada para uma revista de arquitetura, tornar-se um ponto turístico na cidade e logo ser imitada por restaurantes paquistaneses, lojas para jovens e ateliês de artistas.

Minha Nini também deu seu toque especial na decoração da casa. Aos móveis pesados, enormes relógios e quadros horrendos com molduras douradas, adquiridos pelo primeiro Ditson, ela acrescentou seu charme artístico: uma profusão de lustres com franjas, tapetes carecas, divãs turcos e cortinas de crochê. Meu quarto, pintado de amarelo, tinha sobre a cama um dossel de tecido indiano bordado com espelhinhos e um dragão alado pendurado no centro, que podia me matar se caísse em cima de mim; nas paredes ela havia posto fotografias de crianças africanas desnutridas, para eu ficar vendo como essas criaturinhas desgraçadas morriam de fome enquanto eu rejeitava minha comida. Segundo meu Popo, o dragão e as crianças de Biafra eram as causas da minha insônia e da minha inapetência.

Minhas vísceras começaram a sofrer o ataque frontal das bactérias chilenas. No segundo dia nesta ilha, caí de cama curvada de dor no estômago e ainda sinto tremores, por isso passo horas na frente da janela com uma bolsa de água quente na barriga. Minha avó diria que estou dando um tempo para minha alma chegar a Chiloé. Ela acha que as viagens de avião não são convenientes porque a alma viaja mais devagar que o corpo, se atrasa e, às vezes, se perde pelo caminho; essa seria a causa de os pilotos, como meu pai, nunca estarem totalmente presentes: vivem à espera da alma, que anda nas nuvens.

Aqui não se alugam DVDs nem videogames, e os únicos filmes são aqueles que passam uma vez por semana na escola. Para me distrair, disponho somente dos febris romances de amor de Blanca Schnake e dos livros em espanhol sobre Chiloé, muito úteis para se aprender o idioma, mas cuja leitura me cansa. Manuel me deu uma lanterna a pilha que se ajusta na testa como uma lâmpada de mineiro; lemos assim quando falta luz. Posso contar muito pouco de Chiloé, porque mal saí desta casa, mas poderia encher várias páginas sobre Manuel Arias, os gatos e o cachorro, que agora são a minha família, sobre a tia Blanca, que aparece a todo instante com o pretexto de me visitar, embora seja óbvio que vem por causa de Manuel, e sobre Juanito Corrales, um menino que também vem todo dia ler comigo e brincar com o Fákin. O cachorro é muito seletivo em matéria de relacionamentos, mas tolera o garoto.

Ontem conheci a avó de Juanito. Não a tinha visto antes porque estava no hospital de Castro, a capital de Chiloé, com o marido, que teve uma perna amputada em dezembro e ainda não ficou bom. Eduvigis Corrales é da cor de terracota, de rosto alegre tomado de rugas, tronco largo e pernas curtas, uma nativa típica. Usa uma trança fina enrolada na cabeça e se veste como uma crente, com saia grossa e sapatões de lenhador. Aparenta uns sessenta anos, mas não tem mais de quarenta e cinco; aqui as pessoas envelhecem rápido e vivem muito. Chegou com uma panela de ferro, pesada como um canhão, que pôs para esquentar na cozinha, enquanto me dirigia um discurso apressado, como que uma apresentação, com o devido respeito: era a Eduvigis Corrales, vizinha do cavaleiro e ajudante da casa.

— Olhe só! Que meninota bonita essa gringuinha! Que Jesus lhe guarde! O cavaleiro estava esperando você, como todo mundo aqui na ilha. Tomara que goste do franguinho com batatinhas que preparei.

Ela não falava um dialeto da região, como a princípio pensei, mas um espanhol galopante. Deduzi que Manuel Arias era o tal cavaleiro, embora Eduvigis falasse dele na terceira pessoa, como se estivesse ausente.

Em contrapartida, Eduvigis me trata com o mesmo tom mandão da minha avó. Essa boa mulher vem fazer a limpeza, leva a roupa suja e a devolve lavada, parte lenha com um machado tão pesado que eu não conseguiria levantar, cultiva sua terra, ordenha sua vaca, tosquia ovelhas e estripa porcos, mas me esclareceu que não sai para pescar nem pegar mariscos por causa da artrite. Diz que seu marido não tem má índole, como acham as pessoas do povoado, mas a diabetes lhe afetou o humor, e, desde que perdeu a perna, só deseja morrer. De seus cinco filhos vivos, resta apenas um em casa, Azucena, de treze anos, e tem seu neto Juanito, de dez, que parece mais novo "porque nasceu espirituado", conforme me explicou. Isso de *espirituado* pode significar debilidade mental ou que o atingido tem mais espírito que matéria; no caso de Juanito deve ser o segundo caso, porque de bobo ele não tem nada.

Eduvigis vive do produto de seu cultivo, do que Manuel paga por seus serviços e da ajuda que lhe manda uma filha, a mãe de Juanito, que é empregada na salmonicultura no sul da Ilha Grande. Em Chiloé, a salmonicultura era a segunda do mundo, depois da Noruega, e alavancou a economia da região, mas contaminou o fundo do mar, arruinou os pescadores artesanais e desmantelou as famílias. Agora a indústria está acabada, explicou-me Manuel, porque colocavam peixes demais nas gaiolas e deram tantos antibióticos para eles que não puderam salvá-los quando foram atacados por um vírus. Há vinte mil desempregados, a maioria mulheres, mas a filha de Eduvigis ainda tem trabalho.

Em seguida, nos sentamos à mesa. Mal destapamos a panela, senti a fragrância do refogado e voltei a me encontrar na cozinha da minha infância, na casa de meus avós, e meus olhos ficaram marejados de saudade. O ensopado de frango de Eduvigis foi minha primeira comida sólida em vários dias. Uma doença vergonhosa — era impossível dissimular vômitos e caganeiras numa casa sem portas. Perguntei a Manuel o que tinha acontecido com as portas, e me respondeu que preferia espaços abertos. Tenho certeza de que adoeci com as *machas* à parmegiana e a torta de murta de Blanca Schnake. No começo, Manuel fingiu que não ouvia os ruídos vindos do banheiro, mas teve que intervir, porque me encontrou desmaiada. Eu o escutei falando com Blanca pelo celular para lhe pedir orientação e em seguida preparou uma canja, trocou os lençóis e me entregou uma bolsa de água quente. Ele me vigia com o canto do olho, sem dizer uma palavra, mas está atento às minhas necessidades. À menor tentativa minha de agradecer, reage com um grunhido. Também telefonou para Liliana Treviño, a enfermeira local, de riso contagioso e uma indômita cabeleira crespa, que me deu uns comprimidos enormes de carvão, pretos e ásperos, muito difíceis de engolir. Como não surtiram o menor efeito, Manuel conseguiu o caminhãozinho da verdureira para me levar ao povoado e me consultar com um médico.

Nas quintas-feiras, a lancha do Serviço Nacional de Saúde, que percorre as ilhas, passa por aqui. O médico parecia um garoto de quatorze anos, míope e imberbe, mas bastou me dar uma olhada para diagnosticar:

— Tem *chilenite*, o mal dos estrangeiros que vêm ao Chile. Nada grave.

E me deu uns comprimidos numa cartela de papel. Eduvigis me preparou uma infusão de ervas, porque não confia em remédios de farmácia, diz que são uma negociata das corporações americanas. Tomei obedientemente a infusão, e agora estou melhorando. Gosto de

Eduvigis Corrales, que fala e fala como a tia Blanca; as outras pessoas por estas bandas são taciturnas.

Como Juanito Corrales mostrou curiosidade sobre a minha família, contei a ele que minha mãe era uma princesa da Lapônia. Manuel estava em seu escritório e não fez nenhum comentário, mas, depois que o menino se foi, ele me esclareceu que entre os *sami*, habitantes da Lapônia, não há realeza. Estávamos sentados à mesa, ele diante de um linguado com manteiga e coentro, e eu diante de um caldo aguado. Expliquei que essa história de princesa da Lapônia havia ocorrido à minha Nini num momento de inspiração, quando eu tinha uns cinco anos e começava a me dar conta do mistério que envolvia minha mãe. Lembro-me de que estávamos na cozinha, a parte mais acolhedora da casa, assando os biscoitos semanais para os delinquentes e drogados de Mike O'Kelly, o melhor amigo da minha Nini, que se propusera a insana tarefa de salvar a juventude transviada. Ele é irlandês de verdade, nascido em Dublin, tão branco, de cabelo tão preto e olhos tão azuis que o meu Popo o apelidou de Branca de Neve, por causa dessa boboca que teima em comer maçãs envenenadas no filme de Walt Disney. Não estou dizendo que O'Kelly é boboca; muito pelo contrário, ele é mais do que esperto: é o único capaz de calar a boca da minha Nini. A princesa da Lapônia era personagem em um de meus livros. Eu dispunha de uma biblioteca séria, porque meu Popo achava que se adquire cultura por osmose e mais vale começar cedo, mas meus livros favoritos eram contos de fadas. Segundo meu Popo, as histórias infantis são racistas — como pode não existir fadas em Botsuana ou na Guatemala? —, mas ele não censurava as minhas leituras, limitava-se apenas a dar sua opinião com o propósito de desenvolver meu pensamento crítico. Minha Nini, ao contrário, nunca apreciou meu pensamento crítico e costumava desestimulá-lo à base de cascudos.

Num desenho da minha família que fiz no jardim de infância, coloquei os meus avós em cores vivíssimas no centro da página e acrescentei uma mosca num canto — o avião do meu pai — e uma coroa em outro, representando o sangue azul da minha mãe. Para não haver dúvidas, no dia seguinte levei meu livro, onde a princesa aparecia com capa de arminho montada num urso branco. A turma caiu na gargalhada. Mais tarde, em casa, meti o livro no forno junto com o bolo de milho, que assava a 350 °C. Depois que os bombeiros foram embora e a fumaça começou a se dissipar, minha avó me sacudiu aos gritos habituais de "fedelha de merda!", enquanto meu Popo procurava me resgatar antes que minha cabeça se desprendesse do corpo. Entre soluços e nariz escorrendo, contei aos meus avós que tinham me apelidado de "a órfã da Lapônia" na escola. Minha Nini, numa de suas súbitas mudanças de humor, me apertou contra seus seios de mamão e me garantiu que de órfã eu não tinha nada, contava com pai e avós, e o primeiro desgraçado que se atrevesse a me insultar ia se entender com a máfia chilena. Essa máfia é composta apenas por ela mesma, mas Mike O'Kelly e eu a tememos tanto que chamamos minha Nini de Dom Corleone.

Meus avós me tiraram do jardim de infância e, por um tempo, me ensinaram em casa como colorir e fazer minhocas de massinha, até meu pai voltar de uma de suas viagens e decidir que eu necessitava de relacionamentos mais adequados à minha idade, além dos drogados de O'Kelly, os hippies abúlicos e as feministas implacáveis que se davam com a minha avó. A nova escola consistia em duas casas antigas unidas por uma ponte coberta no segundo andar, um desafio arquitetônico sustentado no ar por efeito de sua curvatura, como as cúpulas das catedrais, segundo me explicou meu Popo, embora eu não tenha perguntado. Ensinavam com um sistema italiano de educação experimental em que os alunos faziam o que lhes dava na telha, as salas não tinham quadro-negro nem turmas, sentávamo-nos no chão, as professoras não usavam sutiã nem sapatos e cada um aprendia no seu próprio ritmo. Talvez meu pai tivesse preferido um colégio militar, mas não interveio na decisão de meus avós, já que caberia a eles se entender com as minhas professoras e me ajudar nos deveres de casa.

— Essa fedelha é retardada — declarou minha Nini ao comprovar como era lenta a minha aprendizagem.

O vocabulário dela está cheio de expressões politicamente incorretas, como retardado, gordo, anão, corcunda, bichona, machona, chinês-come-aloz e muitas outras que meu avô tentava justificar como uma limitação do inglês de sua mulher. Ela é a única pessoa em Berkeley que diz negro em vez de afro-americano. Segundo meu Popo, eu não era deficiente mental, e sim imaginativa, o que é menos grave, e o tempo deu razão a ele, porque, mal aprendi o abecedário, comecei a ler com voracidade e a encher cadernos com poemas pretensiosos e a história inventada da minha vida, amarga e triste. Tinha me dado conta de que na escrita a felicidade não serve para nada — sem sofrimento não há história — e saboreava em segredo o apelido de órfã, porque os únicos órfãos no meu radar eram os dos contos clássicos, todos muito infelizes.

Minha mãe, Marta Otter, a improvável princesa da Lapônia, desapareceu nas brumas escandinavas antes de eu conseguir identificar seu cheiro. Eu tinha uma dúzia de fotografias dela e um presente que chegou para mim pelo correio na data do meu aniversário de quatro anos — uma sereia sentada numa rocha dentro de uma bola de vidro na qual, ao ser agitada, parece nevar. Essa bola foi o meu presente mais precioso até os oito anos, quando subitamente perdeu o seu valor sentimental, mas essa é outra história.

Estou furiosa porque minha única posse de valor desapareceu, minha música civilizada, meu iPod. Acho que Juanito Corrales o levou. Não queria criar problemas para ele, pobre menino, mas tive que contar para o Manuel, que não deu a menor importância; disse que Juanito o usará por uns dias e depois o deixará onde estava. Pelo visto, isso é comum em Chiloé. Na quarta-feira passada, alguém nos devolveu um machado que havia retirado do depósito de lenha sem permissão fazia mais de uma semana. Manuel suspeitava que estava com um vizinho, mas teria sido um insulto pedi-lo de volta, já que uma coisa é pegar emprestado e outra muito diferente é roubar. Os chilotes, descendentes de indígenas dignos e espanhóis soberbos, são orgulhosos. O homem do machado não deu explicações, mas trouxe um saco de batatas de presente, que deixou no pátio antes de se acomodar com Manuel para tomar *chicha* de maçã e observar do terraço o voo das gaivotas. Algo parecido aconteceu com um parente dos Corrales, que trabalhava na Ilha Grande e veio se casar um pouco antes do Natal. Eduvigis entregou a ele a chave desta casa para pegar, na ausência de Manuel, que estava em Santiago, o equipamento de música e alegrar a festa. Ao voltar, Manuel teve a surpresa de topar com o sumiço de seu equipamento, mas, em vez de avisar os carabineiros, esperou com paciência. Na ilha não há ladrões de verdade, e os que vêm de fora se veriam em apuros ao tentar levar algo tão volumoso. Pouco depois,

Eduvigis recuperou o que seu parente havia pegado e o devolveu com uma cesta de mariscos. Se Manuel está com seu equipamento, eu tornarei a ver o meu iPod.

Manuel prefere ficar calado, mas se deu conta de que o silêncio desta casa pode ser excessivo para uma pessoa normal e se esforça para conversar comigo. Do meu quarto, eu o escutei falando com Blanca Schnake na cozinha.

— Não seja grosso com a gringuinha, Manuel. Não vê que ela está muito sozinha? Você tem que falar com ela — aconselhou.

— O que eu posso dizer, hein, Blanca? Ela é como uma marciana — resmungou ele, mas deve ter pensado melhor, porque agora, em vez de me chatear com papo acadêmico de antropologia, como fazia no começo, pergunta sobre meu passado, e assim, aos poucos, vamos alinhando as ideias e nos conhecendo.

Meu castelhano sai aos tropeços; em compensação, o inglês dele é fluente, embora com sotaque australiano e entonação chilena. Concordamos em que eu devo praticar, de modo que normalmente tentamos conversar em castelhano, mas logo começamos a misturar os idiomas na mesma frase e terminamos em *espanglês*. Se estamos irritados, ele fala comigo em espanhol muito pronunciado, para se fazer entender, e eu grito num inglês de gangues para assustá-lo.

Manuel não fala de si mesmo. O pouco que sei adivinhei ou ouvi da tia Blanca. Há algo estranho na vida dele. Seu passado deve ser mais nebuloso que o meu, porque muitas noites eu o ouvi gemer e se debater dormindo:

— Me tirem daqui! Me tirem daqui!

Ouve-se tudo através dessas paredes finas. Meu primeiro impulso é ir acordá-lo, mas não me atrevo a entrar no quarto dele; a falta de portas me obriga a ser prudente. Seus pesadelos invocam presenças perversas, é como se a casa se enchesse de demônios. Até Fákin se angustia e treme, colado em mim na cama.

Meu trabalho com Manuel Arias não poderia ser mais tranquilo. Consiste em transcrever suas gravações de entrevistas e passar a limpo suas notas para o livro. É tão organizado que, se movo um papelzinho insignificante em sua escrivaninha, fica pálido.

— Você pode se sentir honrada, Maya, porque é a primeira e única pessoa a quem permito colocar os pés em meu escritório. Espero não me arrepender — atreveu-se a me dizer, quando joguei fora o calendário do ano anterior. Recuperei-o intacto no lixo, fora umas manchas de espaguete, e o grudei no monitor do computador com chiclete. Não falou mais comigo por vinte e seis horas.

Seu livro sobre a magia de Chiloé me fisgou de tal modo que me tira o sono. (É uma forma de falar, qualquer besteira me tira o sono.) Não sou supersticiosa, como minha Nini, mas aceito que o mundo é misterioso e que nele tudo é possível. Manuel tem um capítulo completo sobre a Maioria, ou a Reta Província, como se chamava o governo dos bruxos, seres muito temidos por estas bandas. Em nossa ilha há rumores de que os Miranda são uma família de bruxos, e as pessoas cruzam os dedos ou se benzem quando passam em frente à casa de Rigoberto Miranda, parente de Eduvigis Corrales, pescador de ofício. Seu sobrenome é tão suspeito quanto sua boa sorte: os peixes brigam para cair em suas redes, mesmo quando o mar está negro, e sua única vaca pariu gêmeos duas vezes em três anos. Dizem que, para voar de noite, Rigoberto Miranda tem um *macuñ*, um corpete feito com a pele do peito de um cadáver, mas ninguém jamais o viu.

É conveniente fazer cortes no peito dos mortos com uma faca ou uma pedra afiada para que não tenham o destino indigno de acabar transformados em colete.

Os bruxos voam, podem fazer muito mal, matam com o pensamento e se transformam em animais, o que, me parece, não bate com Rigoberto Miranda, homem tímido que costuma trazer caranguejos para Manuel. Mas a minha opinião não conta, sou uma gringa ignorante. Eduvigis me avisou que, quando Rigoberto Miranda aparecer, terei que cruzar os dedos antes de deixá-lo entrar na casa, para o caso de estar trazendo algum malefício. Quem não sofreu a bruxaria em primeira mão tende a ser descrente, mas corre direto para uma *machi*, uma curandeira indígena, no primeiro sinal de anormalidade. Digamos que uma família daqui começa a tossir demais; então a *machi* procura o Basilisco ou Cobrona — um réptil maléfico nascido de um ovo de galo velho — que está alojado sob a casa e de noite suga a respiração das pessoas adormecidas.

As histórias e anedotas mais saborosas podem ser obtidas com gente mais velha, nos lugares mais afastados do arquipélago, onde se mantêm as mesmas crenças e costumes há séculos. Manuel não obtém informação somente dos antigos, mas também dos jornalistas, professores, livreiros e comerciantes, que zombam dos bruxos e da magia, porém nem loucos se aventurariam de noite num cemitério. Blanca Schnake diz que seu pai, quando jovem, conhecia a entrada da mítica caverna onde os bruxos se reúnem, na aprazível aldeia de Quicaví, mas, em 1960, um terremoto deslocou a terra e o mar, e desde então ninguém mais pôde encontrá-la.

Os guardiães da caverna são os *invunches*, seres horripilantes formados pelos bruxos com o primeiro recém-nascido homem de uma família, raptado antes do batismo. O método para transformar o bebê em *invunche* é tão macabro quanto improvável: quebram uma perna dele, torcem-na e a enfiam embaixo da pele das costas, para que ele só possa se deslocar em três patas e não fuja; depois lhe aplicam um unguento que faz crescer uma cerrada pelagem de cabrito, cortam-lhe a língua como a de uma cobra e o alimentam com carne podre de mulher morta e leite de índia. Comparado a isso, um zumbi pode se considerar sortudo. Pergunto-me que mente depravada tem essas ideias horrorosas.

A teoria de Manuel é que a Reta província ou Maioria, como também a chamam, foi, em sua origem, um sistema político. Desde o século XVIII, os índios da região, os *huilliche*, se rebelaram contra o domínio espanhol e depois contra as autoridades chilenas; supostamente formaram um governo clandestino copiado do estilo administrativo de espanhóis e jesuítas, dividiram o território em reinos e nomearam presidentes, escrivães, juízes etc. Existiam treze bruxos principais, que obedeciam ao Rei da Reta Província, ao Rei de Sobre a Terra e ao Rei de Debaixo da Terra. Como era indispensável manter o sigilo e controlar a população, criaram um clima de terror supersticioso pela Maioria, e assim uma estratégia política acabou transformada numa tradição de magia.

Em 1880 prenderam várias pessoas acusadas de bruxaria, julgaram-nas em Ancud e as fuzilaram, a fim de quebrar o espinhaço da Maioria, mas ninguém garante que tenham alcançado seu objetivo.

— Você acredita em bruxas? — perguntei a Manuel.

— Não, mas que existem, existem, como dizem na Espanha.

— Diga sim ou não!

— É impossível provar que não, Maya, mas acalme-se, vivo aqui há muitos anos e a única bruxa que conheço é Blanca.

Blanca não acredita em nada disso. Ela me disse que os *invunches* foram inventados pelos missionários para obrigar as famílias nativas a batizar seus filhos, mas isso me parece um recurso demasiadamente extremo, até mesmo para os jesuítas.

— Quem é esse tal Mike O'Kelly? Recebi uma mensagem incompreensível dele — perguntou Manuel.

— Ah, Branca de Neve escreveu para você! É um irlandês amigo de toda a confiança da nossa família. Deve ser ideia da minha Nini se comunicar com a gente por intermédio dele, para maior segurança. Posso responder?

— Não diretamente, mas posso enviar um recado por você.

— Quer saber de uma coisa, Manuel? Essas precauções são um exagero.

— A sua avó deve ter bons motivos para ser tão cautelosa.

— Minha avó e Mike O'Kelly são membros do Clube dos Criminosos e dariam tudo para se verem metidos num crime de verdade, mas têm que se conformar em brincar de bandidos.

— Que clube é esse? — perguntou, preocupado.

Expliquei começando pelo começo. A biblioteca do condado de Berkeley contratou minha Nini, onze anos antes do meu nascimento, para contar histórias para as crianças, como forma de mantê-las ocupadas depois da escola e antes que seus pais saíssem do trabalho. Pouco depois ela propôs à biblioteca sessões de contos de detetives para adultos, ideia que foi aceita. Então fundou com Mike O'Kelly o Clube dos Criminosos, como o chamam, embora a biblioteca o divulgue como o Clube do Romance Noir. Na hora das histórias infantis, eu era mais uma no meio da garotada atenta a cada palavra da minha avó, e, às vezes, quando não tinha com quem me deixar, ela também me levava à biblioteca na hora dos adultos. Sentada numa almofada, com as pernas cruzadas como um faquir, minha Nini perguntava às crianças o que desejavam ouvir, alguém propunha um tema e ela improvisava em menos de dez segundos. Minha Nini sempre se incomodou com o artifício do final feliz nas histórias infantis; ela acha que, na vida, não há finais felizes, mas umbrais, onde se perambula por aqui e por ali, tropeçando e se perdendo. Ela acha isso de premiar o herói e castigar o vilão uma limitação, mas, para manter o emprego, deve se limitar à fórmula tradicional, a bruxa não pode envenenar impunemente a donzela e se casar de branco com o príncipe. Minha Nini prefere o público adulto, porque os assassinatos mórbidos não necessitam de um final feliz. Está muito bem-preparada, leu tudo quanto é caso policial e manual de medicina forense que existe, e diz que Mike O'Kelly e ela poderiam realizar uma autópsia sobre a mesa da cozinha com a maior facilidade.

O Clube dos Criminosos consiste num grupo de amantes de romances de detetives, pessoas inofensivas que durante seus momentos de folga se dedicam a planejar homicídios monstruosos. Ele começou discretamente na biblioteca de Berkeley e agora, graças à internet, tem alcance global. É financiado em sua totalidade pelos sócios, mas, como estes se reúnem num edifício público, a imprensa local, indignada, alegou que se fomenta o crime com os impostos dos contribuintes.

— Não sei do que estão se queixando. Não é melhor falar de crimes do que cometê-los? — alegou minha Nini para o prefeito, quando este a convocou em seu escritório para discutir o problema.

A relação entre minha Nini e Mike O'Kelly nasceu num sebo, onde ambos se encontravam absortos na seção de livros de detetives. Ela estava casada fazia pouco tempo com meu Popo, e ele era estudante na universidade, ainda caminhava sobre as próprias pernas e não pensava em se transformar em ativista social nem em se dedicar a resgatar jovens delinquentes das ruas e das prisões. Desde que me lembro, minha avó assa biscoitos para os garotos de O'Kelly, em sua maioria negros e latinos, os mais pobres da baía de São Francisco. Quando tive idade para entender certos sinais, adivinhei que o irlandês estava apaixonado pela minha Nini, mesmo sendo doze anos mais novo e ela não tendo cedido ao capricho de ser infiel ao meu Popo. Trata-se de um amor platônico de romance vitoriano.

Mike O'Kelly ganhou fama quando fizeram um documentário sobre sua vida. Levou dois tiros nas costas por proteger um garoto de gangue e ficou entrevado numa cadeira de rodas, mas isso não o impede de prosseguir com sua missão. Como pode dar alguns passos com um andador e dirigir um carro especial, ele percorre os bairros mais sinistros salvando almas e é o primeiro a se apresentar em tudo que é manifestação de protesto que se arma nas ruas de Berkeley e arredores. Sua amizade com Nini se fortalece a cada causa despirocada que abraçam juntos. Foi ideia de ambos que os restaurantes de Berkeley doassem a comida que sobra aos mendigos, loucos e drogados da cidade. Ela conseguiu um trailer para distribuí-la, e ele recrutou os voluntários para servir. No noticiário da televisão, apareceram os indigentes escolhendo entre sushi, curry, pato com trufas e pratos vegetarianos do cardápio. Mais de um reclamou da qualidade do café. Logo as filas engrossaram com sujeitos da classe média dispostos a comer sem pagar, houve confrontos entre a clientela original e os aproveitadores, e O'Kelly precisou trazer seus garotos para instaurar a ordem antes que a polícia o fizesse. Por fim, o Departamento de Saúde proibiu a distribuição de sobras, porque um alérgico quase morreu com um molho tailandês de amendoim.

O irlandês e minha Nini se encontram com frequência para tomar chá com bolo e analisar assassinatos truculentos.

— Você acha que dá para dissolver um corpo esquartejado com líquido para desentupir canos de esgoto? — seria uma pergunta típica de O'Kelly.

— Depende do tamanho dos pedaços — diria minha Nini, e ambos tratariam de experimentar, colocando um quilo de chuletas de molho em soda cáustica, enquanto eu teria que anotar os resultados.

— Não me surpreende que tenham conspirado para me manter incomunicável no fim do mundo — comentei com Manuel Arias.

— Pelo que você me conta, são mais temíveis do que os seus supostos inimigos, Maya — respondeu.

— Não menospreze os meus inimigos, Manuel.

— O seu avô também colocava chuletas de molho em líquido de desentupir pia?

— Não, o negócio dele não são crimes, mas as estrelas e a música. Pertence à terceira geração de uma família amante de música clássica e de jazz.

Contei a ele que o meu avô me ensinou a dançar tão logo consegui ficar de pé e comprou para mim um piano, quando eu tinha cinco anos, porque minha Nini pretendia que eu fosse uma menina prodígio e participasse de concursos na televisão. Meus avós suportaram meus estrondosos exercícios com as teclas até a professora dizer que meu esforço deveria ser empregado em algo que não necessitasse de bom ouvido. Na mesma hora optei pelo *soccer*, como os americanos chamam o futebol, uma atividade que para minha Nini parece coisa de bobos, onze homens grandes de calções brigando por uma bola. Meu Popo não sabia nada desse esporte, porque não é popular nos Estados Unidos, mas não hesitou em abandonar o beisebol, pelo qual era fanático, para se saturar em centenas de partidas de futebol feminino infantil. Valendo-se de colegas do observatório de São Paulo, conseguiu para mim um pôster autografado do Pelé, que já estava aposentado dos estádios e vivia no Brasil. Minha Nini, por sua vez, se empenhou para eu aprender a ler e escrever como adulto, já que eu não viria a ser um prodígio musical. Ela me colocou de sócia na biblioteca, fazia eu copiar parágrafos de livros clássicos e me dava cascudos se encontrava um erro de ortografia ou se eu chegava com notas medíocres em inglês ou literatura, as únicas matérias que lhe interessavam.

— Minha Nini sempre foi rude, Manuel, mas meu Popo era um doce, ele foi o sol da minha vida. Quando Marta Otter me levou para a casa dos meus avós, ele me segurou contra o peito com muito cuidado, porque nunca havia pegado um recém-nascido. Disse que o carinho que sentiu por mim o transformou. Foi o que ele me contou, e eu nunca duvidei desse carinho.

Se começo a falar de meu Popo, não consigo mais me calar. Expliquei a Manuel que devo à minha Nini o gosto pelos livros e um vocabulário nada desprezível, mas devo tudo o mais ao meu avô. Minha Nini me fazia estudar à força, dizia que "a palmatória é o melhor professor", uma barbaridade dessas, mas ele transformava o estudo numa brincadeira. Uma dessas brincadeiras consistia em abrir o dicionário ao acaso, colocar o dedo às cegas numa palavra e adivinhar seu significado. Também brincávamos de fazer perguntas idiotas: por que a chuva cai para baixo, Popo? Porque, se caísse para cima, molharia sua calça, Maya. Por que o vidro é transparente? Para confundir as moscas. Por que você tem as mãos pretas em cima e rosadas embaixo, Popo? Porque acabou a tinta antes da hora. E continuávamos nesse ritmo até minha avó perder a paciência e começar a uivar.

A enorme presença do meu Popo, com seu humor brincalhão, sua bondade ilimitada, sua inocência, seu colo para me ninar e sua ternura, preencheu a minha infância. Ele tinha um riso sonoro, que nascia nas entranhas da terra, subia pelos pés e o sacudia por inteiro.

— Vamos, Popo, jure que nunca vai morrer — eu exigia, pelo menos, uma vez por semana.

A resposta dele era invariável:

— Juro que sempre estarei com você.

Ele procurava voltar cedo da universidade para ficar um tempo comigo antes de ir para o escritório com seus livrões de astronomia e suas cartas estelares, preparar aulas, corrigir provas, pesquisar, escrever. Alunos e colegas o visitavam e se trancavam para trocar ideias esplêndidas e improváveis até o amanhecer, quando Nini os interrompia, de camisola e com uma enorme garrafa térmica de café.

— Sua aura ficou opaca, velho. Esqueceu que às oito tem aula? — E tratava de distribuir café e empurrar as visitas até a porta.

A cor dominante da aura de meu avô era violeta, coisa muito apropriada para ele, porque é a cor da sensibilidade, da sabedoria, da intuição, do poder psíquico, da visão de futuro.

Essas eram as únicas oportunidades em que Nini entrava no escritório; em compensação, eu tinha livre acesso e até dispunha da minha própria cadeira e de um canto da mesa para fazer minhas tarefas acompanhada de um jazz suave e do cheiro do fumo de seu cachimbo.

Segundo meu Popo, o sistema educativo oficial atrapalha o desenvolvimento do intelecto; é preciso respeitar os professores, mas não lhes dar importância demais. Dizia que Da Vinci, Galileu, Einstein e Darwin — para mencionar apenas quatro gênios da cultura ocidental, já que há muitos outros, como os filósofos e matemáticos árabes Avicena e al-Khwarizmi — questionaram o conhecimento de sua época. Se tivessem aceitado as baboseiras que os adultos lhes ensinavam, não teriam inventado nem descoberto nada.

— A sua neta não é nenhum Avicena e, se não estudar, terá que ganhar a vida fritando hambúrgueres — rebatia minha Nini.

Mas eu tinha outros planos, queria jogar futebol — os jogadores ganham milhões.

— São homens, sua boba. Conhece alguma mulher que ganhe milhões? — indagava minha avó e, em seguida, me impingia um discurso de reparação, que começava no terreno do feminismo e se desviava para a justiça social, para concluir que jogando futebol eu acabaria de pernas peludas. Mais tarde, meu avô me explicava que não é o esporte que causa hirsutismo, mas os genes e os hormônios.

Durante os meus primeiros anos, dormi com os meus avós, no começo entre os dois e depois num saco de dormir que guardávamos embaixo da cama e cuja existência nós três fingíamos desconhecer. À noite, meu Popo me levava à torre para examinar o espaço infinito semeado de luzes — assim aprendi a distinguir as estrelas azuis que se aproximam e as vermelhas que se afastam, os cúmulos de galáxias e os supercúmulos, estruturas ainda mais imensas, das quais existem milhões. Explicava-me que o Sol é uma estrela pequena entre cem milhões de estrelas na Via Láctea e que certamente havia milhões de outros universos além do que podemos perceber agora.

— Nesse caso, Popo, somos menos do que um suspiro de piolho — era a minha conclusão lógica.

— Não acha fantástico, Maya, que nós, estes suspiros de piolhos, possamos ter uma noção do prodígio do universo? Um astrônomo precisa mais de imaginação poética que de bom-senso, porque a magnífica complexidade do universo não pode ser medida nem explicada, mas apenas intuída.

Falava do gás e da poeira estelar que formam as belíssimas nebulosas, verdadeiras obras de arte, pinceladas intricadas de cores magníficas no firmamento; de como nascem e morrem as estrelas; dos buracos negros, do espaço e do tempo; de como possivelmente tudo se originou com o Big Bang, uma explosão indescritível; e das partículas fundamentais que formaram os primeiros prótons e nêutrons, de modo que, em processos cada vez mais complexos, nasceram as galáxias, os planetas, a vida.

— Viemos das estrelas — costumava me dizer.

— É o que eu digo — acrescentava minha Nini, pensando nos horóscopos.

Depois de visitar a torre com seu telescópio mágico e de me dar um copo de leite com canela e mel, segredo de astrônomo para desenvolver a intuição, Popo vigiava minha escovação dental e me colocava na cama. Então, minha Nini chegava e me contava uma história diferente toda noite, inventada na hora, que eu tentava prolongar o máximo possível, até a inevitável hora de ficar sozinha. Então, eu começava a contar carneirinhos, alerta ao balanço do dragão alado sobre minha cama, aos rangidos do assoalho, aos passinhos e murmúrios discretos dos habitantes invisíveis daquela casa enfeitiçada. Minha luta para vencer o medo era mera retórica, porque, mal meus avós dormiam, eu deslizava para o quarto deles, tateando na escuridão, arrastava o saco de dormir para um canto e me deitava em paz. Por muitos anos eles foram a hotéis em horas indecentes para fazer amor às escondidas. Somente agora, que me tornei adulta, consigo avaliar o sacrifício que fizeram por mim.

Manuel e eu analisamos a mensagem críptica que O'Kelly havia enviado. As notícias eram boas: a situação em minha casa era normal e meus perseguidores não haviam dado sinais de vida, embora isso não significasse que tinham me esquecido. O irlandês não se expressou diretamente, o que é lógico, dada a situação, mas num código similar ao usado pelos japoneses na Segunda Guerra Mundial, que ele me ensinara.

Estou há um mês nesta ilha. Não sei se algum dia vou me acostumar aos passos de tartaruga de Chiloé, a esta preguiça, esta permanente ameaça de chuva, esta paisagem imutável de água e nuvens e campos verdes. Tudo é igual, tudo é sossego. Os nativos não conhecem a pontualidade, os planos dependem do clima e do humor, as coisas acontecem ao seu tempo: por que fazer hoje o que pode ser feito amanhã? Manuel Arias ri das minhas listas e projetos, inúteis nesta cultura atemporal — aqui uma hora ou uma semana dá na mesma —; entretanto, ele mantém horários de trabalho e avança com seu livro no ritmo que se propôs.

Chiloé tem voz própria. Antes eu não tirava os fones dos ouvidos, a música era meu oxigênio, mas agora ando atenta para entender o castelhano arrevesado dos nativos. Juanito Corrales deixou meu iPod no mesmo bolsinho da mochila de onde o tirou, e nunca tocamos no assunto, mas, na semana que o levou para devolvê-lo, me dei conta de que não me faz tanta falta como pensava. Sem o iPod posso ouvir a voz da ilha: pássaros, vento, chuva, crepitar de lenha, rodas de carroça e, às vezes, os violinos remotos do *Caleuche*, um barco fantasma que navega na neblina e é reconhecido pela música e a barulheira dos ossos dos náufragos que vão a bordo cantando e dançando. Um golfinho chamado *cahuilla*, o nome que Manuel pôs em sua lancha, acompanha o barco.

Às vezes, sinto saudades de um trago de vodca em honra aos tempos passados, que foram péssimos, mas bem mais agitados que estes. É um capricho fugaz, não o pânico da abstinência forçada que experimentei antes. Estou decidida a cumprir minha promessa, nada de álcool, drogas, telefone nem e-mail, e a verdade é que isso está me custando menos do que esperava. Depois que esclarecemos esse ponto, Manuel parou de esconder as garrafas de vinho. Expliquei a ele que não deve modificar seus hábitos por minha causa: há álcool em todo canto, e eu sou a única responsável pela minha sobriedade. Ele entendeu e já não se preocupa muito se vou à Taberna do Mortinho assistir a algum programa de televisão ou ver o truco, um jogo argentino com baralho espanhol em que os participantes improvisam versos a cada jogada.

Adoro alguns costumes da ilha, como esse do truco, mas outros acabaram por me encher. Se o *chucao*, um pássaro pequenino e gritalhão, canta do meu lado esquerdo, é sinal de má sorte, devo tirar uma peça de roupa e colocá-la pelo avesso antes de prosseguir meu caminho; se vou sair à noite, é melhor levar uma faca limpa e sal, porque, se aparece um cachorro preto troncho de uma orelha, trata-se de um bruxo, e, para me livrar dele, devo traçar uma cruz no ar com a faca e espalhar sal no chão. A caganeira que quase me despachou quando cheguei a Chiloé não foi disenteria, porque isso os antibióticos do médico teriam curado, mas um malefício, como demonstrou Eduvigis ao me curar com orações, com seu chazinho de murta, linhaça e melissa e com suas massagens na barriga com um produto de limpar metais.

O prato tradicional de Chiloé é o *curanto*, e o de nossa ilha é o melhor. A ideia de oferecer *curanto* aos turistas foi uma iniciativa de Manuel para romper o isolamento desta vilazinha, onde raras vezes vinha algum visitante, porque os jesuítas não legaram uma única de suas igrejas e carecemos de pinguins ou baleias, só temos cisnes, flamingos e golfinhos, muito comuns por esses lados. Primeiro Manuel espalhou o boato de que aqui fica a caverna da Pincoya, e ninguém tem autoridade para desmenti-lo, porque o lugar exato da caverna é matéria de discussão e várias ilhas atribuem-no a si mesmas. A caverna e o *curanto* são agora nossas atrações.

A borda noroeste da ilha é um rochedo selvagem, perigoso para a navegação, mas excelente para a pesca; ali existe uma caverna submersa, visível apenas na maré baixa, perfeita para o reino da Pincoya, um dos poucos seres benévolos na espantosa mitologia nativa, porque ajuda os pescadores e marinheiros em apuros. É uma bela adolescente de cabelos longos, vestida de algas marinhas — se dança virada para o mar indica boa pesca, mas se o faz olhando a praia haverá escassez e deve-se procurar outro lugar para jogar as redes. Como quase ninguém a viu, essa informação é inútil. Se a Pincoya aparece, é preciso fechar os olhos e correr na direção oposta, porque ela seduz os libidinosos e os leva para o fundo do mar.

Por um caminho escarpado e ascendente, a caminhada do povoado até a caverna demora somente vinte e cinco minutos com sapatos firmes e boa disposição. No morro se elevam algumas araucárias solitárias dominando a paisagem e, do topo, aprecia-se o bucólico panorama de mar, céu e ilhotas próximas desertas. Algumas estão separadas por canais tão estreitos que, na maré baixa, se pode gritar de uma margem à outra. Do morro se vê a caverna como uma grande boca desdentada. Dá para descer se arranhando pelas rochas cobertas de excrementos de gaivotas, com risco de se quebrar a cabeça, ou chegar de caiaque bordejando a costa da ilha, desde que se tenha conhecimento das correntes e das rochas. É preciso um pouco de imaginação para apreciar o palácio submarino da Pincoya, porque, afora a boca de bruxa, não se vê nada. No passado, alguns turistas alemães pretenderam nadar até seu interior, mas os carabineiros o proibiram por causa das correntes traiçoeiras. Não nos convém que gente de fora venha se afogar aqui.

Disseram-me que janeiro e fevereiro são meses secos e quentes nestas latitudes, mas este deve ser um verão atípico, porque chove o tempo todo. Os dias são longos — o sol não tem pressa de se pôr.

Tomo banho de mar apesar das advertências de Eduvigis contra as correntes, os salmões carnívoros fugidos das encerras e o Millalobo, um ser da mitologia local, metade homem e metade lobo-do-mar, coberto de uma pelagem dourada que pode me sequestrar na maré alta. A essa lista de calamidades, Manuel acrescenta hipotermia; diz que só mesmo uma gringa imprudente pensa em tomar banho nestas águas geladas sem uma roupa de borracha. Na verdade, não vi ninguém entrar no mar por gosto. A água fria é boa para a saúde, me garantia Nini quando o aquecedor falhava no casarão de Berkeley, ou seja, duas ou três vezes por semana. No ano passado, cometi excessos demais com o meu corpo, poderia ter morrido jogada na rua; aqui estou me recuperando, e para isso não há nada melhor do que banho de mar. Só temo que a cistite volte, mas até agora estou bem.

Percorri outras ilhas e povoados com Manuel para entrevistar gente idosa e já tenho uma ideia geral do arquipélago, embora ainda falte ir ao sul. Castro é o coração da Ilha Grande, com mais de quarenta mil pessoas e um comércio próspero. Próspero é um adjetivo um tanto exagerado, mas, ao cabo de seis semanas aqui, Castro é como Nova York. A cidade avança sobre o mar, com palafitas na margem e casas de madeira pintadas com cores audazes para alegrar o espírito nos longos invernos, quando o céu e a água se tornam acinzentados. Lá Manuel tem sua conta no banco, dentista e barbeiro; lá faz as compras de supermercado, encomenda e recolhe livros na livraria.

Se o mar está agitado e não conseguimos voltar para casa, ficamos no albergue de uma senhora austríaca, cujo traseiro formidável e seios orgulhosos deixam Manuel corado, e nos fartamos de porco e *strudel* de maçã. Há poucos austríacos por estas bandas, mas alemães há às pencas. A política de imigração deste país foi muito racista, nada de asiáticos, negros nem indígenas alheios, somente europeus brancos. Um presidente do século XIX trouxe alemães da Floresta Negra e lhes destinou terras no sul, que não eram dele, mas dos índios mapuche, com o intuito de melhorar a raça; ele queria que os alemães inculcassem pontualidade, amor ao trabalho e disciplina nos chilenos. Não sei se o plano funcionou como ele esperava, mas, em todo caso, os alemães ergueram com seu próprio esforço algumas das províncias do sul, povoando-o com seus descendentes de olhos azuis. A família de Blanca Schnake provém desses imigrantes.

Fizemos uma viagem especial para Manuel me apresentar ao padre Luciano Lyon, um tremendo de um velhinho que esteve preso várias vezes nos tempos da ditadura militar (1973-1989) por defender os perseguidos. O Vaticano, cansado de lhe puxar as orelhas por sua rebeldia, aposentou-o e o mandou para um casario distante de Chiloé, mas aqui também não faltaram causas para indignar o velho guerreiro. Quando fez oitenta anos, seus admiradores apareceram de todas as ilhas e vinte ônibus de fiéis chegaram de Santiago; a festa durou dois dias na esplanada diante da igreja, com cordeiros e frangos assados, empanadas e um rio de vinho vagabundo. Foi o milagre da multiplicação dos pães, porque continuou chegando gente e sempre sobrava comida. Os bêbados de Santiago pernoitaram no cemitério sem dar a mínima para as almas penadas.

A casinha do sacerdote era vigiada por um galo majestoso de penas iridescentes que cacarejava no telhado e um imponente carneiro sem tosquiar atravessado na entrada como um cadáver. Tivemos que passar pela porta da cozinha. O carneiro, com o apropriado nome de Matusalém, escapou de virar ensopado por tantos anos que mal consegue se mexer de tão velho.

— O que faz por essas bandas, tão longe de casa, menina? — foi o cumprimento do padre Lyon.

— Fugindo das autoridades — respondi séria, mas ele começou a rir.

— Eu passei dezesseis anos nessa e, para ser franco, sinto saudades daqueles tempos.

É amigo de Manuel Arias desde 1975, quando ambos estiveram confinados em Chiloé. A pena de confinamento, ou banimento, como se chama no Chile, é muito dura, porém menor que a do exílio, porque, pelo menos, o condenado está em seu próprio país, explicou-me.

— Eles nos mandaram para algum lugar inóspito, longe da família, onde ficávamos sozinhos, sem dinheiro nem trabalho, hostilizados pela polícia. Manuel e eu tivemos sorte, porque caímos em Chiloé e aqui as pessoas nos acolheram. Você não vai acreditar, minha cara, mas dom Lionel Schnake, que odiava os esquerdistas mais do que ao diabo, nos deu hospedagem.

Nessa casa Manuel conheceu Blanca, a filha de seu bondoso anfitrião. Blanca tinha pouco mais de vinte anos e namorava firme, mas a fama de sua beleza andava de boca em boca, atraindo uma romaria de admiradores que não se deixavam intimidar pelo namorado.

Manuel ficou um ano em Chiloé, e o que ganhava mal dava para se sustentar como pescador e carpinteiro, mas lia sobre a fascinante história e a mitologia do arquipélago sem sair de Castro, onde devia se apresentar diariamente na delegacia para assinar o livro dos confinados. Apesar das circunstâncias, ele se apegou a Chiloé; queria percorrê-la toda, estudá-la, narrá-la. Por isso, ao cabo de uma longa andança pelo mundo, veio terminar seus dias aqui. Depois de cumprir sua condenação, pôde ir para a Austrália, um dos países que recebia refugiados chilenos, onde sua mulher o aguardava. Me surpreendeu que Manuel tivesse família, nunca a havia mencionado. Acontece que se casou duas vezes, não teve filhos, se divorciou de ambas as mulheres faz tempo e nenhuma delas vive no Chile.

— Por que baniram você, Manuel? — perguntei.

— Os militares fecharam a Faculdade de Ciências Sociais, onde eu era professor, por considerá-la um antro de comunistas. Prenderam muitos professores e alunos e mataram alguns.

— Esteve preso?

— Sim.

— E a minha Nini? Sabe se ela foi presa?

— Não, ela não.

Como é possível que eu saiba tão pouco sobre o Chile? Não me atrevo a perguntar a Manuel, para não passar por ignorante, mas comecei a fuçar na internet. Graças às passagens aéreas grátis que meu pai conseguia por ser piloto, meus avós viajavam comigo em todo feriado e férias disponíveis. Meu Popo fez uma lista de lugares que devíamos conhecer depois da Europa e antes de morrermos. Assim, visitamos as ilhas Galápagos, o Amazonas, a Capadócia e Machu Picchu, mas nunca viemos ao Chile, como teria sido lógico. A falta de interesse de minha Nini em visitar seu país é inexplicável, porque ela defende ferozmente seus costumes de chilena e ainda se emociona quando hasteia a bandeira tricolor em sua sacada nos meses de setembro. Acho que cultiva uma ideia poética do Chile e teme enfrentar a realidade, ou há algo por aqui que não pretende lembrar.

Meus avós eram viajantes experientes e práticos. Nos álbuns de fotos aparecemos os três em lugares exóticos sempre com as mesmas roupas, porque reduzíramos a bagagem ao mais elementar e sempre mantínhamos preparadas as maletas de mão, uma para cada um, o que nos permitia partir em meia hora, assim que surgia uma oportunidade ou um capricho. Uma vez, meu Popo e eu estávamos lendo sobre gorilas numa *National Geographic*, sobre como são vegetarianos, mansos e com senso de família, quando minha Nini, que passava pela sala com um vaso de flores na mão, comentou brincando que devíamos ir vê-los.

— Boa ideia — comentou meu Popo e pegou o telefone, ligou para meu pai, conseguiu as passagens, e, no dia seguinte, íamos para Uganda com nossas maletinhas surradas.

Frequentemente convidavam meu Popo para seminários e conferências, e ele, se podia, nos levava porque minha Nini temia que alguma desgraça acontecesse enquanto estivéssemos separados. O Chile é uma pestana entre as montanhas dos Andes e as profundezas do Pacífico, com centenas de vulcões, alguns ainda com a lava morna, que podem despertar a qualquer momento e afundar o território no mar. Isso explica por que a minha avó chilena espera sempre o pior, está preparada para emergências e anda pela vida com um saudável fatalismo, apoiada por alguns santos católicos de sua preferência e pelos vagos conselhos do horóscopo.

Eu faltava às aulas com frequência porque viajava com meus avós e porque me entediava na escola; somente as minhas boas notas e a flexibilidade do método italiano impediam a minha expulsão. Sobravam-me subterfúgios: eu fingia uma apendicite, uma enxaqueca, uma laringite e, quando tudo falhava, convulsões. Meu avô era fácil de enganar, mas a minha Nini me curava com métodos drásticos, um banho frio e uma colherada de óleo de fígado de bacalhau, a menos que lhe conviesse que eu faltasse, por exemplo, quando me levava para protestar contra a guerra da vez, colar cartazes em defesa dos animais de laboratório ou nos acorrentar numa árvore para sacanear as empresas madeireiras. Sua determinação para me inculcar consciência social sempre foi heroica.

Em mais de uma ocasião, meu Popo precisou nos resgatar na delegacia. A polícia de Berkeley é indulgente, está acostumada com manifestações nas ruas por tudo quanto é causa nobre, com fanáticos bem-intencionados capazes de acampar por meses numa praça pública, com estudantes decididos a tomar a universidade em prol da Palestina ou pelos direitos dos nudistas, com gênios distraídos que ignoram os sinais de trânsito, com mendigos que em outra vida foram *summa cum laude*, com drogados em busca do paraíso e, enfim, com qualquer cidadão virtuoso, intolerante e combatente naquela cidade de cem mil habitantes, onde quase tudo é permitido, desde que se faça com bons modos. Minha Nini e Mike O'Kelly costumam esquecer os bons modos no fragor da batalha pela justiça, mas, quando detidos, nunca acabam numa cela, porque o sargento Walczak vai pessoalmente comprar *cappuccinos* para eles.

Eu tinha dez anos quando meu pai se casou de novo. Nunca havia nos apresentado a nenhuma de suas namoradas e defendia tanto as vantagens da liberdade que não esperávamos vê-lo renunciar a ela. Um dia, anunciou que traria uma amiga para jantar, e minha Nini, que por anos havia procurado em segredo uma namorada para ele, se preparou para causar uma boa impressão à mulher, enquanto eu me preparava para atacá-la. Desencadeou-se um frenesi de atividades na casa: minha Nini contratou um serviço de limpeza profissional que deixou o ar saturado do cheiro de alvejante e gardênias e se complicou com uma receita marroquina de frango com canela, que acabou como sobremesa. Meu Popo gravou uma seleção de suas peças favoritas para que houvesse música ambiente; na minha opinião, música de elevador.

Meu pai, que não víamos fazia umas duas semanas, se apresentou na noite marcada com Susan, uma loura sardenta e malvestida que nos surpreendeu, porque tínhamos a ideia de que ele gostava das garotas glamorosas, como Marta Otter antes de sucumbir à maternidade e à vida doméstica em Odense. Susan seduziu meus avós em poucos minutos com sua simplicidade, mas não a mim; eu a recebi tão mal que minha Nini me arrastou para um canto da cozinha com o pretexto de servir frango e me prometeu uma boa surra se eu não mudasse de atitude. Depois de comer, meu Popo fez o impensável: convidou Susan para visitar a torre astronômica, onde não levava ninguém além de mim, e lá ficaram um bom tempo observando o céu, enquanto minha avó e meu pai me repreendiam pela insolência.

Alguns meses mais tarde, meu pai e Susan se casaram numa cerimônia informal na praia. Isso já estava fora de moda fazia uma década, mas a noiva desejava mesmo assim. Meu Popo teria preferido algo mais cômodo, mas Nini estava muito à vontade. O casamento foi oficiado por um amigo de Susan que havia obtido por correspondência uma licença de pastor da Igreja Universal. Obrigaram-me a ir, mas me neguei a entregar as alianças e a me vestir de fada, como pretendia minha avó. Meu pai usou um traje branco estilo Mao que não caía bem com a sua personalidade ou as suas simpatias políticas, e Susan uma bata leve e um diadema de flores silvestres, também muito fora de moda. Os presentes, descalços na areia, com os sapatos na mão, suportaram meia hora de neblina e conselhos açucarados do pastor. Depois houve uma recepção no iate clube da mesma praia, e os convidados dançaram e beberam até depois da meia-noite, enquanto eu me tranquei no Volkswagen dos meus avós e só coloquei o nariz para fora quando o bom O'Kelly chegou em sua cadeira de rodas para me trazer um pedaço de torta.

Meus avós pretendiam que os recém-casados viessem morar com a gente, já que sobrava espaço na casa, mas meu pai alugou no mesmo bairro uma casinha que cabia na cozinha de sua mãe, porque não podia pagar coisa melhor. Os pilotos trabalham muito, ganham pouco e andam sempre cansados; não é uma profissão invejável. Uma vez instalados, meu pai decidiu que eu devia ir viver com eles, e meu berreiro não o amoleceu nem assustou Susan, que, à primeira vista, havia me parecido fácil de intimidar. Era uma mulher equânime, de humor constante, sempre disposta a ajudar, mas sem a compaixão agressiva da minha Nini, que costuma ofender os próprios beneficiados.

Agora compreendo que tinha passado para Susan a ingrata tarefa de se encarregar de uma fedelha criada por velhos, mimada e cheia de caprichos, que só tolerava alimentos brancos — arroz, pipoca, pão de forma, bananas — e passava as noites acordada. Em vez de me obrigar a comer com métodos tradicionais, ela preparava para mim peito de peru com creme chantili, couve-flor com sorvete de coco e outras combinações audazes, até que, aos poucos, passei do branco para o bege — húmus, alguns cereais, café com leite — e dali a cores com mais personalidade, como alguns tons de verde, laranja e vermelho, desde que não fosse beterraba. Ela não podia ter filhos e tratou de compensar essa carência ganhando o meu carinho, mas eu a enfrentei com a teimosia de uma mula. Deixei minhas coisas na casa dos meus avós e chegava à de meu pai somente para dormir, com uma sacola, meu despertador e o livro que estivesse lendo. Em minhas noites insones, eu tremia de medo, com a cabeça embaixo das cobertas. Como meu pai não toleraria nenhuma insolência minha, optei por uma cortesia orgulhosa, inspirada nos mordomos dos filmes ingleses.

Meu único lar era o casarão todo colorido, aonde ia diariamente depois da escola para fazer meus deveres e brincar, rezando para que Susan se esquecesse de me pegar após sair do trabalho em São Francisco, mas isso nunca aconteceu: minha madrasta tinha um senso de responsabilidade patológico. Assim transcorreu o primeiro mês, até que ela trouxe um cachorro para viver com a gente. Ela trabalhava no Departamento de Polícia de São Francisco adestrando cães farejadores de bombas, uma especialidade muito valorizada a partir de 2001, quando começou a paranoia do terrorismo, mas na época em que ela se casou com meu pai aturava brincadeiras dos seus colegas grosseiros, porque desde tempos imemoriais ninguém havia colocado uma bomba na Califórnia.

Cada animal trabalhava com o mesmo humano durante toda a sua vida, e ambos chegavam a se completar tão bem que um adivinhava o pensamento do outro. Susan selecionava o filhote mais esperto da ninhada e a pessoa mais adequada para conviver com ele, alguém que tivesse crescido com animais. Embora eu houvesse jurado acabar com os nervos da minha madrasta, acabei me rendendo perante Alvy, um labrador de seis anos mais inteligente e simpático do que o melhor dos seres humanos. Susan me ensinou o que sei sobre animais e me permitia, violando as regras fundamentais do manual, dormir com Alvy. Assim me ajudou a combater a insônia.

A presença silenciosa da minha madrasta chegou a ser tão natural e necessária na família que custava lembrar como era a vida antes dela. Se meu pai estava viajando, ou seja, a maior parte do tempo, Susan me autorizava a passar a noite na casa mágica dos meus avós, onde meu quarto permanecia intacto. Susan gostava muito do meu Popo, assistia com ele aos filmes suecos dos anos cinquenta em preto e branco e sem legendas — era preciso adivinhar os diálogos — e ouviam jazz em cubículos sufocantes de fumaça. Tratava minha Nini, que não é nada dócil, com o mesmo método de treinar cães farejadores de bombas: afeto e firmeza, castigo e recompensa. Com afeto a fez saber que gostava dela e estava à sua disposição, com firmeza a impediu de entrar pela janela de sua casa para inspecionar a limpeza ou dar doces escondidos para a neta. Ela a castigava desaparecendo por uns dias quando minha Nini a sobrecarregava de presentes, advertências e pratos chilenos e a premiava levando-a para passear na floresta quando tudo estava correndo bem. Aplicava o mesmo sistema com o marido e comigo.

Minha boa madrasta não se interpôs entre meus avós e eu, embora deva ter se chocado com a forma instável como me criavam. É verdade que me mimavam demais, mas essa não foi a causa dos meus problemas, como suspeitaram os psicólogos com quem deparei na adolescência. Minha Nini me educou à chilena, comida e carinho em abundância, regras claras e algumas palmadas, não muitas. Uma vez, ameacei denunciá-la à polícia por abuso de menores e ganhei uma pancada tão forte com uma concha que um galo se formou na minha cabeça. Isso cortou minha iniciativa pela raiz.

Compareci a um *curanto*, o prato típico de Chiloé, abundante e generoso, cerimônia da comunidade. Os preparativos começaram cedo porque as lanchas do ecoturismo chegam antes do meio-dia. As mulheres picaram tomate, cebola, alho e coentro para o tempero e, mediante um processo tedioso, fizeram *milcao* e *chapalele*, umas massas de batatas, farinha, gordura de porco e torresmo, péssimas em minha opinião, enquanto os homens cavaram um buraco grande, puseram no fundo um monte de pedras e em cima acenderam uma fogueira. Quando a lenha se consumiu, as pedras ardiam, o que coincidiu com a chegada das lanchas. Os guias mostraram o povoado aos turistas e deram tempo para que comprassem tecidos, colares de conchas, geleia de murta, licor de ouro,* esculturas de madeira, creme de baba de caracol para as manchas de velhice, ramos de lavanda, enfim, o pouco que há, e em seguida os reuniram em torno do buraco fumegante na praia. Os cozinheiros do *curanto* colocaram panelas de barro sobre as pedras para receber os caldos, que são afrodisíacos, como se sabe, e foram pondo em camadas os *chapaleles* e o *milcao*, porco, cordeiro, frango, mariscos, peixe, verduras e outras delícias que não anotei, taparam-nos com panos brancos molhados, enormes folhas de *nalca*,** um saco que sobressaía do buraco como uma saia e, por último, areia. O cozimento durou pouco mais de uma hora, e, enquanto os ingredientes se transformavam no segredo do calor, em seus

---

* Bebida feita com soro de leite e álcool, considerada típica de Chonchi, povoado da Ilha Grande de Chiloé. (N.T.)
** Termo mapuche. *Nalca*, ou *pangue*, é uma planta cujas folhas chegam a um metro de comprimento. Parece um pouco com uma mostarda gigante. (N.T.)

íntimos sucos e fragrâncias, os visitantes se distraíam fotografando a fumaça, bebendo pisco e ouvindo Manuel Arias.

Os turistas são de várias categorias: chilenos da terceira idade, europeus de férias, argentinos de diversos tipos e mochileiros de origem incerta. Às vezes, chega um grupo de asiáticos ou de americanos com mapas, guias e livros sobre a fauna e a flora, consultados com grande seriedade. Todos, menos os mochileiros, que preferem fumar maconha atrás das moitas, apreciam a oportunidade de ouvir um escritor publicado, alguém capaz de esclarecer os mistérios do arquipélago em inglês ou espanhol, conforme o caso. Nem sempre Manuel é chato; pode ser divertido em seu tema por um tempo não muito longo. Fala para os visitantes da história, das lendas e dos costumes de Chiloé e avisa que os ilhéus são cautelosos, é preciso conquistá-los pouco a pouco, com respeito, como também é necessário se adaptar pouco a pouco e com respeito à natureza agreste, aos invernos implacáveis, aos caprichos do mar. Lento. Muito lento. Chiloé não é para gente apressada.

As pessoas viajam para Chiloé com a ideia de retroceder no tempo e se desiludem com as cidades da Ilha Grande, mas na nossa ilhota encontram o que procuram. Não os enganamos de propósito, claro, mas no dia do *curanto* bois e carneiros aparecem por acaso perto da praia, há um número maior de redes e botes secando na areia, as pessoas se vestem com seus gorros e ponchos mais toscos e ninguém pensa em usar seu celular em público.

Os especialistas sabiam exatamente quando estavam cozidos os tesouros culinários no buraco e então tiraram a areia com pás, levantaram delicadamente o saco, as folhas de *nalca* e os panos brancos — e então subiu ao céu uma nuvem de vapor com os deliciosos aromas do *curanto*. Houve um silêncio de expectativa e depois uma salva de palmas. As mulheres tiraram as porções, que foram servidas em pratos de papelão com novas rodadas de pisco sour, a bebida nacional do Chile, capaz de derrubar um cossaco. No fim tivemos que orientar vários turistas sobre como chegar às lanchas.

Meu Popo teria gostado desta vida, desta paisagem, desta abundância de mariscos, desta preguiça do tempo. Nunca ouviu falar de Chiloé, ou o teria incluído em sua lista de lugares para visitar antes de morrer. Meu Popo... como sinto saudades dele! Era um urso grande, forte e doce, com calor de fogo a lenha, cheiro de tabaco e água-de-colônia, voz rouca e riso telúrico, com mãos enormes para me amparar. Levava-me a partidas de futebol e à ópera, respondia minhas infinitas perguntas, penteava meus cabelos e aplaudia meus intermináveis poemas épicos, inspirados nos filmes de Kurosawa que víamos juntos. Íamos à torre da casa para esquadrinhar com seu telescópio a abóbada negra do céu em busca do seu planeta arisco, uma estrela verde que nunca pudemos encontrar.

— Prometa uma coisa, Maya: que sempre vai amar a si mesma como eu amo você — me repetia.

Eu prometia, sem saber o que essa frase estranha significava. Ele me amava sem restrições, me aceitava como sou, com as minhas limitações, manias e defeitos, me aplaudia mesmo que eu não merecesse, ao contrário da minha Nini, que acha que não se deve festejar os esforços das crianças, porque elas se acostumam e depois vão mal na vida quando ninguém as elogia. Meu Popo me perdoava tudo, me consolava, ria quando eu ria, era o meu melhor amigo, meu cúmplice e confidente; eu era a sua única neta e a filha que não tivera.

— Diga, Popo, que sou o amor dos seus amores — eu pedia, para implicar com a minha Nini.

— Você é o amor dos nossos amores, Maya — ele me respondia diplomaticamente.

Mas eu era a preferida, tenho certeza; minha avó não podia competir comigo. Meu Popo era incapaz de escolher a própria roupa, quem fazia isso era a minha Nini, mas, quando fiz treze anos, ele me levou para comprar o meu primeiro sutiã porque notou que eu me enfaixava com uma manta e andava abaixada para esconder o peito. A timidez me impedia de falar com a minha Nini ou com Susan; em compensação, não tive problema em provar o sutiã diante do meu Popo.

A casa de Berkeley foi o meu mundo: as tardes com os meus avós assistindo a séries na televisão, os domingos de verão tomando café da manhã no terraço, as ocasiões em que meu pai chegava e jantávamos juntos enquanto Maria Callas cantava em velhos discos de vinil, o escritório, os livros, as fragrâncias da cozinha. Com essa pequena família a primeira parte da minha existência transcorreu sem problemas dignos de serem mencionados, mas, aos dezesseis anos, as forças catastróficas da natureza, como as chama minha Nini, me agitaram o sangue e nublaram meu entendimento.

Tenho tatuado no pulso esquerdo o ano em que meu Popo morreu: 2005. Em fevereiro soubemos que estava doente, em agosto nos despedimos dele, em setembro fiz dezesseis anos e minha família se desfez em migalhas.

No dia inesquecível em que meu Popo começou a morrer, eu tinha ficado na escola, no ensaio de uma peça de teatro, nada menos que *Esperando Godot* — a professora de teatro era ambiciosa —, e depois fui embora a pé até a casa dos meus avós. Quando cheguei, já era noite. Entrei chamando e acendendo as luzes, estranhando o silêncio e o frio, porque essa era a hora mais acolhedora da casa, quando estava morna, havia música e no ambiente flutuavam os aromas das panelas da minha Nini. Nessa hora, meu Popo lia na poltrona de seu estúdio e minha Nini cozinhava ouvindo as notícias no rádio, mas não encontrei nada disso naquela noite. Meus avós estavam na sala, sentados muito juntos no sofá que minha Nini tinha forrado seguindo as instruções de uma revista. Haviam reduzido de tamanho, e notei a idade deles pela primeira vez — até aquele momento haviam permanecido intocados pelo rigor do tempo. Eu estivera com eles dia após dia, ano após ano, sem me dar conta das mudanças — meus avós eram imutáveis e eternos como as montanhas. Não sei se eu os tinha visto apenas com os olhos da alma ou se, quem sabe, envelheceram naquelas horas. Também não tinha notado que, nos últimos meses, meu avô havia perdido peso, a roupa lhe sobrava, e a seu lado minha Nini já não parecia tão diminuta.

— O que foi, velhos? — E meu coração deu um salto no vazio, porque adivinhei antes que pudessem me responder.

Nidia Vidal, aquela guerreira invencível, estava arrasada, com os olhos inchados de chorar. Meu Popo me fez um sinal para que me sentasse com eles, me abraçou, apertando-me contra o peito, e me contou que fazia um tempo que se sentia mal, que lhe doía o estômago. Depois de vários exames, o médico acabara por lhe confirmar a causa.

— E o que é, Popo? — A frase saiu como um grito.

— Alguma coisa no pâncreas — disse, e o gemido visceral de sua mulher me deu a entender que era câncer.

Por volta das nove, Susan chegou para jantar, como fazia com frequência, e nos encontrou encolhidos no sofá, tiritando. Ligou a calefação, pediu pizza pelo telefone, ligou para o meu pai em Londres para dar a má notícia e depois se sentou com a gente, de mãos dadas com seu sogro, em silêncio.

Minha Nini abandonou tudo para cuidar do marido: a biblioteca, as histórias para crianças, os protestos na rua, o Clube dos Criminosos, e deixou esfriar o forno que mantivera quente durante toda a minha infância. O câncer, esse inimigo dissimulado, atacou meu Popo sem dar sinais até estar muito avançado. Minha Nini levou seu marido para o hospital da Universidade de Georgetown, em Washington, onde trabalham os melhores especialistas, mas não adiantou nada. Disseram a ela que seria inútil operá-lo, e ele se negou a se submeter a um bombardeio químico para prolongar sua vida apenas alguns meses. Pesquisei na internet sobre sua doença e em livros que consegui na biblioteca; assim soube que, de quarenta e três mil casos anuais nos Estados Unidos, mais ou menos trinta e sete mil são terminais e que uns cinco por cento dos pacientes respondem ao tratamento, e para esses a expectativa máxima de vida é de cinco anos; em suma, apenas um milagre salvaria o meu avô.

Durante a semana em que meus avós estiveram em Washington, meu Popo se deteriorou tanto que nos custou reconhecê-lo quando fui com meu pai e Susan esperá-los no aeroporto. Havia emagrecido mais ainda, arrastava os pés, estava encurvado, com os olhos amarelos e a pele opaca, cinzenta. Com passinhos de inválido, chegou até a caminhonete de Susan suando com o esforço e, na casa, não teve forças para subir a escada — tivemos que arrumar uma cama em seu estúdio, no primeiro andar, onde dormiu até que trouxeram uma cama de hospital. Minha Nini se deitava com ele, encolhida ao seu lado como um gato.

Com a mesma paixão com que abraçava causas perdidas, tanto políticas quanto humanitárias, minha avó enfrentou Deus para defender seu marido, primeiro com súplicas, rezas e promessas e depois com maldições e ameaças de se tornar ateia.

— O que a gente ganha lutando com a morte, Nidia, se, mais cedo ou mais tarde, ela sempre ganha? — zombava meu Popo.

Como a ciência tradicional se declarou incompetente, ela recorreu a curas alternativas, como ervas, cristais, acupuntura, xamãs, massagens da aura e uma garota de Tijuana, com estigmas e milagreira. Seu marido suportou essas excentricidades com bom humor, tal como havia feito desde que a conhecera. No começo, meu pai e Susan procuraram proteger os velhos dos muitos charlatães, que, de algum modo, farejavam a possibilidade de explorar a minha Nini, mas depois acabaram concordando que esses recursos desesperados a mantinham ocupada enquanto os dias passavam.

Não fui às aulas nas semanas derradeiras. Instalei-me no casarão mágico com a intenção de ajudar a minha Nini, mas eu estava mais deprimida do que o doente, e ela precisou cuidar de nós dois.

Susan foi a primeira que se atreveu a mencionar o Hospice.

— Isso é para os agonizantes, e Paul não vai morrer! — exclamou minha Nini.

Pouco a pouco, porém, teve que ceder. Carolyn, uma voluntária de modos suaves, muito experiente, veio nos explicar o que ia acontecer e como sua organização poderia nos ajudar sem nenhum custo, desde manter confortável o doente e nos dar consolo espiritual, ou psicológico, até driblar a burocracia dos médicos e do enterro.

Meu Popo insistiu em morrer em casa. As etapas se sucederam na ordem e nos prazos que Carolyn previu, mas me pegaram de surpresa, porque eu também, como minha Nini, esperava que uma intervenção divina mudasse o curso da desgraça. A morte acontece com os outros, não com quem mais amamos e muito menos com meu Popo, que era o centro da minha vida, a força da gravidade que ancorava o mundo; sem ele eu não teria suporte, a menor brisa me arrastaria.

— Você jurou que nunca ia morrer, Popo!

— Não, Maya, eu disse que sempre estaria com você e pretendo cumprir a minha promessa.

Os voluntários do Hospice instalaram a cama de hospital diante da janela larga da sala para que, durante as noites, meu avô imaginasse as estrelas e a lua o iluminando, já que não podia vê-las por entre os galhos dos pinheiros. Puseram um cateter no peito dele para lhe administrarem medicamentos sem espetá-lo e nos ensinaram a movê-lo, lavá-lo e trocar os lençóis sem tirá-lo da cama. Carolyn vinha vê-lo com frequência, entendia-se com o médico, o enfermeiro e a farmácia; mais de uma vez se encarregou das compras do supermercado quando ninguém na família tinha ânimo para fazê-lo.

Mike O'Kelly também nos visitava. Chegava em sua cadeira de rodas elétrica, que dirigia como um carro de corrida, por vezes acompanhado de dois delinquentes reabilitados, a quem mandava tirar o lixo, passar o aspirador, varrer o pátio e realizar outros servicinhos domésticos enquanto tomava chá com a minha Nini na cozinha. Estiveram afastados por alguns meses depois de brigarem numa manifestação sobre o aborto, que O'Kelly, católico praticante, rejeitava, sem exceções, mas a doença do meu avô os reconciliou. Embora, às vezes, esses dois se encontrem em extremos ideológicos opostos, não podem permanecer brigados, porque se amam demais e têm muito em comum.

Se meu Popo estava acordado, Branca de Neve conversava um pouco com ele. Não tinham desenvolvido uma amizade verdadeira, acho que nutriam um pouco de ciúmes. Uma vez ouvi O'Kelly falar de Deus a meu Popo e me senti obrigada a avisá-lo de que perdia seu tempo, porque meu avô era agnóstico.

— Tem certeza, garota? Paul passou a vida observando o céu com um telescópio. Como não ia enxergar Deus? — respondeu, mas não tentou salvar a alma dele contra sua vontade.

Quando o médico receitou morfina e Carolyn nos disse que disporíamos de toda que fosse necessária, porque o doente tinha direito a morrer sem dor e com dignidade, O'Kelly se absteve de nos prevenir contra a eutanásia.

Chegou o momento inevitável em que acabaram as forças do meu Popo e foi preciso parar o desfile de alunos e amigos que o visitavam. Ele sempre foi vaidoso e, apesar da sua fraqueza, se preocupava com a aparência, mesmo que apenas nós o víssemos. Pedia que o mantivéssemos limpo, barbeado e com o quarto ventilado — temia nos ofender com as misérias de sua doença. Tinha os olhos opacos e fundos, as mãos como garras de pássaro, os lábios rachados, a pele semeada de equimoses e sobrando sobre os ossos; meu avô era o esqueleto de uma árvore queimada, mas ainda podia ouvir música e recordar.

— Abram a janela para que entre a alegria — sempre nos pedia.

Às vezes, estava tão abatido que a voz mal lhe saía, mas havia momentos melhores, então levantávamos a cabeceira da cama para sentá-lo e conversávamos. Queria me entregar suas vivências e sua sabedoria antes de partir. Nunca perdeu a lucidez.

— Está com medo, Popo? — perguntei.

— Não, mas estou com pena, Maya. Gostaria de viver mais vinte anos com vocês.

— O que será que tem do outro lado, Popo? Acredita que há vida após a morte?

— É uma possibilidade, mas não há provas.

— Também não há provas da existência do seu planeta e você acredita nele — rebati.

E ele riu com prazer.

— Tem razão, Maya. É absurdo acreditar somente no que se pode provar.

— Lembra quando me levou ao observatório para ver um cometa, Popo? Nessa noite vi Deus. Não havia lua, o céu estava preto e cheio de diamantes, e, quando olhei pelo telescópio, distingui claramente a cauda do cometa.

— Gelo seco, amoníaco, metano, ferro, magnésio e...

— Era um véu de noiva e atrás estava Deus — garanti.

— Como era?

— Como uma teia luminosa de aranha, Popo. Tudo o que existe está conectado por fios dessa teia de aranha. Não sei explicar. Quando você morrer, vai viajar como o cometa, e eu irei agarrada na sua cauda.

— Seremos poeira sideral.

— Ai, Popo!

— Não chore, garota, porque me faz chorar também e depois a sua Nini vai começar a chorar e não acabaremos nunca mais.

Em seus últimos dias, só podia engolir umas colherinhas de iogurte e goles de água. Quase não falava, mas também não se queixava; passava as horas flutuando num cochilo de morfina, agarrado à mão de sua mulher ou à minha. Duvido que soubesse onde estava, mas sabia que nos amava. Minha Nini continuou contando histórias até o fim, quando ele já não as compreendia, mas a cadência de sua voz o embalava. Contava a dos apaixonados que reencarnaram em diferentes épocas, viviam aventuras, morriam e voltavam a se encontrar em outras vidas, sempre juntos.

Eu murmurava orações inventadas por mim na cozinha, no banheiro, na torre, no jardim, em qualquer lugar onde pudesse me esconder, e suplicava ao deus de Mike O'Kelly que se apiedasse de nós, mas ele permanecia distante e mudo. Fiquei coberta de manchas roxas, o cabelo começou a cair, e eu roía as unhas até sair sangue; minha Nini me envolvia os dedos com fita adesiva e me obrigava a dormir de luvas. Não podia imaginar a vida sem o meu avô, mas também não podia suportar sua lenta agonia e acabei rezando para que morresse logo e deixasse de sofrer. Se ele tivesse me pedido, eu teria aumentado a dose de morfina para ajudá-lo — seria muito fácil, mas não o fiz.

Eu dormia vestida no sofá da sala, com um olho aberto, vigiando, e assim soube antes de todo mundo quando chegou o momento da despedida. Corri para acordar minha Nini, que havia tomado um sonífero para descansar um pouco, e liguei para o meu pai e Susan, que chegaram em dez minutos.

Minha avó, de camisola, se meteu na cama do marido e repousou a cabeça em seu peito, tal como sempre haviam dormido. De pé no outro lado da cama, eu me reclinei também em seu peito, que antes era forte e largo e dava para nós duas. Agora mal batia. A respiração do meu Popo tinha se tornado imperceptível e, por alguns instantes muito longos, pareceu que havia cessado por completo, mas de repente ele abriu os olhos, passeou o olhar pelo meu pai e Susan, que o ladeavam chorando sem ruído, levantou com esforço a sua grande mão e a apoiou em minha cabeça.

— Quando eu encontrar o planeta, vou colocar nele o seu nome, Maya.

Foi a última coisa que disse.

Nos três anos transcorridos desde a morte do meu avô, raramente falei dele. Isso me criou mais de um problema com os psicólogos do Oregon, que pretendiam me obrigar a "resolver meu luto" ou alguma bobagem desse tipo. Há pessoas assim, que acreditam que todos os lutos se parecem e que existem fórmulas e prazos para superá-los. A filosofia estoica da minha Nini é mais adequada nesses casos.

— Se chamam a gente para sofrer, apertemos os dentes — dizia.

Uma dor assim, dor da alma, não se apaga com remédios, terapia ou férias; uma dor assim se sofre, simplesmente, a fundo, sem paliativos, como deve ser. Eu teria feito bem em seguir o exemplo da minha Nini, em vez de ficar negando que estava sofrendo e calando o uivo que levava atravessado no peito. No Oregon, eles me receitaram antidepressivos, que eu não tomava, porque me deixavam idiota. Vigiavam-me, mas eu podia enganá-los com chiclete escondido na boca, onde grudava o comprimido com a língua e, minutos depois, cuspia intacto. Minha tristeza era a minha companheira, não queria me curar dela como se fosse um resfriado. Também não queria compartilhar minhas lembranças com aqueles terapeutas bem-intencionados, porque qualquer coisa que dissesse a eles sobre o meu avô seria banal. No entanto, nesta ilha de Chiloé, não passa um dia sem que eu conte a Manuel Arias alguma história de meu Popo. Meu Popo e este homem são muito diferentes, mas os dois têm certa qualidade de árvore grande e com eles me sinto protegida.

Acabo de ter um raro momento de comunhão com Manuel, como aqueles que tinha com meu Popo. Eu o encontrei olhando o entardecer pelo janelão e perguntei a ele o que estava fazendo.

— Respirando.

— Eu também estou respirando. Não é disso que estou falando.

— Até você me interromper, Maya, eu estava respirando, nada mais. Precisa ver como é difícil respirar sem pensar.

— Isso se chama meditação. Minha Nini vive meditando, diz que assim sente o meu Popo ao seu lado.

— E você o sente?

— Antes não, porque estava congelada por dentro e não sentia nada. Mas agora me parece que meu Popo anda por aqui, rondando, rondando...

— O que mudou?

— Ora, Manuel: tudo. Para começo de conversa, estou sóbria e, além disso, há calma, silêncio e espaço aqui. Meditar me faria bem, como faz à minha Nini, mas não posso: penso o tempo todo, tenho a cabeça cheia de ideias. Acha isso ruim?

— Depende das ideias...

— Não sou nenhum Avicena, como diz minha avó, mas tenho boas ideias.

— Por exemplo...

— Neste exato momento não saberia responder, mas, logo que me ocorrer alguma coisa genial, eu lhe digo. Você pensa demais no seu livro, mas não gasta pensamentos em coisas mais importantes, por exemplo, em como era deprimente a sua vida antes da minha chegada. E o que será de você quando eu for embora? Pense no amor, Manuel, todo mundo necessita de um amor.

— Ora, ora. Qual é o seu? — perguntou, rindo.

— Eu posso esperar, tenho dezenove anos e a vida pela frente. Você tem noventa e pode morrer daqui a cinco minutos.

— Tenho apenas setenta e dois, mas é verdade que posso morrer daqui a cinco minutos. Essa é uma boa razão para evitar o amor, seria uma descortesia deixar uma pobre mulher viúva.

— Com esse critério, cara, você está frito.

— Sente-se aqui comigo, Maya. Um velho moribundo e uma moça bonita vão respirar juntos. Desde que você possa se calar um instante, claro.

Fizemos isso até o cair da noite. E meu Popo nos acompanhou.

Com a morte do meu avô, fiquei sem bússola e sem família: meu pai vivia no ar, mandaram Susan para o Iraque com Alvy para detectar bombas, e minha Nini se sentou para chorar por seu marido. Nem cachorros tínhamos. Susan costumava trazer cadelas prenhes para casa, que ficavam até os filhotes alcançarem três ou quatro meses, então os levava para treiná-los; era um drama se apegar a eles. Os cachorrinhos teriam sido um grande consolo quando minha família se dispersou. Sem Alvy e sem filhotes, não tive com quem compartilhar a tristeza.

Meu pai andava metido em outros amores e deixava uma quantidade impressionante de pistas, como se estivesse clamando para que Susan soubesse. Aos quarenta e um anos, tentava aparentar trinta, pagava fortunas por um corte de cabelo e pela roupa esportiva, levantava peso e se bronzeava com luz ultravioleta. Estava mais bonitão do que nunca, o grisalho das têmporas lhe dava um ar distinto. Susan, em compensação, cansada de viver esperando um marido que nunca aterrissava de todo, que sempre estava pronto para ir embora ou cochichava no celular com outras mulheres, havia se entregado ao desgaste da idade: mais gorda, vestida de homem, com óculos baratos comprados às dúzias na farmácia. Ela se agarrou à oportunidade de ir para o Iraque para escapar daquele relacionamento humilhante. A separação foi um alívio para os dois.

Meus avós tinham se amado de verdade. A paixão que começou em 1976 entre essa exilada chilena, que vivia com sua mala pronta, e o astrônomo americano de passagem por Toronto se manteve fresca por três décadas. Quando meu Popo morreu, minha Nini ficou confusa e desconsolada, não era ela mesma. Também ficou sem recursos, porque, em poucos meses, os gastos com a doença haviam consumido suas economias. Contava com a pensão do marido, mas não era suficiente para manter o galeão à deriva que era a sua casa. Sem me dar nem dois dias de aviso, alugou-a para um comerciante da Índia, que a encheu de parentes e mercadorias, e foi viver num quarto sobre a garagem do meu pai. Ela se desfez da maior parte de seus pertences, menos das mensagens apaixonadas que meu Popo havia deixado aqui e ali durante os anos de convivência, meus desenhos, poemas e diplomas, e as fotografias, provas irrefutáveis da felicidade compartilhada com Paul Ditson II. Deixar aquele casarão, onde havia sido amada tão plenamente, foi um segundo luto. Para mim foi o golpe de misericórdia; senti que havia perdido tudo.

Minha Nini estava tão isolada em seu luto que vivíamos sob o mesmo teto e ela não me via. Um ano antes era uma mulher jovem, enérgica, alegre e intrusa, com um cabelo revolto, sandálias franciscanas e saias longas, sempre ocupada, ajudando, inventando; agora era uma viúva madura com o coração partido. Abraçada à urna com as cinzas do marido, disse-me que o coração quebra como um copo, às vezes trincando de modo silencioso e outras explodindo em cacos. Sem se dar conta, foi eliminando a cor de suas roupas e acabou num luto severo, deixou de pintar o cabelo e atirou dez anos em cima de si mesma. Afastou-se de suas amizades, incluindo Branca de Neve, que não conseguiu atraí-la para nenhum dos protestos contra o governo Bush, apesar do incentivo de serem presos, que antes teria sido irresistível. Começou a lutar com a morte.

Meu pai se deu conta dos soníferos que a mãe consumia, das vezes que bateu o Volkswagen, deixou o gás aberto e sofreu quedas monumentais, mas não interveio até que a descobriu gastando o pouco que lhe restava para se comunicar com o marido. Seguiu-a até Oakland e a resgatou de um trailer pintado com símbolos astrológicos, onde uma paranormal ganhava a vida colocando parentes em contato com seus defuntos, tanto familiares quanto bichos de estimação. Minha Nini se deixou levar a um psiquiatra, que começou a tratá-la duas vezes por semana e a entupiu de comprimidos. Não "resolveu o luto" e continuou chorando pelo meu Popo, mas melhorou da depressão paralisante em que estava mergulhada.

Aos poucos, minha avó saiu da caverna em cima da garagem e voltou ao mundo, surpresa ao comprovar que este não tinha parado. O nome de Paul Ditson II se apagara em pouco tempo, já nem sua neta falava dele. Eu havia me escondido dentro de uma carapaça de besouro e não permitia que ninguém se aproximasse. Transformei-me numa estranha, desafiante e entediada, que não respondia quando me dirigiam a palavra, aparecia em casa como uma rajada de vento, não ajudava em nada nas tarefas domésticas e, à menor contrariedade, dava o fora batendo a porta. O psiquiatra mostrou a Nini que eu padecia de uma combinação de adolescência e depressão e recomendou que me inscrevesse em grupos de luto para jovens, mas eu não quis nem ouvir falar disso. Nas noites mais sombrias, quando estava mais desesperada, sentia a presença do meu Popo. Minha tristeza o chamava.

Minha Nini havia dormido trinta anos sobre o peito do marido, embalada pelo rumor seguro de sua respiração; vivera protegida e confortável no calor daquele homem bondoso que festejava as extravagâncias dela, como horóscopos e decoração hippie, seu extremismo político e sua culinária estrangeira, e que suportava com boa disposição as suas mudanças de humor, os seus arrebatamentos sentimentais e as suas súbitas premonições, que costumavam alterar os melhores planos da família. Quando ela necessitava de mais consolo, seu filho não estava por perto e a neta havia se transformado numa possessa.

Nisso apareceu Mike O'Kelly, que havia sofrido outra cirurgia nas costas e passado várias semanas num centro de reabilitação física.

— Você não me visitou nenhuma vez, Nidia, e também não me telefonou — disse à maneira de cumprimento.

Havia perdido dez quilos e deixara a barba crescer. Quase não o reconheci, aparentava mais idade e já não seria confundido como filho da minha Nini.

— O que posso fazer para que me perdoe, Mike? — suplicou ela, inclinada sobre a cadeira de rodas.

— Vai fazer biscoitos para os meus garotos — respondeu ele.

Minha Nini teve que assá-los sozinha, porque me declarei farta dos delinquentes arrependidos de Branca de Neve e de outras causas nobres que não me importavam mais porra nenhuma. Minha Nini levantou a mão para me dar um tabefe, bem merecido, por sinal, mas peguei seu pulso no ar.

— Nem pense em me bater, porque não vai me ver nunca mais, entendeu?

Entendeu.

Essa foi a sacudida de que minha avó necessitava para ficar de pé e começar a andar. Voltou ao seu trabalho na biblioteca, embora já não fosse capaz de inventar nada e só repetisse as histórias de antes. Dava longas caminhadas na mata e começou a frequentar o Centro Zen. Não tem talento algum para a serenidade, mas, na forçada quietude da meditação, invocava meu Popo e ele vinha, como uma presença suave, sentar-se ao seu lado. Apenas uma vez eu a acompanhei à cerimônia dominical zendo, onde suportei de má vontade uma conversa sobre monges que varriam o mosteiro, cujo significado me escapou por completo. Ao ver minha Nini na posição de lótus entre budistas de cabeça raspada e túnicas cor de abóbora, pude imaginar como estava sozinha, mas a compaixão durou apenas um instante. Pouco mais tarde, quando compartilhamos chá verde e bolos orgânicos com os demais presentes, eu tinha voltado a odiá-la, tal como odiava o mundo todo.

Não me viram chorar depois que cremamos meu Popo e nos entregaram suas cinzas num pote de cerâmica; não voltei a mencionar o seu nome nem disse a ninguém que aparecia para mim.

Estava em Berkeley High, a única escola secundária pública da cidade e uma das melhores do país, grande demais, com três mil e quatrocentos alunos: trinta por cento brancos, outros trinta por cento negros e o restante latinos, asiáticos e etnias misturadas. Na época em que meu Popo ia a Berkeley High, esta era um zoológico, os diretores duravam apenas um ano e se demitiam, esgotados, mas no meu tempo o ensino era excelente; embora o nível dos alunos fosse muito desigual, havia ordem e limpeza, exceto nos banheiros, que no final do dia estavam nojentos, e fazia cinco anos que o diretor estava no posto. Diziam que o diretor era de outro planeta, porque nada penetrava sua pele de paquiderme. Tínhamos arte, música, teatro, esportes, laboratório de ciência, idiomas, religiões comparadas, política, programas sociais, oficinas de muitas matérias e a melhor educação sexual, que era dada a todo mundo, incluindo os muçulmanos e cristãos fundamentalistas, que nem sempre a apreciavam.

Por falar nisso, minha Nini publicou uma carta no *The Berkeley Daily Planet* propondo que o grupo GLBTD (gays, lésbicas, bissexuais, transexuais e em dúvida) acrescentasse um H à sigla para incluir hermafroditas. Essa era uma das iniciativas típicas da minha avó que me deixavam nervosa, porque alçavam voo e terminávamos protestando nas ruas com Mike O'Kelly. E sempre davam um jeito de me incluir.

Os alunos aplicados floresciam em Berkeley High e depois iam diretamente para as universidades mais prestigiadas, como meu Popo, bolsista em Harvard por suas boas notas e pelo excelente desempenho como jogador de beisebol. Os estudantes medíocres flutuavam tentando passar inadvertidos, e os fracos ficavam para trás ou entravam em programas especiais. Os mais encrenqueiros, os drogados e os membros de gangues terminavam na rua, eram expulsos ou caíam fora sozinhos. Nos dois primeiros anos eu tinha sido boa aluna e desportista, mas em questão de três meses desci para a última categoria: minhas notas foram a pique, eu brigava, roubava, fumava maconha e dormia durante as aulas. O senhor Harper, meu professor de história, preocupado, falou com o meu pai, que nada podia fazer a respeito, a não ser me dar um sermão edificante e me mandar para o Centro de Saúde, onde me fizeram uma porção de perguntas e, uma vez concluído que eu não era anoréxica nem tinha tentado me matar, me deixaram em paz.

Berkeley High é um campus aberto, incrustado no meio da cidade, onde foi fácil me perder na multidão. Comecei a faltar sistematicamente. Saía para almoçar e não voltava à tarde. Havia uma cafeteria aonde iam apenas os nerds, não era *cool* ser visto nela. Minha Nini era inimiga dos hambúrgueres e pizzas dos estabelecimentos do bairro e insistia para que eu fosse à cafeteria, onde a comida era orgânica, saborosa e barata, mas nunca dei a mínima para ela. Nós, estudantes, nos reuníamos no Park, uma praça próxima, a cinquenta metros da

Delegacia de Polícia, onde imperava a lei da selva. Os pais reclamavam da cultura das drogas e do ócio do Park, a imprensa publicava artigos, os policiais passeavam sem intervir e os professores lavavam as mãos, porque estava fora de sua jurisdição.

No Park nos dividíamos em grupos, separados por classe social e cor. Os que fumavam maconha e os que patinavam tinham seu setor; nós, brancos, ficávamos em outro; a gangue latina se mantinha na periferia, defendendo seu território imaginário com ameaças rituais, e no centro se instalavam os traficantes. Numa esquina ficavam os bolsistas do Iêmen, que haviam se tornado notícia porque tinham sido agredidos pelos garotos afro-americanos armados com bastões de beisebol e canivetes. Em outra esquina, estava Stuart Peel, sempre sozinho, porque desafiara uma menina de doze anos a cruzar correndo a autoestrada e ela acabara atropelada por dois ou três carros; sobrevivera, mas ficara inválida e desfigurada, e o autor da brincadeira acabou pagando com o ostracismo: nunca mais ninguém lhe dirigiu a palavra. Misturados com os estudantes estavam os "punks de esgoto", com cabelos verdes e piercings e tatuagens, os mendigos com seus carrinhos abarrotados e seus cachorros obesos, vários alcoólatras, uma senhora louca que costumava exibir a bunda e outros personagens habituais da praça.

Alguns garotos fumavam, consumiam bebida alcoólica em garrafas de Coca-Cola, faziam apostas, distribuíam maconha e comprimidos debaixo do nariz dos policiais, mas a grande maioria comia seu lanche e voltava para a escola quando o recreio de quarenta e cinco minutos terminava. Eu não estava entre esses, ia apenas às aulas indispensáveis para saber do que falavam.

Às tardes, nós, adolescentes, tomávamos o centro de Berkeley, deslocando-nos em bandos diante do olhar desconfiado dos transeuntes e comerciantes. Passávamos arrastando os pés, com nossos celulares, fones de ouvido, mochilas, chicletes, *bluyines* rasgados e linguagem cifrada. Como todos, eu desejava mais do que tudo fazer parte do grupo e ser querida; não havia pior sorte do que ser excluída, como Stuart Peel. Nesses dias dos meus dezesseis anos, eu me sentia diferente dos outros, atormentada, rebelde e furiosa com o mundo. Já não tentava me perder no rebanho, mas me destacar; não desejava ser aceita, mas temida. Me afastei das minhas amizades habituais, ou elas se afastaram de mim, e formei uma trinca com Sarah e Debbie, as garotas com a pior reputação da escola, o que não significa tanto assim, porque em Berkeley High havia alguns casos patológicos. Formamos o nosso clube exclusivo, éramos irmãs íntimas, partilhávamos até nossos sonhos, estávamos sempre juntas ou em contato pelo celular, dividíamos roupa, maquiagem, dinheiro, comida e drogas — não podíamos imaginar nossa existência separadas, nossa amizade duraria o resto da vida e ninguém nem nada se colocaria entre nós.

Transformei-me por dentro e por fora. Parecia que eu ia explodir, sobrava carne, faltavam ossos e pele, meu sangue fervia, eu não me suportava. Tinha medo de acordar num pesadelo kafkiano, transformada numa barata. Examinava meus defeitos, meus dentes grandes, pernas musculosas, orelhas protuberantes, cabelos escorridos, nariz pequeno, cinco espinhas, unhas roídas, má postura, pele branca demais, e ainda por cima alta e desajeitada. Sentia-me horrível, mas havia momentos em que podia adivinhar o poder do meu novo corpo de mulher, um poder que não sabia manejar. Eu me irritava se os homens me olhavam ou me ofereciam carona na rua, se meus colegas me tocavam ou se um professor se interessava demais pela minha conduta ou pelas minhas notas, fora o impecável senhor Harper.

A escola não tinha um time feminino de futebol, eu jogava num clube, onde uma vez o treinador me deixou fazendo flexões no campo até as outras garotas irem embora e depois me seguiu ao banheiro, me apalpou toda e, como não reagi, achou que eu estava gostando. Envergonhada, contei apenas a Sarah e a Debbie, sob juramento de guardarem segredo, parei de jogar e nunca mais pisei no clube.

As mudanças no meu corpo e no meu temperamento foram tão súbitas quanto uma escorregada no gelo, e não consegui me dar conta de que ia arrebentar a cabeça. Comecei a experimentar o perigo com determinação de hipnotizada; logo estava levando uma vida dupla, mentia com espantosa habilidade e brigava aos berros e batendo portas com a minha avó, a única autoridade da casa desde que Susan fora para a guerra. Para fins práticos, meu pai havia desaparecido — imagino que tenha dobrado suas horas de voo para evitar brigas comigo.

Com Sarah e Debbie descobri a pornografia na internet, como todos os colegas da escola, e ensaiávamos os gestos e posturas das mulheres na tela, com resultados duvidosos no meu caso, porque me sentia ridícula. Minha avó começou a suspeitar e se lançou numa campanha frontal contra a indústria do sexo, que degradava e explorava as mulheres; nenhuma novidade, porque havia me levado com Mike O'Kelly a uma manifestação contra a revista *Playboy* quando Hugh Hefner tivera a ideia descabelada de visitar Berkeley. Pelo que me lembro, eu estava com nove anos.

Minhas amigas eram o meu mundo, somente com elas eu podia compartilhar minhas ideias e sentimentos, somente elas viam as coisas do meu ponto de vista e me compreendiam, ninguém mais entendia o nosso humor e os nossos gostos. Os de Berkeley High eram pirralhos, estávamos convencidas de que ninguém tinha vidas tão complexas quanto as nossas. Sob o pretexto de supostas violações e surras de seu padrasto, Sarah se dedicava a roubar compulsivamente, enquanto Debbie e eu vivíamos alertas para acobertá-la e protegê-la. A verdade é que Sarah vivia sozinha com a mãe e nunca tivera padrasto, mas aquele psicopata imaginário estava presente em nossas conversas como se fosse de carne e osso. Minha amiga parecia um grilo, só cotovelos, joelhos, clavículas e outros ossos protuberantes, e andava com sacos de balas, que devorava de uma só vez, mas em seguida corria para o banheiro para meter os dedos na garganta. Estava tão desnutrida que desmaiava e exalava um odor de cadáver morto, pesava trinta e sete quilos, apenas oito a mais do que a minha mochila com os livros, e seu objetivo era chegar aos vinte e cinco e desaparecer completamente. Debbie, por sua vez, que apanhava de verdade em casa e tinha sido violentada por um tio, era fanática por filmes de terror e sentia uma atração mórbida pelas coisas do além-túmulo, zumbis, vodu, Drácula e possessões demoníacas; havia comprado *O exorcista*, um filme antiquíssimo, e nos fazia vê-lo toda hora, porque tinha medo de assistir sozinha. Sarah e eu adotamos seu estilo gótico, de um rigoroso preto, incluindo o esmalte de unhas, palidez sepulcral, adornos de chaves, cruzes e caveiras, e o cinismo lânguido dos vampiros de Hollywood que deu origem ao nosso apelido: as vampiras.

Nós três competíamos numa carreira de mau comportamento. Havíamos estabelecido um sistema de pontos por delitos impunes, que consistiam basicamente em destruir a propriedade alheia, vender maconha, ecstasy, LSD e medicamentos roubados, pichar com spray as paredes da escola, falsificar cheques, cometer furtos em lojas.

Anotávamos nossas proezas numa caderneta e, no fim do mês, contávamos os pontos, e a ganhadora levava o prêmio de uma garrafa de vodca das mais fortes e baratas, KU:L, uma vodca polonesa com a qual se poderia dissolver tinta. Minhas amigas se gabavam de promiscuidade, doenças venéreas e abortos, como se fossem medalhas de honra, embora, no tempo em que convivemos, eu não tenha presenciado nada disso. Em contrapartida, meu puritanismo parecia chato demais, por isso me apressei em perder a virgindade e o fiz com Rick Laredo, a besta mais besta do planeta.

Adaptei-me aos costumes de Manuel Arias com uma flexibilidade e uma cortesia que surpreenderiam minha avó. Ela continua me considerando uma menininha de merda, termo que é de reprimenda ou de carinho, dependendo do tom, mas quase sempre é a primeira opção. Não sabe o quanto mudei, como fiquei encantadora. "A pau se aprende, a vida ensina", é outro de seus ditados, que no meu caso é correto.

Às sete da manhã, Manuel atiça a lenha do fogão para esquentar a água do banho e as toalhas, depois chega Eduvigis ou a sua filha Azucena para nos dar um esplêndido café da manhã com os ovos das suas galinhas, o pão do seu forno e o leite da sua vaca, espumoso e morno. O leite tem um cheiro peculiar, que no começo me repelia e que agora eu adoro — cheiro de estábulo, de pasto, de bosta fresca. Eduvigis gostaria que eu comesse na cama, "como uma senhorita" — esse ainda é o costume no Chile em algumas casas onde há "babás", como chamam as empregadas domésticas —, mas só faço isso aos domingos, quando me levanto tarde, porque Juanito, seu neto, vem me ver e lemos na cama com o Fákin aos nossos pés. Estamos na metade do primeiro volume de *Harry Potter*.

À tarde, depois de acabado o meu trabalho com Manuel, vou correndo para o povoado; as pessoas acham estranho, e mais de uma já me perguntou para onde vou tão apressada. Necessito de exercício ou ficarei uma bola, estou comendo por tudo o que jejuei no ano passado. A dieta local contém carboidratos demais, mas não se veem obesos em lugar algum — deve ser por causa do esforço físico, aqui é preciso se mexer muito. Azucena Corrales está um pouco gorda para os seus treze anos, mas não consegui convencê-la a correr comigo, tem vergonha, "o que vão pensar?", diz. Essa garota leva uma vida muito solitária, porque há poucos jovens no povoado, apenas alguns pescadores, meia dúzia de adolescentes ociosos e chapados de maconha e o garoto do cibercafé, onde o café é Nescafé e o sinal da internet é inconstante e aonde procuro ir o menos possível para evitar a tentação dos e-mails. As únicas pessoas que vivem incomunicáveis nesta ilha somos eu e dona Lucinda, ela porque é velha e eu porque sou fugitiva. Os demais moradores do povoado contam com seus celulares e com os computadores do cibercafé.

Não me chateio. Isso me surpreende, porque antes me chateava até durante um filme de ação. Me acostumei às horas vagas, aos dias longos, ao ócio. Me distraio com muito pouco, as rotinas do trabalho de Manuel, os péssimos romances da tia Blanca, os vizinhos da ilha e as crianças, que andam em manadas, sem vigilância. Juanito Corrales é meu favorito, parece um boneco, com seu corpo magro, sua cabeça enorme e os olhos pretos que veem tudo. Passa por retardado porque fala o mínimo, mas é muito esperto: logo se deu conta de que ninguém se importa com o que a gente diz, por isso não diz nada. Jogo futebol com os rapazes, mas não pude trazer outras garotas, em parte porque os garotos se negam a jogar com elas e em parte porque aqui nunca se viu um time feminino de futebol. A tia Blanca e eu decidimos que isso deve mudar e, tão logo comecem as aulas em março e tenhamos a garotada reunida, vamos nos ocupar do assunto.

Os moradores do povoado me abriram as portas, embora isso seja uma forma de falar, já que as portas estão sempre abertas. Como o meu espanhol melhorou bastante, podemos conversar aos tropeções. Os nativos têm um sotaque fechado e usam palavras e construções gramaticais que não figuram em nenhum texto e, segundo Manuel, provêm do castelhano antigo, porque Chiloé esteve isolada do resto do país por muito tempo. O Chile se tornou independente da Espanha em 1810, mas Chiloé apenas em 1826 — foi o último território espanhol no cone sul da América.

Manuel havia me avisado que os nativos são desconfiados, mas essa não foi a minha experiência: comigo são muito amáveis. Convidam-me para suas casas, nos sentamos diante do fogão para conversar e tomar chimarrão, uma infusão de erva verde e amarga, servida numa cuia, que passa de mão em mão — todos tomam por um mesmo canudo de metal que chamam de bomba. Falam-me de suas doenças e das doenças das plantas, que podem ser causadas pela inveja de um vizinho. Várias famílias estão brigadas por causa de fofocas ou suspeitas de bruxaria; não entendo como se arranjam para continuar inimigas, já que somos apenas umas trezentas pessoas e vivemos num espaço reduzido, como frangos num galinheiro. Nenhum segredo pode ser guardado nesta comunidade, que é como uma família grande, dividida, rancorosa e obrigada a conviver e se ajudar em caso de necessidade.

Falamos das batatas — há cem variedades ou "qualidades": batatas vermelhas, roxas, negras, brancas, amarelas, redondas, compridas, batatas e mais batatas —, de como são plantadas na lua minguante e nunca aos domingos, de como se agradece a Deus ao plantar e colher a primeira e de como se canta para elas quando estão adormecidas embaixo da terra. Dona Lucinda, com cento e nove anos feitos, segundo se calcula, é uma das que cantam a oração para a colheita:

— Chilote, cuida de sua batata; cuida de sua batata, chilote, que não venha outro de fora e leve sua batata, chilote.

Queixam-se das salmonelas, culpadas de muitos males, e das falhas do governo, que promete muito e faz pouco, mas concordam que Michelle Bachelet é o melhor presidente que já tiveram, embora seja mulher. Ninguém é perfeito.

Manuel está longe de ser perfeito; é seco, austero, carece de um colo acolhedor e de visão poética para entender o universo e o coração humano, como meu Popo, mas me afeiçoei a ele, não posso negar. Gosto tanto dele como de Fákin, e isso porque Manuel não faz o menor esforço para ganhar a estima de ninguém. Seu pior defeito é a compulsão por organização; esta casa parece um quartel. Às vezes, deixo de propósito minhas coisas jogadas no chão ou os pratos sujos na cozinha, para ensiná-lo a relaxar um pouco. Não brigamos no sentido estrito da palavra, mas temos nossos atritos. Hoje, por exemplo, eu não tinha o que usar, porque esqueci de lavar a minha roupa, então peguei umas coisas dele que estavam secando perto do fogão. Imaginei que, se outras pessoas podem levar desta casa o que lhes dá na telha, eu poderia pegar emprestado algo que ele não estivesse usando.

— Da próxima vez que vestir a minha cueca, por favor me peça — disse, num tom que não me agradou.

— Puxa, Manuel, como você é problemático! Qualquer um diria que não tem outra cueca — respondi num tom que talvez não tenha agradado a ele.

— Eu nunca pego as suas coisas, Maya.

— Porque não tenho nada! Toma lá essa cueca fodida!

E comecei a tirar as calças para devolvê-la, mas, espantado, ele me deteve.

— Não, não! Fique com ela, é um presente, Maya.

E eu, como uma estúpida, comecei a chorar. Claro que não chorava por isso, vai-se lá saber por que chorava, talvez porque logo vou menstruar ou porque ontem de noite estive lembrando a morte do meu Popo e andei triste o dia todo. Meu Popo teria me abraçado e dali a dois minutos estaríamos rindo juntos, mas Manuel começou a andar em círculos, coçando a cabeça e chutando os móveis, como se nunca tivesse visto lágrimas. Por fim, teve a brilhante ideia de me preparar um Nescafé com leite condensado; isso me acalmou um pouco e pudemos conversar. Pediu-me que tentasse compreendê-lo, que fazia vinte anos que não vivia com uma mulher, que tinha seus hábitos muito arraigados, que a ordem era importante num espaço tão reduzido quanto o daquela casa e que a convivência seria mais fácil se respeitássemos a roupa íntima de cada um. Pobre homem.

— Olhe, Manuel, eu sei muito de psicologia, porque passei mais de um ano entre malucos e terapeutas. Estudei o seu caso: o que você tem é medo — anunciei.

— De quê? — E sorriu.

— Não sei, mas posso descobrir. Deixe-me explicar, isso da ordem e do território é uma manifestação de neurose. Olhe a encrenca que você armou por causa da droga de uma cueca; em compensação, ficou imperturbável quando um desconhecido levou emprestado o seu aparelho de som. Você tenta controlar tudo, especialmente as suas emoções, para se sentir seguro, mas qualquer panaca sabe que não há segurança neste mundo, Manuel.

— Já entendi. Continue...

— Você parece calmo e distante, como Sidarta, mas não me engana: sei que por dentro está todo fodido. Sabe quem era Sidarta, não? O Buda.

— Sim, o Buda.

— Não ria. As pessoas acham que você é sábio, que alcançou paz espiritual ou alguma besteira do tipo. De dia é o cúmulo do equilíbrio e da tranquilidade, como Sidarta, mas eu ouço você à noite, Manuel. Você grita e geme dormindo. Que coisa tão terrível você esconde?

Nossa sessão de terapia não passou daí. Ele vestiu o gorro e o casaco, deu um assobio para Fákin para acompanhá-lo e foi caminhar, ou navegar, ou se queixar de mim para Blanca Schnake. Voltou muito tarde. É difícil ficar sozinha à noite nesta casa cheia de morcegos!

A idade, como as nuvens, é imprecisa e cambiante. Às vezes, Manuel aparenta os anos que viveu, mas, em outros momentos, dependendo da luz e de seu estado de espírito, posso ver o homem jovem que ainda está escondido sob sua pele. Quando se inclina sobre o teclado, no brilho cru e azulado do monitor do seu computador, tem muitos anos; porém, quando capitaneia sua lancha, aparenta cinquenta. No começo, eu prestava atenção às suas rugas, olheiras e bordas avermelhadas dos olhos, suas veias das mãos, seus dentes manchados, seus ossos do rosto esculpidos a cinzel, sua tosse e seu pigarro matutinos, seu gesto cansado de tirar os óculos e esfregar as pálpebras, mas agora já não distingo esses detalhes, e sim a sua virilidade sem estridência. É atraente. Estou certa de que Blanca Schnake concorda comigo, notei como olha para ele. Acabo de dizer que Manuel é atraente! Meu Deus, é mais velho que as pirâmides; a má vida em Las Vegas me deixou com o cérebro como uma couve-flor, não há outra explicação.

Segundo minha Nini, o que uma mulher tem de mais sexy são os quadris, porque indicam sua capacidade reprodutiva, e um homem são os braços, porque indicam sua capacidade para o trabalho. Vai-se lá saber de onde desenterrou esta teoria, mas admito que os braços de Manuel são sexy. Não são musculosos como os de um jovem, mas são firmes, de pulsos grossos e mãos grandes, inesperadas num escritor, mãos de marinheiro ou de pedreiro, com a pele rachada e as unhas sujas de graxa de motor, gasolina, lenha, terra. Essas mãos picam tomate e coentro ou limpam um peixe com grande delicadeza. Eu o observo com dissimulação, porque ele me mantém a certa distância, acho que tem medo de mim, mas o examinei pelas costas. Gostaria de tocar seu cabelo duro de escova e aproximar o nariz dessa fenda que tem na base da nuca — todos temos, acho eu. Como será seu cheiro? Não fuma nem usa água-de-colônia, como meu Popo, cuja fragrância é a primeira coisa que percebo quando vem me ver. A roupa de Manuel cheira como a minha e como a de todos nesta casa: lã, madeira, gatos, fumaça do fogão.

Se procuro saber do seu passado ou dos seus sentimentos, Manuel fica na defensiva, mas a tia Blanca me contou algumas coisas, e descobri outras arquivando suas pastas. Ele é sociólogo, além de antropólogo, não sei qual é a diferença, e imagino que isso explique sua paixão contagiosa por estudar a cultura dos nativos. Gosto de trabalhar e de viajar para outras ilhas com ele, gosto de viver em sua casa, gosto da sua companhia. Estou aprendendo muito; quando cheguei a Chiloé, minha cabeça era uma caverna vazia, e em pouco tempo ela foi se preenchendo.

Blanca Schnake também contribui para a minha educação. Nesta ilha sua palavra é lei, aqui ela manda mais que os dois carabineiros da guarda. Quando menina, Blanca esteve internada num colégio de freiras; depois viveu um tempo na Europa e estudou pedagogia; é divorciada e tem duas filhas, uma em Santiago e a outra, casada e com dois filhos, na Flórida. Nas fotografias que me mostrou, suas filhas parecem modelos, e seus netos, querubins. Dirigia uma escola em Santiago, mas há alguns anos pediu transferência para Chiloé, porque queria viver em Castro, perto do pai, só que a mandaram para esta ilhazinha insignificante. Segundo Eduvigis, Blanca teve câncer de mama e se recuperou com o tratamento de uma *machi*, mas Manuel me esclareceu que só foi possível depois de uma mastectomia dupla e de quimioterapia; agora está em remissão. Mora atrás da escola, na melhor casa do povoado, reformada e ampliada, que o pai comprou para ela apenas com um cheque. Nos fins de semana, ela vai a Castro para vê-lo.

Dom Lionel Schnake é considerado pessoa ilustre em Chiloé e muito querido por sua generosidade, que parece ilimitada.

— Quanto mais meu pai dá, melhor se sai com seus investimentos, por isso não tenho problema em lhe pedir nada — explicou Blanca.

Na reforma agrária de 1971, o governo Allende expropriou a fazenda dos Schnake em Osorno e a entregou aos mesmos camponeses que tinham vivido e trabalhado nela por décadas. Schnake não gastou energia cultivando ódio ou sabotando o governo, como outros na mesma situação, mas olhou em volta, em busca de novos horizontes e oportunidades. Sentia-se jovem e podia recomeçar. Mudou-se para Chiloé e criou um negócio de produtos do mar para abastecer os melhores restaurantes de Santiago. Sobreviveu às vicissitudes políticas e econômicas da época e mais tarde à concorrência dos barcos pesqueiros japoneses e da indústria salmoneira. Em 1976, o governo militar lhe devolveu suas terras, e ele as deixou para os filhos, que a tiraram da ruína em que havia sido deixada, e ficou em Chiloé, porque sofrera o primeiro de vários infartos e concluiu que a sua salvação seria adotar o passo descansado dos nativos.

— Aos oitenta e cinco anos, muito bem-vividos, meu coração anda melhor do que um relógio suíço — disse-me dom Lionel, que conheci no domingo em que fui visitá-lo com Blanca.

Ao saber que eu era a gringuinha de Manuel Arias, dom Lionel me deu um grande abraço.

— Diga àquele comunista mal-agradecido que venha me ver. Não vem desde o Ano-Novo, e tenho um brandy grande reserva finíssimo.

É um patriarca corado, com um bigodão e quatro mechas brancas no crânio; barrigudo, bon-vivant, expansivo, ri em altos brados das próprias piadas, e sua mesa está sempre pronta para quem quiser aparecer. Assim imagino o Millalobo, esse ser mítico que sequestra donzelas para levá-las para o seu reino no mar. Este Millalobo de sobrenome alemão se declara vítima das mulheres em geral — "não posso negar nada a essas mimosuras!" — e em especial de sua filha, que o explora.

— Blanca é mais pidona do que um nativo, está sempre mendigando para sua escola. Sabe a última coisa que me pediu? Preservativos! Era só o que faltava neste país, preservativos para as crianças! — contou às gargalhadas.

Dom Lionel não é o único a se render à Blanca. A uma sugestão dela, mais de vinte voluntários se reuniram para pintar e consertar a escola; isso se chama *minga* e consiste em várias pessoas colaborarem gratuitamente numa tarefa, sabendo que não lhes faltará ajuda quando elas necessitarem. É a lei sagrada da reciprocidade: hoje por você, amanhã por mim. Assim se colhem as batatas, se consertam os telhados e se remendam as redes; assim transportaram a geladeira de Manuel.

Rick Laredo não tinha terminado o segundo grau e andava vagabundeando com outros malandros, vendia drogas para crianças, roubava objetos de pouco valor e rondava o Park por volta do meio-dia para ver seus antigos colegas de Berkeley High e, se fosse o caso, traficar no varejo com eles. Embora nunca tenha admitido, gostaria de se reintegrar ao rebanho da escola, de onde foi expulso por enfiar o cano de sua pistola na orelha do senhor Harper. Verdade seja dita: o professor se portou bem demais, até mesmo intercedeu para que não o pusessem na rua, mas o próprio Laredo cavou sua cova ao insultar o diretor e os membros do conselho de professores. Rick Laredo se esmerava com sua aparência, com seus impolutos tênis brancos de grife, suas regatas para exibir músculos e tatuagens, os cabelos arrepiados com gel como um porco-espinho e tantas correntes e pulseiras que poderia ficar grudado num ímã. Caminhava como um chimpanzé, com jeans enormes que lhe caíam abaixo dos quadris. Era um bostinha tão mixuruca que nem a polícia ou Mike O'Kelly se interessavam por ele.

Quando decidi dar um jeito na minha virgindade, marquei um encontro com Laredo, sem explicações, num estacionamento vazio de um cinema, numa hora morta, antes da primeira sessão. Eu o vi de longe passeando em círculos com seu gingado provocante, segurando a calça com uma das mãos, tão volumosa que parecia estar usando fralda, e com um cigarro na outra, excitado e nervoso. Quando me aproximei, porém, fingiu a indiferença protocolar dos machos da sua laia. Esmagou a guimba no chão e me olhou de cima a baixo com uma careta gozadora.

— Anda logo, tenho de pegar o ônibus em dez minutos — anunciei, tirando a calça.

O sorriso de superioridade dele se apagou; talvez estivesse esperando algumas preliminares.

— Sempre gostei de você, Maya Vidal — disse.

Pelo menos, esse cretino sabe o meu nome, pensei.

Laredo esmagou de novo a guimba no chão, me pegou por um braço e quis me beijar, mas eu virei a cara: isso não estava nos meus planos, e Laredo tinha um hálito de motor. Esperou que eu tirasse a calça, em seguida me apertou contra o pavimento e se esfalfou por um minuto ou dois, cravando-me seus colares e fetiches no peito, sem imaginar que estava transando com uma novata, e depois desabou sobre mim como um animal morto. Empurrei-o com raiva, me limpei com a calcinha, que deixei jogada no estacionamento, vesti minha calça, peguei minha mochila e fui embora correndo. No ônibus, notei a mancha escura entre as minhas pernas e as lágrimas que molharam minha blusa.

No dia seguinte, Rick Laredo estava plantado no Park com um CD de rap e um saquinho de maconha para a "sua garota". Tive pena do infeliz e não pude despachá-lo com gozações, como uma boa vampira deveria fazer. Escapei da vigilância de Sarah e Debbie e o convidei para ir a uma sorveteria, onde comprei uma casquinha com três bolas para cada um, pistache, baunilha e passas ao rum. Enquanto tomávamos o sorvete, agradeci seu interesse e o favor que tinha feito para mim no estacionamento e tentei explicar que não haveria uma segunda oportunidade, mas a mensagem não penetrou seu cérebro de primata. Durante vários meses, não consegui me livrar de Rick Laredo, até que um acidente inesperado o riscou da minha vida.

De manhã, eu saía de casa com a aparência de quem vai à escola, mas, no meio do caminho, me reunia com Sarah e Debbie numa Starbucks, onde os empregados nos davam um *latte* em troca de favores indecentes no banheiro, me fantasiava de vampira e ficava de farra até a hora de voltar para casa à tarde, com a cara limpa e ar de colegial. A liberdade durou vários meses, até que minha Nini deixou de tomar antidepressivos, voltou ao mundo dos vivos e prestou atenção aos sinais que antes não havia percebido por ter o olhar voltado para dentro: o dinheiro desaparecia de sua carteira, meus horários não correspondiam a nenhum programa educacional conhecido, eu andava com cara e jeito de puta, tinha me tornado malandra e mentirosa. Minha roupa cheirava a maconha, e meu hálito, a suspeitas balas de menta. Mas ainda não havia se dado conta de que eu não ia às aulas.

O senhor Harper falara com meu pai uma vez, sem resultados aparentes, mas não pensara em ligar para a minha avó. As tentativas de minha Nini de se comunicar comigo competiam com o barulho da música trovejante dos meus fones de ouvido, do celular, do computador e da televisão.

O mais conveniente para o bem-estar de minha Nini teria sido ignorar os sinais de perigo e conviver em paz comigo, mas o desejo de me proteger e o seu velho hábito de deslindar mistérios em romances de detetive a impulsionaram a investigar. Começou pelo meu closet e os números registrados no meu telefone. Numa bolsa achou um pacote de preservativos e um saquinho plástico com dois comprimidos amarelos com a marca Mitsubishi, que não conseguiu identificar. Distraidamente os colocou na boca e, em quinze minutos, comprovou o efeito. Ficou com a vista e o entendimento ofuscados, batia os dentes, seus ossos amoleceram e viu suas tristezas desaparecerem. Colocou um disco com música do seu tempo e se lançou numa dança frenética, depois saiu para a rua para se refrescar, onde continuou dançando, enquanto tirava a roupa. Dois vizinhos, que a viram cair no chão, correram apressados para cobri-la com uma toalha. Estavam se preparando para pedir socorro ao 911 no momento em que cheguei, reconheci os sintomas e consegui convencê-los a me ajudarem a levá-la para dentro de casa.

Não conseguimos levantá-la, havia se tornado de granito, então tivemos que arrastá-la até o sofá da sala. Expliquei aos bons samaritanos que não era nada grave, minha avó tinha esses ataques com regularidade e passavam sem ajuda médica. Empurrei-os amavelmente até a porta, depois corri para esquentar o resto do café da manhã e procurar um cobertor, porque os dentes de minha Nini não cessavam de bater. Dali a poucos minutos, ela fervia de calor. Durante as três horas seguintes, fiquei alternando o cobertor com compressas de água fria até a minha Nini conseguir controlar sua temperatura.

Foi uma noite longa. No dia seguinte, minha avó tinha o desânimo de um boxeador derrotado, mas a mente clara — e lembrava o que acontecera. Não acreditou na historinha de que uma amiga havia me dado os tais comprimidos para guardar, e eu, inocente, ignorava que eram ecstasy. A infeliz viagem encheu-a de pretensões — havia chegado a sua oportunidade de praticar o que aprendera no Clube dos Criminosos. Descobriu outros dez compridos Mitsubishi entre os meus sapatos e averiguou com O'Kelly que cada um custava o dobro da minha semanada.

Minha avó entendia um pouco de computadores, porque os usava na biblioteca, mas estava longe de ser uma expert. Por isso recorreu a Norman, um gênio da tecnologia, encurvado e cegueta aos vinte e seis anos por viver com o nariz colado nos monitores, a quem Mike O'Kelly empregava em algumas ocasiões para fins ilegais. Se o negócio é ajudar os seus rapazes, Branca de Neve nunca teve escrúpulos de examinar clandestinamente os arquivos eletrônicos de advogados, fiscais, juízes e policiais. Norman pode acessar tudo aquilo que deixa uma pegada, por ínfima que seja, no espaço virtual, desde documentos secretos do Vaticano até fotos de membros do Congresso americano se divertindo com prostitutas. Sem sair do quarto que ocupa na casa de sua mãe, poderia extorquir, roubar de contas bancárias e cometer fraudes na Bolsa, mas não tem inclinação criminosa — o negócio dele é uma paixão platônica.

Norman não estava disposto a perder seu precioso tempo com o computador e o celular de uma fedelha de dezesseis anos, mas pôs à disposição de minha Nini e O'Kelly sua habilidade de hacker e lhes ensinou a violar contrassenhas, ler mensagens privadas e resgatar do puro éter o que eu pensava ter destruído. Num fim de semana, essa dupla com vocação detetivesca acumulou informação suficiente para confirmar os piores temores da minha Nini e deixá-la arrasada: sua neta bebia o que lhe caía nas mãos, traficava ecstasy, ácido e calmantes, roubava cartões de crédito e tinha engrenado um negócio que lhe ocorrera a partir de um programa de televisão em que agentes do FBI se faziam passar por meninas impúberes para prender pedófilos virtuais.

A aventura começou com um anúncio que nós, vampiras, escolhemos entre centenas de outros similares:

> Pai procura filha: homem de negócios, branco, 54 anos, paternal, sincero, afetuoso, procura menina jovem de qualquer raça, pequena, doce, muito desinibida e à vontade no papel de filha com seu paizinho, para prazer mútuo, simples, direto, por uma noite, e posso ser generoso se aceitar dar continuidade. Apenas respostas sérias, nada de brincadeiras homossexuais. Indispensável enviar foto.

Mandamos uma foto de Debbie, a mais baixa de nós três, aos treze anos, montada numa bicicleta, e marcamos encontro com o homem num hotel de Berkeley que conhecíamos porque Sarah havia trabalhado lá no verão.

Debbie se desfez dos panos negros e da maquiagem sepulcral e se apresentou com um copo de bebida alcoólica no estômago para ter coragem, fantasiada de menininha com saia escolar, blusa branca, meias soquetes e fitas nos cabelos. O homem teve um calafrio ao comprovar que era mais velha que na foto, mas não estava em situação de reclamar, já que ele tinha dez anos mais do que o indicado no anúncio. Explicou a Debbie que a sua tarefa consistia em ser obediente, e a dele era lhe dar ordens e lhe aplicar alguns castigos, mas sem intenção de machucá-la, e sim de corrigi-la; afinal, essa era a obrigação de um bom pai. E qual é a obrigação de uma boa filha? Ser carinhosa com o pai. Qual é o seu nome? Não interessa, comigo será Candy. Vem, Candy, sente-se aqui, nos joelhos do papaizinho, e conte para ele se hoje o seu intestino funcionou, isso é muito importante, filhinha, porque é a base da saúde. Debbie disse que tinha sede e ele pediu um refrigerante e um sanduíche por telefone. Enquanto ele descrevia os benefícios de um clister, ela ganhou tempo examinando o quarto com fingida curiosidade infantil e chupando o dedo.

Nesse ínterim, Sarah e eu esperamos no estacionamento do hotel os dez minutos que tínhamos combinado e então mandamos Rick Laredo, que subiu ao andar correspondente e bateu na porta.

— Serviço de quarto! — anunciou, conforme as instruções que eu havia lhe dado.

Mal abriram a porta, ele irrompeu no quarto com sua pistola na mão.

Laredo, apelidado por nós de "Psicopata", porque se gabava de torturar animais, tinha músculos e toda a pinta de bandido para se impor, mas a arma só havia lhe servido para encurralar a clientela de meninos a quem vendia drogas e conseguir que o expulsassem de Berkeley High. Ao ouvir o nosso plano de extorquir pedófilos, ele se assustou, porque tal delito não figurava em seu escasso repertório, mas desejava impressionar as vampiras e passar por valente.

Concordou em nos ajudar e, para criar coragem, recorreu à tequila e ao crack. Quando abriu a porta do quarto do hotel com um chute, entrando com expressão demente, ao som de saltos, chaves e correntes, apontando a arma com as duas mãos, como tinha visto no cinema, o papaizinho frustrado desabou na única poltrona, encolhido como um feto. Laredo hesitou, porque, como estava nervoso, esquecera o passo seguinte, mas Debbie tinha melhor memória.

É possível que a vítima não tinha ouvido nem a metade do que ela dizia, porque soluçava de susto, mas algumas palavras tiveram o devido impacto, como crime federal, pornografia infantil, tentativa de violação de uma menor, anos de prisão. Por uma propina de duzentos dólares em dinheiro poderia evitar todos esses problemas, lhe disseram. O sujeito jurou pelo que havia de mais sagrado que não os tinha, e isso mexeu tanto com Laredo que talvez ele tivesse atirado se Debbie não tivesse pensado em ligar para o meu celular; eu era o cérebro do bando. Nisso bateram à porta de novo — e dessa vez era um garçom do hotel com um refrigerante e um sanduíche. Debbie recebeu a bandeja na entrada e assinou a conta, bloqueando a visão espetacular de um homem de cuecas gemendo na poltrona e outro, vestido de couro negro, metendo-lhe uma pistola na boca.

Subi para o quarto do papaizinho e me encarreguei da situação com a calma obtida com um cigarro de maconha. Disse ao homem que se vestisse e lhe garanti que não ia lhe acontecer nada se cooperasse. Bebi o refrigerante e dei umas mordidas no sanduíche, depois ordenei à vítima que nos acompanhasse sem chiar, porque não lhe convinha armar um barraco. Peguei o infeliz pelo braço e descemos quatro andares pela escada, com Laredo grudado atrás, já que no elevador podíamos topar com alguém. Empurramos o sujeito para dentro do Volkswagen da minha avó, que eu havia pegado emprestado sem permissão e dirigia sem carteira de habilitação, e o levamos a um caixa eletrônico, onde retirou o dinheiro da propina. Ele nos entregou as notas, entramos no carro e sumimos dali. O homem ficou na rua, suspirando de alívio e, suponho, curado do vício de brincar de papai. A operação completa demorou tinta e cinco minutos, e a descarga de adrenalina foi tão sensacional quanto os cinquenta dólares que cada um enfiou no bolso.

O que mais chocou minha Nini foi a minha falta de escrúpulos. Nas mensagens, que iam e vinham ao ritmo de umas cem por dia, ela não encontrou nem mesmo um resquício de remorso ou temor às consequências, apenas um descaramento de safada nata. Naqueles dias, havíamos repetido essa forma de extorsão três vezes e só não demos continuidade porque nos fartamos de Rick Laredo, sua pistola, seu amor pegajoso de poodle e suas ameaças de me matar ou de nos denunciar, se eu não aceitasse ser sua garota. Era um exaltado, podia perder a cabeça a qualquer momento e assassinar alguém durante um surto. Além disso, pretendia que lhe déssemos uma porcentagem maior dos lucros porque, se algo saísse errado, ele ficaria preso por muitos anos, enquanto nós seríamos julgadas como menores de idade.

— Eu tenho o mais importante: a pistola — disse.

— Não, Rick, o mais importante é o que eu tenho: cérebro — respondi.

Mesmo encostando o cano da arma na minha têmpora, eu o afastei com um dedo, e nós, as três vampiras, lhe demos as costas e fomos embora rindo. Assim terminou nosso rentável negócio com os pedófilos, mas não me livrei de Laredo, que continuou me suplicando com tanta insistência que cheguei a odiá-lo.

Em outra inspeção no meu quarto, minha Nini encontrou mais drogas, sacos com comprimidos e uma grossa corrente de ouro cuja procedência não conseguiu esclarecer pelos bilhetes interceptados. Sarah a tinha roubado da mãe e eu a escondera enquanto tentávamos descobrir uma forma de vendê-la. A mãe de Sarah era uma fonte generosa de renda para nós porque trabalhava numa grande empresa, ganhava muito e gostava de consumir; além disso, viajava, chegava tarde em casa, era fácil de enganar e não percebia quando faltava alguma coisa. Ela se gabava de ser a melhor amiga de sua filha e que esta lhe contava tudo, embora, na realidade, não suspeitasse como era a vida de sua Sarah, nem mesmo percebendo a desnutrição e a anemia em que se encontrava. Às vezes, nos convidada para aparecer na sua casa para tomar uma cerveja e fumar maconha com ela, porque assim era mais seguro do que na rua, como dizia. Eu não conseguia entender por que Sarah havia espalhado o mito de um padrasto cruel tendo uma mãe tão invejável; comparada com aquela senhora, minha avó era um monstro.

Minha Nini perdeu a pouca tranquilidade que lhe restava, convencida de que a neta terminaria jogada nas ruas de Berkeley entre drogados e mendigos ou na cadeia com os jovens delinquentes que Branca de Neve não tinha conseguido salvar. Havia lido que uma parte do cérebro demora para se desenvolver, por isso os adolescentes andam baratinados e é inútil discutir com eles. Concluiu que eu estava trancada na etapa do pensamento mágico, como ela mesma estivera quando tentara se comunicar com o espírito de meu Popo e caíra nas mãos da paranormal de Oakland. O'Kelly, seu leal amigo e confidente, tentou acalmá-la com o argumento de que eu tinha sido arrastada pelo tsunami dos hormônios, como acontece com os adolescentes, mas era basicamente uma garota decente e que no fim me salvaria, desde que eles pudessem me proteger de mim mesma e dos perigos do mundo enquanto a implacável natureza cumpria seu ciclo. Minha Nini concordou, porque ao menos eu não era bulímica, como Sarah, nem me cortava com lâminas de barbear, como Debbie, e também não estava grávida, com hepatite ou com Aids.

Branca de Neve e minha avó ficaram sabendo disso e de muito mais graças às indiscretas comunicações eletrônicas das vampiras e à endiabrada habilidade de Norman. Minha Nini se debateu entre a obrigação de contar tudo ao meu pai, com consequências imprevisíveis, e o desejo de me ajudar silenciosamente, como sugeria Mike, mas não conseguiu se decidir, porque o vendaval dos acontecimentos a varreu para um lado.

Entre as pessoas importantes desta ilha estão os dois carabineiros — são chamados de "tiras" —, Laurencio Cárcamo e Humilde Garay, encarregados da ordem, com quem tenho boa amizade porque estou adestrando o cachorro deles. Antes as pessoas tinham pouca simpatia pelos tiras, porque se comportaram brutalmente durante a ditadura, mas, nos vinte anos de democracia em que o país vive, foram recuperando a confiança e a estima dos cidadãos. Nos tempos da ditadura, Laurencio Cárcamo era um menino e Humilde Garay não tinha nascido. Nos cartazes institucionais do Corpo de Carabineiros do Chile, os uniformizados aparecem com soberbos pastores-alemães, mas aqui temos um vira-lata mestiço chamado Livingstone, em homenagem ao mais famoso jogador de futebol chileno, já idoso. O filhote acaba de fazer seis meses, idade ideal para começar sua educação, mas tenho medo de que comigo aprenda apenas a sentar, dar a pata e se fazer de morto. Os carabineiros me pediram que o ensinasse a atacar e a encontrar cadáveres, mas a primeira coisa requer agressividade e a segunda, paciência, duas características opostas. Obrigados a escolher, optaram pela busca de corpos, já que aqui não há a quem atacar, mas em compensação costuma desaparecer gente nos escombros dos terremotos.

O método, que nunca pratiquei, mas li num manual, consiste em empapar um pano com cadaverina, uma substância que fede a carne em decomposição, dar para o cachorro cheirar antes de escondê-lo e depois fazer com que o encontre.

— Isso da cadaverina será complicado, dama. Não poderíamos usar vísceras podres de frango? — sugeriu Humilde Garay.

No entanto, quando o fizemos, o cachorro nos conduziu direto à cozinha de Aurelio Ñancupel, na Taberna do Mortinho. Continuo tentando com uma série de métodos improvisados, diante do olhar ciumento de Fákin, que a princípio não gosta de outros animais. Com esse pretexto passei horas no posto da guarda tomando café instantâneo e ouvindo as histórias fascinantes daqueles homens a serviço da pátria, como eles se definem.

O posto é uma casinha de cimento pintada de branco e verde-pardo, as cores da polícia, e com a cerca enfeitada com fileiras de conchas de *machas*. Os carabineiros falam de modo muito estranho, dizem negativo e positivo em vez de "não, não" e "sim, sim", como os locais, eu sou "dama", e o Livingstone é "cão", também a serviço da pátria. Laurencio Cárcamo, o que tem mais autoridade, foi designado para uma aldeia perdida na província de Última Esperanza, onde teve que amputar a perna de um homem soterrado num desmoronamento.

— Com um serrotinho, dama, e sem anestesia. Não tínhamos mais cachaça.

Humilde Garay, que me parece o mais adequado para ser companheiro de Livingstone, é muito bonito, se parece com esse ator dos filmes do Zorro, puxa, não me lembro de como se chama... Há um batalhão de mulheres atrás dele, de turistas ocasionais que ficam embasbacadas em sua presença até moças diligentes que viajam do continente para vê-lo, mas Humilde Garay é duplamente sério, primeiro por envergar o uniforme e segundo por ser evangélico. Manuel havia me contado que Garay salvou montanhistas argentinos que estavam perdidos nos Andes. As patrulhas de resgate estavam prestes a abandonar a busca, porque os consideravam mortos, quando Garay interveio. Simplesmente marcou com seu lápis um ponto no mapa, mandaram um helicóptero e lá mesmo acharam os montanhistas, semicongelados, mas ainda vivos.

— Positivo, dama, a localização das presumíveis vítimas da república irmã estava adequadamente sinalizada no mapa Michelin — respondeu-me, quando lhe perguntei.

Ele me mostrou um recorte de jornal de 2007 com a notícia e uma foto do coronel que deu a ordem: "Se o suboficial em serviço ativo Humilde Garay Ranquileo pode encontrar água no subsolo, também pode encontrar cinco argentinos na superfície", diz o coronel na entrevista. Sempre que os carabineiros precisam cavar um poço em qualquer parte do país, usam um rádio para consultar Garay, que marca num mapa o lugar exato e a profundidade onde há água e em seguida manda uma cópia por fax. Estas são histórias que devo anotar, porque um dia servirão de matéria-prima para os contos da minha Nini.

Essa dupla de carabineiros chilenos me lembra o sargento Walczak, de Berkeley: são tolerantes com as fraquezas humanas. As duas celas do posto, uma para damas e outra para cavalheiros, como indicam os letreiros nas grades, são usadas principalmente para recolher bêbados quando está chovendo e não há como levá-los para suas casas.

Os últimos três anos da minha vida, entre os dezesseis e os dezenove, foram tão explosivos que, por pouco, não destruíram minha Nini, que resumiu tudo numa frase:

— Fico alegre que o seu Popo já não esteja neste mundo para ver no que você se transformou, Maya.

Quase respondi que, se meu Popo estivesse neste mundo, eu não teria me transformado no que sou, mas me calei a tempo; não era justo culpá-lo pela minha conduta.

Um dia, em novembro de 2006, quatorze meses depois da morte do meu Popo, às quatro da madrugada, ligaram do hospital do condado para notificar a família Vidal de que a menor Maya Vidal havia chegado à emergência numa ambulância e que naquele momento estava em cirurgia. A única pessoa que estava em casa era a minha avó, que conseguiu falar com Mike O'Kelly e pedir para localizar meu pai antes de sair a toda para o hospital. Eu havia escapulido à noite para ir a uma rave numa fábrica fechada, onde me esperavam Sarah e Debbie. Não pude pegar o Volkswagen, porque estava no conserto após mais uma batida da minha Nini, por isso usara minha bicicleta, um tanto enferrujada e com os freios em mau estado.

Nós, as vampiras, conhecíamos o segurança, um sujeito de aparência ameaçadora e cérebro de galinha que nos deixou entrar na festa sem se importar com a nossa idade. A fábrica vibrava com o estrondo da música e o desregramento da multidão, fantoches desarticulados, alguns dançando ou pulando, outros pregados no chão em estado catatônico marcando o ritmo com a cabeça. Beber até afrouxar os parafusos, fumar o que não se podia injetar, trepar com quem estivesse mais perto e sem inibições — era basicamente isso. O cheiro, a fumaça e o calor eram tão intensos que precisávamos dar uma saidinha na rua para respirar. Ao chegar, entrei no ritmo com um coquetel criado por mim — gim, vodca, uísque, tequila e Coca-Cola — e um cachimbo de maconha misturada com cocaína e algumas gotas de LSD, que me atingiu como dinamite. Logo perdi de vista as minhas amigas, que evaporaram na massa frenética. Dancei sozinha, continuei bebendo, deixei que vários garotos me bolinassem... Não me lembro dos detalhes nem do que aconteceu depois. Dois dias mais tarde, quando começou a se dissipar o efeito dos calmantes que me deram no hospital, soube que tinha sido atropelada por um carro ao sair da rave, completamente drogada, em minha bicicleta sem luzes e sem freios. Voei e caí a vários metros de distância, nuns arbustos do acostamento da estrada. Ao tentar se desviar de mim, o motorista bateu contra um poste e teve traumatismo craniano.

Fiquei doze dias no hospital com um braço quebrado, a mandíbula deslocada e o corpo ardente, porque havia aterrissado sobre um mato de hera venenosa, e outros vinte dias presa em minha casa, com varetas e parafusos metálicos no osso, vigiada por minha avó e por Branca de Neve, que a substituía por algumas horas para ela poder descansar. Minha Nini acreditou que o acidente tinha sido um recurso desesperado do meu Popo para me proteger de mim mesma.

— A prova é que você ainda está viva e não quebrou uma perna, ou nunca mais poderia jogar futebol de novo — disse ela.

No fundo, acho que minha avó estava agradecida, porque se livrara do dever de dizer ao meu pai o que tinha descoberto a meu respeito; disso se encarregou a polícia.

Minha Nini faltou ao trabalho durante essas semanas e se instalou ao meu lado com zelo de carcereiro. Quando Sarah e Debbie apareceram para me visitar — não haviam se atrevido a dar as caras depois do acidente —, ela armou o maior barraco e as pôs para fora de casa, mas se compadeceu de Rick Laredo, que chegou com um raminho de tulipas murchas e o coração aos pedaços. Neguei-me a recebê-lo, e ela teve de ouvir suas desventuras na cozinha por mais de duas horas.

— Esse garoto lhe mandou um recado, Maya: ele me jurou que nunca torturou animais e quer que você, por favor, lhe dê outra chance — disse-me depois.

Minha avó tem um fraco pelos que sofrem de amor.

— Se ele voltar, Nini, diga que, mesmo que seja vegetariano e se dedique a salvar as baleias, não quero vê-lo mais — respondi.

Os calmantes para a dor e o susto de ter sido descoberta acabaram com qualquer resistência, e confessei à minha Nini tudo o que ela achou por bem me perguntar durante interrogatórios intermináveis, embora ela já soubesse, porque, graças às lições de Norman, aquele rato, já não restavam segredos em minha vida.

— Não acho que você tenha má índole, Maya, nem que seja totalmente estúpida, embora faça o possível para parecer — suspirou minha Nini. — Quantas vezes discutimos o perigo das drogas? Como pôde extorquir aqueles homens com uma pistola?!

— Eram viciados, pervertidos, pedófilos, Nini. Mereciam que a gente fodesse com eles. Bem, não foder literalmente, você entendeu.

— E quem é você para fazer justiça com as próprias mãos? Batman? Podiam ter matado você!

— Não aconteceu nada comigo, Nini...

— Mas como pode dizer que não aconteceu nada?! Olhe como você está! O que vou fazer com você, hein, Maya?

E começou a chorar.

— Me perdoe, Nini. Não chore, por favor. Juro que aprendi a lição. O acidente me fez ver as coisas com clareza.

— Não acredito num pingo disso, caralho! Vamos, jure pela memória do Popo!

Meu arrependimento era verdadeiro, e eu estava realmente assustada, mas isso não me serviu de nada, porque, assim que o médico me deu alta, meu pai me levou para uma clínica no Oregon, onde iam parar adolescentes difíceis de lidar. Não fui por bem. Ele teve que recrutar um policial amigo de Susan para me sequestrar, um brutamontes que mais parecia uma das estátuas da Ilha de Páscoa, que o ajudou naquela tarefa desprezível. Minha Nini se escondeu para não me ver sendo arrastada, como um animal rumo ao matadouro, uivando que ninguém me amava, que todos tinham me rejeitado, e por que não me matavam de uma vez, antes que eu mesma o fizesse?

Na clínica no Oregon, fiquei presa até o começo de junho de 2008 com outros cinquenta e seis jovens rebeldes, drogados, suicidas, anoréxicos, bipolares, expulsos da escola e outros que simplesmente não se encaixavam em lugar nenhum. Eu me propus a sabotar qualquer tentativa de redenção enquanto planejava um jeito de me vingar do meu pai por ter me levado para aquele antro de desajustados, por minha Nini ter permitido e por o mundo inteiro ter me virado as costas. A verdade é que fui parar ali por determinação da juíza que decidiu o caso do acidente. Mike O'Kelly a conhecia e intercedeu por mim com tamanha eloquência que conseguiu convencê-la; senão, eu teria acabado numa instituição, embora não na prisão estadual de San Quentin, como minha avó gritou para mim num de seus surtos. Ela é muito exagerada. Uma vez me levou para ver um filme horroroso em que executavam um assassino em San Quentin.

— Olhe só o que acontece com os que transgridem a lei, Maya! Começam roubando lápis de cor na escola e terminam na cadeira elétrica — avisou-me na saída.

Desde então, isso se tornou uma piada na família. Mas dessa vez me disse falando sério.

Em consideração pela minha pouca idade e pela minha falta de antecedentes criminais, a juíza, uma senhora asiática mais pesada que um saco de areia, me deixou escolher entre um programa de reabilitação ou a prisão juvenil, exigida pelo motorista do automóvel que havia me atropelado; ao ver que o seguro do meu pai não cobriria o estrago tão espetacularmente quanto esperava, o homem queria me castigar. A decisão não foi minha, mas do meu pai, que a tomou sem me consultar. Por sorte, o sistema educativo da Califórnia pagava; senão, minha família teria que vender a casa para financiar minha reabilitação — a coisa custava sessenta mil dólares anuais. Os pais de alguns internos chegavam para a visita em jatos particulares.

Meu pai obedeceu à ordem da Corte aliviado, porque a filha ardia em suas mãos como uma brasa, e ele queria se livrar de mim. Fui para o Oregon esperneando e com três comprimidos de Valium no corpo, que não serviram de nada — seria necessário o dobro para fazer cócegas em alguém como eu, que podia agir normalmente com um coquetel de Vicodin e cogumelos mexicanos. O amigo de Susan e ele me tiraram aos safanões de casa, enfiaram-me à força no avião, depois num carro alugado, e me conduziram do aeroporto até a instituição terapêutica por uma interminável estrada na mata. Eu esperava uma camisa de força e eletrochoques, mas a clínica era um amável conjunto de construções de madeira no meio de um parque. Não se parecia nem remotamente com uma clínica para viciados.

A diretora nos recebeu em seu escritório na companhia de um jovem barbudo, que, descobri depois, era um dos psicólogos. Pareciam irmãos, ambos com o cabelo cor de estopa recolhido em um rabo de cavalo, jeans desbotados, suéter cinza e botas, o uniforme do pessoal da clínica — assim se distinguiam dos internos, que usam roupas extravagantes. Trataram-me como uma amiga de visita, e não como a menininha desgrenhada e chorona que chegara arrastada por dois homens.

— Pode me chamar de Angie, e este é Steve. Vamos ajudar você, Maya. Vai ver como o programa é fácil! — exclamou a mulher animadamente.

Vomitei as nozes do avião no tapete dela. Meu pai avisou que nada seria fácil com sua filha, mas ela já tinha os meus antecedentes sobre a sua escrivaninha e possivelmente já vira casos piores.

— Está escurecendo, e o caminho de volta é longo, senhor Vidal. É melhor se despedir da sua filha. Não se preocupe, Maya ficará em boas mãos — disse.

Ele correu para a porta, apressado para ir embora, mas me atirei em cima dele e me pendurei em sua jaqueta, clamando que não me deixasse, por favor, papai, por favor. Angie e Steve me seguraram sem muito esforço, enquanto meu pai e a estátua da Ilha de Páscoa fugiam a toda.

Finalmente, vencida pelo cansaço, deixei de me debater e me joguei no chão, encolhida como um cachorro. Ali me deixaram um bom tempo, limparam o vômito e, quando parei de soluçar e fungar, o nariz cheio de catarro, me deram um copo-d'água.

— Não vou ficar neste hospício! Vou dar o fora assim que puder! — gritei para eles com o resto de voz que tinha, mas não ofereci resistência quando me ajudaram a levantar e me levaram para conhecer o lugar.

Lá fora a noite estava muito fria, mas dentro do edifício era quente e confortável: longos corredores telhados, amplos espaços, pé-direito alto e teto com vigas aparentes, janelões de vidro com cortinas, fragrância de madeira, simplicidade. Não havia grades nem cadeados. Mostraram-me uma piscina coberta, um ginásio, uma sala multiuso com poltronas, uma mesa de sinuca e uma grande lareira, onde ardiam troncos grossos. Os internos estavam reunidos na sala de jantar em mesas rústicas, decoradas com buquês de flores, detalhe que não me escapou, porque não havia ali clima para o cultivo de flores. Duas mexicanas gorduchinhas e sorridentes de avental branco serviam atrás da mesa do bufê. O ambiente era familiar, descontraído, ruidoso. O cheiro delicioso de feijão e carne assada chegou às minhas narinas, mas me neguei a comer; não queria me misturar com aquela gentalha.

Angie pegou um copo de leite e um pratinho de biscoitos e me guiou para um dormitório, um aposento simples, com quatro camas, móveis de madeira clara, quadros retratando pássaros e flores. A única evidência de que alguém dormia ali eram fotos de família nas mesinhas de cabeceira. Estremeci pensando no tipo de anormais que viviam num lugar tão limpo. Minha mala e minha mochila estavam sobre uma das camas, abertas e com sinais de terem sido revistadas. Ia dizer a Angie que eu não dormiria com ninguém, mas me lembrei de que ao amanhecer do dia seguinte eu iria embora, então não valia a pena armar um barraco por causa de uma noite apenas.

Tirei a calça e os sapatos e me deitei sem tomar banho, sob o olhar atento da diretora.

— Não tenho marcas de picadas nem de ter cortado os pulsos — desafiei, mostrando os braços.

— Fico feliz, Maya. Durma bem — respondeu Angie com naturalidade, deixando o leite e os biscoitos sobre a mesinha e saindo sem trancar a porta.

Devorei o lanchinho ansiando por algo mais substancial, mas estava abatida e caí num sono de morte em poucos minutos. Acordei faminta e confusa, com a primeira luz da aurora, que se insinuava entre os postigos da janela. Ao ver nas outras camas as silhuetas de garotas adormecidas, lembrei onde estava. Me vesti apressada, peguei minha mochila e minha jaqueta e saí na ponta dos pés. Cruzei o hall, me dirigi a uma porta larga, que parecia dar para o exterior, e me encontrei num dos corredores entre dois edifícios.

A bofetada de ar frio me deteve na hora. O céu estava alaranjado, e a terra, coberta por uma fina camada de neve. O ar cheirava a pinheiros e a fogo. A poucos metros de distância havia uma família de cervos me observando, medindo o perigo, as narinas fumegantes, as caudas trêmulas. Dois filhotes, com as manchas de recém-nascidos, se sustentavam precariamente sobre as patas magras, enquanto a mãe vigiava com as orelhas alertas. A cerva e eu nos encaramos por um instante eterno, uma à espera da reação da outra, imóveis, até que uma voz às minhas costas nos sobressaltou, e os cervos partiram trotando.

— Eles vêm beber água. Também aparecem guaxinins, raposas e ursos.

Era o mesmo barbudo que havia me recebido no dia anterior, escondido debaixo de uma parca de esquiador, com botas e um gorro de couro com o pelo para dentro.

— A gente se viu ontem, mas não sei se lembra. Sou Steve, um dos conselheiros. Faltam quase duas horas para o refeitório abrir, mas tenho café — disse, e se foi sem olhar para trás.

Eu o segui automaticamente até a sala de recreação, onde estava a mesa de pool, e esperei na defensiva enquanto ele acendia os troncos na lareira com folhas de jornal e depois servia duas xícaras de café com leite de uma garrafa térmica.

— Nessa noite caiu a primeira neve da temporada — comentou, abanando o fogo com o gorro.

A tia Blanca teve que ir a Castro com urgência, porque seu pai sofreu uma taquicardia alarmante, provocada pelo Concurso de Bumbum nas praias. Blanca diz que o Millalobo só está vivo por achar o cemitério muito chato. As imagens da televisão poderiam ser fatais para um cardíaco: garotas com tangas invisíveis rebolando diante de uma horda masculina, que, entusiasmada, atirava garrafas e atacava a imprensa. Na Taberna do Mortinho, os homens babavam diante da telinha, e as mulheres, de braços cruzados, cuspiam no chão. O que diriam de semelhante concurso a minha Nini e suas amigas feministas! Ganhou uma garota de cabelo louro tingido e bunda de negra, na praia de Pichilemu, vai-se lá saber onde fica isso.

— Por culpa de uma vagabunda dessas, meu pai quase empacota para o outro mundo — comentou Blanca quando voltou de Castro.

Estou encarregada de formar um time infantil de futebol, tarefa fácil, porque, neste país, os meninos aprendem a chutar uma bola assim que ficam de pé. Tenho um time titular, outro reserva e um feminino, que provocou muito fuxico, embora ninguém tivesse se oposto a ele, porque teria que se ver com a tia Blanca. Queremos que a nossa seleção participe do campeonato escolar de Festas Pátrias, em setembro. Temos vários meses pela frente, mas não podemos treinar sem chuteira e, como nenhuma família conta com renda para esse gasto, Blanca e eu fomos fazer uma visita de cortesia a dom Lionel Schnake, já recuperado do impacto causado pelos traseiros estivais.

Nós o amolecemos com duas garrafas do mais fino licor de ouro, que Blanca prepara com aguardente, açúcar, soro de leite e especiarias, e lhe expusemos a conveniência de manter ocupadas as crianças em atividades esportivas, que assim não se metem em encrencas. Dom Lionel concordou. Dali a mencionar o futebol não demorou mais que outro copinho de licor, e ele se comprometeu a nos dar onze pares de chuteiras nos números correspondentes. Tivemos que explicar que precisávamos de onze para o Caleuche, o time masculino, onze para a Pincoya, o feminino, e mais seis pares de reserva. Ao saber do custo, nos passou um sermão sobre a crise econômica, as salmoneiras, as pensões por invalidez e como aquela sua filha era um saco sem fundo e ia acabar com seu coração, sempre pedindo mais, e onde já se vira chuteira ser uma prioridade no deficiente sistema educativo do país?

No fim, secou a testa, empinou um quarto copinho de licor e nos fez o cheque. Nesse mesmo dia encomendamos as chuteiras em Santiago e, uma semana depois, fomos pegá-los no ônibus em Ancud. A tia Blanca os mantém a sete chaves para que as crianças não as usem todo dia e decretou que ficarão fora do time aqueles cujos pés crescerem nesse meio-tempo.

Os consertos na escola terminaram. As pessoas se refugiam lá em caso de emergência, porque é o prédio mais seguro depois da igreja, cuja frágil estrutura de madeira é sustentada por Deus, como ficou comprovado em 1960, quando ocorreu o terremoto mais forte registrado no mundo, 9.5 na escala Richter. O mar subiu e esteve a ponto de tragar o povoado, mas as ondas pararam na porta da igreja. Durante os dez minutos do tremor, lagos encolheram, ilhas inteiras desapareceram, a terra se abriu e afundaram os trilhos de trem, pontes e estradas. O Chile é propenso a catástrofes — inundações, secas, vendavais, terremotos e ondas capazes de deixar um barco no meio da praça. As pessoas encaram isso com resignação — são provações de Deus —, mas ficam nervosas quando passa muito tempo sem uma desgraça. Minha Nini é assim, vive à espera de que o céu caia sobre a sua cabeça.

Nossa escola está preparada para o próximo chilique da natureza; é o centro social da ilha, lá se reúnem o círculo de mulheres, o grupo do artesanato e os Alcoólicos Anônimos, ao qual fui umas duas vezes, porque havia prometido a Mike O'Kelly que o faria, mas eu era a única mulher entre quatro ou cinco homens que não se atreviam a falar na minha frente. Acho que não me faz falta, estou há mais de quatro meses sóbria. Na escola vemos filmes, conflitos menores que não merecem a intervenção dos carabineiros são resolvidos, e assuntos pendentes, como semeaduras, colheitas, o preço da batata e dos mariscos, são discutidos; lá Liliana Treviño aplica vacinas e ensina o básico sobre higiene, que as mulheres mais velhas escutam divertidas:

— Nos desculpe, senhorita Liliana, por acaso vai nos ensinar a virar doutores? — perguntam.

As comadres garantem, e com razão, que os comprimidos são suspeitos, alguém está ficando rico com eles, e optam por remédios caseiros, que são grátis, ou pelos papeizinhos da homeopatia. Na escola nos explicaram o programa contraceptivo do governo, que espantou várias vovós, e lá mesmo os carabineiros nos deram instruções para controlar os piolhos, caso haja uma epidemia, como acontece a cada dois anos. Só de pensar em piolhos minha cabeça coça; prefiro pulgas, porque atacam Fákin e os gatos.

Os computadores da escola são pré-históricos, mas têm boa manutenção. Eu os uso para tudo que é necessário, menos para e-mails. Me acostumei a viver incomunicável. Vou escrever para quem se não tenho amigos? Recebo notícias da minha Nini e de Branca de Neve, porque escrevem em código para Manuel, mas gostaria de contar para eles as minhas impressões deste curioso desterro; não podem imaginar Chiloé; este lugar é para ser vivido.

Fiquei na clínica do Oregon esperando que o frio diminuísse para então fugir, mas o inverno nessas matas chega para ficar, com sua beleza de gelo e neve cristalina e seus céus, às vezes azuis e inocentes, outras cor de chumbo e raivosos. Quando os dias ficaram mais longos, a temperatura subiu e as atividades ao ar livre começaram, reconsiderei meus planos de fuga, mas então trouxeram as vicunhas, dois animais esbeltos de orelhas em pé e longas pestanas, presente caro do pai agradecido de um dos alunos formados no ano anterior. Angie pôs as vicunhas aos meus cuidados com o argumento de que ninguém estava mais qualificado do que eu para se encarregar daqueles delicados animais, porque eu havia me criado com os cães farejadores de bomba de Susan. Tive que adiar minha fuga, porque as vicunhas precisavam de mim.

    Com o tempo, eu me adaptei à agenda de esporte, arte e terapia, mas não fiz amigos, porque o sistema desestimulava a amizade; no máximo, éramos cúmplices de algumas travessuras. Não tinha saudades de Sarah e Debbie, como se, ao mudar de ambiente e circunstâncias, as minhas amigas tivessem perdido a sua importância. Pensava nelas com inveja, vivendo suas vidas sem mim, tal como todo o Berkeley High estaria fofocando sobre a louca da Maya Vidal, internada num hospício. Talvez outra garota já houvesse me substituído no trio das vampiras. Na clínica, aprendi o jargão psicológico e a forma de navegar entre as regras, que não chamavam de regras, mas de acordos. No primeiro dos muitos acordos assinados sem a intenção de cumpri-los, eu me comprometi, como os demais internos, a evitar álcool, drogas, violência e sexo. Não havia oportunidade para os três primeiros, mas meus colegas davam um jeito para praticar o quarto, apesar da vigilância constante de conselheiros e psicólogos. Eu me abstive.

    Para evitar problemas, era muito importante parecer normal, embora a definição de normalidade fosse incerta. Se comia muito, padecia de ansiedade, se comia pouco, era anoréxica; se preferia a solidão, era depressiva, mas qualquer amizade levantava suspeita; se não participava de uma atividade, estava sabotando; se participava muito, queria chamar a atenção. "Pau porque rema, pau porque não rema", esse é outro ditado da minha Nini.

O programa se baseava em três perguntas concisas: quem você é, o que deseja fazer com a sua vida e como vai conseguir isso, mas os métodos terapêuticos eram bem menos claros. Fizeram cada garota que havia sido estuprada dançar vestida de empregadinha francesa diante dos outros internos; fizeram um jovem com tendências suicidas subir na torre de vigilância florestal para ver se se atirava, e outro, com claustrofobia, foi trancado várias vezes num closet. Eles nos submetiam a penitências — rituais de purificação — e a sessões coletivas em que devíamos representar nossos traumas a fim de superá-los. Neguei-me a representar a morte do meu avô, e meus colegas tiveram que fazer isso por mim, até que o psicólogo daquele turno me declarou curada ou incurável, já não me lembro. Em longas terapias de grupo, confessávamos — compartilhávamos — lembranças, sonhos, desejos, temores, intenções, fantasias, os segredos mais íntimos. Desnudar a alma, essa era a finalidade daquelas maratonas. Os celulares estavam proibidos, o telefone controlado, e correspondência, música, livros e filmes eram censurados, e nada de e-mails nem de visitas-surpresa.

Depois de três meses internada na clínica, recebi a primeira visita da minha família. Enquanto meu pai discutia o meu progresso com Angie, levei minha avó para conhecer o parque e as vicunhas, que eu havia enfeitado com fitas nas orelhas. Minha Nini havia me trazido uma pequena fotografia plastificada do meu Popo, na qual ele aparecia sozinho, uns três anos antes de sua morte, com seu chapéu e o cachimbo na mão, sorrindo para a câmera. Mike O'Kelly a havia tirado no Natal dos meus treze anos, quando eu dera ao meu avô o seu planeta perdido: uma bolinha verde marcada com cem números, correspondendo a outros tantos mapas ou ilustrações do que deveria existir em seu planeta, conforme tínhamos pensado juntos. Ele gostou muito do presente, por isso sorria na foto como um garotinho.

— Seu Popo está sempre com você. Não se esqueça, Maya — disse minha avó.

— Está morto, Nini!

— Sim, mas você o leva aí dentro, embora ainda não saiba disso. No começo, minha tristeza era tanta, Maya, que achei que o tinha perdido para sempre, mas agora quase posso vê-lo.

— Não sente mais tristeza? Só você mesmo! — respondi, irritada.

— Sinto tristeza, sim, mas eu a aceitei. Me sinto bem melhor assim.

— Parabéns. Eu estou cada vez pior neste hospício de imbecis. Vamos, Nini, me tire daqui, antes que me torne louca de pedra.

— Não seja trágica, Maya. Aqui é muito mais agradável do que eu pensava, há compreensão e amabilidade.

— Porque vocês estão de visita!

— Está me dizendo que a maltratam quando não estamos aqui?

— Não batem na gente, não, mas nos aplicam torturas psicológicas, Nini. Nos privam de comida e de sono, baixam nossas defesas e depois nos fazem lavagem cerebral, enfiam coisas na nossa cabeça.

— Que tipo de coisas?

— Advertências chocantes sobre drogas, doenças venéreas, prisões, hospícios, abortos... Somos tratados como idiotas. Acha pouco?

— Estou achando isso demais. Vou ter uma conversa com essa fulana, como é mesmo que se chama? Angie? Ela já vai ver com quem está lidando!

— Não! — exclamei, segurando-a.

— Como não?! Acha que vou permitir que tratem minha neta como uma prisioneira de Guantánamo?

A máfia chilena partiu a trote rumo ao escritório da diretora. Minutos mais tarde, Angie me chamou.

— Maya, por favor, repita para o seu pai o que contou à sua avozinha.

— O quê?

— Você sabe ao que estou me referindo — insistiu Angie, sem levantar a voz.

Meu pai não pareceu impressionado e se limitou a me lembrar da decisão da juíza: reabilitação ou cadeia. Fiquei no Oregon.

Na segunda visita, dois meses mais tarde, minha Nini ficou encantada: por fim, tinha recuperado sua menina, disse, nada de maquiagem de Drácula nem modos de membro de gangue; estava me achando saudável e em boa forma. Isso se devia aos oito quilômetros diários que eu corria. Permitiam que eu corresse porque, por mais que corresse, não iria longe. Não suspeitavam que eu estava treinando para fugir.

Contei à minha Nini como nós, internos, gozávamos dos testes psicológicos e dos terapeutas, tão transparentes em suas intenções que até o mais novato podia manipulá-los, e que — para que falar do nível acadêmico? — ao nos formarmos, como se aquilo fosse um curso, nos dariam um diploma de ignorantes para pendurar na parede. Estávamos saturados de documentários sobre o aquecimento polar e excursões ao Everest, precisávamos saber o que estava acontecendo no mundo.

Ela me informou que não acontecia nada digno de nota, só havia más notícias sem solução, o mundo estava acabando, mas tão lentamente que duraria até eu me formar.

— Não vejo a hora de você voltar para casa, Maya. Sinto tantas saudades! — suspirou, acariciando meu cabelo pintado de várias cores inexistentes na natureza com as tintas que ela mesma me enviava pelo correio.

Apesar do arco-íris dos meus cabelos, eu me achava discreta comparada a alguns dos meus colegas. Para compensar as inumeráveis restrições e nos dar uma falsa sensação de liberdade, eles nos deixavam experimentar com a roupa e os cabelos de acordo com as fantasias de cada um, mas não podíamos acrescentar mais perfurações nem tatuagens além das já existentes. Eu tinha uma argola de ouro no nariz e a minha tatuagem de 2005. Um garoto que havia superado uma rápida etapa neonazista antes de optar pela metanfetamina exibia uma suástica marcada com ferro em brasa no braço direito, e outro havia tatuado *fuck* na testa.

— Tem vocação de fodido, Nini. Fomos proibidos de mencionar a tatuagem dele. O psiquiatra diz que ele pode ficar traumatizado.

— Qual deles, Maya?

— Aquele desengonçado com uma cortina de cabelos até os olhos.

E lá se foi a minha Nini dizer a ele que não se preocupasse, agora existia um raio laser para apagar o palavrão da sua testa.

Manuel aproveitou o curto verão para recolher informações e planeja terminar o livro sobre a magia de Chiloé depois, nas horas escuras do inverno. Estamos nos dando muito bem, acho eu, embora ele ainda rosne para mim de vez em quando. Não dou a mínima. Lembro que, ao conhecê-lo, ele me pareceu intratável, mas, nestes meses vivendo juntos, descobri que é um desses caras bondosos que se envergonham de ser bondosos; não se esforça para ser amável e se assusta quando alguém simpatiza com ele, por isso sente um pouco de medo de mim.

Dois livros seus foram publicados anteriormente na Austrália em formato grande, com fotografias coloridas, e este será parecido, graças aos auspícios do Conselho de Cultura e de várias empresas de turismo. Os editores encarregaram as ilustrações a um pintor importante de Santiago, que vai se ver num aperto para criar alguns dos seres horripilantes da mitologia nativa.

Espero que Manuel me dê mais trabalho, assim poderei retribuir sua hospitalidade; senão, vou ficar endividada até o fim dos meus dias. O problema é que ele não sabe delegar; me encarrega das tarefas mais simples e depois perde seu tempo revisando-as. Deve pensar que sou uma idiota. Para piorar, teve que me dar dinheiro, porque cheguei sem nada. Me garantiu que a minha avó fizera um depósito bancário para esse fim, mas não acredito nele — a ela não ocorrem soluções simples. Mais de acordo com seu temperamento seria me mandar uma pá para desenterrar tesouros.

Aqui há tesouros escondidos pelos piratas de antigamente, todo mundo sabe. Na noite de são João, 24 de junho, veem-se luzes nas praias, sinal de que ali há um cofre enterrado. Infelizmente as luzes se movem, e isso despista os ambiciosos, e além disso pode ser que a luz seja apenas uma trapaça dos bruxos. Ninguém por aqui enriqueceu cavando na noite de são João.

O clima está mudando rapidamente, e Eduvigis teceu um gorro nativo para mim. A centenária dona Lucinda tingiu para ela a lã com plantas, cascas e frutos da ilha. Essa velhinha é uma especialista, ninguém consegue cores tão resistentes quanto as suas, diversos tons de marrom, vermelho, cinza, preto e um verde-bílis que cai bem em mim. Com muito pouco dinheiro pude me abastecer de roupas de inverno e tênis — minhas botas cor-de-rosa apodreceram com a umidade. No Chile, qualquer um pode se vestir com decência: todas as lojas vendem artigos usados ou provenientes de saldões americanos ou chineses, nos quais, às vezes, encontro coisas do meu manequim.

Passei a respeitar a *Cahuilla*, a lancha de Manuel, de aparência tão frágil mas de coração tão valente. Ela nos levou galopando pelo golfo de Ancud, e depois do inverno iremos mais para o sul, ao golfo de Corcovado, fazendo escala por toda a costa da Ilha Grande. A *Cahuilla* é lenta, mas segura nestas águas tranquilas; as piores tempestades ocorrem em mar aberto, no Pacífico. Nas ilhas e aldeias remotas estão as pessoas mais idosas, que conhecem as lendas. Os antigos vivem do campo, da criação de animais e da pesca em comunidades pequenas onde a fanfarra do progresso ainda não chegou.

Manuel e eu saímos de madrugada e, se a distância é curta, procuramos voltar antes que escureça, mas já passa das três horas da tarde, ficamos para dormir, porque somente os navios da Armada e o *Caleuche*, o barco fantasma, navegam à noite. Segundo os antigos, tudo o que existe sobre a terra também existe debaixo d'água. Há cidades submersas no mar, em lagoas, rios e charcos, e lá vivem os *pigüichenes*, criaturas de mau gênio capazes de provocar ondas e correntes traiçoeiras. É preciso ter muito cuidado em lugares úmidos, nos alertaram, mas este é um conselho inútil nesta terra de chuva incessante, onde a umidade está em toda parte.

Às vezes, encontramos anciãos bem-dispostos a nos contar o que seus olhos viram e voltamos para casa com um tesouro de gravações, que depois se mostra uma boa encrenca para decifrar, porque eles têm o seu jeito próprio de falar. No começo da conversa evitam o tema magia, são coisas dos velhos, dizem, ninguém mais acredita nisso; temem, talvez, as represálias dos "da arte", como chamam os bruxos, ou não desejam contribuir para a sua reputação de supersticiosos, mas, com manha e chicha de maçã, Manuel vai fazendo com que desembuchem.

Tivemos a tempestade mais séria até agora, que chegou com passos de gigante e irada com todo mundo. Raios, trovões e um vento demente nos atingiram decididos a fazer a casa navegar na chuva. Os três morcegos se desprenderam das vigas e começaram a dar voltas na sala, enquanto eu procurava enxotá-los a vassouradas e o Gato-Bobo tentava lhes dar patadas sob a luz trêmula das velas. O gerador está com problemas há vários dias, e não sabemos quando o "mestre franjinha" virá, se é que virá, nunca se sabe, pois ninguém cumpre horários por estas bandas. No Chile se chama de mestre franjinha qualquer sujeito mais ou menos capaz de consertar algo, com um alicate e um arame, mas não há nenhum nesta ilha e temos que recorrer aos de fora, que se fazem esperar como dignitários. O barulho da tempestade era ensurdecedor, rochas rolando, tanques de guerra, trens descarrilados, uivos de lobos e, de repente, um clamor que vinha do fundo da terra.

— Está tremendo, Manuel!

Mas ele, imperturbável, interpretava com sua lanterna de mineiro na testa.

— É só o vento, mulher. Treme quando as ondas quebram.

Nisso Azucena Corrales chegou encharcada, com um poncho de plástico e botas de pescar, para pedir socorro porque seu pai estava muito mal. Com a fúria da tempestade, não havia sinal para os celulares, e caminhar até o povoado era impossível. Manuel vestiu a capa de chuva, o gorro e calçou as botas, pegou a lanterna e se dispôs a sair. Eu fui atrás — não ia ficar sozinha com os morcegos e o vendaval.

A casa dos Corrales fica perto, mas demoramos um século para percorrer essa distância na escuridão, empapados pela catarata do céu, afundando no barro e lutando contra o vento, que nos empurrava em sentido contrário. Em alguns momentos, pensei que estávamos perdidos, mas, de repente, o brilho amarelo da janela dos Corrales apareceu.

A casa, menor do que a nossa e muito maltratada, mal se mantinha em meio à barulheira de tábuas soltas, mas por dentro parecia mais segura. À luz de dois lampiões de parafina, pude ver uma confusão de móveis velhos, cestas de lã para fiar, montes de batatas, panelas, trouxas, roupas secando num varal improvisado, baldes para as goteiras do telhado e até gaiolas com coelhos e galinhas, que não podiam deixar lá fora numa noite como aquela. Num canto havia um altar com uma vela acesa diante de uma Virgem de gesso e uma imagem do padre Hurtado, o santo dos chilenos. As paredes estavam enfeitadas com calendários, fotografias emolduradas, cartões-postais e publicidade do ecoturismo e do Manual de Alimentação para o Adulto Maduro.

Carmelo Corrales fora um homem forte, carpinteiro e construtor de botes, mas havia sido derrotado pelo álcool e pela diabetes, que há muito estavam minando seu organismo. No começo, não deu importância aos sintomas, depois sua mulher o tratou com alho, batatas cruas e eucalipto, e, quando Liliana Treviño obrigou Carmelo a ir ao hospital de Castro, já era tarde. Segundo Eduvigis, a intervenção dos doutores o deixou pior. Corrales não modificou seu estilo de vida, continuou bebendo e abusando de sua família até que lhe amputaram uma perna, em dezembro do ano passado. Já não pode encurralar seus netos para surrá-los com um cinto, mas Eduvigis costuma andar com um olho roxo e ninguém lhe chama a atenção. Manuel me aconselhou a não perguntar a Eduvigis se ela mantém em silêncio a violência doméstica, porque seria vergonhoso para ela.

Aproximaram a cama do doente do fogão a lenha. Pelas histórias que eu tinha ouvido sobre Carmelo Corrales, por suas brigas quando se embebedava e pela forma como maltratava a família, eu o imaginava como um homenzarrão abominável, mas naquela cama estava um velho inofensivo, desfigurado e ossudo, com as pálpebras entrecerradas, a boca aberta, respirando com um ronco agonizante. Eu imaginava que sempre davam insulina aos diabéticos, mas Manuel lhe deu umas colheradas de mel, e, com isso e as rezas de Eduvigis, o doente reagiu. Azucena nos preparou uma xícara de chá, que bebemos em silêncio, esperando o temporal ceder.

Lá pelas quatro da madrugada, Manuel e eu voltamos para casa, já fria, porque o fogão havia se apagado fazia tempo. Ele foi buscar mais lenha enquanto eu acendia velas e esquentava água e leite no fogareiro a parafina. Sem me dar conta, eu estava tremendo, não tanto de frio, mas pela tensão daquela noite, a ventania, os morcegos, o homem moribundo e algo que sentira na casa dos Corrales — que não saberia explicar —, algo maléfico, como ódio. Se é verdade que as casas ficam impregnadas da vida entre suas paredes, na dos Corrales está a maldade.

Manuel acendeu o fogo rapidamente, tiramos a roupa molhada, vestimos os pijamas, calçamos meias grossas e nos cobrimos com cobertores chilotes. Bebemos de pé, colados ao fogão, ele com sua segunda xícara de chá e eu com meu leite; depois ele examinou as persianas, para ver se haviam cedido com o vento, e preparou minha bolsa de água quente, deixando-a no meu quarto e se retirando para o dele. Eu o senti ir e vir do banheiro e se meter na cama. Fiquei escutando os últimos resmungos da tempestade, os trovões, que se distanciavam, e o vento, que começava a se cansar de soprar.

Desenvolvi diversas estratégias para vencer o medo à noite — mas nenhuma funciona. Desde que cheguei a Chiloé, estou sã de corpo e mente, mas minha insônia piorou e não quero recorrer a soníferos. Mike O'Kelly me avisou que a última coisa que um drogado recupera é o sono normal. À tarde, evito a cafeína e estímulos alarmantes, como filmes ou livros com cenas de violência, que logo vêm me assombrar à noite. Antes de me deitar, tomo um copo de leite morno com mel e canela, a poção mágica que o meu Popo me dava quando eu era criança, e a infusão calmante de Eduvigis: tília, sabugueiro, menta e violeta, mas, faça o que fizer e mesmo que me deite o mais tarde possível e leia até que minhas pálpebras caiam, não posso enganar a insônia, ela é implacável. Passei muitas noites da minha vida sem dormir; antes contava carneirinhos, agora conto cisnes de pescoço preto ou golfinhos de barriga branca. Passo horas na escuridão, uma, duas, três da madrugada, ouvindo a respiração da casa, o sussurro dos fantasmas, os arranhões de monstros debaixo da minha cama, temendo por minha vida. Os inimigos de sempre me atacam: dores, perdas, humilhações, culpa. Acender a luz equivale a me dar por vencida, já não dormirei pelo resto da noite, porque com a luz a casa não só respira, como também se move, palpita, aparecem protuberâncias e tentáculos nela, os fantasmas adquirem contornos visíveis, os monstros se agitam. Essa seria uma daquelas noites, tivera estímulo demais e muito tarde. Eu estava enterrada sob um monte de cobertores vendo cisnes passarem quando ouvi Manuel se debater dormindo no quarto ao lado, como das outras vezes.

Algo provoca esses pesadelos, algo relacionado com seu passado e talvez com o passado deste país. Descobri algumas coisas na internet que podem ser significativas, mas ando tateando às cegas, com poucas pistas e nenhuma certeza. Tudo começou quando quis investigar sobre o primeiro marido de minha Nini, Felipe Vidal, e de tabela caí no golpe militar de 1973, que mudou a existência de Manuel. Encontrei dois artigos publicados por Felipe Vidal sobre Cuba nos anos sessenta, foi um dos poucos jornalistas chilenos que escreveu sobre a revolução, e outras reportagens suas de diferentes lugares do mundo; pelo visto, viajava com frequência. Alguns meses depois do golpe, desapareceu, é a última coisa que consta sobre ele na internet. Era casado e tinha um filho, mas os nomes da mulher e do filho não aparecem. Perguntei a Manuel onde exatamente havia conhecido Felipe Vidal, e ele me respondeu secamente que não queria falar a respeito, mas tenho o pressentimento de que as histórias desses dois homens estão ligadas de alguma forma.

No Chile, muita gente se negou a acreditar nas atrocidades cometidas pela ditadura militar, até que surgiu a evidência irrefutável nos anos noventa. Segundo Blanca, agora ninguém pode negar que abusos foram cometidos, mas há ainda quem os justifique. Não se deve puxar o assunto diante de seu pai e do resto da família Schnake, para quem o passado está enterrado, os militares salvaram o país do comunismo, colocaram ordem, eliminaram os subversivos e estabeleceram a economia de livre mercado, que trouxe prosperidade e obrigou os chilenos, frouxos por natureza, a trabalhar. Atrocidades? Na guerra são inevitáveis — e aquela foi uma guerra contra o comunismo.

O que Manuel estaria sonhando naquela noite? Senti novamente as presenças nefastas de seus pesadelos, presenças que já tinham me assustado antes. Por fim, levantei-me e, tateando as paredes, fui até seu quarto, aonde chegava um resto da claridade do fogão, suficiente apenas para eu adivinhar os contornos dos móveis. Nunca havia entrado naquele quarto. Convivemos muito próximos, ele me socorreu quando tive colite — não há nada mais íntimo do que isso —, nos cruzamos no banheiro, inclusive ele me viu nua quando saí distraída do chuveiro, mas seu quarto é território vedado, onde só entram sem convite o Gato-Bobo e o Gato-Literato. Por que fiz isso? Para acordá-lo e para que não continuasse sofrendo, para enganar a insônia e dormir com ele. Isso, apenas isso, mas eu sabia que estava brincando com fogo, ele é homem e eu sou mulher, embora ele seja cinquenta e dois anos mais velho que eu.

Gosto de olhar para Manuel, vestir seu casaco velho, cheirar seu sabonete no banho, ouvir sua voz. Gosto da sua ironia, da sua segurança, da sua companhia calada; gosto que não saiba quanto carinho as pessoas sentem por ele. Não sinto atração por ele, nada disso, somente um tremendo carinho, impossível de expressar com palavras. A verdade é que não tenho muitas pessoas a quem amar: minha Nini, meu pai, Branca de Neve, duas que deixei em Las Vegas, ninguém no Oregon, fora as vicunhas e algumas de quem começo a gostar demais nesta ilha.

Aproximei-me de Manuel sem me preocupar com o barulho, me enfiei em sua cama e me abracei às suas costas, com os pés entre os seus e o nariz em sua nuca. Ele não se mexeu, mas vi que tinha acordado, porque se transformou num bloco de mármore.

— Calma, cara, vim apenas respirar com você — foi a única coisa que me ocorreu dizer.

Ficamos assim, como um velho casal, abrigados no calor dos cobertores e no calor de nós dois, respirando. E dormi profundamente, como nos tempos em que dormia entre meus avós.

Manuel me acordou às oito com uma xícara de café e pão torrado. A tempestade havia se dissipado e deixara o ar lavado, com cheiro fresco de madeira molhada e sal. O que tinha acontecido na noite anterior parecia um sonho ruim à luz matinal que banhava a casa. Manuel estava barbeado, com o cabelo úmido, vestido da forma habitual: calça disforme, blusa de gola alta, casaco esfiapado nos cotovelos. Entregou-me a bandeja e se sentou ao meu lado.

— Me desculpe. Não conseguia dormir e você estava tendo um pesadelo. Imagino que foi uma besteira minha vir até o seu quarto... — disse.

— Isso mesmo.

— Vira essa cara de solteirona para lá, Manuel. Qualquer uma pensaria que cometi um crime irreparável. Não violei você nem nada do tipo.

— Ainda bem — respondeu sério.

— Posso perguntar uma coisa pessoal?

— Depende.

— Eu olho para você e vejo um homem, mesmo que seja velho. Mas você me trata igual aos seus gatos. Não me vê como uma mulher, não é?

— Eu vejo você, Maya. Por isso lhe peço que não volte à minha cama. Nunca mais. Estamos entendidos?

— Estamos.

Nesta ilha bucólica de Chiloé, minha agitação do passado parece incompreensível. Não sei o que era essa comichão interior que antes não me dava trégua, por que saltava de uma coisa para outra, sempre buscando algo sem saber o que buscava; não consigo lembrar com clareza os impulsos e sentimentos dos últimos três anos, como se aquela Maya Vidal fosse outra pessoa, uma desconhecida. Comentei a respeito com Manuel, numa de nossas raras conversas mais ou menos íntimas, quando estávamos sozinhos. Lá fora estava chovendo, a luz tinha apagado e ele não pudera se refugiar em seus livros para escapar da minha tagarelice, e então me disse que a adrenalina é viciante, a gente se acostuma a viver na corda bamba, não pode prescindir do melodrama, que, no fim das contas, é mais interessante que a normalidade. Acrescentou que, na minha idade, ninguém quer paz de espírito, que estou na idade da aventura e que este exílio em Chiloé é uma pausa, mas não pode se transformar numa forma de vida para alguém como eu.

— Ou seja, está insinuando que o quanto antes eu der o fora da sua casa, melhor, não é? — perguntei.

— Melhor para você, Maya, mas não para mim — respondeu.

Acredito nele, porque, quando eu for embora, esse homem vai se sentir mais sozinho que um molusco.

É verdade que a adrenalina vicia. No Oregon, havia alguns garotos fatalistas que se sentiam muito à vontade com a própria desgraça. A felicidade é uma espuma, escorre entre os dedos, mas aos problemas a gente pode se agarrar; têm alça, são ásperos, duros. Na clínica, eu tinha o meu próprio dramalhão russo: eu era má, impura e perniciosa, estapeava e feria quem mais me amava, minha vida estava fodida. Nesta ilha, em troca, quase sempre me sinto boa, como se, ao mudar de paisagem, também tivesse mudado de pele. Aqui ninguém conhece meu passado, afora Manuel; as pessoas confiam em mim, acham que sou uma estudante em férias que veio ajudar Manuel em seu trabalho, uma garota ingênua e saudável, que nada no mar gelado e joga futebol como um homem, uma gringa meio bobona. Não pretendo desapontá-los.

Às vezes, nas horas de insônia, sinto a fisgada da culpa por tudo o que fiz antes, mas, ao amanhecer, isso se dissipa com o cheiro da lenha no fogão, com a pata do Fákin me arranhando para levá-lo ao pátio e com a tossezinha alérgica do Manuel a caminho do banheiro. Acordo, bocejo, me estico na cama e suspiro contente. Não é indispensável me bater no peito, de joelhos, nem pagar meus erros com lágrimas e sangue. Segundo dizia meu Popo, a vida é uma tapeçaria que a gente tece dia após dia com fios de muitas cores, uns grossos e escuros, outros finos e luminosos: todos os fios servem. As besteiras que fiz já estão na tapeçaria, não há como apagá-las, mas não vou carregá-las até a morte. O que foi feito, feito está; tenho que olhar para a frente. Em Chiloé, não há combustível para fogueiras de desespero. Nesta casa de cipreste o coração se acalma.

Em junho de 2008, terminei o programa da clínica no Oregon, onde fiquei enclausurada por tanto tempo. Em questão de dias, poderia sair pela porta larga e só ia sentir saudades das vicunhas e de Steve, o conselheiro favorito das internas. Eu estava levemente apaixonada por ele, como as outras garotas, mas era orgulhosa demais para admitir. Outras tinham deslizado para o seu quarto na calada da noite e ele as devolvera amavelmente para suas camas; Steve era um gênio da rejeição. Liberdade, por fim. Poderia me reintegrar ao mundo dos seres normais, me fartar de música, filmes e livros proibidos, abrir uma conta no Facebook, a última moda nas redes sociais, que todos na clínica desejávamos. Jurei que não voltaria a pisar o estado do Oregon pelo resto da minha existência.

Pela primeira vez, pensei de novo em Sarah e Debbie, perguntando-me o que seria delas. Com sorte teriam terminado o secundário e estariam na fase de conseguir algum trabalho, porque não era provável que fossem para a universidade, não tinham cérebro para isso. Debbie sempre fora péssima nos estudos e Sarah tinha problemas demais; se não havia se curado da bulimia, certamente estava no cemitério.

Certa manhã, Angie me convidou para dar um passeio entre os pinheiros, atitude bastante suspeita, porque não era o seu estilo, e me anunciou que estava satisfeita com o meu progresso, que eu havia feito o trabalho sozinha, a clínica só o tinha facilitado, e que agora poderia ir para a universidade, embora talvez houvesse algumas brechas em meus estudos.

— Brechas não, rombos — interrompi.

Tolerou essa impertinência com um sorriso e me lembrou de que sua missão não era proporcionar conhecimento, isso qualquer estabelecimento educativo podia fazer, mas algo muito mais delicado: dar aos jovens as ferramentas emocionais para alcançar seu potencial máximo.

— Você amadureceu, Maya. Isso é o que importa.

— Tem razão, Angie. Aos dezesseis anos, meu plano de vida era me casar com um velhote milionário, envenená-lo e herdar sua fortuna. Agora, em troca, meu plano é criar e vender vicunhas.

Não teve graça.

Ela me propôs, com alguns rodeios, que ficasse na clínica como instrutora esportiva e ajudante na oficina de arte durante o verão;

depois, eu poderia ir direto para a faculdade em setembro. Acrescentou que meu pai e Susan estavam se divorciando, como já esperávamos, e que ele havia sido transferido para uma rota no Oriente Médio.

— Sua situação é complicada, Maya, porque precisa de estabilidade na etapa de transição. Aqui está protegida, mas em Berkeley vai faltar estrutura. Não é conveniente que volte ao mesmo ambiente.

— Vou morar com a minha avó.

— Sua avozinha já não tem idade para...

— Você não a conhece, Angie! Ela tem mais energia que a Madonna. E deixe de chamá-la de avozinha, porque seu apelido é Dom Corleone, como em *O poderoso chefão*. Minha Nini me criou a cascudos, que mais estrutura você quer?

— Não vamos discutir sobre a sua avó, Maya. Dois ou três meses mais aqui poderão ser decisivos para o seu futuro. Pense bem antes de me responder.

Então, compreendi que o meu pai e ela tinham feito um pacto. Ele e eu nunca fomos muito próximos, em minha infância estivera quase ausente, dera um jeito para se manter longe, enquanto minha Nini e meu Popo cuidavam de mim. Quando meu avô morreu e as coisas ficaram feias entre nós, ele me internou no Oregon e lavou as mãos. Agora tinha uma rota no Oriente Médio — era perfeito para ele. Para que me colocara no mundo? Devia ter sido mais prudente em sua relação com a princesa da Lapônia, já que nenhum dos dois queria filhos. Imagino que, naqueles tempos, também houvesse preservativos.

Tudo isso passou como uma rajada pela minha cabeça e cheguei rapidamente à conclusão de que era inútil desafiá-lo ou tentar negociar com ele, porque é teimoso como um burro quando mete alguma coisa na cabeça. Teria que achar outra solução.

Eu tinha dezoito anos; legalmente ele não podia me obrigar a ficar na clínica, por isso buscara a cumplicidade de Angie, cuja opinião tinha o peso de um diagnóstico. Se eu me rebelasse, seria interpretado como desvio de conduta, e, com a assinatura do psiquiatra residente, poderiam me reter à força ou me colocar em outro programa similar. Aceitei a proposta de Angie com tal presteza que alguém menos seguro de sua autoridade teria suspeitado e comecei a preparar minha tão adiada fuga imediatamente.

Na segunda semana de junho, poucos dias depois do meu passeio entre os pinheiros com Angie, um dos internos, fumando no ginásio, provocou um incêndio. A guimba esquecida queimou um colchonete, e o fogo alcançou o teto antes que o alarme disparasse. Nada tão dramático nem tão divertido tinha acontecido na clínica desde a sua fundação. Enquanto os instrutores e jardineiros acionavam as mangueiras, os jovens aproveitaram para se soltar numa festa de pulos e gritos, liberando a energia acumulada em meses de introspecção; quando, por fim, os bombeiros e policiais chegaram, depararam com um quadro alucinante, que confirmava a ideia generalizada de que aquilo era mesmo um manicômio. O incêndio se espalhou, ameaçando a mata próxima, e os bombeiros pediram o reforço de um pequeno avião. Isso aumentou a euforia maníaca da rapaziada, que corria sob os esguichos de espuma química, surda às ordens das autoridades.

Era uma manhã esplêndida. Antes que a fumaça do incêndio nublasse o céu, o ar estava morno e límpido, ideal para a minha fuga. Primeiro, eu deveria pôr a salvo as vicunhas, de quem ninguém se lembrara na confusão, e perdi meia hora tratando de transferi-las;

tinham as patas travadas de susto por causa do cheiro de queimado. Por fim, tive a ideia de molhar duas camisetas e cobrir suas cabeças — foi assim que consegui puxá-las para a quadra de tênis, onde as deixei amarradas e encapuzadas. Depois fui ao meu dormitório, coloquei o indispensável na mochila — a foto do meu Popo, alguma roupa, duas barras energéticas e uma garrafa-d'água —, calcei meus melhores tênis e corri para a mata. Não foi uma coisa impulsiva, estava esperando aquela oportunidade havia séculos, mas, chegado o momento, parti sem um plano razoável, sem documentos, dinheiro ou um mapa, com a ideia maluca de evaporar por alguns dias e dar um susto inesquecível no meu pai.

Angie levou quarenta e oito horas para telefonar para a minha família, porque era normal os internos desaparecerem de vez em quando; eles se afastavam pela estrada, pediam carona até a cidade mais próxima, a trinta quilômetros de distância, provavam a liberdade e depois voltavam sozinhos, porque não tinham aonde ir, ou a polícia os trazia. Essas escapulidas eram rotineiras, especialmente entre os recém-chegados, que se consideravam exemplos de saúde mental. Apenas os mais indiferentes e deprimidos se resignavam mansamente ao cativeiro. Uma vez que os bombeiros confirmaram que não havia vítimas do fogo, minha ausência não foi motivo de preocupação especial, mas na manhã seguinte, quando só restavam cinzas da excitação do incêndio, começaram a me procurar na cidade e organizaram patrulhas para rastrear as matas. Mas então eu já ganhara muitas horas de vantagem.

Não sei como pude me orientar sem bússola naquele oceano de pinheiros e chegar ziguezagueando até a estrada interestadual. Tive sorte, não há outra explicação. Minha maratona durou horas: saí de manhã, vi cair a tarde e anoitecer. Ensopada de suor, parei umas duas vezes para tomar água e mordiscar as barras energéticas e continuei correndo até que a escuridão me obrigou a parar. Encolhi-me entre as raízes de uma árvore para passar a noite, rogando ao meu Popo que mantivesse os ursos longe de mim; havia muitos por ali e eram atrevidos, às vezes chegavam à clínica em busca de comida sem se incomodar com a proximidade humana. Nós os observávamos pelas janelas, sem que ninguém se arriscasse a enxotá-los, enquanto eles viravam latas de lixo.

A comunicação com meu Popo, efêmera como espuma, tinha sofrido altos e baixos durante a minha estada na clínica. Nos primeiros tempos depois de sua morte, ele aparecia para mim, tenho certeza; eu o via no umbral da porta, na calçada oposta da rua, atrás do vidro de um restaurante. Ele é inconfundível, não há outra pessoa parecida com meu Popo, nem negra, nem branca, ninguém tão elegante e teatral, com um cachimbo na boca, óculos de aros de ouro e chapéu borsalino. Depois começou o meu calvário de drogas e álcool, confusão e mais confusão, eu andava com a mente ofuscada e não o vi de novo, mas algumas vezes acho que estava por perto; podia sentir seus olhos fixos em minhas costas.

Segundo minha Nini, é preciso ficar muito quieta, em silêncio, num espaço vazio e limpo, sem relógios, para perceber os espíritos.

— Como quer ouvir o seu Popo se anda com esses fones enfiados nos ouvidos? — perguntava.

Naquela noite, sozinha na mata, experimentei de novo o medo irracional das noites insones da minha infância — atacaram-me outra vez os mesmos monstros do casarão dos meus avós. Apenas o abraço e o calor de outro ser me ajudavam a dormir, alguém maior e mais forte que eu: meu Popo ou um cão farejador de bombas.

— Popo, Popo — chamei, com o coração sapateando no peito. Apertei os olhos e tapei os ouvidos para não ver as sombras móveis nem ouvir os sons ameaçadores. Dormi por um instante, que deve ter sido muito breve, e acordei sobressaltada por um resplendor entre os troncos das árvores. Demorei um pouco para me localizar e adivinhar que podiam ser os faróis de um veículo e que estava perto de uma estrada; então me levantei de um salto, gritando de alívio, e comecei a correr.

As aulas começaram há várias semanas e agora tenho um emprego como professora, mas sem salário. Vou pagar a minha hospedagem a Manuel Arias mediante uma complicada fórmula de troca. Eu trabalho na escola, e a tia Blanca, em vez de me pagar diretamente, paga para Manuel com lenha, papel, gasolina, licor de ouro e outras amenidades, como filmes não exibidos no povoado por falta de legendas em espanhol ou porque são "repelentes". Não é ela quem aplica a censura, mas um comitê de moradores, para quem "repelentes" são todos os filmes americanos com sexo demais. Esse adjetivo não se aplica aos filmes chilenos, onde os atores costumam se agarrar nus, dando uivos, sem que o público desta ilha se abale.

A troca é parte essencial da economia nestas ilhas — trocam-se peixes por batatas, pão por madeira, frangos por coelhos, e muitos serviços são pagos com produtos. O doutor imberbe da lancha não cobra nada, porque é do Serviço Nacional de Saúde, mas seus pacientes lhe pagam assim mesmo, com galinhas ou tecidos. Ninguém põe preço nas coisas, mas todos sabem o valor justo e carregam a conta na memória. O sistema flui com elegância, não se menciona a dívida, o que se dá nem o que se recebe. Quem não nasceu aqui jamais poderia dominar a complexidade e a sutileza das trocas, mas aprendi a retribuir as infinitas cuias de erva-mate e xícaras de chá que me oferecem no povoado. No começo, não sabia como fazê-lo, porque nunca fui tão pobre como agora, nem mesmo quando era mendiga, mas me dei conta de que os moradores agradecem que eu entretenha as crianças ou ajude dona Lucinda a tingir sua lã fiada e fazer os novelos. Dona Lucinda é tão velha que ninguém mais lembra a que família pertence e cuidam dela por turnos; é a tataravó da ilha e continua ativa, benzendo as batatas e vendendo lã.

Não é indispensável pagar o favor diretamente ao credor, pode ser por tabela, como Blanca e Manuel com o meu trabalho na escola. Às vezes, a tabela é dupla ou tripla: Liliana Treviño consegue glucosamina para a artrite de Eduvigis Corrales, que tece meias de lã para Manuel Arias, e este troca seus exemplares da *National Geographic* por revistas femininas na livraria de Castro e as dá a Liliana Treviño quando esta chega com o remédio de Eduvigis — e assim se toca o barco e todos ficam contentes.

Sobre a glucosamina, convém esclarecer que Eduvigis a toma de má vontade, porque a única cura infalível para a artrite são as massagens com urtigas combinadas com picadas de abelhas. Com remédios tão drásticos, não é estranho que as pessoas prefiram deixar como está. Além disso, o vento e o frio prejudicam os ossos, e a umidade penetra as articulações; o corpo se cansa de colher batatas na terra e mariscos no mar, e o coração fica melancólico, porque os filhos vão embora para longe. A chicha e o vinho combatem as tristezas por um tempo, mas, no fim, o cansaço sempre ganha. Aqui a existência não é fácil, e, para muitos, a morte é um convite ao descanso.

Meus dias ficaram mais interessantes desde que as aulas começaram. Antes era a gringuinha, mas, agora que ensino as crianças, sou a tia Gringa. No Chile, as pessoas mais velhas são tratadas por tio ou tia, mesmo que não mereçam o título. Por respeito, eu deveria chamar Manuel de tio, mas, quando cheguei aqui, não sabia disso, e agora é tarde. Estou criando raízes nesta ilha, coisa que jamais teria imaginado.

No inverno, iniciamos a aula perto das nove da manhã, de acordo com a luminosidade e a chuva. Vou correndo para a escola acompanhada por Fákin, que me deixa na porta e depois volta para casa, onde fica abrigado. Começamos o dia içando a bandeira chilena e, com todos em posição de sentido, cantamos o hino nacional — *Puro Chile es tu cielo azulado, puras brisas te cruzan también* etc. — e, em seguida, a tia Blanca nos passa as tarefas. Nas sextas-feiras, distribui os prêmios e os castigos e nos levanta o moral com um discursinho edificante.

Ensino às crianças o básico do inglês, idioma do futuro, como diz tia Blanca, com um texto de 1952 em que os aviões eram de hélice, e as mães, sempre louras, cozinhavam de saltos altos. Também ensino a usarem os computadores, que funcionam sem problemas quando há eletricidade, e sou a treinadora oficial de futebol, mesmo que qualquer um destes pirralhos jogue melhor do que eu. Há uma veemência olímpica em nosso time masculino, o Caleuche, porque apostei com dom Lionel Schnake, quando nos deu os tênis, que ganharíamos o campeonato escolar em setembro; se perdermos, rasparei a cabeça, o que seria uma humilhação insuportável para os meus jogadores. Pincoya, o time feminino, é péssimo, melhor nem mencioná-lo.

O Caleuche rejeitou Juanito Corrales, apelidado de Anão, por acharem-no doente, embora corra como uma lebre e não tenha medo das boladas. Os meninos debocham dele e lhe batem quando podem. O aluno mais antigo é Pedro Pelanchugay, que repetiu várias séries, e o consenso geral é o de que deveria ganhar a vida pescando com seus tios, em vez de gastar o pouco cérebro que tem aprendendo números e letras que não vão lhe servir para grande coisa. É índio *huilliche*, maciço, moreno, cabeçudo e paciente, bom sujeito, mas ninguém se mete com ele, porque, quando finalmente perde a paciência, ataca como um trator. A tia Blanca o encarregou de proteger Juanito.

— Por que eu? — perguntou ele, olhando os próprios pés.
— Porque você é o mais forte.

Em seguida, chamou Juanito e lhe ordenou que ajudasse Pedro nas tarefas.

— Por que eu? — gaguejou o menino, que quase não fala.
— Porque você é o mais esperto.

Com essa solução salomônica, resolveu o problema do abuso contra um e das notas ruins do outro, além de ter forjado uma sólida amizade entre os garotos, que, por mútua conveniência, se tornaram inseparáveis.

Ao meio-dia, ajudo a servir o almoço que o Ministério da Educação fornece: frango ou peixe, batatas, verduras, sobremesa e um copo de leite. Tia Blanca diz que, para algumas crianças chilenas, esse é o único alimento do dia, mas nesta ilha não é o caso; somos pobres, mas não nos falta comida.

Meu turno termina depois do almoço; então, vou para casa trabalhar com Manuel por umas duas horas e, pelo resto da tarde, estou livre.

Nas sextas-feiras, a tia Blanca premia os três alunos que se comportaram melhor na semana com um papelzinho amarelo assinado por ela, que é um vale para um banho na jacuzzi, quer dizer, no barril com água quente do tio Manuel. Em casa, damos às crianças premiadas uma xícara de chocolate e biscoitos assados por mim, fazemos com que se ensaboem no chuveiro para então brincarem na jacuzzi até escurecer.

Aquela noite no Oregon me deixou uma marca indelével. Fugi da clínica e corri o dia inteiro na mata, sem um plano, sem outro pensamento que ferir meu pai e me livrar dos terapeutas e suas sessões de grupo. Estava farta da amabilidade açucarada deles e da insistência obscena em sondar minha mente. Queria ser normal, nada mais.

A passagem fugaz de um carro me acordou, e corri, tropeçando em arbustos e raízes, afastando os galhos dos pinheiros, mas quando finalmente encontrei a estrada, que estava a menos de cinquenta metros, as luzes haviam desaparecido. A lua iluminava a faixa amarela que dividia a estrada. Imaginei que outros carros passariam, porque ainda era relativamente cedo, e não estava errada: logo ouvi o barulho de um motor potente e vi ao longe o reflexo de dois faróis, que, ao se aproximarem, revelaram um caminhão gigantesco, cada roda da minha altura, com duas bandeiras drapejando no chassi. Fiquei na frente dele, fazendo sinais desesperados com os braços. O motorista, surpreso diante da visão inesperada, freou abruptamente, mas tive que dar um salto às pressas, porque o enorme caminhão continuou andando por inércia uns vinte metros antes de parar por completo. Corri até o veículo. O motorista passou a cabeça pela janela e me iluminou de alto a baixo com uma lanterna, me estudando, perguntando-se se aquela garota poderia ser a isca de um bando de assaltantes

— não seria a primeira vez que algo assim acontecia a um caminhoneiro. Ao comprovar que não havia mais ninguém nos arredores e ver minha cabeça de Medusa com mechas cor de sorvete, ele se acalmou. Deve ter concluído que eu era uma junkie inofensiva, mais uma drogada boba. Fez um gesto e destravou a porta da direita, então subi para a cabine.

O homem, visto de perto, era tão impressionante quanto seu caminhão, grande, forte, com braços de halterofilista, camiseta regata e um rabo de cavalo anêmico aparecendo embaixo do boné de beisebol — uma caricatura do macho bruto —, mas eu não podia voltar atrás. Em contraste com a sua aparência ameaçadora, havia um sapatinho de bebê pendurado no retrovisor e um par de estampas religiosas.

— Vou para Las Vegas — informou.

Disse-lhe que ia para a Califórnia e acrescentei que Las Vegas me servia, porque ninguém me esperava na Califórnia. Aquele foi o meu segundo erro; o primeiro foi subir no caminhão.

A hora seguinte transcorreu com um animado monólogo do motorista, que esbanjava energia como se estivesse eletrizado por anfetaminas. Ele se distraía durante suas horas eternas de direção comunicando-se com outros motoristas para trocar piadas e comentários sobre o tempo, o asfalto, beisebol, seus veículos e os restaurantes de beira de estrada, enquanto, no rádio, os pastores evangélicos profetizavam a plenos pulmões a segunda vinda de Cristo. Fumava sem parar, suava, se coçava, bebia água. O ar na cabine era irrespirável. Ofereceu-me batatas fritas de um saco que levava no assento e uma lata de Coca-Cola, mas não se interessou em saber meu nome nem por que eu estava numa estrada deserta à noite. Em compensação, falou de si mesmo: chamava-se Roy Fedgewick, era do Tennessee, esteve no Exército, até que teve um acidente e lhe deram baixa. Na clínica ortopédica, onde passou várias semanas, encontrou Jesus. Continuou falando e citando passagens da Bíblia, enquanto eu tentava em vão relaxar com a cabeça apoiada na janela, o mais longe possível do seu cigarro; tinha câimbras nas pernas e um formigamento desagradável na pele por causa do esforço da corrida.

Uns oitenta quilômetros mais à frente, Fedgewick desviou da estrada e estacionou diante de um motel. Um letreiro de luzes azuis, com várias lâmpadas queimadas, indicava o nome. Não havia sinais de atividade — uma fileira de quartos, uma máquina automática de refrigerantes, uma cabine de telefone, um caminhão e dois carros com cara de terem estado ali desde o começo dos tempos.

— Estou dirigindo desde as seis da manhã. Vamos passar a noite aqui. Desça — anunciou Fedgewick.

— Prefiro dormir em seu caminhão, se não se importar — disse, pensando que não tinha dinheiro para um quarto.

O homem esticou o braço por cima de mim para abrir o porta-luvas e tirou uma garrafa de um quarto de litro de uísque e uma pistola automática. Pegou uma bolsa de lona, desceu, deu a volta, abriu minha porta e me ordenou que descesse. Seria melhor para mim.

— Nós dois sabemos por que estamos aqui, putinha. Ou você pensava que a viagem seria grátis?

Obedeci por instinto, embora, no curso de autodefesa de Berkeley High, tivessem nos ensinado que, nessas circunstâncias, o melhor é se atirar no chão e gritar como uma louca, jamais colaborar com o agressor. Percebi que o homem mancava e era mais baixo e gordo do que parecia sentado — eu poderia escapar correndo e ele não conseguiria me alcançar, mas a pistola me deteve. Fedgewick adivinhou minhas intenções, me agarrou firmemente por um braço e me levou quase arrastada até a janelinha da recepção, protegida por um vidro grosso e grades. Entregou várias notas por um buraco, recebeu uma chave e pediu uma caixa com seis cervejas e uma pizza. Não consegui ver o empregado nem fazer sinal para ele, porque o caminhoneiro deu um jeito de interpor seu corpanzil entre nós.

Com a garra do homenzarrão me esmagando o braço, caminhei até o número 32, e entramos num quarto fedendo a umidade e alvejante, com uma cama de casal, papel de parede listrado, televisão, forno elétrico e um aparelho de ar-condicionado bloqueando a única janela. Fedgewick mandou eu me trancar no banheiro até que trouxessem a cerveja e a pizza. O banheiro consistia num chuveiro com os manípulos enferrujados, uma pia, um vaso de higienização duvidosa e duas toalhas esfiapadas; a porta não tinha fechadura; e havia apenas uma pequena claraboia para ventilação. Percorri minha cela com um olhar angustiado e compreendi que nunca estivera mais desamparada. Minhas aventuras anteriores eram brincadeira comparadas àquilo, haviam se passado em território conhecido, com as minhas amigas, Rick Laredo cuidando da retaguarda e a certeza de que, numa emergência, eu poderia me refugiar debaixo das saias da minha avó.

O caminhoneiro recebeu o pedido, trocou umas duas frases com o empregado, fechou a porta e me chamou para comer antes que a pizza esfriasse. Eu não conseguia colocar nada na boca, tinha uma rocha na garganta. Fedgewick não insistiu. Procurou algo em seu bolso, foi ao banheiro sem fechar a porta e voltou ao quarto com a braguilha aberta e um copo de plástico com um dedo de uísque.

— Está nervosa? Vai se sentir melhor com isto — disse, entregando-me o copo.

Neguei com a cabeça, incapaz de falar, mas ele me agarrou pela nuca e encostou o copo na minha boca.

— Tome, cadela desgraçada, ou quer que lhe dê à força?

Engoli tossindo e lacrimejando; fazia mais de um ano que não provava álcool e tinha me esquecido de como queimava.

Meu raptor se sentou na cama para ver uma comédia na televisão e beber três cervejas e dois terços da pizza, rindo, arrotando, aparentemente esquecido de mim, enquanto eu esperava de pé num canto, apoiada contra a parede, nauseada. O quarto se movia, os móveis mudavam de forma, a massa enorme de Fedgewick se confundia com as imagens da televisão. Minhas pernas se dobraram e tive que sentar no assoalho, lutando contra o desejo de fechar os olhos e me abandonar. Não conseguia pensar, mas compreendia que estava drogada: o uísque do copo de plástico. O homem, cansado da comédia, desligou a televisão e se aproximou para avaliar o meu estado. Seus dedos grossos levantaram a minha cabeça, que tinha se tornado pedra — o pescoço já não a sustentava. Sua respiração repugnante me atingiu em cheio.

Fedgewick sentou-se de novo na cama, fez umas carreiras de cocaína na mesinha de cabeceira com um cartão de crédito e aspirou o pó branco bem fundo, com prazer. Em seguida se virou para mim e me ordenou que tirasse a roupa, enquanto esfregava o cano da pistola no meio das pernas. Mas não pude me mexer. Ele me levantou do assoalho e me despiu com violência. Tentei resistir, mas meu corpo não respondia. Tentei gritar, mas a voz não saía. Fui afundando num lodaçal espesso, sem ar, me afogando, morrendo.

Estive meio inconsciente durante as horas seguintes e não me lembrei das piores humilhações, mas, em algum momento, meu espírito voltou de longe e observei a cena no quarto sórdido do motel como numa tela em branco e preto: a figura feminina longa e magra, inerte, aberta em cruz, e o minotauro resmungando obscenidades e investindo uma vez depois da outra, as manchas escuras no lençol, o cinto, a arma, a garrafa. Flutuando no ar, vi, por fim, Fedgewick desabar boquiaberto, exausto, satisfeito, babando, e começar a roncar num instante. Fiz um esforço sobre-humano para acordar e virei meu corpo dolorido, mas mal podia abrir os olhos e muito menos pensar. Levantar, pedir ajuda, escapar eram palavras sem sentido que se formavam como bolhas de sabão e se desvaneciam no algodão do meu cérebro embotado. Afundei mais uma vez numa piedosa escuridão.

Acordei de madrugada, dez para as três, conforme indicava o relógio fluorescente na mesinha de cabeceira, com a boca seca, os lábios rachados e atormentada por uma sede de deserto. Ao tentar me levantar, me dei conta de que estava imobilizada, porque Fedgewick prendera meu pulso esquerdo ao respaldo da cama com uma algema. Minha mão estava inchada, e o braço rígido, o mesmo que havia quebrado antes, no acidente de bicicleta. O pânico que eu sentia desfez um pouco da densa bruma da droga. Consegui me mover com cuidado, tentando me localizar na penumbra. A única luz provinha do brilho azul do letreiro do motel, que se filtrava por entre as cortinas sujas, e do reflexo verde dos números luminosos do relógio. O telefone! Eu o descobri ao me virar para ver a hora: estava ao lado do relógio, muito perto.

Com a mão livre, puxei o lençol e limpei a umidade viscosa do meu ventre e coxas, depois me virei para a esquerda e deslizei com penosa lentidão até o assoalho. O puxão da algema no pulso me arrancou um gemido, e o ranger das molas da cama soou como a freada de um trem. De joelhos sobre o tapete áspero, com o braço torcido numa posição impossível, esperei aterrorizada a reação de meu captor, mas, acima do barulho ensurdecedor do meu próprio coração, ouvi os roncos dele. Antes de me atrever a pegar o telefone, esperei cinco minutos para me assegurar de que ele continuava esparramado no sono profundo da bebedeira. Encolhida no chão, o mais longe que a algema me permitiu, disquei o 911 para pedir socorro, amortecendo a voz com um travesseiro. Não havia linha com o exterior. O aparelho do quarto só se comunicava com a recepção; para telefonar para fora, era preciso o telefone público da portaria ou um celular, e o do caminhoneiro estava fora do meu alcance. Disquei o número da recepção e ouvi tocar onze vezes antes que uma voz masculina com sotaque hindu me respondesse.

— Me ajude, me sequestraram, me ajude... — sussurrei.

Mas o empregado desligou sem me dar tempo de dizer mais nada. Tentei de novo, com o mesmo resultado. Desesperada, sufoquei meus soluços no travesseiro imundo.

Passou mais de meia hora antes que eu me lembrasse da pistola que Fedgewick havia usado como um brinquedo perverso, metal frio na boca, na vagina, sabor de sangue. Tinha que encontrá-la, era a minha única esperança. Para subir na cama com uma das mãos algemada, tive que fazer contorções de circo e não pude evitar o movimento do colchão com o meu peso. O caminhoneiro deu umas bufadas de touro, virou-se de costas e sua mão caiu sobre meu quadril com o peso de um tijolo, paralisando-me, mas logo voltou a roncar e eu pude respirar. O relógio marcava três e vinte e cinco — o tempo se arrastava, faltavam horas para amanhecer. Compreendi que aqueles eram os meus últimos momentos, Fedgewick jamais me deixaria viva, eu podia identificá-lo e descrever seu veículo; se ainda não havia me matado era porque planejava continuar abusando de mim. A ideia de que estava condenada, que ia morrer assassinada e que nunca encontrariam meus restos naquelas matas me deu uma coragem inesperada. Não tinha nada a perder.

Afastei a mão de Fedgewick do meu quadril com brusquidão e me virei para enfrentá-lo. Seu cheiro me golpeou: hálito de fera, suor, álcool, sêmen e pizza rançosa. Distingui o rosto bestial de perfil, o tórax enorme, os músculos salientes do antebraço, o sexo peludo, a perna grossa como um tronco — e engoli o vômito que me subia pela garganta. Com a mão livre, comecei a apalpar embaixo de seu travesseiro em busca da pistola. Encontrei-a quase no mesmo instante — estava a meu alcance, mas apertada pela cabeça de Fedgewick, que devia estar muito confiante em seu poder e em minha resignação para tê-la deixado ali. Respirei fundo, fechei os olhos, peguei o cano com dois dedos e comecei a puxar milímetro por milímetro, sem mexer o travesseiro. Por fim, consegui tirar a pistola, que era mais pesada do que eu esperava, e a segurei contra meu peito, trêmula pelo esforço e pela ansiedade. A única arma que havia visto era a de Rick Laredo e jamais a tinha tocado, mas sabia usá-la — o cinema havia me ensinado.

Apontei para a cabeça de Fedgewick com a pistola — era a sua vida ou a minha. Mal podia levantar a arma com apenas uma das mãos, tremendo de nervosa, com o corpo torcido e enfraquecida pela droga. Mas ia ser um disparo à queima-roupa, não podia falhar. Botei o dedo no gatilho e hesitei, cega pelo latejar ensurdecedor das têmporas. Calculei, com absoluta clareza, que não teria outra oportunidade de escapar daquele animal. Obriguei-me a mover o dedo indicador, senti a leve resistência do gatilho e hesitei de novo, antecipando o estampido, o coice da arma, o estouro dantesco de ossos e sangue e pedaços do cérebro. Agora, tem que ser agora, murmurei, mas não consegui atirar. Limpei o suor que corria pelo meu rosto e me turvava a visão, sequei a mão no lençol e peguei a arma outra vez, coloquei o dedo no gatilho e apontei. Repeti o gesto mais duas vezes, sem conseguir disparar. Olhei o relógio: três e meia. Por fim, deixei a pistola sobre o travesseiro, ao lado da orelha do meu verdugo adormecido. Dei as costas a Fedgewick e me encolhi, nua, entorpecida, chorando de frustração por meus escrúpulos e de alívio por ter me livrado do irreversível horror de matar.

Ao amanhecer, Roy Fedgewick acordou arrotando e se espreguiçando, sem sinais de bebedeira, loquaz e de bom humor. Viu a pistola sobre o travesseiro, pegou-a, apontou-a para a têmpora e apertou o gatilho.

— Pum! Você não achou que estava carregada, não é mesmo? — disse, desatando a rir.

Levantou-se nu, sopesando com as mãos sua ereção matinal; pensou um instante, mas desistiu do impulso. Guardou a arma na bolsa, pegou as chaves no bolso da calça e me libertou da algema.

— Se você visse como essa algema tem me servido! As mulheres adoram. Como está se sentindo? — perguntou, acariciando a minha cabeça com um gesto paternal.

Eu ainda não podia acreditar que estava viva. Tinha dormido umas duas horas como que anestesiada, sem sonhos. Massageei o pulso e a mão para restabelecer a circulação.

— Vamos tomar o café da manhã. É a refeição mais importante do dia. Com um bom café poderei dirigir por vinte horas — anunciou-me do banheiro, onde estava sentado, com um cigarro nos lábios.

Dali a pouco ouvi que tomava banho e escovava os dentes. Depois voltou ao quarto, vestiu-se cantarolando e se recostou sobre a cama com suas botas de caubói, imitação de pele de lagarto, para ver televisão. Aos poucos, movi meus ossos entorpecidos, fiquei de pé, trôpega como uma velhinha, fui cambaleando para o banheiro e tranquei a porta. A água quente do chuveiro caiu em mim como um bálsamo. Lavei os cabelos com o xampu vagabundo do motel e esfreguei o corpo furiosamente, tentando apagar com sabão as infâmias da noite. Tinha machucados e arranhões nas pernas, nos seios e na cintura; o pulso e a mão direitos estavam disformes pelo inchaço. Sentia uma dor generalizada de queimadura na vagina e no ânus, e um filete de sangue corria entre as minhas pernas; fiz uma bandagem com papel higiênico, coloquei a calcinha e acabei de me vestir. O caminhoneiro atirou dois comprimidos na boca e os engoliu com meia garrafa de cerveja, depois me ofereceu o restante da garrafa, a última, e outros dois comprimidos.

— Tome. São aspirinas, ajudam com a ressaca. Vamos chegar hoje a Las Vegas. É melhor você continuar comigo, garota, já me pagou a viagem — disse.

Pegou sua bolsa, verificou que não faltava nada e saiu do quarto. Eu o segui sem forças até o caminhão. O céu começava a clarear.

Pouco mais tarde, paramos num restaurante para caminhoneiros, onde já havia outros veículos pesados de transporte e um trailer.

Do lado de dentro, o aroma de bacon e café despertou minha fome — eu tinha comido apenas duas barras energéticas e um punhado de batatas fritas em vinte e quatro horas. O motorista entrou no lugar esbanjando simpatia, brincando com os outros fregueses, a quem, pelo visto, conhecia, beijando a garçonete e cumprimentando num espanhol mastigado dois guatemaltecos que cozinhavam. Pediu suco de laranja, ovos, salsichas, panquecas, pão torrado e café para nós dois, enquanto eu absorvia num só olhar o assoalho de linóleo, os ventiladores no teto, as pilhas de bolos e doces sob uma cúpula de vidro no balcão. Quando trouxeram a comida, Fedgewick apanhou as minhas duas mãos em cima da mesa, inclinou a cabeça teatralmente e fechou os olhos.

— Obrigado, Senhor, por esta refeição nutritiva e por este belo dia. Abençoe-nos, Senhor, e proteja-nos pelo restante da viagem. Amém.

Observei sem esperança os homens comendo ruidosamente nas outras mesas, a mulher de cabelos tingidos e ar de cansaço servindo café, os índios milenares fritando ovos e bacon na cozinha. Não havia a quem pedir ajuda. O que podia dizer a eles? Que tinha pedido uma carona e haviam cobrado o favor num motel, que era uma idiota e merecia a sorte que tivera? Baixei a cabeça como o caminhoneiro e rezei silenciosamente:

— Não me deixe, Popo, cuide de mim.

Depois devorei até a última migalha o meu café da manhã.

Por sua posição no mapa, tão longe dos Estados Unidos e tão perto de nada, o Chile está fora da rota habitual do narcotráfico, mas as drogas também chegaram aqui, como ao resto do mundo. Dá para ver alguns garotos perdidos nas nuvens; topei com um no ferryboat, quando cruzei o canal de Chacao para vir para Chiloé, um desesperado que já estava na fase dos seres invisíveis, ouvindo vozes, falando sozinho e gesticulando. A maconha está ao alcance de qualquer um, é mais comum e barata do que os cigarros, e é oferecida nas esquinas; pasta-base de cocaína e crack circulam mais entre os pobres, que também inalam gasolina, cola, solvente e outros venenos; para os interessados em variedade existem alucinógenos de diversos tipos, mais cocaína, heroína e seus derivados, anfetaminas e um cardápio completo de fármacos do mercado negro, mas, em nossa ilhazinha, há menos opções, apenas álcool para quem quer e maconha e pasta-base para os jovens.

— Não durma no ponto com as crianças, gringuinha: nada de drogas na escola — ordenou-me Blanca Schnake, tratando de me explicar como detectar os sintomas nos alunos. Não sabe que sou uma especialista.

Quando estávamos supervisionando o recreio, Blanca comentou comigo que Azucena Corrales tinha matado a aula e temia que ela abandonasse os estudos como seus irmãos mais velhos — nenhum deles terminara o curso. Não conhece a mãe de Juanito, porque já havia ido embora quando ela chegara à ilha, mas sabe que era uma garota brilhante, que ficara grávida aos quinze anos e, depois de dar à luz, se fora e nunca mais voltara. Agora vive em Quellón, no sul da Ilha Grande, onde estava a maioria das salmoneiras, antes da chegada do vírus que matara os peixes. Na época da bonança do salmão, Quellón era como o faroeste, terra de aventureiros e homens sozinhos, que costumavam fazer a lei com as próprias mãos, e de mulheres de virtude elástica e ânimo empreendedor, capazes de ganhar numa semana o que um operário ganhava num ano. As mulheres mais solicitadas eram as colombianas, chamadas pela imprensa de trabalhadoras sexuais itinerantes e de negras bundudas pelos clientes agradecidos.

— Azucena era boa estudante, como a irmã, mas de repente se tornou intratável e começou a evitar as pessoas. Não sei o que terá acontecido — disse-me tia Blanca.

— Também não foi fazer a faxina lá em casa. A última vez que a vi foi na noite do temporal, quando chegou em busca de Manuel, porque Carmelo Corrales estava muito doente.

— Manuel me contou. Carmelo Corrales estava tendo um ataque de hipoglicemia, coisa bastante comum entre os diabéticos alcoólatras, mas lhe dar mel foi uma decisão arriscada do Manuel; podia ter matado o sujeito. Imagine que responsabilidade!

— De qualquer forma, tia Blanca, ele já estava meio morto. Manuel tem um tremendo sangue-frio. Você notou que ele nunca se irrita nem se apressa?

— Isso é por causa da bolha no cérebro — informou Blanca.

Há uma década, descobriram em Manuel um aneurisma que pode arrebentar a qualquer momento. E só agora eu sei disso! Segundo Blanca, Manuel veio para Chiloé para viver seus dias em plenitude nesta paisagem soberba, em paz e silêncio, fazendo o que ama: escrever e estudar.

— O aneurisma equivale a uma sentença de morte. Isso o tornou desprendido, mas não indiferente. Manuel aproveita bem o seu tempo, gringuinha. Vive no presente, hora a hora, e está muito mais reconciliado com a ideia da morte do que eu, que também ando com uma bomba-relógio dentro de mim. Muitos passam anos meditando num mosteiro sem alcançar esse estado de espírito de Manuel.

— Vejo que você também acha que ele é como Sidarta.

— Quem?
— Ninguém.

Ocorre-me que Manuel nunca teve um grande amor, como o dos meus avós, por isso se conforma com a sua existência de lobo solitário. A bolha no cérebro lhe serve de desculpa para evitar o amor. Por acaso não tem olhos para ver Blanca? Jesus!, como diria Eduvigis, parece que estou tentando jogá-lo para Blanca. Esse romantismo pernicioso é produto dos romances água com açúcar que ando lendo ultimamente. A pergunta inevitável é por que Manuel aceitou receber em sua casa uma fulana como eu, uma desconhecida, alguém de outro mundo, com costumes suspeitos e, além disso, fugitiva; como pode sua amizade com a minha avó, a quem não vê há décadas e décadas, pesar mais na balança do que sua indispensável tranquilidade?

— Manuel estava preocupado com a sua vinda — disse-me Blanca quando lhe perguntei. — Achava que você ia acabar com a vida dele, mas não pôde negar o favor à sua avó, porque, quando ele foi banido em 1975, alguém deu apoio a ele.

— O seu pai.

— Sim. Nessa época era arriscado ajudar os perseguidos pela ditadura: avisaram meu pai, que perdeu amigos e familiares; até meus irmãos se contrariaram com isso. Lionel Schnake dando guarida a um comunista! Mas ele dizia que, se neste país não se pode ajudar ao próximo, melhor então seria ir embora. Meu pai se acha invulnerável, dizia que os milicos não se atreveriam a tocar nele. A arrogância de sua classe lhe serviu para fazer o bem nesse caso.

— E agora Manuel paga a dom Lionel me ajudando. A lei local de reciprocidade por tabela.

— É isso aí.

— Os temores de Manuel a meu respeito eram bem justificáveis, tia Blanca. Cheguei como um touro louco no meio dos cristais dele...

— Mas isso fez muito bem a ele! — interrompeu-me. — Acho que ele mudou, gringuinha, está mais solto.

— Solto? É mais apertado que nó de marinheiro. Acho que tem depressão.

— É o temperamento dele, gringuinha. Nunca foi palhaço.

O tom e o olhar perdido de Blanca me indicaram o quanto ela o ama. Contou-me que Manuel tinha trinta e nove anos quando foi para Chiloé e viveu na casa de dom Lionel Schnake. Estava traumatizado, depois de mais de um ano de prisão, com o banimento, a perda de sua família, seus amigos, seu trabalho, tudo, enquanto para ela era uma época esplêndida: havia sido escolhida a rainha da beleza e estava planejando seu casamento. O contraste entre os dois era cruel. Blanca não sabia quase nada sobre o hóspede de seu pai, mas sentia-se atraída por seu ar trágico e melancólico; em comparação, outros homens, inclusive seu noivo, pareciam inconsistentes. Na noite anterior à partida de Manuel para o exílio, justamente quando a família Schnake festejava a devolução do campo expropriado em Osorno, ela foi ao quarto de Manuel lhe dar um pouco de prazer, algo memorável para ele levar para a Austrália. Blanca já tinha feito amor com o noivo, um engenheiro de sucesso, de família rica, partidário do governo militar, católico, o oposto de Manuel e adequado para uma jovem como ela, mas o que viveu com Manuel naquela noite foi muito diferente. O amanhecer os encontrou abraçados e tristes, como dois órfãos.

— Foi ele quem me deu o presente. Manuel me mudou, me deu outra perspectiva do mundo. Não me contou o que havia acontecido quando esteve preso, nunca fala disso, mas senti seu sofrimento em minha própria pele... Pouco depois terminei com meu noivo e viajei — disse-me Blanca.

Nos vinte anos seguintes, teve notícias dele, porque Manuel nunca deixou de escrever a dom Lionel; assim soube de seus divórcios, sua estada na Austrália, depois na Espanha, seu retorno ao Chile em 1998. Então ela estava casada, com duas filhas adolescentes.

— Meu casamento ia aos trancos e barrancos, meu marido era um desses infiéis crônicos, criado para ser servido pelas mulheres. Você já deve ter se dado conta de como são machistas neste país, Maya. Meu marido me deixou quando tive câncer; não suportou a ideia de se deitar com uma mulher sem seios.

— E o que aconteceu entre você e Manuel?

— Nada. A gente se reencontrou em Chiloé, os dois bastante feridos pela vida.

— Você o ama, não ama?

— Não é tão simples assim...

— Então devia dizer a ele — interrompi. — Se vai esperar que ele tome a iniciativa, vai esperar sentada.

— O câncer pode voltar a qualquer momento, Maya. Nenhum homem quer encarar uma mulher com esse problema.

— E a qualquer momento a merda daquela bolha do Manuel pode arrebentar, tia Blanca. Não há tempo a perder.

— Nem pense em meter o nariz nisso! A última coisa que precisamos é de uma gringa alcoviteira — comunicou-me, alarmada.

Tenho medo de que, se não meter o meu nariz, eles morram de velhice sem resolver esse assunto. Mais tarde, quando cheguei em casa, encontrei Manuel sentado em sua poltrona diante da janela, corrigindo páginas soltas, com uma xícara de chá sobre a mesinha, o Gato-Bobo a seus pés e o Gato-Literato enroscado em cima do manuscrito. A casa cheirava a açúcar, Eduvigis estivera fazendo doce de damasco com as últimas frutas da temporada. O doce estava esfriando numa fileira de vidros reciclados de diversos tamanhos, prontos para o inverno, quando a abundância acaba e a terra adormece, como ela diz. Manuel me ouviu entrar e me fez um gesto vago com a mão, mas não levantou a vista de seus papéis.

Ai, Popo! Não poderia suportar que algo acontecesse com Manuel, cuide dele para mim: não vá ele morrer também.

Aproximei-me na ponta dos pés e o abracei por trás, um abraço triste. Perdi o medo de Manuel desde aquela noite em que me enfiei em sua cama sem ser convidada; agora pego na mão dele, dou beijos, tiro comida do seu prato — o que ele odeia —, pouso a cabeça em seus joelhos quando lemos, peço que me coce as costas e ele, aterrorizado, obedece. Já não briga comigo quando uso sua roupa e seu computador ou reviso seu livro — a verdade é que escrevo melhor que ele. Afundei o nariz em seu cabelo duro, e minhas lágrimas lhe caíram em cima como pedrinhas.

— O que houve? — perguntou, surpreso.

— Acontece que amo você — confessei.

—Não me beije, senhorita. Mais respeito com este ancião — resmungou.

Depois do abundante café da manhã com Roy Fedgewick, viajei em seu caminhão o resto do dia com música country, pastores evangélicos no rádio e seu interminável monólogo, que eu mal escutava, porque seguia adormecida pela ressaca da droga e pelo cansaço daquela noite terrível. Tive duas ou três oportunidades de fugir, e ele não teria se esforçado para me deter, pois perdera o interesse por mim, mas minhas forças não foram suficientes para isso; sentia o corpo frouxo e a mente confusa. Paramos num posto de gasolina e, enquanto ele comprava cigarros, fui ao banheiro. Doía urinar e ainda sangrava um pouco. Pensei em ficar naquele banheiro até o caminhão de Fedgewick se afastar, mas o cansaço e o medo de cair nas mãos de outro desalmado tiraram essa ideia da minha mente. Voltei cabisbaixa para o veículo, me encolhi no meu canto e fechei os olhos. Chegamos a Las Vegas ao anoitecer, quando me sentia um pouco melhor.

Fedgewick me deixou em pleno Boulevard — o Strip —, coração de Las Vegas, com dez dólares de gorjeta, porque eu lhe lembrava sua filha, como me garantiu, e para provar, me mostrou uma criança loura de uns cinco anos em seu celular. Ao ir embora, acariciou minha cabeça e se despediu com um "Deus a ajude, querida". Me dei conta de que ele não temia nada e ia com a consciência em paz; esse tinha sido outro de muitos encontros similares para os quais andava preparado com a pistola, algema, álcool e drogas; ele me esqueceria em poucos minutos. Em algum momento de seu monólogo, dera-me a entender que existiam dezenas de adolescentes, garotos e garotas fugidos de suas casas, que se ofereciam pelas estradas aos caminhoneiros; era toda uma cultura de prostituição infantil. A única coisa boa que se poderia dizer dele é que tomara precauções para que eu não o contagiasse com uma doença. Prefiro não saber os detalhes do que aconteceu aquela noite no motel, mas lembro que de manhã havia preservativos no assoalho. Tive sorte, estuprou-me com camisinha.

Àquela hora, o ar de Las Vegas havia refrescado, mas o pavimento ainda guardava o calor seco das horas anteriores. Sentei-me num banco, dolorida pelos excessos das últimas horas e oprimida pelo escândalo de luzes daquela cidade irreal, surgida como um encantamento na poeira do deserto. As ruas estavam animadas num festival perene: trânsito, ônibus, limusines, música; gente por todos os lados: velhos de bermudas e camisas havaianas, senhoras vestidas com chapéus texanos, jeans bordados com lantejoulas e bronzeado artificial, turistas comuns e pobretões, muitos obesos. Minha decisão de castigar meu pai continuava firme, o culpado de todas as minhas agruras, mas queria telefonar para minha avó. Nesta era dos celulares, é quase impossível topar com um telefone público. No único telefone que encontrei em bom estado, a operadora não pôde ou não quis fazer uma ligação a cobrar.

Fui trocar a nota de dez dólares por moedas num hotel-cassino, uma das vastas cidadelas de luxo com palmeiras transplantadas do Caribe, erupções vulcânicas, fogos de artifício, cascatas coloridas e praias sem mar. O esbanjamento de fausto e vulgaridade se concentra em poucas quadras, onde também abundam bordéis, bares, antros, salões de massagens, cinemas pornôs. Num extremo do Boulevard é possível casar em sete minutos numa capela com corações palpitantes e, no outro extremo, se divorciar no mesmo prazo. Assim o descreveria a minha avó, meses mais tarde, embora fosse uma verdade incompleta, porque em Las Vegas existem comunidades de ricos com mansões gradeadas, subúrbios de classe média onde as mães passeiam com seus carrinhos, bairros degradados de mendigos e gangues; há escolas, igrejas, museus e parques que eu só vislumbrei de longe, pois minha vida transcorreu à noite.

Telefonei para a casa que havia sido do meu pai e de Susan, onde agora a minha Nini vivia sozinha. Não sabia se Angie já tinha notificado a minha ausência, embora eu tivesse desaparecido da clínica havia dois dias. O telefone chamou quatro vezes e a gravação me disse para deixar um recado; então me lembrei de que, nas quintas-feiras, minha avó trabalha como voluntária do Hospice no turno da noite. Retribui, dessa forma, a ajuda recebida quando meu Popo agonizava. Desliguei. Não encontraria ninguém até a manhã seguinte.

Naquele dia, eu havia comido muito cedo e não quisera almoçar com Fedgewick; sentia um buraco no estômago, mas decidira guardar minhas moedas para o telefone. Comecei a andar em direção contrária às luzes dos cassinos, distanciando-me da multidão, do brilho fantástico dos anúncios luminosos, do ruído do trânsito. A cidade alucinante desapareceu para dar lugar a outra, calada e sombria. Vagando sem rumo, desorientada, cheguei a uma rua deserta, sentei-me no banco coberto de um ponto de ônibus, apoiada em minha mochila, e me dispus a descansar. Esgotada, adormeci.

Dali a pouco, um desconhecido me acordou tocando meu ombro.

— Posso levar você para a sua casa, bela adormecida? — perguntou, como quem quer domar um cavalo.

Era baixo, muito magro, com as costas encurvadas, cara de lebre, o cabelo cor de palha e seboso.

— Minha casa? — repeti, desconcertada.

Ele me estendeu a mão, sorrindo com dentes manchados, e me disse seu nome: Brandon Leeman.

Naquele primeiro encontro, Brandon Leeman estava vestido totalmente de cor cáqui, camisa e calça com vários bolsos e botinas com sola de borracha. Tinha um ar tranquilizador de guarda de parque. As mangas longas cobriam suas tatuagens com temas de artes marciais e as marcas roxas das agulhas, que eu só veria mais tarde. Leeman tinha cumprido dois anos numa prisão e era procurado pela polícia de vários estados, mas em Las Vegas, seu refúgio temporário, se sentia a salvo. Era ladrão, traficante e viciado em heroína — nada o distinguia de outros da mesma laia naquela cidade. Andava armado por precaução e por hábito, não porque fosse propenso à violência, e, em caso de necessidade, contava com dois capangas, Joe Martin, do Kansas, e o Chinês, um filipino marcado pela varíola que havia conhecido na prisão. Tinha trinta e oito anos, mas parecia ter cinquenta. Naquela quinta-feira saía da sauna, um dos poucos prazeres que se permitia, não por austeridade, mas por ter chegado a um estado de total indiferença por tudo, exceto por sua dama branca, sua neve, sua rainha, seu açúcar mascavo. Acabava de se injetar e se sentia como novo e ligadaço para iniciar a sua ronda noturna.

De seu carro, uma caminhonete de aparência fúnebre, Leeman tinha me visto dormindo num banco na rua. Como me disse depois, confiava em seu instinto para julgar as pessoas, coisa muito útil em sua linha de trabalho, e eu lhe pareci um diamante bruto. Deu uma volta no quarteirão, lentamente passou de novo na minha frente e confirmou sua primeira impressão. Achou que eu tinha uns quinze anos, muito jovem para os seus propósitos, mas não estava em condições de bancar o exigente, porque fazia meses que procurava alguém como eu. Parou a cinquenta metros, saiu do carro, ordenou aos capangas que sumissem até ele os chamar e se aproximou da parada de ônibus.

— Ainda não jantei. Há um McDonald's a três quadras daqui. Quer me acompanhar? Eu pago — ofereceu-me.

Analisei rapidamente a situação. A recente experiência com Fedgewick tinha me deixado traumatizada, mas aquele mequetrefe vestido de explorador não era de meter medo.

— Vamos? — insistiu.

Eu o segui, meio na dúvida, mas, ao dobrar a esquina, apareceu ao longe o anúncio do McDonald's, e não resisti à tentação; estava morrendo de fome. Pelo caminho, fomos papeando e acabei contando que chegara recentemente à cidade, que estava de passagem e que ia voltar para a Califórnia logo que conseguisse telefonar para a minha avó pedindo para me enviar dinheiro.

— Eu emprestaria o meu celular, mas a bateria acabou — disse Leeman.

— Obrigada, mas não posso ligar até amanhã. Hoje minha avó não está em casa.

No McDonald's havia poucos clientes e três empregados, uma adolescente negra com unhas postiças e dois latinos, um deles com a Virgem de Guadalupe na camiseta. O cheiro de gordura avivou meu apetite e logo um hambúrguer duplo com batatas fritas me devolveu parte da confiança em mim mesma, a firmeza nas pernas e a clareza de pensamento. E não me pareceu mais tão urgente telefonar para a minha Nini.

— Las Vegas é muito divertida — comentei de boca cheia.

— A Cidade do Pecado. É como a chamam. Não me falou o seu nome — disse Leeman, sem provar a comida.

— Sarah Laredo — improvisei para não dar meu nome a um estranho.

— Que houve com a sua mão? — perguntou, apontando meu pulso inchado.

— Caí.

— Me fale de você, Sarah. Não fugiu de casa, não é?

— Claro que não! — exclamei, engasgada com uma batata frita. — Acabo de me formar no secundário e, antes de ir para a faculdade, queria visitar Las Vegas, mas perdi minha carteira, por isso tenho que ligar para a minha avó.

— Entendo. Já que está aqui, deve ver Las Vegas: é uma Disney World para adultos. Sabia que é a cidade que está crescendo mais rapidamente na América? Todo mundo quer vir para cá. Não mude os seus planos por um probleminha menor. Fique um tempo. Escute, Sarah, se o depósito bancário da sua avó demorar a chegar, posso lhe adiantar um pouco de dinheiro.

— A troco de quê? Não me conhece — respondi, alerta.

— Ora, porque sou um bom sujeito. Quantos anos tem?

— Vou fazer dezenove.

— Parece mais nova.

— É, pareço.

Naquele momento, dois policiais entraram no McDonald's, um jovem, com óculos escuros espelhados, embora já fosse de noite, e músculos de lutador a ponto de arrebentar as costuras do uniforme, e o outro, de uns quarenta e cinco anos, sem nada de notável na aparência. Enquanto o mais jovem fazia o pedido à garota de unhas postiças, o outro se aproximou para cumprimentar Brandon Leeman, que nos apresentou: seu amigo, o oficial Arana, e eu era sua sobrinha do Arizona, de visita por uns dias. O policial me examinou com uma expressão inquisitiva em seus olhos claros — tinha um rosto largo, de sorriso fácil, com a pele cor de tijolo por causa do sol do deserto.

— Cuide da sua sobrinha, Leeman. Nesta cidade, uma garota decente se perde facilmente — disse e se dirigiu para outra mesa com o colega.

— Se você quiser, posso lhe dar um emprego durante o verão, até você ir para a faculdade em setembro — ofereceu-me Brandon Leeman.

Uma descarga de intuição me preveniu contra tanta generosidade, mas eu tinha a noite pela frente e não era obrigada a dar uma resposta imediata àquele pássaro depenado. Pensei que devia ser um desses alcoólatras reabilitados que se dedicam a salvar almas, outro Mike O'Kelly, mas sem nada do carisma do irlandês. Vamos ver que carta tira do baralho, decidi. No banheiro, me lavei o melhor possível, comprovei que já não sangrava, coloquei a muda de roupa limpa que levava na mochila, escovei os dentes e, refrescada, me dispus a conhecer Las Vegas com o meu novo amigo.

Ao sair do banheiro, vi Brandon Leeman falando ao celular. Não me dissera que estava sem bateria? E daí? Certamente eu tinha entendido mal. Fomos andando até seu carro, onde aguardavam os dois sujeitos com jeitão suspeito.

— Joe Martin e o Chinês, meus sócios — disse Leeman em tom de apresentação.

O Chinês se sentou ao volante, o outro a seu lado, Leeman e eu no assento de trás. À medida que nos afastávamos, comecei a me preocupar — estávamos entrando numa zona de péssima aparência, com casas desocupadas ou em mau estado, lixo, grupos de jovens desocupados nas portas, uns dois mendigos enfiados em sacos de dormir imundos perto de seus carrinhos atulhados de sacolas com cacarecos.

— Não se preocupe, está segura comigo. Aqui todos me conhecem — tranquilizou-me Leeman, adivinhando que eu me preparava para sair correndo. — Há bairros melhores, mas este é discreto e aqui tenho o meu negócio.

— Que tipo de negócio?

— Já vai ver.

Paramos diante de um edifício de três andares, decrépito, com vidros quebrados, todo pichado. Leeman e eu desembarcamos, mas seus sócios continuaram até o estacionamento, na rua de trás. Era tarde para mudar de ideia e me resignei a ficar com Leeman, para não parecer desconfiada, o que poderia provocar uma reação pouco conveniente para mim. Ele me conduziu por uma porta lateral — a principal estava pregada — e nos encontramos num hall em estado de absoluto abandono, iluminado apenas por lâmpadas que pendiam de fios desencapados. Explicou-me que, em sua origem, o edifício fora um hotel e depois fora dividido em apartamentos, mas era maladministrado, explicação insuficiente diante da realidade.

Subimos dois lanços de uma escada suja e fedorenta; em cada andar consegui ver várias portas fora das dobradiças que levavam a quartos cavernosos. Não encontramos ninguém no trajeto, mas percebi vozes, risos e umas sombras humanas imóveis naqueles aposentos. Mais tarde, fiquei sabendo que, nos dois andares inferiores, viciados se reuniam para cheirar, injetar, se prostituir, traficar e morrer, mas ninguém subia ao terceiro sem permissão. O lanço de escada que levava ao último andar estava fechado com uma grade, que Leeman abriu com um dispositivo de controle remoto, e chegamos a um corredor relativamente limpo em comparação com a pocilga que eram os andares de baixo. Manipulou a fechadura de uma porta metálica e entramos num apartamento com as janelas bloqueadas com tapume, iluminado por lâmpadas no teto e a luz azul de uma tela. Um aparelho de ar-condicionado mantinha a temperatura num nível suportável; cheirava a solvente de tinta e menta. Havia um sofá de três lugares em bom estado, um par de colchões maltratados no assoalho, uma mesa longa, algumas cadeiras e uma televisão enorme, moderna, diante da qual um garoto de uns doze anos comia pipoca deitado no chão.

— Me deixou trancado, seu puto! — exclamou o garoto sem desgrudar os olhos da tela.

— E daí? — respondeu Brandon Leeman.

— Se pegasse fogo nessa porra eu ia assar feito uma salsicha!

— E por que haveria de pegar fogo? Este é Freddy, futuro rei do rap — apresentou-me. — Freddy, cumprimente a garota. Vai trabalhar comigo.

Freddy não levantou a vista. Andei pelo estranho apartamento, onde não havia muitos móveis, mas se amontoavam computadores ultrapassados e outras máquinas de escritório pelos quartos, vários inexplicáveis maçaricos de butano na cozinha (que parecia nunca ter sido usada para cozinhar), caixas e pacotes ao longo de um corredor.

O apartamento se comunicava com outro no mesmo andar através de um grande buraco aberto na parede, aparentemente a marretadas.

— Aqui é o meu escritório, e ali, onde durmo — explicou-me Brandon Leeman.

Passamos agachados pelo buraco e chegamos a uma sala idêntica à anterior, mas sem móveis, também com ar condicionado, as janelas bloqueadas com tábuas e vários trincos na porta que dava para o exterior.

— Como vê, não tenho família — disse o anfitrião, apontando com um gesto exagerado o espaço vazio.

Numa das peças havia uma cama larga desfeita, num canto se empilhavam caixas grandes e uma mala, e, diante da cama, havia outra televisão de luxo. No quarto ao lado, mais reduzido e tão sujo quanto o restante do lugar, vi uma cama estreita, uma cômoda e duas mesinhas de cabeceira pintadas de branco, como para uma menina.

— Se você ficar, este vai ser o seu quarto — disse Brandon Leeman.

— Por que tem as janelas tapadas?

— Por precaução. Não gosto de curiosos. Vou explicar no que consistiria o seu trabalho. Preciso de uma garota de boa aparência para ir aos hotéis e cassinos de primeira categoria. Alguém como você, que não levante suspeitas.

— Hotéis?

— Não é o que você está pensando. Não posso competir com as máfias de prostituição. É um negócio brutal, aqui há mais putas e gigolôs do que clientes. Não, nada disso. Você faria apenas as entregas onde eu indicasse.

— Que tipo de entregas?

— Drogas. Os caras com grana apreciam o serviço de quarto.

— Isso é muito perigoso!

— Não. Os empregados dos hotéis cobram sua taxa e fazem vista grossa; é conveniente para eles que os hóspedes fiquem com boa impressão. O único problema poderia ser um agente da narcóticos, mas nunca apareceu nenhum. Eu garanto. É muito fácil e vai sobrar dinheiro para você.

— Desde que eu transe com você, quer dizer...

— Imagina! Faz tempo que não penso nessas coisas, e precisa ver como a minha vida ficou mais simples! — Brandon Leeman riu com vontade. — Tenho que sair. Procure descansar. Poderemos começar amanhã.

— Você foi muito amável comigo e não gostaria de parecer mal-agradecida, mas, na verdade, não vou aceitar o serviço. Eu...

— Pode decidir mais tarde — interrompeu-me. — Ninguém trabalha à força para mim. Se amanhã quiser ir embora, terá todo o direito. Mas, por ora, é melhor ficar aqui do que na rua, não?

Sentei-me na cama, com a minha mochila nos joelhos. Sentia o ranço da gordura e da cebola na boca, o hambúrguer tinha me caído como uma pedra no estômago, os músculos estavam doloridos e os ossos, moles, não dava mais. Lembrei-me da corrida forçada para escapar da clínica, da violência da noite no motel, das horas viajando no caminhão, aturdida pelos resíduos da droga no corpo, e compreendi que precisava me recuperar.

— Se você preferir, pode vir comigo, para ir conhecendo o terreno, mas aviso que a noite será longa — ofereceu-me Leeman.

Eu não podia ficar sozinha ali. Acompanhei-o até as quatro da madrugada, percorrendo hotéis e cassinos do Strip, onde ele entregava papelotes a diversas pessoas, porteiros, manobristas, mulheres e homens jovens com aparência de turistas, que o esperavam na escuridão. O Chinês ficava ao volante, Joe Martin vigiava e Brandon Leeman distribuía; nenhum dos três entrava nos estabelecimentos porque estavam fichados ou em observação; operavam havia muito tempo na mesma zona.

— Não me convém fazer o trabalho pessoalmente, mas também não me convém usar intermediários: cobram uma comissão absurda e são pouco confiáveis — explicou-me Leeman.

Compreendi a vantagem desse sujeito ao me empregar, porque eu mostrava a cara e corria os riscos, mas não recebia comissão. Qual seria o meu salário? Não me atrevi a perguntar. Ao terminar o itinerário, voltamos ao edifício desmantelado, onde Freddy, o menino que tinha visto antes, dormia num dos colchões.

Brandon Leeman sempre foi claro comigo, não posso dizer que me enganou sobre o tipo de negócio e o estilo de vida que me oferecia. Fiquei com ele sabendo exatamente o que fazia.

Manuel me vê escrever em meu caderno com a concentração de um tabelião, mas nunca me pergunta o que escrevo. Sua falta de interesse contrasta com a minha curiosidade: quero saber mais sobre ele, seu passado, seus amores, seus pesadelos, quero saber o que sente por Blanca Schnake. Não me conta nada; e, em compensação, eu lhe conto quase tudo, porque sabe escutar e não me dá conselhos — poderia ensinar essas virtudes à minha avó. Ainda não falei da noite desonrosa com Roy Fedgewick, mas o farei em algum momento. É o tipo de segredo que, guardado, acaba contaminando a mente. Não sinto culpa por isso, a culpa é do estuprador, mas tenho vergonha.

Ontem, Manuel me encontrou absorta diante do computador lendo sobre a Caravana da Morte, uma unidade do Exército que, em outubro de 1973, um mês depois do golpe militar, percorreu o Chile de norte a sul assassinando prisioneiros políticos. O grupo estava sob o comando de um tal Arellano Stark, um general que escolhia presos ao acaso e mandava fuzilá-los sem demora; depois dinamitavam os corpos, um método eficiente para impor o terror na população civil e nos soldados indecisos. Manuel nunca faz referência a esse período, mas, como percebeu meu interesse, me emprestou um livro sobre essa caravana sinistra escrito há alguns anos por Patricia Verdugo, uma jornalista valente que investigou o caso.

— Não sei se vai entendê-lo, Maya. Você é muito jovem e, além do mais, estrangeira — disse.

— Não me subestime, companheiro — respondi.

Ele se sobressaltou, porque ninguém mais usa esse termo, que estava na moda nos tempos de Allende e depois foi proibido pela ditadura. Pesquisei na internet.

Já se passaram trinta e seis anos desde o golpe militar e, há vinte, este país tem governos democráticos, mas ainda ficaram cicatrizes e, em alguns casos, feridas abertas. Fala-se pouco da ditadura, os que a sofreram tentam esquecê-la, e, para os jovens, é história antiga, mas posso encontrar toda a informação que quiser — há muitas páginas na internet, e existem livros, artigos, documentários e fotografias, que vi na livraria de Castro, onde Manuel compra sua bibliografia. A época é estudada nas universidades e foi analisada sob os mais variados ângulos, mas é de mau gosto falar a respeito. Os chilenos ainda estão divididos. O pai de Bachelet, a presidente, um general de brigada da Força Aérea, morreu nas mãos dos próprios colegas de armas porque não quis aderir à revolta; depois, Michelle e sua mãe foram presas, torturadas e exiladas, mas ela não se refere a esse episódio. Segundo Blanca Schnake, esse pedaço da história chilena é lama no fundo da lagoa, não há por que revolvê-la e sujar a água.

A única pessoa com quem posso falar a respeito disso é Liliana Treviño, a enfermeira que quer me ajudar a pesquisar. Ela se ofereceu para me acompanhar até a casa do padre Luciano Lyon, que escreveu ensaios e artigos sobre a repressão da ditadura. Nosso plano é ir visitá-lo sem Manuel, para falar à vontade.

Silêncio. Esta casa de cipreste das Gualtecas é de silêncios intermináveis. Levei quatro meses para me adaptar ao temperamento introvertido de Manuel. Minha presença deve ser uma chateação para este homem solitário, especialmente numa casa sem portas, onde a privacidade depende dos bons modos. Ele é gentil comigo à sua maneira: por um lado, não me dá a mínima ou me responde com monossílabos; por outro, esquenta as toalhas no fogão quando pensa que vou tomar banho, me leva um copo de leite na cama, cuida de mim.

Outro dia, perdeu as estribeiras pela primeira vez desde que o conheço, porque saí com dois pescadores para jogar as redes, o mau tempo nos surpreendeu, com chuva e mar agitado, e voltamos muito tarde, molhados até os ossos. Manuel estava nos esperando no embarcadouro com Fákin e um dos carabineiros, Laurencio Cárcamo, que já tinha se comunicado pelo rádio com a Ilha Grande para pedir que mandassem uma lancha da Armada para nos procurar.

— O que vou dizer para a sua avó se você se afogar? — gritou Manuel, furioso, mal pisei terra firme.

— Calma, cara. Sei cuidar de mim sozinha — respondi.

— Claro, por isso está aqui! Porque sabe se cuidar muito bem!

No jipe de Laurencio Cárcamo, que achou por bem nos levar em casa, peguei a mão de Manuel e lhe expliquei que havíamos saído com boa previsão meteorológica e, com a permissão do administrador do porto, ninguém esperava aquela tempestade súbita. Em questão de minutos, o céu e o mar ficaram da cor de uma ratazana e tivemos que recolher as redes. Navegamos umas duas horas, perdidos, porque a noite caiu e nos desorientamos. Não havia sinal para celular, por isso não pude avisá-lo; fora apenas um contratempo, não corrêramos perigo, o bote era bem-feito e os pescadores conhecem estas águas. Manuel não se dignou me olhar nem me responder, mas também não retirou a mão.

Eduvigis havia nos preparado salmão com batatas ao forno, uma bênção para mim, que estava faminta, e, no ritual de nos sentarmos à mesa e na intimidade da rotina compartilhada, o mau humor dele passou. Depois de comer nos instalamos no sofá desconjuntado, ele para ler e eu para escrever em meu caderno, com nossos canecões de café com leite condensado, doce e cremoso. Chuva, vento, arranhões dos galhos da árvore na janela, lenha ardendo no fogão, o rom-rom dos gatos — essa é a minha música agora. A casa se fechou, como um abraço, em torno de nós e dos animais.

Era de madrugada quando voltei com Brandon Leeman do meu primeiro giro pelos cassinos do Strip. Caía de cansaço, mas, antes de ir para a cama, tive de posar para uma câmera, porque era preciso uma foto para dar um jeito em minha nova identidade. Leeman tinha adivinhado que eu não me chamava Sarah Laredo, mas, para ele, meu nome verdadeiro não significava nada. Por fim, pude ir para o meu quarto, onde me estendi na cama sem lençóis, com a roupa e os tênis calçados, enojada com o colchão, que imaginei ter sido usado por gente de higiene suspeita. Não acordei até as dez.

O banheiro era tão repugnante quanto a cama, mas tomei uma ducha assim mesmo, tiritando porque não havia água quente e do ar-condicionado saía uma ventania siberiana. Vesti-me do mesmo jeito que no dia anterior, pensando que devia encontrar um lugar para lavar a pouca roupa que levava na mochila, e depois passei pelo buraco na parede para o outro apartamento, o "escritório", onde não havia ninguém à vista. Estava na penumbra — entrava um mínimo de luz por entre as tábuas pregadas na janela —, mas encontrei um interruptor e acendi as lâmpadas do teto. Na geladeira, havia apenas pacotes pequenos selados com fita adesiva, um vidro de ketchup pela metade e vários iogurtes com data vencida, com pelos verdes. Percorri o restante dos aposentos, mais sujos do que os do outro apartamento, sem me atrever a tocar em nada, e descobri frascos vazios, seringas, agulhas, borrachas, cachimbos, tubos de vidro queimados, sinais de sangue. Então, entendi o uso dos maçaricos de butano da cozinha e confirmei que estava num refúgio de drogados e traficantes. O mais sensato era dar o fora o quanto antes.

A porta metálica estava sem chave, e, no corredor, também não havia ninguém; eu estava sozinha no andar, mas não podia ir embora porque a grade elétrica da escada se encontrava fechada. Voltei a revistar o apartamento de cima a baixo, praguejando nervosa, sem encontrar o controle remoto da grade nem um telefone para pedir socorro. Comecei a puxar com desespero as tábuas de uma janela, tentando lembrar em que andar estava, mas elas tinham sido bem-pregadas, e não consegui afrouxar nenhuma. Ia começar a gritar, quando ouvi vozes e o rangido da grade elétrica na escada, e um instante depois entraram Brandon Leeman, seus dois sócios e o garoto, Freddy.

— Gosta de comida chinesa? — perguntou-me Leeman, como uma saudação.

De puro pavor, a voz não me saiu, mas só Freddy se deu conta da minha agitação.

— Eu também não gosto que me deixem trancado — disse, com uma piscadela amistosa.

Brandon Leeman me explicou que era uma medida de segurança: ninguém devia entrar no apartamento em sua ausência, mas, se eu ficasse, teria meu próprio controle remoto.

Os capangas — ou sócios, como preferiam ser chamados — e o garoto se instalaram na frente da televisão para comer com pauzinhos, diretamente das embalagens. Brandon Leeman se trancou por um longo tempo num dos quartos para gritar com alguém em seu celular e depois anunciou que ia descansar e desapareceu pelo buraco para o outro apartamento. Em seguida, Joe Martin e o Chinês foram embora. Fiquei sozinha com Freddy — passamos as horas mais quentes da tarde vendo televisão e jogando baralho. Freddy fez para mim uma imitação perfeita de Michael Jackson, seu ídolo.

Lá pelas cinco, Brandon Leeman reapareceu, e, pouco depois, o filipino trouxe uma carteira de motorista de uma tal Laura Barron, vinte e dois anos, do Arizona, com a minha fotografia.

— Use-a enquanto estiver aqui — disse-me Leeman.

— Quem é? — perguntei, examinando a carteira.

— Laura Barron é você, a partir de agora.

— Sim, mas só posso ficar em Las Vegas até agosto.

— Já sei. Não vai se arrepender, Laura, este é um bom trabalho. Agora, tem uma coisa: ninguém pode saber que você está aqui, nem a sua família, nem os seus amigos. Ninguém. Entendeu?

— Sim.

— Vamos espalhar pelo bairro que você é a minha garota, assim evitamos problemas. Ninguém vai ter peito de se meter com você.

Leeman deu ordens a seus sócios para comprar um colchão novo e lençóis para a minha cama, depois me levou a um salão de beleza luxuoso de um clube-academia, onde um homem com brincos e calça vermelha lançou exclamações de desgosto diante do arco-íris berrante dos meus cabelos e diagnosticou que a única solução seria cortá-los e descolori-los. Duas horas mais tarde, vi no espelho uma hermafrodita escandinava de pescoço comprido demais e orelhas de abano. Os produtos químicos da descoloração deixaram o meu couro cabeludo em chamas.

— Muito elegante — aprovou Brandon Leeman.

Em seguida, ele me levou em peregrinação de um shopping a outro no Boulevard. Seu método de comprar era desconcertante: entrávamos numa loja, ele me fazia provar várias peças e, no fim, escolhia apenas uma, pagava com notas altas, guardava o troco e íamos a outro local, onde adquiria o mesmo artigo que eu tinha experimentado no anterior e não tínhamos comprado. Perguntei se não seria mais rápido adquirir tudo na mesma loja, mas não me respondeu.

Meu enxoval consistia em vários conjuntos esportivos nada provocativos ou vistosos, um vestido preto simples, sandálias de uso diário e outras douradas com saltos, um pouco de maquiagem e duas bolsas grandes com a marca da grife à mostra, que eram mais caras, segundo meus cálculos, do que o Volkswagen da minha avó. Leeman me inscreveu em sua academia, a mesma onde arrumaram os meus cabelos, e me aconselhou que a frequentasse o máximo possível, já que me sobrariam horas ociosas no dia. Pagava em dinheiro com maços de dólares presos com um elástico e ninguém achava estranho; pelo visto, as notas corriam como água nessa cidade. Percebi que Leeman sempre pagava com notas de cem, embora o preço da compra custasse a décima parte, e não encontrei uma explicação para essa excentricidade.

Pelas dez da noite, chegou a hora da minha primeira entrega. Eles me deixaram no hotel Mandalay Bay. Seguindo as instruções de Leeman, me dirigi à piscina, onde se aproximou de mim um casal que me identificou pela marca da bolsa, que aparentemente era a contrassenha que Leeman dera. A mulher, com uma canga e um colar de contas de vidro, nem me olhou, mas o homem, de calça cinza, camiseta branca e sem meias, me estendeu a mão. Conversamos um minuto sobre nada, com dissimulação passei a mercadoria, recebi duas notas de cem dólares dobradas dentro de um folheto turístico e nos despedimos.

No lobby, liguei para outro cliente pelo telefone interno do hotel. Subi até o décimo andar, passei debaixo do nariz de um guarda plantado junto ao elevador, sem que ele me desse um olhar, e bati na devida porta. Um homem de uns cinquenta anos, descalço e num roupão de banho, me fez entrar, recebeu o saquinho e me pagou, e eu me retirei depressa. Na porta, cruzei com uma visão dos trópicos, uma bela mulata usando um corpete de couro, minissaia e saltos agulha; adivinhei que era uma acompanhante, como chamam agora as prostitutas com classe. Olhamo-nos mutuamente, de cima a baixo, sem nos cumprimentarmos.

No hall imenso do hotel respirei fundo, satisfeita com a minha primeira missão, que tinha sido muito fácil. Leeman me esperava no carro, com o Chinês ao volante, para nos levar a outros hotéis. Antes da meia-noite, havia recolhido mais de quatro mil dólares para o meu novo chefe.

À primeira vista, Brandon Leeman era diferente dos outros viciados que conhecera naqueles meses, gente arrebentada pelas drogas: tinha uma aparência normal, embora frágil, mas, vivendo com ele, percebi o quanto estava doente. Comia menos do que um pardal, não retinha quase nada no estômago e, às vezes, ficava estirado em sua cama, tão inerte que a gente não sabia se estava dormindo, desmaiado ou agonizando. Desprendia um cheiro peculiar, mistura de cigarro, álcool e algo tóxico, como fertilizante. A mente lhe falhava e ele sabia disso; então, me mantinha a seu lado — dizia que confiava mais em minha memória do que na própria. Era um animal noturno, passava as horas do dia descansando no ar condicionado do seu quarto, à tarde costumava ir à academia para uma massagem, sauna ou banho a vapor e à noite fazia os seus negócios. Nos víamos na academia, mas nunca chegávamos juntos, e o combinado era fazer de conta que não nos conhecíamos; eu não podia falar com ninguém, coisa muito difícil, porque eu ia todo dia e via sempre as mesmas caras.

Leeman era exigente com seu veneno, como dizia: bourbon do mais caro e heroína da mais pura, injetada cinco ou seis vezes por dia, sempre com agulhas novas. Dispunha da quantidade que desejava e mantinha suas rotinas, nunca caía no insuportável desespero da abstinência, como outras pobres almas que se arrastavam até sua porta no último grau de necessidade. Eu presenciava o ritual da dama branca — a colher, a chama de uma vela ou de um isqueiro, a seringa, a borracha no braço ou na perna —, admirada com sua destreza para acertar as veias arruinadas, invisíveis, inclusive na virilha, na barriga ou no pescoço. Se a mão tremia demais, pedia ajuda a Freddy, porque eu não era capaz, a agulha me deixava de cabelos em pé. Leeman tinha usado heroína por tanto tempo que tolerava doses que teriam sido mortais para qualquer outra pessoa.

— A heroína não mata. O que mata é o estilo de vida dos viciados, a pobreza, desnutrição, infecções, sujeira, agulhas usadas — explicou-me.

— Então, por que não me deixa experimentar?
— Porque uma junkie não me serve para nada.
— Só uma vez, para saber como é...
— Não. Sossegue com o que lhe dou.

Ele me dava álcool, maconha, alucinógenos e comprimidos, que eu colocava para dentro às cegas, sem me importar muito com o efeito, desde que conseguisse alguma alteração da consciência para escapar da realidade, da voz da minha Nini me chamando, do meu corpo, da angústia pelo futuro. Os únicos comprimidos que podia reconhecer eram os soníferos, por causa da sua cor alaranjada — essas benditas cápsulas derrotavam a minha insônia crônica e me davam umas horas de descanso sem sonhos. O chefe me permitia usar umas carreirinhas de cocaína para me manter animada e alerta no trabalho, mas me proibia o crack, que também não tolerava com seus capangas. Joe Martin e o Chinês tinham seus próprios vícios.

— Essas porcarias são para viciados — dizia Leeman com desprezo.

Mas esses eram os seus clientes mais fiéis, os que podia espremer até a morte, obrigar a roubar e a se prostituir, qualquer degradação para conseguir a próxima dose. Perdi a conta de quantos desses zumbis nos rodeavam, esqueletos ranhosos e ulcerosos, agitados, trêmulos, suarentos, prisioneiros de suas alucinações, sonâmbulos perseguidos por vozes e bichos que se metiam pelos orifícios de seus corpos.

Freddy passava por esses estados, pobre criança — partia-me a alma vê-lo numa crise. Às vezes, eu o ajudava a aproximar o maçarico do cachimbo e esperava com a mesma ansiedade dele que o fogo partisse os cristais amarelos com um ruído seco e a nuvenzinha mágica enchesse o tubo de vidro. Em trinta segundos, Freddy voava para outro mundo. O prazer, a grandiosidade e a euforia duravam apenas alguns instantes, depois ele voltava a agonizar num abismo profundo, absoluto, do qual só podia emergir com outra dose. Cada vez necessitava de mais para se aguentar, e Brandon Leeman, que era afeiçoado a ele, lhe dava.

— Por que não o ajuda a se desintoxicar? — perguntei a Leeman, certa vez.

— É tarde para o Freddy. Com o crack não tem volta. Por isso, tive que me desfazer de outras garotas que trabalharam para mim antes de você — respondeu.

Imaginei como tinha "se desfeito" delas. Não sabia que, naquele meio, "se desfazer" costuma ter um significado irremediável.

Era impossível me esquivar da vigilância de Joe Martin e do Chinês, que estavam encarregados de me espionar e o faziam com toda eficácia. O Chinês, uma raposa furtiva, não me dirigia a palavra nem me olhava de frente; em compensação, Joe Martin alardeava sua intenções.

— Vamos, chefe, me empreste a garota para um boquete — soube que disse a Brandon Leeman certa vez.

— Se não soubesse que você está brincando, eu lhe dava um tiro agora mesmo pela insolência — respondeu com calma.

Deduzi que, enquanto Leeman estivesse no comando, aquela dupla de cretinos não se atreveria a me tocar.

Não era nenhum mistério ao que esse bando se dedicava, mas eu não considerava Brandon Leeman um criminoso, como Joe Martin e o Chinês, que, segundo Freddy, carregavam várias mortes nas costas. Claro que era mais do que provável que Leeman também fosse um assassino, mas não aparentava. Em todo caso, era melhor eu não saber de nada, como ele também preferia não saber nada de mim. Para o chefe, Laura Barron não tinha passado ou futuro e seus sentimentos eram irrelevantes. O que importava era que eu o obedecesse, apenas isso. Confiava-me algumas coisas de seu negócio, que temia esquecer e teria sido imprudente anotar, para que eu as memorizasse: quem lhe devia e quanto, onde recolher um pacote, quanto tinha que pagar aos policiais, quais eram as ordens do dia para o bando.

O chefe era muito frugal, vivia como um franciscano, mas era generoso comigo. Não tinha estabelecido um salário fixo, ele me dava dinheiro de seu bolso inesgotável sem contabilizar, como gorjetas, e pagava diretamente o clube e minhas compras. Se eu queria mais, ele me dava sem chiar, mas logo deixei de lhe pedir, porque não precisava de nada e, além disso, qualquer coisa com algum valor desaparecia do apartamento. Dormíamos separados por um corredor estreito, que ele nunca demonstrou intenção de atravessar. Havia me proibido de ter relações com outros homens por questão de segurança. Dizia que a língua se solta na cama.

Aos dezesseis anos, eu tivera, além do desastre com Rick Laredo, algumas experiências com rapazes que haviam me deixado frustrada e ressentida. A pornografia na internet, a que todo mundo tinha acesso em Berkeley High, não ensinava nada aos garotos, que eram de uma falta de jeito grotesca; celebravam a promiscuidade como se a tivessem inventado, o termo da moda era "amizade com benefícios", mas eu tinha certeza de que os benefícios eram apenas para eles. Na clínica do Oregon, onde havia um ambiente saturado de hormônios juvenis — dizíamos que a testosterona escorria pelas paredes —, estávamos submetidos a uma convivência restrita e à castidade forçada. Essa combinação explosiva dava material inesgotável aos terapeutas nas sessões de grupo. A mim não pesava em nada o "acordo" sobre sexo, que para outros era pior do que a abstinência das drogas, porque afora Steve, o psicólogo, que não se prestava a tentativas de sedução, o elemento masculino era deplorável. Em Las Vegas, não me rebelei contra a restrição imposta por Leeman, porque a noite desgraçada com Fedgewick ainda estava viva demais na minha mente. Não queria que ninguém me tocasse.

Brandon Leeman garantia que podia satisfazer qualquer capricho de seus clientes, desde um menino de pouca idade para um pervertido até um rifle automático para um extremista, mas era mais bravata do que realidade: nunca vi nada disso; apenas tráfico de drogas e revenda de objetos roubados, negócios de formiga comparados a outros que funcionavam impunemente na cidade. Passavam pelo apartamento prostitutas de diversos tipos em busca de drogas, umas muito caras, como a aparência comprovava, outras no último estágio da miséria; umas pagavam em dinheiro, outras a crédito, e, às vezes, se o chefe estava ausente, Joe Martin e o Chinês cobravam em serviços. Brandon Leeman complementava seus lucros com carros roubados por uma gangue de menores de idade viciados em crack, reformava-os numa garagem clandestina, alterava a numeração do chassi e os vendia em outros estados. Isso também lhe permitia trocar o seu a cada duas ou três semanas, para evitar ser identificado. Tudo contribuía para engrossar o mágico bolo de notas.

— Com a sua galinha de ovos de ouro poderia ter uma penthouse em vez desta pocilga, um avião, um iate, o que quisesse... — reclamei quando o encanamento do esgoto arrebentou num jorro de água fétida, e tivemos que usar os banheiros da academia.

— Quer um iate em Nevada? — perguntou-me, surpreso.

— Não! Tudo o que estou pedindo é um banheiro decente! Por que não nos mudamos para outro edifício?

— Este é conveniente para mim.

— Então, traga um encanador, pelo amor de Deus. E, de quebra, poderia empregar alguém para a limpeza.

Brandon Leeman caiu na gargalhada. A ideia de uma imigrante ilegal fazendo a faxina num antro de delinquentes e viciados lhe pareceu hilariante. Na verdade, a limpeza era serviço de Freddy — esse era o pretexto para lhe dar alojamento, mas o garoto se limitava a tirar o lixo e a se desfazer de provas, queimando-as num tonel de gasolina no pátio. Embora eu não tenha a menor vocação para o trabalho doméstico, às vezes tinha que colocar luvas de borracha e meter a mão no detergente — não havia outro jeito, se queria viver ali, mas era impossível combater a deterioração e a sujeira, que invadiam tudo como pestilência inexorável. Só eu me importava com isso, os demais nada notavam. Para Brandon Leeman, aqueles apartamentos eram um arranjo temporário, ia mudar de vida logo que fechasse um negócio misterioso que estava aperfeiçoando com o irmão.

Meu chefe, como gostava que eu o chamasse, devia muito ao irmão, Adam, conforme me explicou. Sua família era da Geórgia. A mãe os abandonara quando eram crianças, o pai morrera na cadeia, possivelmente assassinado, embora a versão oficial tivesse sido suicídio, e o irmão mais velho se encarregara dele. Adam nunca tivera um trabalho honesto, mas também nunca se metera em confusão com a lei, como seu irmão menor, que, aos treze anos, já estava fichado como delinquente.

— Tivemos que nos separar para eu não prejudicar Adam com os meus problemas — confessou Brandon.

De comum acordo, decidiram que Nevada era o lugar ideal para ele, com mais de cento e oitenta cassinos abertos dia e noite, dinheiro vivo passando de mão em mão com velocidade vertiginosa e um número conveniente de policiais corruptos.

Adam entregou ao irmão um maço de carteiras de identidade e passaportes com diferentes nomes, que poderiam ser de muita utilidade para ele, e dinheiro para começar a operar. Nenhum deles usaria cartões de crédito. Num raro momento de conversa descontraída, Brandon Leeman me contou que nunca tinha se casado, seu irmão era seu único amigo, e seu sobrinho, filho de Adam, era sua única fraqueza sentimental. Mostrou-me uma foto da família, em que aparecia o irmão, gordo, com boa aparência, muito diferente dele, a cunhada roliça e o sobrinho, um anjinho chamado Hank. Várias vezes o acompanhei para escolher brinquedos eletrônicos para mandar ao garoto, muito caros e pouco apropriados para uma criança de dois anos.

As drogas eram apenas uma diversão para os turistas que iam a Las Vegas por um fim de semana para escapar do tédio e tentar a sorte nos cassinos, mas eram o único consolo para prostitutas, vagabundos, mendigos, ladrões, membros de gangues e outros infelizes que circulavam no edifício de Leeman, dispostos a vender o último resquício de humanidade por uma dose. Às vezes, chegavam sem um tostão e suplicavam, até que ele lhes dava alguma coisa por caridade ou para mantê-los fisgados. Outros já andavam de mãos dadas com a morte e não valia a pena socorrê-los — vomitavam sangue, tinham convulsões, perdiam a consciência. Esses Leeman mandava jogar na rua. Alguns eram inesquecíveis, como um jovem de Indiana que sobrevivera a uma explosão no Afeganistão e acabara em Las Vegas sem sequer lembrar o próprio nome.

— Você perde as pernas e lhe dão uma medalha, perde a cabeça e não lhe dão nada — repetia como um mantra entre inalações de crack.

Ou Margaret, uma jovem da minha idade, mas com o corpo acabado, que roubara uma das minhas bolsas de grife. Freddy a viu e conseguimos recuperá-la antes que a vendesse, porque, senão, Brandon Leeman a teria feito pagar muito caro. Em outra ocasião, Margaret chegara alucinada ao nosso andar e, como não encontrara ninguém que a socorresse, cortara as veias dos pulsos com um caco de vidro. Freddy a encontrou no corredor num charco de sangue e deu um jeito de levá-la para fora, deixá-la a uma quadra de distância e pedir ajuda por telefone. Quando a ambulância a recolheu, ainda estava viva, mas não soubemos o que aconteceu com ela, nem nunca mais a vimos de novo.

E como poderia esquecer Freddy? Devo a vida a ele. Afeiçoei-me como uma irmã a esse garoto incapaz de ficar quieto, magro, pequeno, com os olhos vidrados, nariz escorrendo, duro por fora e doce por dentro, que ainda podia rir e se encolher ao meu lado para ver televisão. Eu lhe dava vitaminas e cálcio para crescer e comprei duas panelas e um livro de receitas para inaugurar a cozinha, mas meus pratos acabavam intactos, no lixo; Freddy engolia dois bocados e perdia o apetite. De vez em quando, ficava doente e não podia sair do colchão; outras vezes, desaparecia por vários dias sem dar explicações. Brandon Leeman lhe fornecia drogas, álcool, cigarros, o que ele pedisse.

— Não vê que o está matando? — eu reclamava.

— Já estou morto, Laura, não se preocupe — interrompia-nos Freddy, de bom humor.

Ele consumia qualquer substância tóxica, qualquer porcaria que pudesse engolir, fumar, inalar ou injetar! Estava realmente semimorto, mas tinha música no sangue: podia arrancar ritmo de uma lata de cerveja ou improvisar um dramalhão em um rap rimado; seu sonho era ser descoberto e iniciar uma carreira de astro, como Michael Jackson.

— Vamos juntos para a Califórnia, Freddy. Você vai começar outra vida lá. Mike O'Kelly vai ajudar, já recuperou centenas de jovens, alguns mais fodidos do que você. Se você os visse agora, nem ia acreditar. Minha avó também vai ajudar, tem mão boa para essas coisas. Você vai viver com a gente, o que acha?

Uma noite, num dos exagerados salões do Caesar's Palace, com suas estátuas e fontes romanas, onde eu esperava um cliente, topei com o oficial Arana. Tentei escapulir, mas ele me viu e se aproximou sorrindo, com a mão estendida, e me perguntou como estava meu tio.

— Meu tio? — repeti, desconcertada, e então lembrei que, na primeira vez que nos víramos, num McDonald's, Brandon Leeman havia me apresentado como sua sobrinha do Arizona. Nervosa, porque estava com a mercadoria na minha bolsa, comecei a balbuciar explicações que ele nem havia pedido. — Estou aqui apenas no verão. Logo vou para a universidade.

— Qual? — perguntou Arana, sentando-se ao meu lado.

— Não sei ainda...

— Você parece uma garota séria, o seu tio deve estar orgulhoso. Perdão, não me lembro do seu nome...

— Laura. Laura Barron.

— Fico feliz que vá estudar, Laura. Em meu trabalho, vejo casos trágicos de jovens com muito potencial que se perdem completamente. Quer beber alguma coisa? — E, antes que eu conseguisse dizer que não, pediu um coquetel de frutas a uma garçonete vestida numa túnica romana. — Sinto muito, não posso acompanhá-la com uma cerveja, como gostaria: estou de serviço.

— Neste hotel?

— É parte da ronda que tenho de fazer.

Contou-me que o Caesar's Palace tinha cinco torres, três mil trezentos e quarenta e oito quartos, alguns de quase cem metros quadrados, nove restaurantes de luxo, um shopping com as lojas mais refinadas do mundo, um teatro (que imitava o coliseu romano) com quatro mil duzentas e noventa e seis poltronas, onde atuavam celebridades. Tinha visto o Cirque du Soleil? Não? Devia pedir ao meu tio que me levasse, o melhor de Las Vegas eram seus espetáculos.

Então, chegou a falsa vestal romana com um líquido esverdeado num copo coroado com abacaxi. Eu contava os minutos, porque, lá fora, Joe Martin e o Chinês me esperavam, com o relógio na mão, e ali dentro o meu cliente estaria passeando entre colunas e espelhos sem suspeitar de que seu contato era a garota de uma agradável conversa com um policial uniformizado. O que Arana saberia das atividades de Brandon Leeman?

Bebi o coquetel de frutas, doce demais, e me despedi dele com tanta pressa que devo ter levantado suspeitas. O oficial me parecia bem, olhara-me nos olhos com expressão amável, apertara-me a mão com firmeza, e seus movimentos eram descontraídos. Pensando bem, era atraente, apesar dos vários quilos sobrando. Seus dentes alvos contrastavam com a pele bronzeada e, quando ele sorria, os olhos se fechavam como frestinhas.

A pessoa mais próxima de Manuel é Blanca Schnake, mas isso não significa muito, ele não necessita de ninguém, nem mesmo de Blanca, e poderia passar o resto de sua vida em silêncio. O esforço para manter a amizade é feito apenas por ela. É ela quem o convida para jantar ou chega de repente com um prato e uma garrafa de vinho; é ela quem o obriga a ir a Castro ver seu pai, o Millalobo, que se ofende se não o visitam regularmente; é ela quem se preocupa com a roupa, a saúde e o conforto doméstico de Manuel, como uma governanta. Sou uma intrusa que veio estragar a privacidade deles; antes da minha chegada, podiam ficar sozinhos, mas agora me têm sempre metida no meio deles. Estes chilenos são tolerantes, nenhum dos dois dá sinais de se ressentir com a minha presença.

Há alguns dias jantamos na casa de Blanca, como fazemos com frequência, porque é muito mais acolhedora do que a nossa. Blanca havia posto a mesa com a sua melhor toalha, guardanapos de linho engomados, velas e uma cesta com o pão de alecrim que eu havia trazido; uma mesa simples e refinada como tudo em Blanca. Manuel é incapaz de apreciar esses detalhes que me deixam boquiaberta, porque, antes de conhecer essa mulher, eu achava que decoração de interiores era apenas para hotéis e revistas. A casa dos meus avós parecia um mercado das pulgas, com sua abundância de móveis e objetos horrendos amontoados sem nenhum outro critério senão a utilidade ou a preguiça de jogá-los no lixo. Com Blanca, que pode criar uma obra de arte com três hortênsias azuis num vaso de vidro cheio de limões, comecei a refinar o meu gosto. Enquanto eles cozinhavam uma sopa de mariscos, saí para a horta para colher alfaces e manjericão, antes que a luz se fosse, pois agora escurece mais cedo. Em poucos metros quadrados, Blanca plantou árvores frutíferas e uma variedade de vegetais de que cuida pessoalmente; é vista sempre com um chapéu de palha e luvas trabalhando em sua horta. Quando a primavera começar, pedirei que me ajude a cultivar o terreno de Manuel, onde não há nada além de mato e pedras.

Na hora da sobremesa, falamos de magia — o livro de Manuel me deixou obcecada — e de fenômenos sobrenaturais, nos quais eu seria uma autoridade, se tivesse prestado mais atenção a minha avó. Contei a eles que havia crescido com o meu avô, um astrônomo racionalista e agnóstico, e minha avó, entusiasta do tarô, aspirante a astróloga, leitora da aura e da energia, intérprete de sonhos, colecionadora de amuletos, cristais e pedras sagrados, para não mencionar amiga dos espíritos que a rodeiam.

— Minha Nini nunca se chateia, passa o tempo protestando contra o governo e falando com os mortos — comentei.

— Que mortos? — perguntou Manuel.

— Meu Popo e outros, como santo Antônio de Pádua, um santo que encontra coisas perdidas e namorados para as solteiras.

— Sua avó precisa é de um namorado — respondeu.

— Que ideia, cara! É quase tão velha quanto você.

— Não me disse que preciso de um amor? Se você acha que tenho idade para me apaixonar, com maior razão Nidia, que é muitos anos mais nova.

— Você está é interessado na minha Nini! — exclamei, pensando que poderíamos viver todos juntos; por um instante, esqueci que a namorada ideal seria Blanca.

— Essa é uma conclusão apressada, Maya.

— Você teria que tirá-la de Mike O'Kelly — informei. — É inválido e irlandês, mas bastante bonito e famoso.

— Então, pode oferecer mais do que eu a ela.

E riu.

— E você, tia Blanca? Acredita nessas coisas? — perguntei.

— Sou muito prática, Maya. Se se trata de curar uma verruga, vou ao dermatologista, mas, por via das dúvidas, amarro um cabelo no mindinho e urino atrás de um carvalho.

— Manuel me disse que você é bruxa.

— É verdade. Reúno-me com outras bruxas nas noites de lua cheia. Não quer vir uma hora dessas? Vamos nos reunir na próxima quarta-feira. Poderíamos ir juntas a Castro passar uns dias com o meu pai e aí levo você para o nosso sabá.

— Um sabá? Não tenho vassoura — disse.

— Se eu fosse você, aceitaria, Maya — interrompeu Manuel. — Ela não vai oferecer essa oportunidade duas vezes. Blanca nunca me convidou.

— É um círculo feminino, Manuel. Você ia se afogar em estrógeno.

— Vocês estão me gozando... — disse.

— Falo sério, gringuinha. Mas não é o que você está imaginando, não. Não é nada como as bruxarias do livro de Manuel, nada de casacos com pele de morto nem *invunches*. Nosso grupo é muito fechado, como deve ser para nos sentirmos totalmente seguras. Não se aceitam convidados, mas abriríamos uma exceção para você.

— Por quê?

— Acho que você está bastante sozinha e precisa de amigas.

Dias mais tarde, acompanhei Blanca a Castro. Chegamos à casa do Millalobo na hora sagrada do chá, que os chilenos copiam dos ingleses. Blanca e o pai seguem uma rotina invariável, uma cena de comédia: primeiro, eles se cumprimentam efusivamente, como se não tivessem se visto na semana anterior e não tivessem conversado por telefone todos os dias; então, ela o censura porque "está cada dia mais gordo, até quando vai continuar fumando e bebendo, pai? Assim vai esticar a canela a qualquer instante"; ele responde com comentários sobre as mulheres que não pintam os cabelos brancos e andam vestidas de operárias romenas; depois disso, colocam as fofocas e os boatos em dia; em seguida ela pede outro empréstimo e ele reclama que ela o está arruinando, vai acabar sem um puto no bolso e terá que declarar falência, o que proporciona cinco minutos de negociações e, por fim, selam o acordo com mais beijos. A essa altura eu já estou em minha quarta xícara de chá.

Ao anoitecer, o Millalobo nos emprestou seu carro, e Blanca me levou à reunião. Passamos diante da catedral de duas torres, cobertas de chapas metálicas, e da praça, com todos os bancos ocupados por casais de namorados; deixamos para trás a parte antiga da cidade, os novos bairros de casas feias de concreto e então nos metemos por um caminho curvo e solitário. Pouco depois, Blanca parou num pátio, onde já havia outros carros estacionados, e, com sua lanterna em punho, avançamos até a casa por uma trilha quase invisível. Dentro havia um grupo de dez mulheres jovens, vestidas à moda hippie, a mesma de minha Nini, túnicas, saias longas ou calças largas de algodão e ponchos, porque fazia frio. Estavam me esperando e me receberam com esse afeto espontâneo dos chilenos, que, no começo, recém-chegada ao país, me chocava e pelo qual agora espero. A casa era mobiliada sem pretensões, havia um cachorro velho deitado no sofá e brinquedos atirados pelo assoalho. A anfitriã me explicou que, nas noites de lua cheia, seus filhos iam dormir na casa da avó e seu marido aproveitava para jogar pôquer com os amigos.

Saímos pela cozinha para um grande pátio nos fundos, iluminado por *chonchones** de parafina, onde havia uma horta com vegetais plantados em caixotes, um galinheiro, dois balanços, uma barraca de camping grande e uma coisa que, à primeira vista, parecia um montinho de terra coberto com uma lona recauchutada, mas do centro saía uma fina coluna de fumaça.

— Isto é a *ruca*** — disse-me a dona da casa.

Tinha a forma arredondada de um iglu ou de uma *kiva*, e apenas o teto aparecia na superfície; tudo o mais estava embaixo da terra. Os companheiros dessas mulheres a tinham construído, e eles, às vezes, participavam das reuniões, mas nessas ocasiões todos se reuniam na barraca, porque a *ruca* era um santuário feminino.

Imitando as demais, tirei a roupa; algumas se despiram inteiramente, outras ficaram de calcinhas. Branca ateou fogo a um molho

---

* *Chonchón* é uma criatura da mitologia mapuche relacionada à coruja ou ao quero-quero. Trata-se de uma cabeça humana, com garras e orelhas enormes em forma de asas. Suas penas são cinzentas, e seu grito, que soaria como *tué*, é fatídico. Originalmente, a lenda falava do *chonchón* como a transformação que realizaria o *calcu* (pessoa que pratica o mal de forma mística), que agiria com a ajuda dos *wekufes* (um espírito maligno). Mais tarde, a lenda foi assimilada pelas colônias chilenas e por algumas regiões da Argentina, e a transformação em *chonchón* seria associada ao poder de bruxas e bruxos que servem ao diabo. Aqui, é uma espécie de candeeiro com a forma do monstro. (N.T.)

** Oca dos mapuches. (N.T.)

de sálvia para "nos limpar" com a fumaça fragrante à medida que entrávamos engatinhando pelo túnel estreito.

Por dentro, a *ruca* era uma abóboda redonda de uns quatro metros de diâmetro por um metro e setenta de altura em sua parte mais elevada. No centro, ardia uma fogueira de lenha e pedras; a fumaça saía pela única abertura do teto, sobre a fogueira; ao longo da parede se estendia uma plataforma forrada com cobertores de lã, onde nos sentamos em círculo. O calor era intenso, mas suportável; o ar cheirava a algo orgânico, cogumelos ou levedura; a luz escassa provinha do fogo. Dispúnhamos de um pouco de frutas — damascos, amêndoas, figos — e duas jarras de chá frio.

Aquele grupo de mulheres era uma visão de *As mil e uma noites*, um harém de odaliscas. Na penumbra da *ruca* pareciam belíssimas, como madonas renascentistas, com suas cabeleiras pesadas, confortáveis em seus corpos, lânguidas, abandonadas. No Chile, as classes sociais dividem as pessoas, como as castas na Índia ou a raça nos Estados Unidos, e eu não tenho olhos treinados para distingui-las, mas essas mulheres de aparência europeia deviam ser de uma classe diferente das nativas que conhecera, que, em geral, são atarracadas, com traços indígenas, gastas pelo trabalho e pelas tristezas. Uma delas estava grávida de sete ou oito meses, a julgar pelo tamanho da barriga, e outra dera à luz fazia pouco: tinha os seios inchados e auréolas roxas nos mamilos. Blanca tinha soltado o coque, e os cabelos, crespos e alvoroçados como espuma, lhe chegavam aos ombros. Exibia seu corpo maduro com a naturalidade de quem sempre foi bonita, embora não tivesse mais seios e uma cicatriz de pirata lhe cruzasse o peito.

Blanca tocou uma campainha. Depois de uns dois minutos de silêncio para se concentrar, uma delas invocou a Pachamama, a mãe terra, em cujo ventre estávamos reunidas. As quatro horas seguintes se foram sem que as sentíssemos, lentamente, passando de mão em mão uma grande concha marítima para falar por turnos, bebendo chá, mordiscando frutas, contando o que estava acontecendo em nossas vidas naquele momento e as dores carregadas do passado, ouvindo com respeito, sem perguntar nem opinar.

A maioria dessas mulheres tinha vindo de outras cidades do país, algumas por causa do trabalho, outras acompanhando os maridos. Duas delas eram "curandeiras", se dedicavam a curar por diferentes meios: ervas, essências aromáticas, reflexologia, ímãs, luz, homeopatia, movimento de energia e outros tratamentos alternativos, muito populares no Chile. Aqui só recorrem aos remédios de farmácia quando tudo o mais falhou.

Compartilharam suas histórias sem pudores — uma estava arrasada, porque havia flagrado o marido de amores com sua melhor amiga; outra não se decidia a deixar um homem que a maltratava emocional e fisicamente. Falaram de seus sonhos, doenças, temores e esperanças, riram, algumas choraram e todas aplaudiram Blanca, porque os exames recentes confirmavam que seu câncer continuava regredindo. Uma jovem, cuja mãe tinha acabado de morrer, pediu que cantassem por sua alma, e outra, com voz suave, começou uma canção, que as demais acompanharam.

Passava da meia-noite. Blanca sugeriu que concluíssemos a reunião honrando nossos ancestrais. Então, cada uma nomeou alguém — a mãe recém-falecida, uma avó, uma madrinha — e descreveu o legado que essa pessoa havia lhe deixado; para uma era talento artístico, para outra uma receita de remédio natural, para a terceira o amor pela ciência, e assim todas falaram de seu antepassado. Eu fui a última. Quando chegou minha vez, chamei meu Popo, mas minha voz não saiu para contar àquelas mulheres quem ele era.

Depois houve uma meditação em silêncio, com os olhos fechados, para pensar no ancestral que havíamos invocado, agradecer a ele por seus dons e nos despedir. Estávamos nisso quando me lembrei da frase que meu Popo repetiu por anos:

— Me prometa uma coisa, Maya: sempre vai amar a si mesma como eu amo você.

Foi tão clara a mensagem que pareceu que ele havia falado em voz alta. Desatei a chorar e continuei chorando o mar de lágrimas que não derramei quando ele morreu.

No fim, circulou entre elas um vaso de madeira, e cada uma pôde botar uma pedrinha dentro. Blanca as contou — havia tantas pedras quanto mulheres na *ruca*. Era uma votação. Eu tinha sido aprovada por unanimidade, única forma de pertencer ao grupo. Felicitaram-me e brindamos com chá.

Voltei orgulhosa à nossa ilha para informar Manuel Arias de que, de agora em diante, não contasse comigo nas noites de lua cheia.

A noite com as bruxas boas em Castro me fez pensar nas minhas experiências do ano passado. Minha vida é muito diferente da vida dessas mulheres e não sei se, na intimidade da *ruca*, poderei contar algum dia tudo o que me aconteceu, contar-lhes da raiva que me consumia antes, do que significa a urgência de álcool e drogas, de como não podia ficar quieta e calada. Na clínica do Oregon me diagnosticaram "déficit de atenção", uma dessas classificações que parecem condenações à prisão perpétua, mas essa condição nunca se manifestou enquanto meu Popo estava vivo e agora também não a tenho.

Posso descrever os sintomas do vício, mas não posso evocar sua intensidade brutal. Onde estava a minha alma naquele tempo?

Em Las Vegas houvera árvores, sol, parques, o riso de Freddy — o rei do rap —, comédias na televisão, jovens bronzeados e limonadas na piscina da academia, música e luzes na noite eterna do Strip; houvera momentos amáveis, inclusive um casamento de amigos de Leeman e um bolo de aniversário para Freddy, mas só me lembro da felicidade efêmera de tomar um pico e o inferno interminável de procurar outra dose. O mundo de então começa a se transformar num borrão em minha memória, mesmo que tenham se passado apenas alguns meses.

A cerimônia de mulheres no ventre da Pachamama me conectou definitivamente com esta Chiloé fantástica e, de alguma forma estranha, com meu próprio corpo. No ano passado, eu levava uma existência fraturada, achava que a minha vida estava acabada e o meu corpo, irremediavelmente ultrajado. Agora estou inteira e sinto por ele um respeito que nunca tive antes, quando vivia me examinando no espelho para contabilizar meus defeitos. Gosto de mim como sou, não quero mudar nada. Nesta ilha bendita, nada alimenta minhas lembranças ruins, mas faço esforço para escrevê-las neste caderno a fim de que não aconteça comigo o que aconteceu com Manuel, que tem suas lembranças trancadas numa caverna, e, se se descuida, elas o atacam durante a noite como cães raivosos.

Hoje pousei sobre a mesa de Manuel cinco flores do jardim de Blanca Schnake, as últimas da estação, que ele não saberá apreciar, mas a mim transmitiram uma calma felicidade. É natural se extasiar diante da cor quando a gente vem do cinza. O ano passado foi um ano cinza para mim. Este ramo mínimo é perfeito: um vaso de vidro, cinco flores, um inseto, a luz da janela. Nada mais. Com razão, custa-me lembrar a escuridão de antes.

Como foi longa a minha adolescência! Uma viagem subterrânea.

Para Brandon Leeman, a minha aparência era parte importante de seu negócio: eu devia exibir inocência, simplicidade e frescor, como as esplêndidas garotas empregadas nos cassinos. Assim eu inspirava confiança e me camuflava no ambiente. Ele gostava do meu cabelo descolorido, muito curto, que me dava um ar quase masculino. Me fazia usar um relógio elegante de homem com pulseira larga de couro para tapar a tatuagem no pulso, que me neguei a apagar a laser, como ele pretendia. Nas lojas, ele me pedia para desfilar com a roupa escolhida por ele e se divertia com as minhas poses exageradas de modelo. Eu não havia engordado, apesar da dieta fast-food, que era tudo o que eu comia, e da falta de exercícios; já não corria, como sempre fizera, por causa do desgosto de ter Joe Martin ou o Chinês grudados nos meus calcanhares.

Por umas duas vezes, Brandon Leeman me levou a uma suíte de um hotel do Strip, pediu champanhe e depois quis que eu me despisse lentamente, enquanto ele flutuava com sua dama branca e um copo de bourbon sem me tocar. No começo, fiz timidamente, mas logo me dei conta de que era como me despir diante do espelho, porque, para o chefe, o erotismo se limitava à agulha e ao copo. Repetia que eu tinha muita sorte de estar com ele, outras garotas eram exploradas em salões de massagens e prostíbulos, sem ver a luz do dia, e apanhavam. Será que eu imaginava quantas centenas de milhares de escravas sexuais havia nos Estados Unidos? Algumas provinham da Ásia e dos Bálcãs, mas muitas eram americanas sequestradas nas ruas, em estações de metrô e aeroportos, ou adolescentes fugidas de casa. Eram mantidas presas e dopadas, deviam servir a trinta ou mais homens por dia e, caso se negassem, levariam choques; essas infelizes eram invisíveis, descartáveis, não valiam nada. Havia lugares especializados em sadismo onde os clientes podiam torturar as garotas como lhes desse na telha, açoitá-las, violentá-las, até mesmo matá-las se pagassem o suficiente. A prostituição era muito rentável para as máfias, mas era uma máquina de moer carne para as mulheres, que não duravam muito e sempre acabavam mal.

— Isso é para desalmados, Laura, e eu tenho o coração mole — dizia-me. — Comporte-se bem, não me desaponte. Eu ficaria com pena se você acabasse como essa gente.

Mais tarde, quando comecei a relacionar fatos desconexos, intrigou-me esse aspecto do negócio de Brandon Leeman. Não o vi metido com prostituição, exceto para vender drogas às mulheres, mas tinha misteriosos acertos com cafetões, que coincidiam com o desaparecimento de algumas garotas de sua clientela. Várias vezes o vi com garotas muito jovens, recém-viciadas, a quem atraía ao edifício com seus modos amáveis, deixava que experimentassem do melhor de suas reservas, abastecia-as a crédito por umas duas semanas e depois já não voltavam, como se tivessem evaporado. Freddy confirmou minhas suspeitas: as garotas acabavam vendidas para as máfias. Assim, Brandon Leeman ganhava uma fatia sem sujar demais as mãos.

As regras do chefe eram simples: enquanto eu cumprisse a minha parte do trato, ele cumpriria a dele. Sua primeira condição era que eu evitasse o contato com a minha família ou qualquer pessoa da minha vida antiga, o que foi fácil para mim, porque eu só sentia saudades da minha avó e, como pensava voltar logo para a Califórnia, Nini podia esperar. Também não permitia que fizesse amizades, porque a menor indiscrição colocava em perigo a frágil estrutura de seus negócios, como dizia.

Uma vez, o Chinês contou a ele que tinha me visto na porta da academia conversando com uma mulher. Leeman me agarrou pelo pescoço e me dobrou até me colocar de joelhos com uma destreza inusitada, porque eu era mais alta e forte que ele.

— Idiota! Desgraçada! — disse e me deu dois tapas, vermelho de raiva.

Isso foi um alerta, mas não consegui entender o que acontecera; era um desses dias, cada vez mais frequentes, em que meus pensamentos se esfiapavam.

Dali a pouco, mandou eu me vestir elegantemente porque íamos jantar num novo restaurante italiano; imaginei que era sua forma de pedir perdão. Coloquei o vestido preto e as sandálias douradas, mas não tentei dissimular com maquiagem o lábio cortado nem as marcas no rosto. O restaurante era mais agradável do que eu esperava: muito moderno — vidro, aço e espelhos negros, nada de toalhas xadrez e garçons disfarçados de gondoleiros. Deixamos os pratos quase intactos, mas bebemos duas garrafas de Quintessa, safra 2005, que custaram uma dinheirama e tiveram a virtude de suavizar as asperezas. Leeman me explicou que se encontrava sob muita pressão, havia surgido uma oportunidade num negócio sensacional, mas perigoso. Relacionei isso a uma viagem recente de dois dias que ele fizera sem dizer aonde fora nem levara os sócios.

— Agora, mais do que nunca, uma brecha na segurança pode ser fatal, Laura — disse.

— Falei menos de cinco minutos com aquela mulher na academia sobre a aula de ioga. Nem sei o nome dela, Brandon, eu juro.

— Não faça isso de novo. Dessa vez, vou esquecer, mas você não vai esquecer, entendeu? Preciso confiar em minha gente, Laura. Eu me dou bem com você, que tem classe, gosto disso, e porque aprende rápido. Podemos fazer muitas coisas juntos.

— Como o quê?

— Vou lhe dizer no momento apropriado. Você ainda está em teste.

Aquele momento, tão anunciado, chegou em setembro. De junho a agosto, eu ainda andava numa nebulosa. Não saía água das torneiras do apartamento e a geladeira estava vazia, mas drogas sobravam. Nem me dava conta do quanto andava chapada; engolir dois ou três comprimidos com vodca ou acender um baseado se tornaram gestos automáticos que a minha mente não registrava. Meu nível de consumo era ínfimo, comparado com o consumo dos outros ao meu redor — fazia por diversão, podia largar a qualquer momento, não era uma viciada, assim achava eu.

Acostumei-me à sensação de flutuar, à neblina me cobrindo a mente, à impossibilidade de terminar um pensamento ou expressar uma ideia, a ver as palavras evaporarem do vasto vocabulário aprendido com a minha Nini. Em meus poucos lampejos de lucidez, lembrava o propósito de voltar à Califórnia, mas me dizia que eu teria tempo para isso. Tempo. Onde se escondiam as horas? Elas me escorriam como água entre os dedos, vivia num compasso de espera, mas não havia nada que esperar, senão outro dia exatamente como o anterior, prostrada diante da televisão com Freddy. Minha única tarefa diurna consistia em pesar pós, cristais, contar comprimidos, fechar saquinhos plásticos. Assim se foi agosto.

Ao entardecer, eu me turbinava com umas carreirinhas de cocaína e partia para a academia para ficar de molho na piscina. Olhava-me com espírito crítico nas fileiras de espelhos do vestiário, procurando os sinais da má vida, mas não se notavam; ninguém suspeitaria das tempestades do meu passado ou das vicissitudes do meu presente. Parecia uma estudante, como Brandon Leeman desejava. Outra carreira de cocaína, comprimidos, uma xícara de café preto, e estava pronta para o meu trabalho noturno. Talvez Brandon Leeman tivesse outros distribuidores durante o dia, mas nunca os vi. Às vezes, ele me acompanhava, mas logo que aprendi a rotina e ele começou a confiar em mim me mandava sozinha com seus sócios.

Atraíam-me a agitação, as luzes, as cores, o esbanjamento dos hotéis e cassinos, a tensão dos jogadores nos caça-níqueis e nos panos verdes, o tilintar das fichas, os copos coroados com orquídeas e guarda-sóis de papel. Meus clientes, muito diferentes daqueles da rua, tinham a desfaçatez dos que contam com a impunidade. Os traficantes também não tinham nada a temer, como se existisse um acordo tácito naquela cidade para violar a lei sem pensar nas consequências. Leeman se entendia com vários policiais, que recebiam sua parte e o deixavam em paz. Eu não os conhecia, e Leeman nunca me disse seus nomes, mas eu sabia quanto e quando tinha que os pagar.

— São uns porcos imundos, desgraçados, insaciáveis. É preciso ter cuidado com eles, são capazes de qualquer coisa: plantam provas para incriminar inocentes, roubam joias e dinheiro nas batidas, ficam com metade das drogas e das armas que confiscam e se protegem uns aos outros. São corruptos, racistas, psicopatas. Eles é que deveriam estar atrás das grades — dizia-me o chefe.

Os infelizes que iam ao edifício em busca de drogas eram prisioneiros de seu vício, pobres de pobreza absoluta, sozinhos numa solidão irremediável; esses sobreviviam perseguidos, espancados, ocultos em buracos no subsolo como toupeiras, expostos às garras da lei. Para eles não havia impunidade, apenas sofrimento.

Sobravam para mim dinheiro, álcool e comprimidos. Bastava pedi-los. Mas não havia mais nada, nada de família, amizade ou amor, nem mesmo sol havia na minha vida, porque eu vivia de noite, como os ratos.

Um dia, Freddy desapareceu do apartamento de Brandon Leeman, e não soubemos dele até uma sexta-feira, quando nos encontramos por acaso com o oficial Arana, que eu tinha visto muito poucas vezes, embora, em cada ocasião, ele me dissesse algumas palavras amáveis. A conversa recaiu em Freddy, e o oficial comentou de passagem que o tinham encontrado gravemente ferido. O rei do rap tinha se aventurado em território inimigo — uma gangue lhe dera uma surra e o atirara num lixão, pensando que estivesse morto. Arana acrescentou, para me instruir, que a cidade estava dividida em áreas controladas por diversas gangues e que um latino como Freddy, mesmo sendo mulato, não podia se meter com os negros.

— O garoto tem várias ordens de prisão pendentes, mas a cadeia seria fatal para ele. Freddy precisa de ajuda — disse Arana ao se despedir.

Não convinha a Brandon Leeman se aproximar de Freddy, já que a polícia o tinha na mira, mas foi visitá-lo comigo no hospital. Subimos até o quinto andar e percorremos corredores iluminados com luz fluorescente em busca do quarto certo, sem que ninguém prestasse atenção na gente — éramos mais dois no ir e vir de pessoal médico, pacientes e familiares, mas Leeman ia colado nas paredes, olhando por cima do ombro e com a mão no bolso, onde levava a pistola. Freddy estava numa sala de quatro camas, todas ocupadas, imobilizado com correias e ligado a vários tubos; tinha o rosto disforme, costelas quebradas e uma das mãos totalmente esmagada, tanto que tiveram que lhe amputar dois dedos. Os pontapés tinham arrebentado um rim, e sua urina, no saco transparente, tinha cor de ferrugem.

O chefe me deu permissão para acompanhar o garoto quantas horas eu quisesse por dia, desde que fizesse meu trabalho à noite. No começo, mantiveram Freddy dopado com morfina e depois começaram a lhe dar metadona, porque, em seu estado, jamais teria suportado a síndrome de abstinência, mas a metadona não era suficiente. Ele estava desesperado, era um animal encurralado debatendo-se entre as correias da cama. Nos descuidos do pessoal, eu dava um jeito de injetar uma dose de heroína no soro, como Brandon Leeman havia me instruído.

— Se não fizer isso, ele vai morrer. O que dão aqui é como água para Freddy — disse ele.

No hospital conheci uma enfermeira negra, de uns cinquenta e tantos anos, gorda, com um vozeirão gutural, que contrastava com a doçura de seu temperamento e com o nome magnífico de Olympia Pettiford. Coube a ela receber Freddy quando o levaram da sala de cirurgia para o quinto andar.

— Me dá pena vê-lo tão magro e desamparado. Esse garoto podia ser meu neto — disse ela.

Eu não tinha feito amizade com ninguém desde que chegara a Las Vegas, com exceção de Freddy, que, naquele momento, estava com um pé na cova, e por uma vez, quando desobedecera as ordens de

Brandon Leeman; eu precisava falar com alguém, e aquela mulher era irresistível. Olympia me perguntou qual era a minha relação com o paciente; para simplificar, respondi que era sua irmã, e ela não achou estranho que uma branca de cabelos platinados, vestida com roupas caras, fosse parente de um garotinho de cor, viciado e possivelmente delinquente.

A enfermeira aproveitava qualquer momento livre para se sentar perto do garoto para rezar.

— Freddy deve aceitar Jesus em seu coração. Jesus o salvará — garantiu-me ela.

Olympia tinha sua própria igreja no oeste da cidade e me convidou para seus serviços noturnos, mas expliquei que àquela hora eu trabalhava e meu chefe era muito rigoroso.

— Então venha no domingo, garota. Depois do serviço, nós, as Viúvas por Jesus, oferecemos o melhor café da manhã de Nevada.

Viúvas por Jesus era um grupo pouco numeroso, mas muito ativo, a coluna vertebral de sua igreja. Ser viúva não era considerado um requisito indispensável para pertencer a ele; bastava ter perdido um amor no passado.

— Eu, por exemplo, estou casada agora, mas tive dois homens que se foram e um terceiro que morreu. De modo que, tecnicamente, sou viúva — disse Olympia.

A assistente social do Serviço de Proteção Infantil designada para Freddy era uma mulher madura, malpaga, com mais casos sobre sua escrivaninha do que podia atender. Estava farta e contava os dias para se aposentar. Os garotos passavam pelo Serviço rapidamente, ela os colocava num lar temporário, mas, em pouco tempo, voltavam, espancados ou violentados. Veio ver Freddy umas duas vezes e ficou conversando com Olympia. Assim tomei conhecimento do passado do meu amigo.

Freddy tinha quatorze anos, e não doze, como eu pensava, nem dezesseis como ele dizia. Havia nascido no bairro latino de Nova York, de mãe dominicana e pai desconhecido. A mãe o trouxera para Nevada no carro desmantelado de seu amante, um índio *paiute*, alcoólatra como ela. Viviam acampando aqui e ali, viajando quando tinham gasolina, acumulando multas de trânsito e deixando uma trilha de dívidas. Ambos desapareceram de Nevada em pouco tempo, mas alguém encontrou Freddy, então com sete meses, abandonado num posto de gasolina, desnutrido e coberto de equimoses. Foi criado em lares do Estado, passando de mão em mão — não durava em casa alguma, tinha problemas de conduta e de caráter, mas ia à escola e era bom aluno. Aos nove anos, foi preso por assalto a mão armada, ficou vários meses num reformatório e depois sumiu do radar do Serviço e da polícia.

A assistente social devia averiguar como e onde Freddy tinha vivido nos últimos anos, mas ele fingia dormir ou se negava a responder. Tinha medo de que o pusessem num programa de reabilitação.

— Não sobreviveria nem um só dia, Laura. Você não pode imaginar o que é isso. De reabilitação, nada, só castigo.

Brandon Leeman estava de acordo e se dispôs a impedir.

Quando tiraram as sondas, o garotinho pôde comer alimentos sólidos e ficar de pé. Nós o ajudamos a se vestir e o levamos para o elevador escondido no meio da multidão do quinto andar no horário de visitação, até a porta do hospital, onde Joe Martin nos esperava com o carro engatado. Eu poderia jurar que Olympia Pettiford estava no corredor, mas a boa mulher fingiu não ter visto nada.

Um médico que abastecia Brandon Leeman de fármacos para o mercado negro vinha ao apartamento ver Freddy e me ensinou a trocar os curativos na mão, para que não infeccionasse. Pensei em aproveitar que tinha o menino em meu poder para lhe tirar as drogas, mas não tive forças para vê-lo sofrer de maneira tão horrorosa. Freddy se recuperou rapidamente para surpresa do médico, que esperava vê-lo prostrado por uns dois meses, e logo estava dançando como Michael Jackson com sua mão na tipoia, mas continuou urinando sangue.

Joe Martin e o Chinês se encarregaram da vingança contra a gangue inimiga, porque consideraram que não podiam deixar passar semelhante insulto.

A surra que deram em Freddy no bairro negro me afetou muito. No universo desarticulado de Brandon Leeman, as pessoas apareciam e desapareciam sem deixar lembranças — algumas iam embora, outras acabavam presas ou mortas, mas Freddy não era uma dessas sombras anônimas, era o meu amigo. Ao vê-lo no hospital, respirando com dificuldade, com dores, às vezes inconsciente, as lágrimas escorriam de meus olhos. Imagino que também chorava por mim mesma. Sentia-me encurralada e já não podia continuar me enganando sobre o vício, porque dependia de álcool, comprimidos, maconha, cocaína e outras drogas para aguentar o dia. Ao acordar de manhã com uma forte ressaca da noite anterior, tomava a firme decisão de me limpar, mas, em menos de meia hora, cedia à tentação de um trago. Só um pouco de vodca para tirar a dor de cabeça, prometia a mim mesma. A dor de cabeça persistia e a garrafa estava à mão.

Eu não podia me enganar com a ideia de estar de férias, matando o tempo antes de ir para a universidade: eu estava entre criminosos. Ao menor descuido, podia acabar morta ou, como Freddy, num hospital, com meia dúzia de mangueiras e tubos enfiados no corpo. Eu estava muito assustada, embora me negasse a falar em medo, esse felino de tocaia na boca do meu estômago. Uma voz insistente me lembrava do perigo: como não o via, por que não fugia antes que fosse tarde? O que estava esperando para ligar para a minha família? Mas outra voz ressentida respondia que ninguém se importava com a minha sorte; se meu Popo estivesse vivo, ele teria movido o céu e a terra para me encontrar, mas meu pai não tinha se dado o trabalho.

— Você não me ligou porque ainda não tinha sofrido o suficiente, Maya — disse minha Nini quando nos vimos de novo.

Foi um dos piores verões de Nevada, com um calor de quarenta graus, mas, como eu vivia no ar condicionado e circulava de noite, não sofri muito. Meus costumes eram invariáveis, e o trabalho continuou como sempre. Nunca estava sozinha, a academia era o único lugar onde os sócios de Brandon Leeman me deixavam em paz, porque, embora não entrassem comigo nos hotéis e cassinos, me esperavam do lado de fora contando os minutos.

Naqueles dias, o chefe andava com uma bronquite persistente, que ele chamava de alergia, e me dei conta de que havia emagrecido. No pouco tempo que o conhecia, tinha enfraquecido, a pele dos braços pendia como pano amarrotado, e as tatuagens perderam o seu desenho original. Dava para contar as costelas e as vértebras dele. Estava macilento, com olheiras, muito cansado. Joe Martin percebeu isso antes de todos e começou a se impor e a questionar suas ordens, enquanto o silencioso Chinês não dizia nada, mas acompanhava o outro traficante às costas do chefe, trapaceando nas contas. Faziam com tamanha cara de pau que Freddy e eu comentamos.

— Não abra a boca, Laura, porque vão fazer você pagar caro. Esses sujeitos não perdoam — avisou o garoto.

Os gorilas se descuidavam diante de Freddy, a quem consideravam inofensivo, um palhaço, um junkie com o cérebro frito; no entanto, o cérebro dele funcionava melhor que o de todos eles, disso não havia dúvidas. Eu tentava convencer o garoto de que podia se recuperar, ir à escola, fazer alguma coisa com seu futuro, mas ele me respondia com o clichê de que a escola não tinha nada para lhe ensinar, ele aprendia na universidade da vida. Repetia as mesmas palavras lapidares de Leeman:

— É tarde demais para mim.

No começo de outubro, Leeman foi a Utah de avião e voltou dirigindo um Mustang conversível último modelo, azul com uma faixa prateada e o interior todo preto. Informou que tinha comprado para o irmão, que, por motivos complicados, não podia fazer isso pessoalmente. Adam, que vivia a uma distância de doze horas por terra, mandaria alguém buscá-lo dali a uns dois dias. Um veículo de tal categoria não podia ficar um minuto nas ruas daquele bairro sem desaparecer ou ser depenado, de modo que Leeman o guardou de imediato numa das garagens do edifício que contavam com portas seguras, porque tudo o mais eram depósitos de sobras, antros de viciados de passagem e fornicadores compulsivos. Alguns indigentes viviam por anos naquelas cavernas, defendendo seu metro quadrado contra ratos e outros desamparados.

No dia seguinte, Brandon Leeman mandou seus sócios recolherem uma remessa em Fort Ruby, uma das seiscentas cidades fantasmas de Nevada que podiam lhe servir de ponto de encontro com o seu fornecedor mexicano, e, quando eles partiram, me convidou para experimentar o Mustang. O motor poderoso, o cheiro de couro novo, o vento nos cabelos, o sol na pele, a paisagem imensa cortada a faca pela estrada, as montanhas contra um céu pálido e sem nuvens: tudo contribuía para me embriagar de liberdade. Essa sensação contrastava com o fato de que passáramos perto de várias prisões federais. Era um dia de calor e, ainda que o pior do verão já houvesse passado, logo o panorama se tornou incandescente e tivemos que arriar a capota e ligar o ar-condicionado.

— Sabe que Joe Martin e o Chinês estão me roubando, não é? — perguntou.

Preferi me calar. Esse não era um assunto que ele discutia sem um propósito; negar implicava que eu andava no mundo da lua, e uma resposta afirmativa equivalia a admitir que o tinha traído ao não avisá-lo.

— Tinha que acontecer, cedo ou tarde — acrescentou Brandon Leeman. — Não posso contar com a lealdade de ninguém.

— Pode contar comigo — murmurei, com a sensação de resvalar em azeite.

— Assim espero. Joe e o Chinês são uma dupla de idiotas. Com ninguém estariam melhor do que comigo. Fui muito generoso com eles.

— O que vai fazer?

— Substituí-los antes que eles me substituam.

Seguimos calados por vários quilômetros, mas, quando eu já achava que as confidências haviam se esgotado, ele voltou à carga:

— Um dos policiais quer mais dinheiro. Se eu dou, vai querer mais. O que você acha, Laura?

— Não manjo nada disso...

Fizemos outro trecho de vários quilômetros em silêncio. Brandon Leeman, que começava a ficar ansioso, saiu da estrada em busca de um lugar privado, mas estávamos num descampado: terra seca, rochas, matas de espinhos e pastagens raquíticas. Saímos do Mustang bem perto da estrada, nos agachamos atrás da porta aberta e eu segurei o isqueiro enquanto ele aquecia a mistura. Num segundinho, ele se injetou. Depois compartilhamos o cachimbo de maconha, celebrando a travessura; se uma patrulha rodoviária nos revistasse, encontraria um arsenal ilegal: cocaína, heroína, maconha, Demerol e outros comprimidos jogados num saco.

— Esses tiras putos encontrariam algo mais, que também não poderíamos explicar — acrescentou Brandon Leeman enigmático, sufocado de riso.

Estava tão drogado que eu tive que dirigir, embora minha experiência ao volante fosse mínima e o *bong* me tivesse nublado a visão.

Entramos em Beatty, um povoado com aparência de desabitado àquela hora, meio-dia, e paramos para almoçar numa pousada mexicana com uma placa com caubóis, chapéus e laços, que por dentro se mostrou um cassino esfumaçado. No restaurante, Leeman pediu dois coquetéis de tequila, dois pratos ao acaso e a garrafa de vinho tinto mais cara do cardápio. Fiz esforço para comer, enquanto ele remexia o conteúdo de seu prato com o garfo, traçando caminhozinhos no purê de batatas.

— Sabe o que farei com Joe e o Chinês? Já que, de qualquer forma, tenho que dar ao tira o que ele quer, vou lhe pedir que me retribua com um pequeno favor.

— Não estou entendendo.

— Se quer aumentar sua comissão, terá que se desfazer desses dois homens sem me envolver de jeito algum.

Captei o significado e me lembrei das garotas que Leeman tinha empregado antes de mim e das quais havia "desfeito". Vi com aterrorizante clareza o abismo aberto a meus pés e, mais uma vez, pensei em fugir, mas de novo me paralisou a sensação de afundar numa geleia espessa, inerte, sem vontade. Não consigo pensar, sinto o cérebro cheio de serragem, comprimidos demais, maconha, vodca, o que será que tomei hoje?, murmurava para mim mesma, enquanto virava o segundo copo de vinho, depois de ter tomado a tequila.

Brandon Leeman havia se reclinado em seu assento, com a cabeça no respaldo e os olhos quase fechados. A luz o iluminava de um lado, ressaltando nas maçãs proeminentes, as faces encovadas, as olheiras esverdeadas. Ele parecia um cadáver.

— Vamos voltar — propus com um espasmo de náusea.

— Antes tenho que fazer uma coisa neste povoado de merda. Peça um café para mim — respondeu.

Leeman pagou em dinheiro, como sempre. Saímos do ar condicionado para o calor desapiedado de Beatty, que, segundo ele, era um depósito de lixo radioativo e existia apenas por causa do turismo ao Vale da Morte, a dez minutos de distância. Dirigiu ziguezagueando até o lugar onde alugavam galpões; eram construções de cimento achatadas com fileiras de portas metálicas pintadas de azul-turquesa. Havia estado ali antes, porque se dirigiu sem hesitar para uma das portas. Ordenou-me que permanecesse no carro, enquanto ele manipulava sem jeito as combinações de dois pesados cadeados industriais, praguejando, porque era difícil para ele colocar a vista em foco, sem falar que havia algum tempo suas mãos tremiam muito. Quando abriu a porta, fez um sinal para eu me aproximar.

O sol iluminou um quarto pequeno, onde havia apenas dois caixotes grandes. Tirou do porta-malas do Mustang uma bolsa esportiva de plástico preto com o nome El Paso TX e entramos no depósito, que fervia de calor. Não pude evitar o pensamento aterrorizante de que Leeman poderia me enterrar viva naquele lugar. Ele me agarrou firmemente por um braço e me cravou os olhos.

— Lembra que eu lhe disse que faríamos grandes coisas juntos?

— Sim...

— Chegou a hora. Espero que não falhe.

Assenti, assustada com seu tom ameaçador e por estar sozinha com ele naquele forno. Leeman se acocorou, abriu a bolsa e me mostrou o conteúdo. Levei um instante para compreender que aqueles pacotes verdes eram maços de notas.

— Não é dinheiro roubado e ninguém está atrás dele — disse. — Isto é apenas uma amostra, logo haverá muito mais. Você se deu conta de que estou lhe dando uma tremenda prova de confiança? Você é a única pessoa decente que conheço, fora o meu irmão. Agora somos sócios, você e eu.

— Que devo fazer? — murmurei.

— Nada, por ora. Mas, se eu lhe der uma ordem ou se algo me acontecer, você deverá telefonar imediatamente para Adam e dizer onde está a bolsa de El Paso TX, entendeu? Repita o que acabei de lhe dizer.

— Devo telefonar para o seu irmão e dizer onde está a sua bolsa.

— Sua bolsa El Paso TX, não se esqueça disso. Tem alguma pergunta?

— Como o seu irmão abrirá os cadeados?

— Isso não interessa! — latiu Brandon Leeman com tamanha violência que me encolhi, esperando uma porrada. Mas ele se acalmou, fechou a bolsa, colocou-a em cima de um dos caixotes e saímos.

Os fatos se precipitaram a partir do momento em que fui, na companhia de Brandon Leeman, deixar a bolsa no depósito de Beatty e depois não consegui ordená-los em minha cabeça, porque alguns ocorreram simultaneamente e outros não presenciei; soube deles apenas mais tarde. Dois dias depois, Brandon Leeman me ordenou que o seguisse num Ford Acura recém-reformado na garagem clandestina, enquanto ele dirigia o Mustang que havia adquirido em Utah para o irmão. Eu o segui pela rota 95 durante quarenta e cinco minutos num calor inclemente por uma paisagem de reflexos reluzentes até Boulder City, ausente no mapa mental de Brandon Leeman, porque é uma das únicas cidades de Nevada onde o jogo é ilegal. Paramos num posto de gasolina e esperamos sob um sol de rachar.

Vinte minutos depois chegou um carro com dois homens. Brandon Leeman entregou a eles as chaves do Mustang, recebeu uma bolsa de viagem de tamanho médio e se sentou ao meu lado no Ford Acura. O Mustang e o outro veículo se distanciaram em direção ao sul, e pegamos a estrada por onde tínhamos vindo. Não entramos em Las Vegas, seguimos diretamente para o depósito de Beatty, onde Brandon Leeman repetiu a rotina de abrir os cadeados sem me deixar ver as combinações. Colocou a bolsa junto com a outra e fechou a porta.

— Meio milhão de dólares, Laura!

E esfregou as mãos, contente.

— Não gosto disso... — murmurei, retrocedendo.

— Não gosta do quê, sua cadela?!

Pálido, ele me sacudiu pelos braços, mas eu o afastei com um empurrão, choramingando. Aquele bibelô doente, que eu podia esmagar com os saltos, me inspirava terror, era capaz de qualquer coisa.

— Me largue!

— Pense bem, mulher! — disse Leeman, em tom conciliador. — Quer continuar nesta vida fodida? Meu irmão e eu temos tudo arranjado, vamos dar o fora deste país desgraçado e você vai com a gente.

— Para onde?

— Para o Brasil. Daqui a uma ou duas semanas, estaremos numa praia com coqueiros. Você não queria ter um iate?

— Iate? Que iate? Eu só quero voltar para a Califórnia!

— Então esta puta fodida quer voltar para a Califórnia! — zombou, ameaçador.

— Por favor, Brandon. Não vou falar nada para ninguém, prometo. Pode ir tranquilamente com a sua família para o Brasil.

Ele começou a andar em passos largos, chutando o concreto, descontrolado, enquanto eu esperava empapada de suor perto do carro, tentando entender os erros que haviam me levado àquele inferno poeirento e àquelas bolsas com notas verdes.

— Eu me enganei com você, Laura. Você é mais burra do que pensei — disse, por fim. — Pode ir para a puta que lhe pariu, se é isso que quer, mas, nas próximas semanas, vai ter que me ajudar. Posso contar com você?

— Claro que sim, Brandon, o que quiser.

— Por ora não fará nada, exceto calar a boca. Quando eu mandar, você vai telefonar para Adam. Você se lembra das instruções que lhe dei?

— Sim, telefono e digo onde estão as duas bolsas.

— Não! Diz onde estão as bolsas de El Paso TX. Isso e mais nada. Entendeu?

— Sim, claro, direi que as bolsas de El Paso TX estão aqui. Não se preocupe.

— Muita discrição, Laura. Se escapar uma só palavra sua a esse respeito, você vai se arrepender. Quer saber exatamente o que iria acontecer? Posso lhe dar os detalhes.

— Juro, Brandon, não vou falar com ninguém.

Voltamos em silêncio para Las Vegas, mas eu escutava os pensamentos de Brandon Leeman em minha cabeça, como alarmes: ia se "desfazer" de mim. Tive uma reação física de náusea e tonteira, que havia sentido algemada por Fedgewick na cama daquele motel sórdido; via o brilho esverdeado do relógio, sentia o cheiro, a dor, o terror. Tenho que pensar, tenho que pensar, preciso de um plano... Mas como ia pensar, se estava alcoolizada e não conseguia lembrar que comprimidos tinha tomado, quantos e a que horas? Chegamos à cidade às quatro da tarde, cansados e sedentos, com a roupa grudada pela transpiração e a poeira. Leeman me deixou na academia para eu me refrescar antes da ronda noturna e seguiu para o apartamento. Ao se despedir, apertou minha mão e me disse para ficar calma, que tudo estava sob controle. Aquela foi a última vez que o vi.

A academia não tinha os luxos extravagantes dos hotéis do Strip, com seus alardeados banhos de leite em banheiras de mármore e seus massagistas cegos de Xangai, mas era a maior e mais completa da cidade — contava com várias salas de exercícios, diversos aparelhos de tortura para inflar músculos e esticar tendões, um spa com um cardápio à la carte de tratamentos de saúde e beleza, cabeleireiras para gente e para cães e uma piscina coberta onde, calculo, cabia uma baleia. Eu considerava a academia o meu quartel-general, dispunha de crédito infinito e podia ir ao spa, nadar ou fazer ioga quando tinha vontade (cada vez menos). A maior parte do tempo, eu ficava estirada numa cadeira reclinável com a mente em branco. Nos armários com chave, guardava minhas coisas de valor, que, no apartamento, desapareciam em mãos de infelizes como Margaret ou do próprio Freddy, se andava necessitado.

Ao voltar de Beatty, lavei meu cansaço da viagem no chuveiro e suei meu medo na sauna. Limpa e apaziguada, minha situação me pareceu menos angustiante — contava com duas semanas completas, prazo suficiente para decidir meu destino. Pensei que qualquer ato imprudente de minha parte geraria consequências que poderiam ser fatais. Devia fazer a vontade de Brandon Leeman até encontrar um meio de me livrar dele. A ideia de uma praia brasileira com coqueiros, na companhia de sua família, me dava arrepios. Eu tinha que voltar para a minha casa.

Quando cheguei a Chiloé, eu me queixava de que nada acontecia aqui, mas devo me retratar, porque aconteceu uma coisa que merece ser escrita com tinta dourada e letras maiúsculas. ESTOU APAIXONADA! Talvez seja um pouco prematuro falar disso, porque aconteceu faz apenas cinco dias, mas o tempo não significa nada nesse caso: estou totalmente segura dos meus sentimentos. Como vou calar, se ando flutuando? O amor é muito caprichoso, como diz uma canção idiota que Blanca e Manuel cantam em dueto para, rindo às minhas custas desde que Daniel apareceu no horizonte. O que vou fazer com tanta felicidade, com esse estouro no coração?

Mas é melhor começar pelo começo. Fui com Manuel e Blanca à Ilha Grande ver a "puxada de uma casa", sem sonhar que ali, de repente, por acaso, ia me acontecer algo mágico: conhecer o homem da minha vida, Daniel Goodrich. Uma puxada é uma coisa única no mundo, tenho certeza. Consiste em transportar uma casa navegando por mar, rebocada por duas lanchas, e depois arrastá-la por terra com seis juntas de bois para colocá-la no lugar destinado. Se um nativo vai viver em outra ilha ou se o seu poço seca e precisa se deslocar alguns quilômetros para obter água, leva a casa com ele, como um caracol. Por causa da umidade, as casas aqui são de madeira, sem alicerces, o que permite arrastá-las flutuando e transportá-las sobre troncos. O trabalho é feito com uma *minga* de vizinhos, parentes e amigos; alguns entram com as lanchas, outros com os bois, e o dono da casa com a bebida e a comida, mas, nesse caso, a *minga* era uma armadilha para turistas, porque a mesma casinha vai e vem por água e terra durante meses, até que se desmancha em pedaços. Essa seria a última puxada até o próximo verão, quando haverá outra casa transportada. A ideia é dizer ao mundo o quanto os nativos têm os parafusos frouxos e dar uma amostra aos inocentes que aparecem nos ônibus das agências de turismo. Entre esses turistas vinha Daniel.

Tivéramos vários dias secos e quentes, inusitados nessa época do ano, sempre chuvosa. A paisagem era diferente, nunca tinha visto um céu tão azul, um mar tão prateado, tantas lebres nos campos, e nunca tinha ouvido uma algaravia de pássaros tão alegres nas árvores. Gosto da chuva, inspira recolhimento e amizade, mas em pleno sol se aprecia melhor a beleza destas ilhas e canais. Com bom tempo posso nadar sem quebrar os ossos na água gelada e me bronzear um pouco, embora com cuidado, porque aqui a camada de ozônio é tão fina que costumam nascer ovelhas cegas e sapos deformados. É o que dizem, porque ainda não vi nenhum.

Na praia, os preparativos para a puxada estavam prontos: bois, cordas, cavalos, vinte homens para o trabalho pesado e várias mulheres com cestas de empanadas, muitas crianças, cachorros, turistas, gente da localidade que não perde uma festa, dois carabineiros para assustar os punguistas e um fiscal da igreja para benzer. Em 1600, quando era muito difícil viajar e não havia padres suficientes para cobrir o extenso e desarticulado território de Chiloé, os jesuítas criaram o cargo de fiscal da igreja, que é exercido por uma pessoa de reputação ilibada. O fiscal cuida da igreja, convoca a congregação, preside funerais, dá a comunhão, benze e, em casos de verdadeira emergência, pode batizar e casar.

A casa chegou com a maré alta, embalando-se no mar como uma antiga caravela, rebocada por duas lanchas e submersa até as janelas. No telhado, uma bandeira chilena drapejava amarrada a um pau e dois meninos cavalgavam a cumeeira sem coletes salva-vidas. Ao se aproximar da praia, a caravela foi recebida com uma ovação merecida e os homens trataram de ancorá-la até a maré baixar. Tinham calculado bem para que a espera não fosse longa. O tempo passou voando num carnaval de empanadas, álcool, violões, bolas e um concurso de trovadores, em que alguns desafiavam outros com versos rimados de duplo sentido e picantes, pelo que me pareceu. O humor é a última coisa a ser dominada em outra língua, e eu ainda estou longe disso. Na hora marcada, deslizaram uns troncos embaixo da casa, alinharam os doze bois em suas juntas, amarraram-nos aos pilares da casa com cordas e correntes, e deu-se início à monumental tarefa, animada por gritos e aplausos dos curiosos e apitos dos carabineiros.

Os bois baixaram a cerviz, retesaram cada músculo de seus corpos grandiosos e, a uma ordem dos homens, avançaram bramando. O primeiro puxão foi hesitante, mas, no segundo, os animais já haviam coordenado suas forças e começaram a andar mais rápido do que imaginei, rodeados pela multidão, com algumas pessoas abrindo caminho na frente, outras incentivando dos lados, outras empurrando atrás da casa. Que bagunça! Tanto esforço compartilhado e tanta alegria! Eu corria entre as crianças gemendo de prazer, com Fákin metido entre as patas dos bois. A cada trinta metros de puxada, eles paravam para alinhar os animais, passar as garrafas de vinho entre os homens e posar para as câmeras.

Foi uma *minga* de circo preparada para os turistas, mas isso não diminuiu o mérito do atrevimento humano nem o brio dos bois. No fim, quando a casa ficou em seu lugar, de frente para o mar, o fiscal jogou água benta nela e o público começou a se dispersar.

Quando os forasteiros embarcaram em seus ônibus e os nativos levaram seus bois, eu me sentei na grama para pensar no que tinha visto, lamentando não ter meu caderno para anotar os detalhes. Então, senti que me olhavam e, ao levantar os olhos, deparei com os de Daniel Goodrich — olhos redondos, cor de madeira, olhos de potro. Senti um espasmo de susto no estômago, como se houvesse se materializado uma personagem de ficção, alguém conhecido em outra realidade, numa ópera ou num quadro do Renascimento, desses que eu vira na Europa com os meus avós. Qualquer um pensaria que estou maluca: um estranho aparece na minha frente, e minha cabeça se enche de beija-flores; qualquer um, menos a minha Nini. Ela entenderia, porque foi assim quando conheceu o meu Popo no Canadá.

Seus olhos foram a primeira coisa que vi, olhos de pálpebras lânguidas, pestanas de mulher e sobrancelhas grossas. Demorei quase um minuto para apreciar o resto: alto, forte, com ossos longos, rosto sensual, lábios grossos, pele cor de caramelo. Usava botas de caminhada, uma câmera de vídeo e uma grande mochila empoeirada com um saco de dormir enrolado em cima. Cumprimentou-me em espanhol, soltou a mochila no chão, sentou-se ao meu lado e começou a se abanar com o chapéu; tinha o cabelo curto, preto, crespo. Me estendeu a mão escura de dedos longos e me disse seu nome, Daniel Goodrich. Ofereci o restante da minha garrafa-d'água, que bebeu em três goles, sem se importar com os meus germes.

Começamos a falar da puxada, que ele havia filmado de vários ângulos, e revelei que se tratava de uma encenação para os turistas, mas isso não diminuiu o entusiasmo dele. Vinha de Seattle e fazia cinco meses que estava percorrendo a América do Sul sem planos nem metas, como um vagabundo. Assim se definiu, vagabundo. Queria conhecer tudo o que fosse possível e praticar o espanhol que havia aprendido em aula e livros, tão diferente do idioma falado. Em seus primeiros dias neste país, não entendia nada, como aconteceu comigo, porque os chilenos falam em diminutivo, cantando e muito rápido, engolem a última sílaba de cada palavra e aspiram os esses.

— Com as besteiras que as pessoas dizem, é melhor não entender mesmo — opina a tia Blanca.

Daniel está percorrendo o Chile. Antes de chegar a Chiloé, esteve no deserto do Atacama, com suas paisagens lunares de sal e seus gêiseres, em Santiago e em outras cidades, que pouco lhe interessaram, e na região das florestas, com seus vulcões fumegantes e lagos cor de esmeralda, e pensa seguir até a Patagônia e a Terra do Fogo, para ver os fiordes e as geleiras.

Manuel e Blanca, que foram às compras no povoado, chegaram cedo demais e nos interromperam. Mas Daniel causou boa impressão neles e, para a minha satisfação, Blanca o convidou para ficar em sua casa por uns dias. Disse a ele que ninguém pode passar por Chiloé sem provar um verdadeiro *curanto* e que, na quinta-feira, teríamos um em nossa ilha, o último da temporada turística, o melhor de Chiloé, e que ele não podia perdê-lo. Daniel não se fez de rogado — teve tempo de se habituar à hospitalidade impulsiva dos chilenos, sempre dispostos a abrir suas portas a qualquer forasteiro distraído que passa na frente deles. Acho que aceitou apenas por mim, mas Manuel me disse para não ser presunçosa, que Daniel teria que ser um idiota para recusar hospedagem e comida grátis.

Partimos na *Cahuilla*, com mar amável e brisa de popa, e chegamos a tempo de ver os cisnes de pescoço preto que boiavam no canal, esbeltos e elegantes como gôndolas de Veneza.

— Os cisnes passam "estável" — disse Blanca, que fala com os erros dos nativos.

Na luz do entardecer, a paisagem parecia mais bonita do que nunca; eu me senti orgulhosa de viver neste paraíso e poder mostrá-lo a Daniel. Apontei para ele com um gesto amplo, abarcando com o braço o horizonte inteiro.

— Bem-vindo à ilha de Maya Vidal, amigo — disse Manuel com uma piscadela que consegui captar.

Pode me gozar o quanto quiser em particular, mas, se pretende fazê-lo diante de Daniel, vai se arrepender. Foi o que eu disse para ele logo que ficamos sozinhos.

Subimos até a casa de Blanca, onde ela e Manuel se puseram de imediato a cozinhar. Daniel pediu permissão para tomar um banho, que lhe fazia muita falta, e lavar alguma roupa, enquanto eu corri até a nossa casa para buscar duas boas garrafas de vinho que o Millalobo dera a Manuel. Fiz o trajeto em onze minutos, recorde mundial — tinha asas nos calcanhares. Tomei banho, pintei os olhos, coloquei, pela primeira vez, o meu único vestido e corri de volta com as minhas sandálias e as garrafas numa bolsa, seguida por Fákin com a língua de fora e arrastando sua pata manca. Demorei, no total, quarenta minutos, e, nesse meio-tempo, Manuel e Blanca improvisaram salada e massa com mariscos, que, na Califórnia, se chama *tuti mare* e aqui se chama talharim com sobras, porque é o que restou do dia anterior. Manuel me recebeu com um assobio de admiração, porque só me vira de calça comprida e deve pensar que não tenho estilo. Comprei o vestido numa loja de roupas usadas em Castro, mas está quase novo e não muito fora de moda.

Daniel saiu do banho barbeado e com a pele brilhando como madeira polida, tão bonito que tive que me esforçar para não olhar demais para ele. Protegemo-nos com ponchos para comer no terraço, porque, nesta época, já faz frio. Daniel se mostrou muito grato pela hospitalidade, disse que estava viajando havia meses com um orçamento mínimo e precisara dormir nos lugares mais desconfortáveis ou à intempérie. Soube apreciar a mesa, a boa comida, o vinho chileno e a paisagem de água, céu e cisnes.

A dança lenta dos cisnes na seda cor de violeta do mar era tão elegante que a ficamos admirando, calados. Outro bando de cisnes chegou do oeste, obscurecendo os últimos resplendores alaranjados do céu com suas grandes asas, e passou ao largo. Estas aves, com aparência tão digna e coração tão feroz, foram projetadas para navegar — em terra parecem patos gordos —, mas nunca são tão esplêndidas como em pleno voo.

Eles esvaziaram as duas garrafas do Millalobo e eu tomei limonada; o vinho não me fez falta; estava meio bêbada com a companhia. Depois da sobremesa — maçãs ao forno com doce de leite —,

Daniel perguntou com naturalidade se desejávamos compartilhar um baseado. Me deu um calafrio — essa proposta não cairia bem aos velhos, mas aceitaram, e, para minha surpresa, Blanca foi buscar um cachimbo.

— Não deixe escapar nada disso na escola, gringuinha — disse-me com ar de conspiração, e acrescentou que, de vez em quando, fumava com Manuel.

Acontece que, nesta ilha, várias famílias cultivam maconha de primeira qualidade; a melhor é a de dona Lucinda, a tataravó, que faz meio século que exporta para outros pontos de Chiloé.

— Dona Lucinda canta para as plantas, diz que precisa benzê-las, como às batatas, para que floresçam melhor. Deve ser verdade, porque ninguém pode competir com a erva dela — contou Blanca.

Sou muito distraída, estive cem vezes no pátio de dona Lucinda, ajudando-a a tingir sua lã, sem prestar atenção às plantas. De qualquer forma, ver Blanca e Manuel, essa dupla de caretas, passando o cachimbo da paz foi difícil de acreditar. Eu também fumei — sei que posso fazê-lo sem que isso se transforme numa necessidade, mas não me atrevo a experimentar o álcool. Não ainda. Talvez nunca mais.

Não tive que confessar a Manuel e a Blanca o impacto que Daniel me causou; adivinharam quando me viram com vestido e maquiagem, acostumados que estão à minha aparência de refugiada. Blanca, romântica por vocação, vai nos facilitar as coisas, porque dispomos de pouco tempo. Manuel, em compensação, se empenha em sua atitude de velho gagá.

— Antes de morrer de amor, Maya, seria melhor investigar se esse jovem também sofre do mesmo mal ou se pensa em continuar sua viagem e deixar você a ver navios — aconselhou-me.

— Com tanta prudência, ninguém ficaria apaixonado, Manuel. Você não está com ciúmes?

— Pelo contrário, Maya, estou cheio de esperança. Talvez Daniel a leve para Seattle; é a cidade perfeita para se esconder do FBI e da máfia.

— Está me mandando embora!

— Não, garota! Como ia mandá-la embora se você é a luz da minha velhice? — disse naquele tom sarcástico que acaba comigo. — Só me preocupa que você se atire de cabeça nesse negócio de amor. Daniel deu a entender os sentimentos dele?

— Ainda não, mas vai dar.

— Você parece muito segura.

— Uma flechada dessas não pode ser unilateral, Manuel.

— Não, claro, é o encontro de duas almas...

— Exatamente, mas, como nunca aconteceu com você, fica me gozando.

— Não fale do que não sabe, Maya.

— É você quem fala do que não sabe!

Daniel é o primeiro americano na minha faixa de idade que vi desde que cheguei a Chiloé e o único interessante de que me lembro; os pirralhos do secundário, os neuróticos do Oregon e os viciados de Las Vegas não contam. Na verdade, eu tenho oito anos menos que ele, mas vivi um século mais e poderia lhe dar aulas de maturidade e vivência do mundo. Me senti à vontade com ele desde o começo; temos gostos similares em livros, cinema e música e rimos das mesmas coisas — os dois conhecemos mais de cem piadas de loucos: a metade, ele adquiriu na universidade, a outra, eu aprendi na clínica. No resto, somos muito diferentes.

Daniel foi adotado com uma semana de vida por um casal branco com recursos parcimoniosos, liberais e cultos, o tipo de gente amparada pelo grande guarda-chuva da normalidade. Foi um estudante razoável e um bom esportista, levou uma vida organizada e pôde planejar seu futuro com a confiança irracional de quem não sofreu. É um tipo saudável, seguro de si mesmo, amistoso e descontraído; seria irritante sem seu espírito inquisitivo. Viajou disposto a aprender — isso o salva de ser só mais um turista. Decidido a seguir os passos de seu pai adotivo, estudou medicina, terminou sua residência em psiquiatria em meados do ano passado e, quando voltar a Seattle, terá emprego garantido na clínica de reabilitação do pai. Que ironia, eu poderia ser uma de suas pacientes.

A felicidade natural de Daniel, sem ênfase, como a felicidade dos gatos, me causa inveja. Em sua peregrinação pela América Latina, conviveu com as mais variadas pessoas: ricaços de Acapulco, pescadores do Caribe, madeireiros da Amazônia, *cocaleros* da Bolívia, indígenas do Peru e também membros de gangues, cafetões, narcotraficantes, criminosos, policiais e militares corruptos. Deslizou de uma aventura a outra com a inocência intacta. Em troca, tudo o que vivi me deixou cicatrizes, arranhões, feridas. Este homem tem boa sorte, espero que isso não seja um problema entre nós.

Ele passou a primeira noite na casa da tia Blanca, onde descansou entre um colchão de penas e lençóis de linho — ela é muito fina —, mas logo veio ficar com a gente, porque ela encontrou um pretexto para ir a Castro e deixar o hóspede em minhas mãos. Daniel instalou seu saco de dormir num canto da sala e dormiu ali com os gatos.

Jantamos tarde toda noite, ficamos de molho na jacuzzi, conversamos, ele me conta sua vida e sua viagem, eu lhe mostro as constelações do sul, falo de Berkeley e dos meus avós, também da clínica do Oregon, mas por ora silencio a parte de Las Vegas. Não posso falar disso antes de sermos mais íntimos; ficaria espantado.

Parece-me que, no ano passado, desci precipitadamente num mundo sombrio. Enquanto estive embaixo da terra, como uma semente ou um tubérculo, outra Maya Vidal lutava para emergir; cresceram em mim filamentos finos em busca de umidade, depois raízes como dedos procurando alimento e, finalmente, um caule tenaz e folhas em busca de luz. Agora devo estar florescendo, por isso posso reconhecer o amor. Aqui, ao sul do mundo, a chuva torna tudo fértil.

Tia Blanca voltou à ilha, mas, apesar de seus lençóis de linho, Daniel não sugeriu voltar para lá e continua aqui em nossa casa. Bom sintoma. Estivemos juntos o tempo todo, porque não estou trabalhando, Blanca e Manuel me liberaram de responsabilidades enquanto Daniel estiver aqui. Falamos de muitas coisas, mas ele ainda não me deu oportunidade para lhe fazer confidências. É muito mais cauteloso do que eu. Perguntou-me por que estou em Chiloé, e respondi que estou ajudando Manuel em seu trabalho e conhecendo o país, porque minha família é de origem chilena, o que é uma verdade incompleta. Mostrei a ele o povoado, filmou o cemitério, as palafitas, nosso patético e empoeirado museu com suas quatro bugigangas e seus retratos a óleo de próceres esquecidos, dona Lucinda (que, aos cento e nove anos, ainda vende lã, cultiva batatas e maconha), os poetas do truco da Taberna do Mortinho, Aurelio Ñancupel e suas histórias de piratas e mórmons.

Manuel Arias está adorando, porque tem um hóspede atento, que o escuta com admiração e não o critica como eu. Enquanto eles conversam, eu conto os minutos perdidos em lendas de bruxos e monstros; são minutos que Daniel poderia empregar melhor a sós comigo. Deve terminar sua viagem dentro de poucas semanas e ainda lhe faltam o extremo sul do continente e o Brasil — é uma pena que gaste seu precioso tempo com Manuel.

Tivemos chances de nos tornar mais íntimos, mas muito poucas, em minha opinião, e ele me pegou apenas uma vez na mão para me ajudar a saltar uma rocha. Raramente ficamos sozinhos, porque as comadres do povoado nos espionam e Juanito Corrales, Pedro Pelanchugay e Fákin nos seguem para todos os lados. As vovós adivinharam meus sentimentos por Daniel e acho que deram um suspiro coletivo de alívio, porque circulavam fofocas absurdas sobre mim e Manuel. As pessoas acham suspeito que vivamos juntos, embora mais de meio século de idade nos separe. Eduvigis Corrales e outras mulheres andaram tramando para serem minhas alcoviteiras, mas deviam ser mais discretas ou vão afugentar o meu jovem de Seattle. Manuel e Blanca também conspiram.

Ontem se realizou o *curanto* que Blanca havia anunciado, e Daniel pôde filmá-lo todo. As pessoas do povoado são cordiais com os turistas, porque compram artesanatos e as agências pagam pelo *curanto*, mas, quando vão embora, fica uma sensação generalizada de alívio. Sentem-se incomodadas por essas hordas de estranhos espiando em suas casas e tirando fotos como se elas fossem exóticas. Com Daniel é diferente, trata-se de um hóspede de Manuel; isso abre as portas para ele, e, além do mais, anda comigo, por isso permitiram que filmasse o que desejava, inclusive dentro de suas casas.

Dessa vez, a maioria dos turistas era da terceira idade, aposentados de cabelos brancos que vinham de Santiago, muito alegres, apesar da dificuldade de caminhar na areia. Trouxeram um violão e cantaram enquanto o *curanto* era cozido, e beberam pisco sour a granel; isso contribuiu para a descontração geral. Daniel se apoderou do violão e nos deliciou com boleros mexicanos e valsas peruanas, que recolheu em sua viagem. A voz dele não é grande coisa, mas canta com afinação, e sua aparência de beduíno seduziu os visitantes.

Depois de dar baixa nos mariscos, bebemos os sucos do *curanto* nas panelinhas de barro, que são o primeiro ingrediente que se coloca sobre as pedras quentes para receber esse néctar. É impossível descrever o sabor desse caldo concentrado das delícias da terra e do mar, nada pode se comparar à embriaguez que produz; percorre as veias como um rio quente e deixa o coração aos saltos. Fizeram muitas brincadeiras sobre seu poder afrodisíaco, os velhinhos de Santiago que nos visitavam o comparavam ao Viagra, dobrando-se de rir. Dever ser verdade, porque, pela primeira vez em minha vida, sinto um desejo intransferível e esmagador de fazer amor com alguém muito específico, com Daniel.

Pude observá-lo de perto e aprofundar o que ele acha que é amizade e eu sei que tem outro nome. Está de passagem, logo irá embora, não deseja se prender, talvez eu não volte a vê-lo, mas essa ideia é tão improvável que a descartei. É possível morrer de amor. Manuel diz isso de gozação, mas é verdade: está se acumulando em meu peito uma pressão fatídica e, se não aliviar logo, vou arrebentar. Blanca me aconselha a tomar a iniciativa, um conselho que ela mesma não segue com Manuel, mas não me atrevo. Isso é ridículo, na minha idade e com o meu passado — posso muito bem suportar uma rejeição. Posso? Se Daniel me rejeitasse, eu me atiraria de cabeça entre os salmões carnívoros. Não sou de todo feia, segundo dizem. Por que Daniel não me beija?

A proximidade deste homem que mal conheço é intoxicante, palavra que uso com cuidado, porque conheço bem demais seu significado, mas não encontro outra para descrever essa exaltação dos sentidos, essa dependência tão parecida com a do vício. Agora entendo por que os amantes nas óperas e na literatura, diante da eventualidade de uma separação, se suicidam ou morrem de tristeza. Há grandeza e dignidade na tragédia, por isso é fonte de inspiração, mas não quero tragédia, por imortal que seja; quero uma felicidade sem agitação, íntima e muito discreta, para não provocar os ciúmes dos deuses, sempre tão vingativos.

Puxa, que besteira estou dizendo! Não há fundamento para essas fantasias, Daniel me trata com a mesma simpatia com que trata Blanca, que poderia ser sua mãe. Vai ver não sou o tipo dele. Ou será gay?

Contei a Daniel que Blanca foi miss nos anos setenta e que há quem acredite que inspirou um dos vinte poemas de amor de Pablo Neruda, mesmo que em 1924, quando foram publicados, ela não tivesse nascido. As pessoas são terríveis.

Raramente Blanca se refere ao seu câncer, mas acho que veio para esta ilha para se curar da doença e da desilusão do seu divórcio. O assunto mais comum aqui são as doenças, mas tive a sorte de topar com os únicos dois chilenos estoicos que não as mencionam, Blanca Schnake e Manuel Arias, para quem a vida é difícil e as queixas a pioram. Foram amigos por vários anos, têm tudo em comum, menos os segredos que ele guarda e a ambivalência dela em relação à ditadura. Divertem-se juntos, emprestam-se livros e cozinham. Às vezes, encontro os dois mudos, sentados diante da janela, vendo os cisnes passarem.

— Blanca olha Manuel com olhos de amor — comentou Daniel, de modo que não sou a única que notou isso.

Nessa noite, depois de pôr lenha no fogão e fechar as persianas, fomos deitar, ele em seu saco de dormir na sala, eu em meu quarto. Já era muito tarde. Encolhida em minha cama, insone, sob três cobertores, com o meu gorro verde-bílis na cabeça, com medo dos morcegos, que se penduram nos cabelos, segundo diz Eduvigis, podia ouvir os suspiros das tábuas da casa, o crepitar da lenha ardendo, o grito da coruja na árvore em frente à minha janela, a respiração próxima de Manuel, que dorme assim que deita a cabeça no travesseiro, e os roncos suaves de Fákin. Fiquei pensando que, em meus quase vinte anos, olhei somente Daniel com olhos de amor.

Blanca insistiu para que Daniel ficasse outra semana em Chiloé, para que vá a aldeias remotas, percorra os caminhos das florestas e veja os vulcões. Depois poderá viajar para a Patagônia no avião de um amigo de seu pai, um multimilionário que comprou um terço do território de Chiloé e pensa concorrer à presidência do país nas eleições de dezembro, mas eu quero que Daniel fique ao meu lado, já vagabundeou por aí o suficiente. Não tem necessidade alguma de ir à Patagônia nem ao Brasil. Pode ir diretamente para Seattle em junho.

Ninguém pode permanecer nesta ilha além de uns poucos dias sem ser conhecido. Todos já sabem quem é Daniel Goodrich. Os moradores do povoado foram excepcionalmente carinhosos com ele, porque o acham muito exótico, apreciam que fale espanhol e imaginam que é meu namorado. Quem dera! Também se impressionaram com sua participação no assunto de Azucena Corrales.

Tínhamos ido de caiaque à caverna da Pincoya, bem abrigados porque estávamos em fins de maio, sem suspeitar do que nos aguardava ao regressar. O céu estava limpo, o mar calmo e o ar muito frio.

Para ir à caverna, uso uma rota diferente da dos turistas, mais perigosa por causa das rochas, mas eu a prefiro porque me permite chegar perto dos lobos-do-mar. Essa é minha prática espiritual, não há outro nome para definir o arrebatamento místico que me produzem os bigodes tesos da Pincoya, como batizei minha amiga molhada, uma fêmea de leão-marinho. Nas rochas há um macho ameaçador, que devo evitar, e umas oito ou dez mães com suas crias, que tomam sol ou brincam na água entre as lontras. Na primeira vez, fiquei boiando em meu caiaque sem me aproximar, imóvel, para ver as lontras de perto, e dali a pouco uma das fêmeas dos leões-marinhos começou a me rondar. Esses animais são desajeitados em terra, mas muito graciosos e velozes na água. Passava por baixo do caiaque como um torpedo e reaparecia na superfície, com seus bigodes de pirata e seus olhos negros redondos, cheios de curiosidade. Tocava com o nariz minha frágil embarcação, como se soubesse que, com um sopro, podia me lançar ao fundo do mar, mas sua atitude era puramente brincalhona. Fomos nos conhecendo aos poucos. Comecei a visitá-la com frequência e logo ela nadava ao meu encontro assim que avistava o caiaque. A Pincoya gosta de esfregar a vassoura de seus bigodes contra meu braço nu.

Esses momentos com a loba são sagrados; sinto por ela um carinho vasto como uma enciclopédia e me dá uma vontade maluca de me atirar na água e brincar com ela. Não podia dar maior prova de amor a Daniel do que levá-lo à caverna. A Pincoya estava tomando sol e, mal me viu, se atirou ao mar para vir me cumprimentar, mas ficou a certa distância, estudando Daniel, e, lá pelas tantas, acabou voltando para as rochas, ofendida porque levei um estranho. Vou levar muito tempo para recuperar a estima dela.

Quando voltamos ao povoado, perto de uma da tarde, Juanito e Pedro estavam nos esperando ansiosos no embarcadouro com a notícia de que Azucena tinha sofrido uma hemorragia na casa de Manuel, onde fora fazer a faxina. Manuel a encontrou numa poça de sangue, e chamou por celular os carabineiros, que foram buscá-la de jipe. Juanito disse que, nesse momento, a garota estava no posto policial esperando a lancha.

Os carabineiros haviam instalado Azucena no catre da cela das damas, e Humilde Garay estava aplicando panos úmidos na testa dela, na falta de um remédio mais eficaz, enquanto Laurencio Cárcamo falava por telefone com a delegacia de Dalcahue pedindo instruções. Daniel Goodrich se identificou como médico, nos indicou que saíssemos da cela e tratou de examinar Azucena. Dez minutos mais tarde, voltou para anunciar que a garota estava grávida de uns cinco meses.

— Como?! Ela só tem treze anos! — exclamei.

Não entendo como ninguém se dera conta, nem Eduvigis, nem Blanca, nem mesmo a enfermeira. Azucena simplesmente parecia gorda.

Nisso chegou a lancha-ambulância, e os carabineiros permitiram que eu e Daniel acompanhássemos Azucena, que chorava de medo. Entramos com ela no serviço de emergência do hospital de Castro e eu aguardei no corredor, mas Daniel fez valer o seu título de médico e seguiu a maca até o pavilhão. Nessa mesma noite, operaram Azucena para tirar a criança, que estava morta. Haverá uma investigação para saber se o aborto foi induzido — é o procedimento legal num caso como este —, e isso parece mais importante do que averiguar as circunstâncias em que uma menina de treze anos fica grávida, como diz Blanca Schnake, enfurecida com toda a razão.

Azucena Corrales se nega a dizer quem a engravidou e já circula o boato na ilha de que foi o Trauco, um mítico anão de uns oitenta centímetros de altura, armado com um machado, que vive no oco das árvores e protege as matas. Pode torcer a coluna de um homem com o olhar e persegue as garotas virgens para engravidá-las. Tem que ter sido o Trauco, dizem, porque viram excrementos amarelos perto da casa dos Corrales.

Eduvigis reagiu de forma estranha: nega-se a ver a filha ou conhecer os detalhes do que aconteceu. O alcoolismo, a violência doméstica e o incesto são as maldições de Chiloé, especialmente nas comunidades mais isoladas. Segundo Manuel, o mito do Trauco se originou para encobrir a gravidez das garotas violentadas por seus pais ou irmãos.

Acabei de saber que Juanito não somente é neto de Carmelo Corrales, como também é seu filho. A mãe de Juanito, que vive em Quellón, foi violentada por Carmelo, seu pai, e teve o menino aos quinze anos. Eduvigis o criou como se fosse seu, mas no povoado se conhece a verdade.

Pergunto-me como um inválido prostrado pôde abusar de Azucena. Deve ter sido antes de lhe amputarem a perna.

Ontem Daniel foi embora!

O dia 29 de maio de 2009 ficará em minha memória como o segundo dia mais triste da minha vida; o primeiro foi quando o meu Popo morreu. Vou tatuar 2009 no outro pulso, para que nunca me esqueça. Chorei dois dias seguidos. Manuel diz que vou me desidratar, que nunca viu tantas lágrimas e que nenhum homem merece tanto sofrimento, especialmente se foi apenas para Seattle, e não para a guerra.

O que ele sabe?! As separações são muito perigosas. Em Seattle, deve haver um milhão de garotas muito mais bonitas e menos complicadas do que eu.

A troco de quê contei a Daniel detalhes do meu passado? Agora terá tempo de analisá-los, até mesmo poderá discuti-los com o pai, e quem sabe quais serão as conclusões dessa dupla de psiquiatras? Vão me tachar de viciada e neurótica. Longe de mim, o entusiasmo de Daniel vai esfriar. Ele pode decidir que não convém se meter com uma fulana como eu. Por que não fui com ele?! Bem, ele não me pediu, essa é a verdade...

INVERNO

Junho, julho, agosto

Se tivessem me perguntado há poucas semanas qual foi a época mais feliz da minha vida, teria dito que ela já passou, foi a minha infância com os meus avós no casarão mágico de Berkeley. Mas agora minha resposta seria que os dias mais felizes eu os vivi em fins de maio com Daniel e, se não acontecer uma catástrofe, tornarei a vivê-los num futuro próximo. Passei nove dias em sua companhia e, em três deles, estivemos a sós nesta casa com alma de cipreste. Nesses dias prodigiosos, entreabriu-se uma porta para mim, me assomei ao amor, e a luz foi quase insuportável. Meu Popo dizia que o amor nos torna bons. Não importa quem amemos, também não importa se somos correspondidos ou se a relação é duradoura. Basta a experiência de amar, isso nos transforma.

Vamos ver se consigo descrever os únicos dias de amor da minha vida. Manuel Arias foi a Santiago numa viagem apressada de três dias por causa de um assunto de seu livro, disse, mas, segundo Blanca, foi ao médico controlar a bolha em seu cérebro. Acho que foi para me deixar sozinha com Daniel. Estivemos completamente sós, porque Eduvigis não voltou para faxinar depois do escândalo da gravidez de Azucena, que continua no hospital de Castro, convalescendo de uma infecção, e Blanca proibiu Juanito Corrales e Pedro Pelanchugay de nos incomodar. Estávamos em fins de maio, os dias eram curtos e as noites, longas e geladas — o clima perfeito para a intimidade.

Manuel partiu ao meio-dia e nos deixou a tarefa de fazer geleia de tomate antes que apodrecessem. Tomates, tomates e mais tomates. Tomates no outono, onde já se viu! Dão tantos na horta de Blanca e são tantos os que nos dá que não sabemos o que fazer com eles: molho, massa, tomates secos, em conserva. Geleia é uma solução extrema, não sei quem pode gostar disso. Eu e Daniel descascamos vários quilos de tomates, partimos ao meio, tiramos as sementes, pesamos e então os pusemos em panelas; levamos mais de duas horas nisso, que não foram perdidas, porque, com a distração dos tomates, soltamos a língua e conversamos sobre muitas coisas. Acrescentamos um quilo de açúcar a cada quilo de polpa de tomate, mais um pouco de suco de limão e cozinhamos até engrossar, mais ou menos uns vinte minutos, mexendo sempre, e depois pusemos a geleia em vidros bem-lavados. Fervemos os vidros cheios e tapados por meia hora e, uma vez selados e herméticos, ficaram prontos para serem trocados por outros produtos, como o doce de marmelo de Liliana Treviño e a lã de dona Lucinda. Quando terminamos, a cozinha estava escura e a casa tinha um cheiro delicioso de açúcar e de lenha.

Instalamo-nos diante da janela para olhar a noite, com uma bandeja de pão, requeijão, salsichão enviado por dom Lionel Schnake e peixe defumado de Manuel. Daniel abriu uma garrafa de vinho tinto, serviu um copo, e eu o impedi quando ia servir o segundo: era hora de lhe dar as minhas razões para não beber e explicar que ele podia tomar sem se preocupar comigo. Falei dos meus vícios em geral, sem ainda me aprofundar na má vida do ano passado, e disse que não sentia falta de um trago para afogar alguma tristeza, e sim em momentos de celebração, como aquele diante da janela, mas que podíamos brindar juntos, ele com vinho e eu com suco de maçã.

Acho que terei que me cuidar com o álcool para sempre; é mais difícil de resistir que às drogas porque é legal, está disponível e oferecem para a gente em qualquer lugar. Se aceitasse um copo, minha vontade se afrouxaria e me custaria recusar o segundo, e daí ao abismo de antes seriam poucos goles. Tive sorte, disse a Daniel, porque, nos seis meses em Las Vegas, minha dependência não se firmou muito e, se agora surgia a tentação, lembro-me das palavras de Mike O'Kelly, que sabe muito do assunto, porque é um alcoólatra recuperado e diz que o vício é como a gravidez, sim ou não, não tem meio-termo.

Por fim, depois de muitos rodeios, Daniel me beijou, primeiro com suavidade, apenas me roçando, e em seguida com mais certeza, seus lábios grossos contra os meus, sua língua na minha boca. Senti o tênue sabor do vinho, a firmeza de seus lábios, a doce intimidade de seu hálito, seu cheiro de lã e tomate, o rumor de sua respiração, sua mão quente em minha nuca. Mas ele se afastou e me olhou com uma expressão interrogativa; então me dei conta de que estava rígida, com os braços grudados ao corpo, os olhos exorbitados.

— Perdão — disse, afastando-se.

— Não. Me perdoe você! — exclamei, com ênfase demais, assustando-o.

Como explicar que, na verdade, era o meu primeiro beijo, que tudo o que acontecera antes fora outra coisa, muito diferente do amor? Como explicar que estava imaginando aquele beijo havia uma semana e, de tanto antecipá-lo, agora soçobrava? Como explicar que, de tanto temer que nunca acontecesse, agora ia começar a chorar?

Não sabia como dizer tudo isso, e o mais atinado foi pegar a cabeça dele com as duas mãos e beijá-lo, como numa despedida trágica. E, desse ponto em diante, foi somente questão de soltar as amarras e partir com velas desfraldadas por águas desconhecidas, jogando pela borda as vicissitudes do passado.

Numa pausa entre dois beijos, confessei que havia tido relações sexuais, mas que, na realidade, nunca fizera amor.

— Você imaginava que ia acontecer aqui, no fim do mundo? — perguntou.

— Quando cheguei, definia Chiloé como o cu do mundo, Daniel. Mas agora sei que é o olho da galáxia — informei.

O sofá desmantelado de Manuel se mostrou inadequado para o amor — as molas saltaram para fora e está coberto de pelos pardos do Gato-Bobo e alaranjados do Gato-Literato —, de modo que pegamos cobertores do meu quarto e fizemos um ninho perto do fogão.

— Se eu soubesse que você existia, Daniel, teria ouvido a minha avó e me cuidado mais — admiti, disposta a recitar o rosário dos meus erros, mas, um instante depois, me esqueci deles, porque, na magnitude do desejo, que diabos podiam importar?

Aos puxões, bruscamente, tirei o suéter de Daniel e a camiseta de mangas compridas e comecei a lidar com o cinto e o fecho do jeans — que bela encrenca a roupa dos homens! —, mas ele pegou minhas mãos e me beijou de novo.

— Temos três dias, não vamos nos apressar — disse.

Acariciei seu torso nu, seus braços, seus ombros, percorrendo a topografia desconhecida daquele corpo, seus vales e montes, admirando sua pele lisa cor de bronze antigo, pele de africano, a arquitetura de seus ossos longos, a forma nobre de sua cabeça, beijando a maciez de sua face, as maçãs de bárbaro, as pálpebras lânguidas, as orelhas inocentes, o pomo de adão, o longo caminho do esterno, as tetinhas como mirtilos, pequenas e roxas. Voltei a atacar seu cinto e novamente Daniel me deteve com o pretexto de que queria me olhar.

Começou a tirar a minha roupa, e foi um nunca terminar: o casaco velho de caxemira de Manuel, uma camisa de flanela, embaixo uma camiseta fina, tão desbotada que a cara do Obama era apenas um borrão, sutiã de algodão com uma tira presa com uma joaninha, calça comprada com Blanca no brechó, modelo cápri, mas quente, meias grossas e, por fim, a calcinha branca de colegial que minha avó pusera na minha mochila em Berkeley. Daniel me deitou de costas no ninho e senti a aspereza dos rudes cobertores chilotes, insuportáveis em outras circunstâncias, mas sensuais naquele momento. Com a ponta da língua, ele me lambeu como a um caramelo, fazendo-me cócegas em algumas partes, despertando quem sabe que animal adormecido, comentando o contraste de sua pele escura e minha cor original de escandinava, visível em sua palidez mortal nos lugares onde não pega sol.

Fechei os olhos e me abandonei ao prazer, mexendo-me para ir ao encontro daqueles dedos solenes e sábios, que me tocavam como a um violino, e assim, devagarinho, até que de repente chegou o orgasmo: longo, lento, contínuo. Meu grito alarmou Fákin, que começou a rosnar com os caninos à mostra.

— *It's okay, fucking dog!*

E me encolhi no abraço de Daniel, ronronando feliz no calor de seu corpo e no cheiro almiscarado dos dois.

— Agora é minha vez — anunciei então, ao cabo de um bom tempo.

Daniel me permitiu despi-lo e fazer com ele o que me desse na telha.

Permanecemos trancados na casa por três dias memoráveis, presente de Manuel; minha dívida com este velho antropófago aumentou de maneira alarmante. Daniel e eu tínhamos confidências pendentes e amor para inventar. Devíamos aprender a combinar os corpos, descobrir com calma a forma de dar prazer ao outro e de dormir juntos sem desconforto. Nisso ele carece de experiência, mas é natural para mim, porque me criei na cama de meus avós. Colada em alguém, não preciso contar carneirinhos, cisnes ou golfinhos, especialmente alguém grande, quente, cheiroso, que ronca discretamente — assim sei que está vivo.

Minha cama é estreita, e, como nos pareceu falta de respeito ocupar a de Manuel, fizemos um monte de cobertores e almofadas no chão, perto do fogão. Cozinhávamos, falávamos, fazíamos amor; olhávamos pela janela, íamos até as rochas, escutávamos música, fazíamos amor; tomávamos banho na jacuzzi, carregávamos lenha, líamos os livros de Manuel sobre Chiloé, fazíamos amor de novo. Chovia e não dava vontade nenhuma de sair, a melancolia das nuvens de Chiloé se presta ao romance.

Nessa oportunidade única de estar sozinha com Daniel sem interrupções, eu me propus, guiada por ele, a deliciosa tarefa de aprender as múltiplas possibilidades dos sentidos, o deleite de carícias sem propósito, pelo prazer de esfregar pele com pele. Com o corpo de um homem a gente pode se distrair por anos, os pontos críticos que se estimulam de um modo, outros que pedem diferentes atenções, aqueles que não se tocam, que basta soprá-los; cada vértebra tem uma história, a gente pode se perder no campo largo dos ombros, com sua boa disposição para carregar peso e pesares, e nos músculos duros dos braços, feitos para sustentar o mundo. E sob a pele se ocultam desejos nunca mencionados, aflições recônditas, marcas invisíveis ao microscópio. Sobre beijos deve haver manuais, beijos de pica-pau, de peixe, uma variedade infinita. A língua é uma cobra atrevida e indiscreta, e não me refiro às coisas que diz. O coração e o pênis são os meus favoritos: indômitos, transparentes em suas intenções, cândidos e vulneráveis, não se deve abusar deles.

Enfim, pude contar meus segredos a Daniel. Contei de Roy Fedgewick e Brandon Leeman e dos homens que o mataram, de distribuir drogas e perder tudo e acabar mendiga, do quanto o mundo é mais perigoso para as mulheres, como devemos atravessar uma rua solitária se vem um homem em sentido contrário e como evitá-los por completo se vão em grupo, cuidar da retaguarda, olhar para os lados, tornarmo-nos invisíveis. Nos últimos tempos que passei em Las Vegas, quando já havia perdido tudo, me protegi passando por garoto; me ajudou ser alta e estar magra como uma tábua, com o cabelo curto e roupa masculina do Exército da Salvação. Assim me salvei mais de uma vez, suponho. A rua é implacável.

Contei sobre as violações que presenciei e que havia contado apenas a Mike O'Kelly, que tem estômago para tudo. A primeira vez, um bêbado nojento, um homenzarrão que parecia gordo por causa de camadas de farrapos que o cobriam, mas que talvez fosse somente pele e ossos, encurralou uma garota num beco sem saída, cheio de lixo, em plena luz do dia. A cozinha de um restaurante dava para o beco, e eu não era a única que ia remexer nas latas de lixo em busca de sobras, disputando com os gatos sem dono. Havia ratos também, podiam ser ouvidos, mas nunca os vi. A garota, uma jovem viciada, faminta, suja, poderia ter sido eu. O homem a agarrou por trás, jogou-a de bruços no pavimento, entre o lixo e poças de água podre, e, com uma navalha, lhe cortou a calça pelas costas. Eu me achava a menos de três metros, escondida entre as latas de lixo, e apenas por acaso era ela quem gritava, e não eu. A garota não se defendia. Em dois ou três minutos, ele terminou, ajeitou seus farrapos e se afastou tossindo. Nesses minutos, eu poderia tê-lo aturdido com um golpe na nuca com uma das garrafas atiradas no beco, teria sido fácil, e a ideia chegou a me ocorrer, mas a descartei de imediato: esse problema fodido não era meu. E, quando o atacante se foi, também não me aproximei da garota imóvel no chão: passei ao lado dela e fui embora depressa, sem olhá-la.

A segunda vez foram dois homens jovens, talvez traficantes ou membros de gangues, e a vítima era uma mulher que eu vira antes na rua, muito acabada, doente. Também não a ajudei. Eles a arrastaram para debaixo de uma passagem de nível, rindo, zombando, enquanto ela se debatia com uma fúria tão concentrada quanto inútil. De repente, ela me viu. Nossos olhos se cruzaram por um instante eterno, inesquecível, e eu dei meia-volta e comecei a correr.

Naqueles meses em Las Vegas, em que o dinheiro sobrava, fui incapaz de economizar o suficiente para uma passagem de avião para a Califórnia. E era tarde para pensar em telefonar para a minha Nini. Minha aventura de verão tinha se tornado sinistra, e eu não podia envolver a minha avó inocente nas bandidagens de Brandon Leeman.

Depois da sauna fui à piscina da academia vestida numa bata, pedi uma limonada, que batizei com um tanto de vodca do frasco que sempre carregava na bolsa, e tomei dois tranquilizantes e outro comprimido que não identifiquei; consumia inúmeros fármacos de cores e formas variadas para poder distingui-los. Reclinei-me numa cadeira o mais longe possível de um grupo de jovens com problemas mentais que estava de molho na água com seus acompanhantes. Em outras circunstâncias, teria brincado um pouco com aqueles jovens, já os vira muitas vezes e eram as únicas pessoas com quem me atrevia a me relacionar, porque não representavam um perigo para a segurança de Brandon Leeman, mas eu estava sentindo dor de cabeça e precisava ficar sozinha.

A paz abençoada dos comprimidos começava a me invadir quando ouvi o nome de Laura Barron no alto-falante, o que jamais acontecera. Pensei que tinha ouvido mal e não me mexi até o segundo chamado, quando então fui ao telefone interno, liguei para a recepção e me informaram que alguém estava me procurando e que se tratava de uma emergência. Fui ao hall, descalça e de bata, e encontrei Freddy muito agitado. Ele me pegou por uma das mãos e me levou a um canto para me anunciar, com os nervos à flor da pele, que Joe Martin e o Chinês haviam matado Brandon Leeman.

— Encheram ele de balas, Laura!

— Do que está falando, Freddy?!

— Tinha sangue pra todo lado, pedaços de cérebro... Você tem que fugir, vão matar você também! — desembuchou de uma vez.

— Eu?! Por que eu?

— Depois explico. Temos que sair voados, rápido.

Corri para me vestir, peguei o dinheiro que tinha e me reuni com Freddy, que andava de um lado para o outro como uma pantera diante do olhar alerta dos empregados da recepção. Saímos à rua e nos afastamos depressa, procurando não chamar muito a atenção. Dali a umas duas quadras conseguimos parar um táxi. Terminamos num motel nos arredores de Las Vegas depois de mudar de táxi três vezes para despistar e comprar tinta de cabelo e uma garrafa do gim mais forte e vagabundo do mercado. No motel, paguei a noite e nos trancamos no quarto.

Enquanto eu pintava o cabelo de preto, Freddy me contou que Joe Martin e o Chinês haviam passado o dia entrando e saindo do apartamento e falando pelos celulares freneticamente, sem dar a mínima para ele.

— De manhã estive mal, Laura, você sabe como fico às vezes, mas percebi que aquela dupla desgraçada de fodidos tramava alguma coisa e apurei o ouvido, sem me mexer no colchão. Eles se esqueceram de mim ou pensaram que eu estava chapado.

Pelas ligações e conversas, Freddy, enfim, deduziu o que estava acontecendo.

Os homens descobriram que Brandon Leeman tinha pagado alguém para eliminá-los, mas, por alguma razão, essa pessoa não o fizera; em troca, deixara os dois de sobreaviso e lhes dera instruções para raptarem Brandon Leeman e o obrigarem a revelar onde tinha guardado seu dinheiro. Pareceu a Freddy, pelo tom deferente de Joe Martin e do Chinês, que o misterioso interlocutor era alguém com autoridade.

— Não consegui avisar Brandon. Não tinha telefone e não deu tempo — gemeu o garoto.

Brandon Leeman era o mais próximo de uma família que Freddy tinha. Ele o recolhera na rua, dera-lhe um teto, comida e proteção, sem impor condições, nunca tentara regenerá-lo, aceitava-o com seus vícios e festejava as gozações e exibições de rap.

— Várias vezes me flagrou roubando, Laura. Sabe o que fazia? Em vez de me bater, dizia que deveria pedir para ele, que ele me daria.

Joe Martin se plantou na garagem do edifício, à espera de que Leeman chegasse com o carro, e o Chinês montou guarda no apartamento. Freddy ficou deitado no colchão, fingindo que dormia, e dali ouviu o Chinês receber pelo celular o aviso de que o chefe estava se aproximando. O filipino desceu correndo, e Freddy o seguiu a certa distância.

O Ford Acura entrou na garagem, Leeman desligou o motor e começava a sair do carro, quando viu, pelo retrovisor, as sombras dos dois homens bloqueando a saída. Reagiu impulsionado pelo antigo hábito de desconfiar e, com um só movimento instintivo, sacou sua arma, se atirou ao chão e disparou sem perguntar. Mas Brandon Leeman, sempre tão obsessivo com a segurança, desconhecia o próprio revólver. Freddy nunca o tinha visto limpá-lo ou treinar pontaria, como faziam Joe Martin e o Chinês, que podiam desmontar suas pistolas e montá-las de novo em poucos segundos. Ao disparar às cegas naquelas sombras na garagem, Brandon Leeman precipitou sua morte, embora certamente o teriam crivado de balas de qualquer forma. Os dois capangas esvaziaram suas armas no chefe, que estava encurralado entre o carro e a parede.

Freddy conseguiu ver a carnificina e depois saiu correndo, antes que a confusão se dissipasse e os homens o descobrissem.

— Por que acha que querem me matar? Eu não tenho nada a ver com isso, Freddy.

— Eles achavam que você estava no carro com Brandon. Queriam pegar vocês dois. Dizem que você sabe demais. Vamos, Laura, diz pra mim no que você está metida.

— Em nada, ora! Vai-se lá saber o que esses caras querem de mim!

— Certamente, Joe e o Chinês foram procurar você na academia, o único lugar onde poderia estar. Devem ter chegado minutos depois que saímos.

— O que vou fazer agora, Freddy?

— Ficar aqui até a gente ter uma ideia.

Abrimos a garrafa de gim e, deitados lado a lado na cama, bebemos por turnos até mergulharmos numa densa embriaguez de morte.

Ressuscitei muitas horas mais tarde num quarto desconhecido, com a sensação de estar esmagada por um paquiderme e com agulhas cravadas nos olhos, sem me lembrar do que tinha acontecido. Levantei-me com um esforço imenso, me deixei cair no chão e me arrastei até o banheiro para alcançar o vaso e vomitar um jorro interminável de lodo de esgoto. Fiquei prostrada sobre o linóleo, tremendo, com a boca amarga e uma garra nas entranhas, balbuciando entre ânsias secas quero morrer, quero morrer. Um bom tempo depois, pude jogar água na cara e enxaguar a boca, espantada diante da desconhecida de cabelos pretos e palidez cadavérica no espelho. Não consegui chegar até a cama, me deitei no chão gemendo.

Passado algum tempo, deram três pancadas na porta, que senti como explosões, e uma voz gritou com sotaque espanhol que vinha limpar o quarto. Agarrando-me nas paredes, cheguei à porta e a entreabri apenas o suficiente para mandar a empregada aos diabos e pendurar o aviso de não perturbar; em seguida, caí outra vez de joelhos. Voltei engatinhando para a cama com o pressentimento de um perigo imediato e funesto que não conseguia determinar. Não me lembrava de por que estava naquele quarto, mas intuía que não era uma alucinação nem um pesadelo, e sim algo real e terrível, algo relacionado com Freddy. Uma coroa de ferro cada vez mais apertada me cingia as têmporas, enquanto eu chamava Freddy com um fio de voz. Por fim, me cansei de chamá-lo e, desesperada, comecei a procurá-lo embaixo da cama, no closet, no banheiro, no caso de estar brincando comigo. Não estava em nenhuma parte, mas descobri que havia deixado um saquinho de crack, um cachimbo e um isqueiro. Como era simples e familiar!

O crack eram o paraíso e a condenação de Freddy. Eu o tinha visto usá-lo diariamente, mas não tinha provado por ordem do chefe. Menina obediente.

Foda-se.

Minhas mãos mal funcionavam e eu estava cega de dor de cabeça, mas dei um jeito de introduzir as pedras no cachimbo de vidro e acender o isqueiro, tarefa titânica. Exasperada, enlouquecida, esperei segundos eternos que as pedras cor de cera ardessem, com o tubo me queimando os dedos e os lábios. Por fim, elas se partiram e eu aspirei a fundo a nuvem salvadora, a fragrância adocicada de gasolina mentolada, e, então, o mal-estar e as premonições desapareceram e me elevei à glória, leve, grácil, um pássaro ao vento.

Durante um breve período, senti-me eufórica, invencível, e, em seguida, aterrissei com estrépito na penumbra do quarto. Outra aspirada no tubo de vidro e mais outra. Onde estava Freddy? Por que havia me abandonado sem se despedir, sem uma explicação? Ainda com um pouco de dinheiro, saí com passos vacilantes para comprar outra garrafa, depois voltei para me trancar em meu refúgio.

Entre a bebida e o crack flutuei à deriva dois dias sem dormir, comer ou me lavar, suja de vômito, porque não conseguia chegar ao banheiro. Quando acabaram o álcool e a droga, esvaziei o conteúdo da minha bolsa e encontrei um papelote de cocaína, que aspirei na hora, e um frasco com três soníferos, que me propus racionar. Tomei dois e, como não fizeram o menor efeito, tomei o terceiro. Não soube se dormi ou se estive inconsciente, o relógio marcava números que nada significavam. Que dia é hoje? Onde estou? Não tinha a mínima ideia.

Abria os olhos, me sufocava, meu coração era uma bomba-relógio, tique-taque-tique-taque, mais e mais rápido, sentia golpes de correntes, sacolejos, estertores, depois o vazio.

Novas pancadas na porta e gritos peremptórios me despertaram, dessa vez do gerente do hotel. Enterrei a cabeça embaixo dos travesseiros clamando por um pouco de alívio, só mais um tapinha do fumo abençoado, só mais um trago de qualquer coisa. Dois homens forçaram a porta e irromperam no quarto com xingamentos e ameaças. Estancaram diante do espetáculo de uma louca espavorida, agitada, balbuciando incoerências naquele quarto transformado numa pocilga fétida, mas, como já tinham visto de tudo naquele motel fodido, adivinharam do que se tratava. Obrigaram-me a me vestir, me levantaram pelos braços, me arrastaram escada abaixo e me empurraram para a rua. Confiscaram minhas únicas coisas de valor, a bolsa de grife e os óculos de sol, mas tiveram a consideração de devolver meus documentos e minha carteira, com os dois dólares e quarenta centavos que me restavam.

Lá fora fazia um calor incendiário, e o asfalto semiderretido me queimava os pés através dos tênis, mas nada disso importava. Minha única obsessão era conseguir alguma coisa para acalmar a angústia e o medo. Eu não tinha aonde ir nem a quem pedir ajuda. Lembrei-me de que havia prometido telefonar para o irmão de Brandon Leeman, mas isso podia esperar, e também me lembrei dos tesouros que havia no edifício onde eu tinha vivido aqueles meses — montanhas de pós magníficos, de cristais preciosos, de comprimidos prodigiosos, que eu separava, pesava, contava e colocava cuidadosamente em saquinhos plásticos. Lá, até o mais miserável dos miseráveis podia dispor do seu pedaço de céu, por fugaz que fosse. Como não ia conseguir algo nas cavernas das garagens, nos cemitérios do primeiro e do segundo andares? Como não ia encontrar alguém que me desse qualquer coisa, pelo amor de Deus? Mesmo com a escassa lucidez que me restava, lembrei-me de que me aproximar daquele bairro equivalia a suicídio.

Pense, Maya, pense, repetia em voz alta, como fazia a cada instante nos últimos meses. Há drogas por todos os lados nesta cidade fodida, é apenas uma questão de procurar, clamava, passeando diante do motel como um coiote faminto, até que a necessidade clareou minha mente e consegui pensar.

Expulsa do motel onde Freddy havia me deixado, caminhei até um posto de gasolina, pedi a chave do banheiro público e me lavei um pouco, depois consegui uma carona com um motorista que me deixou a poucas quadras da academia.

Tinha as chaves dos armários no bolso da calça. Fiquei perto da porta, esperando a oportunidade de entrar sem chamar a atenção e, quando vi três pessoas se aproximarem conversando, me uni ao grupo com dissimulação. Atravessei o hall da recepção e, ao chegar à escada, topei de frente com um dos empregados, que, estranhando a cor do meu cabelo, hesitou antes de me cumprimentar. Eu não falava com ninguém na academia, imagino que tinha reputação de arrogante ou estúpida, mas outros membros me conheciam de vista e vários empregados sabiam meu nome. Subi correndo para os vestiários e esvaziei meu armário no chão tão freneticamente que uma mulher me perguntou se eu tinha perdido alguma coisa; soltei um rosário de palavrões, porque não encontrei nada para me chapar, enquanto ela me observava disfarçadamente pelo espelho.

— Está olhando o quê? — gritei para ela, e então vi, no mesmo espelho, como ela me via: não reconheci aquela lunática de olhos vermelhos, manchas na pele e um animal preto sobre a cabeça.

Guardei tudo de qualquer jeito no armário, joguei no lixo a minha roupa suja e o celular que Brandon Leeman havia me dado e cujo número os assassinos conheciam, tomei um banho e lavei os cabelos às pressas, pensando que podia vender outra bolsa de grife, que ainda estava em meu poder e que daria para me drogar por vários dias. Coloquei o vestido preto, guardei uma muda de roupa numa sacola plástica e nem tentei me maquiar, porque tremia dos pés à cabeça — as mãos mal me obedeciam.

A mulher continuava ali, enrolada numa toalha, com o secador de cabelos na mão, mesmo tendo os cabelos secos, me espiando, calculando se devia chamar o pessoal da segurança. Ensaiei um sorriso e perguntei a ela se queria comprar a minha bolsa; disse-lhe que era uma Louis Vuitton autêntica, estava quase nova, tinham roubado minha carteira e precisava de dinheiro para voltar para a Califórnia. Uma careta de desprezo a enfeou, mas, vencida pela cobiça, ela se aproximou para examinar a bolsa e me ofereceu cem dólares. Fiz um gesto obsceno com o dedo e saí apressada.

Não fui longe. Da escada eu tinha uma vista completa da recepção e, através da porta de vidro, divisei o carro de Joe Martin e do Chinês. Era possível que ficassem ali o dia todo, sabendo que cedo ou tarde eu iria ao clube, ou então um dedo-duro os tinha avisado da minha chegada. Nesse caso, um deles devia estar me procurando naquele exato momento dentro do edifício.

Consegui vencer o pânico, que me gelou por um instante, e retornei para o spa, que ocupava uma ala do edifício, com seu Buda, oferendas de pétalas, trinados de pássaros, aroma de baunilha e jarras de agua com rodelas de pepino. Os massagistas de ambos os sexos se diferenciavam por batas azul-turquesa, o restante do pessoal eram garotas quase idênticas, com batas cor-de-rosa. Como eu conhecia os hábitos do spa, porque aquele era um dos luxos que Brandon Leeman me autorizava, pude me esgueirar pelo corredor, sem ser vista, e entrar num dos cubículos. Fechei a porta e acendi a luz que indicava que estava ocupado. Ninguém incomodava quando essa luz vermelha estava acesa. Sobre uma mesa havia um aquecedor de água com folhas de eucalipto, pedras achatadas para massagem e vários frascos com produtos de beleza. Descartei os cremes e bebi em três goles uma garrafa de água-de-colônia, que, se continha álcool, era o mínimo e não me aliviou.

No cubículo, eu estava a salvo, pelo menos por uma hora, a duração normal de um tratamento, mas logo comecei a me angustiar naquele espaço fechado, sem janelas, com apenas uma saída e aquele penetrante cheiro de consultório de dentista que me revolvia as entranhas. Não podia ficar ali. Vesti sobre a minha roupa uma bata que havia sobre a maca, coloquei uma toalha como turbante na cabeça, passei uma camada grossa de creme branco no rosto e fui para o corredor. Meu coração deu um pulo: Joe Martin estava falando com uma das empregadas de bata cor-de-rosa.

O impulso de sair correndo foi insuportável, mas me obriguei a me afastar pelo corredor com a maior calma possível, procurando a saída de serviço, que não devia estar longe. Passei em frente a vários cubículos fechados, até que topei com uma porta mais larga. Empurrei-a e me encontrei na escada de serviço. Ali o ambiente era muito diferente do amável universo do spa, assoalho de lajotas, paredes de cimento cru, luz fria, cheiro inconfundível de cigarros e vozes femininas no patamar do andar inferior. Esperei uma eternidade colada na parede, sem poder avançar nem voltar ao spa, mas, por fim, as mulheres terminaram de fumar e foram embora. Limpei o creme, deixei a toalha e a bata num canto e desci para as entranhas do edifício, que os membros do clube nunca viam. Abri uma porta ao acaso e me vi numa sala grande, atravessada pela tubulação de água e ar, onde trovejavam máquinas de lavar e secar. A saída não dava para a rua, como eu esperava, mas para a piscina. Dei meia-volta e me encolhi num canto, oculta por um monte de toalhas usadas, no ruído e no calor insuportáveis da lavanderia; não podia me mover até Joe Martin se dar por vencido e ir embora.

Os minutos passavam naquele submarino ensurdecedor, e o medo dominante de cair nas mãos de Joe Martin foi substituído pela urgência de me chapar. Havia dias que eu não comia, estava desidratada, com um torvelinho na cabeça e câimbras no estômago. Minhas mãos e pés adormeceram, e eu via espirais vertiginosas de pontinhos coloridos, como num pesadelo de LSD. Perdi a noção do tempo — pode ter passado uma hora ou várias, não sei se dormi ou se, às vezes, eu desmaiava. Imagino que empregados entraram e saíram para lavar roupa, mas não me descobriram. Por fim, saí me arrastando do meu esconderijo e, com um esforço enorme, fiquei de pé e comecei a andar com pernas de chumbo, me apoiando na parede, muito enjoada.

Lá fora ainda era dia, deviam ser umas seis ou sete da noite, e a piscina estava cheia de gente. Era a hora mais concorrida do clube, quando chegava em massa o pessoal dos escritórios. Era também a hora em que Joe Martin e o Chinês deviam se preparar para as suas atividades noturnas. O mais provável era que tivessem ido embora. Deixei-me cair numa das cadeiras reclináveis, aspirando o bafo de cloro que emanava da água, sem me atrever a mergulhar, porque devia estar pronta para correr em caso de necessidade. Pedi uma batida de fruta a um garçom, praguejando entredentes, porque só serviam bebidas saudáveis, nada de álcool, e a coloquei em minha conta. Tomei dois goles daquele líquido espesso, mas me pareceu nojento e tive que deixá-lo de lado. Era inútil continuar perdendo tempo e decidi me arriscar a passar pela recepção, com a esperança de que o turno do dedo-duro que avisara aqueles bandidos já tivesse terminado. Tive sorte e saí sem problemas.

Para alcançar a rua tinha que cruzar o estacionamento, que àquela hora estava lotado. Vi de longe um membro do clube, um quarentão em boa forma, colocando sua bolsa no porta-malas e me aproximei, vermelha de vergonha, para lhe perguntar se dispunha de tempo para me convidar para um trago. Não sei onde arrumei coragem. Surpreso diante daquele ataque frontal, o homem levou um instante para me classificar; se já me vira antes não me reconheceu e eu não batia com a sua ideia de prostituta. Ele me examinou de alto a baixo, encolheu os ombros, embarcou e se foi.

Eu havia cometido muitas imprudências em minha curta existência, mas até aquele momento não tinha me degradado daquela maneira. O que acontecera com Fedgewick fora sequestro e estupro, me acontecera por eu ser incauta, não por ser descarada. O que eu estava fazendo agora era diferente e tinha um nome, que eu me negava a pronunciar. Logo notei outro homem, de cinquenta ou sessenta anos, barrigudo, de bermuda, pernas brancas com veias azuis, que caminhava para seu carro, e o segui. Dessa vez tive mais sorte... ou menos sorte, não sei. Se este também tivesse me rejeitado, talvez minha vida não houvesse se descarrilado tanto.

Ao pensar em Las Vegas sinto náuseas. Manuel lembra que tudo isso aconteceu comigo há apenas uns poucos meses e está fresco na minha memória, ele garante que o tempo ajuda a curar e que um dia falarei com ironia desse episódio da minha vida. É o que diz, mas não é o caso dele, porque nunca fala de seu passado.

Eu pensava que tinha assumido os meus erros, inclusive estava um tanto orgulhosa deles, porque me tornaram mais forte, mas, agora que conheço Daniel, gostaria de ter um passado menos interessante para poder me apresentar diante dele com dignidade. Essa garota que abordou um homem barrigudo de pernas varicosas no estacionamento do clube era eu; essa garota disposta a se entregar por um trago de álcool era eu, mas agora sou outra. Aqui, em Chiloé, tenho uma segunda chance, tenho mil chances mais, mas, às vezes, não posso calar a voz da consciência, que me acusa.

Aquele velho de bermuda foi o primeiro de vários homens que me mantiveram a salvo por umas duas semanas, até que não aguentei mais. Me vender daquela maneira foi pior do que passar fome e pior do que o suplício da abstinência. Nunca, nem bêbada, nem drogada, consegui escapar do sentimento de profunda degradação — meu avô sempre esteve me olhando, sofrendo por mim. Os homens se aproveitavam da minha timidez e da minha falta de experiência. Comparada a outras mulheres que faziam o mesmo, eu era jovem e de boa aparência, poderia ter me administrado melhor, mas me entregava por uma bebida, por uma carreirinha de pó branco, por um punhado de pedras amarelas. Os mais decentes me permitiram beber apressada num bar, ou me ofereceram cocaína antes de me levar a um quarto de hotel; outros se limitaram a comprar uma garrafa de qualquer porcaria e transar no carro. Alguns me deram dez ou vinte dólares, outros me jogaram na rua sem nada — eu ignorava que se deve cobrar antes e, quando aprendi, já não estava disposta a seguir por esse caminho.

Com um cliente, enfim experimentei heroína, direto na veia, e amaldiçoei Brandon Leeman por ter me impedido de compartilhar seu paraíso. É impossível descrever esse instante em que o líquido divino entra no sangue. Tratei de tentar vender o pouco que tinha, mas não havia ninguém interessado, obtive apenas sessenta dólares pela bolsa de grife, depois de muito implorar a uma vietnamita na porta de um salão de beleza. Valia vinte vezes mais, mas eu a teria dado pela metade, tamanha era a minha urgência.

Não esquecera o número de telefone de Adam Leeman nem a promessa que fizera a Brandon de ligar para ele se alguma coisa lhe acontecesse, mas não o fiz, porque pensava em ir a Beatty e me apropriar da fortuna naquelas bolsas. Mas esse plano requeria estratégia e uma lucidez que me faltavam por completo.

Dizem que, depois de alguns meses vivendo na rua, a gente acaba definitivamente marginalizada, porque se adquire cara de indigente, perdem-se a identidade e o contato social. No meu caso, foi mais rápido, bastaram três semanas para chegar ao fundo do poço. Mergulhei com pavorosa rapidez naquela dimensão miserável, violenta, sórdida, que existe paralela à vida normal de uma cidade, um mundo de delinquentes e suas vítimas, de loucos e drogados, um mundo sem solidariedade ou compaixão, onde se sobrevive pisoteando os demais. Estava sempre drogada ou procurando meios para estar, suja, fedorenta e desgrenhada, cada vez mais enlouquecida e doente. Suportava apenas dois bocadinhos no estômago; tossia e tinha o nariz escorrendo constantemente; me custava abrir as pálpebras, grudadas de pus; e, às vezes, desmaiava. Várias picadas infeccionaram, eu tinha chagas e equimoses nos braços. Passava as noites caminhando de um lado para o outro, era mais seguro não dormir, e de dia procurava algum antro para me esconder e descansar.

Aprendi que os lugares mais seguros eram os abertos, mendigando com um copo de papel na rua, na entrada de um shopping ou de uma igreja — isso acionava o senso de culpa dos transeuntes. Alguns deixavam umas moedas, mas ninguém falava comigo; a pobreza de hoje é como a lepra de antigamente: repugna e dá medo.

Evitava me aproximar dos lugares onde havia circulado antes, como o Boulevard, porque eram o domínio de Joe Martin e do Chinês. Os mendigos e drogados também demarcam seu território, como os animais, e se limitam a um raio de poucas quadras, mas o desespero me fazia explorar diferentes bairros, sem respeitar as barreiras raciais de negros com negros, latinos com latinos, asiáticos com asiáticos. Nunca ficava mais de duas horas no mesmo lugar. Era incapaz de cumprir tarefas elementares, como me alimentar ou tomar banho, mas dava um jeito de conseguir álcool e drogas. Estava sempre alerta, era uma raposa perseguida, me movia rápido, não falava com ninguém; havia inimigos em cada esquina.

Comecei a ouvir vozes e, de vez em quando, me surpreendia respondendo-as, embora soubesse que não eram reais, porque tinha visto os mesmos sintomas em vários habitantes do edifício de Brandon Leeman. Freddy dizia que eram de "seres invisíveis" e zombava deles, mas, quando ficava mal, aqueles seres ganhavam vida, como os insetos, também invisíveis, que costumavam atormentá-lo. Se eu avistava um carro preto como o dos meus perseguidores, ou alguém com jeito conhecido, escapava na direção contrária, mas não perdia a esperança de ver Freddy de novo. Pensava nele com uma mistura de agradecimento e de rancor, sem entender por que havia desaparecido, por que não era capaz de me encontrar se conhecia cada canto da cidade.

As drogas adormeciam a fome e as múltiplas dores do corpo, mas não acalmavam as câimbras. Ossos pesavam, a pele comichava por causa da sujeira, e surgiu uma estranha erupção nas pernas e nas costas, que sangrava de tanto que eu me coçava. De repente, lembrava que não tinha comido havia dois ou três dias, então ia arrastando os pés até um refúgio de mulheres ou à fila de pobres em San Vicente de Paul, onde sempre podia conseguir um prato quente. Muito mais difícil era achar onde dormir. À noite, a temperatura se mantinha nos vinte graus, mas, como estava fraca, passei muito frio, até que me deram um casaco no Exército da Salvação. Essa generosa organização acabou sendo um recurso valioso; não era necessário andar com sacolas num carrinho roubado do supermercado, como outros desamparados, porque, quando a minha roupa fedia demais ou começava a ficar larga, eu a trocava no Exército da Salvação. Havia emagrecido uma barbaridade, os ossos da clavícula apareciam, e os quadris e as minhas pernas, antes tão fortes, davam pena. Não tive oportunidade de me pesar até dezembro, quando descobri que havia perdido treze quilos em dois meses.

Os banheiros públicos eram antros de delinquentes e pervertidos, mas não havia outro remédio senão tapar o nariz e usá-los, já que o de uma loja ou de um hotel estava fora do meu alcance. Teriam me expulsado a pontapés. Também não tinha acesso aos banheiros dos postos de gasolina, porque os empregados se negavam a me emprestar a chave. Assim, fui descendo os degraus do inferno com rapidez, como tantos outros seres abjetos que sobreviviam na rua mendigando e roubando por um punhado de crack, um pouco de metadona ou ácido, um trago de algo forte, áspero, brutal. Quanto mais barato o álcool, mais eficaz, justamente o que eu precisava. Passei outubro e novembro na mesma; não consigo lembrar com clareza como eu sobrevivia, mas me lembro bem dos breves instantes de euforia e depois da busca indigna para conseguir outra dose.

Nunca me sentei a uma mesa. Se tinha dinheiro, comprava *tacos*, *burritos* ou hambúrgueres que, em seguida, devolvia em intermináveis ânsias de vômito, de quatro na rua, o estômago em chamas, a boca esfolada, chagas nos lábios e no nariz — nada limpo nem amável, entre cacos de vidros, baratas e latas de lixo; nem um só rosto na multidão que me sorrisse, nem uma mão que me ajudasse; o mundo inteiro estava povoado de traficantes, junkies, cafetões, ladrões, assassinos, putas e loucos. Meu corpo inteiro doía. Eu odiava aquele corpo fodido, odiava aquela vida fodida, odiava a fodida falta de vontade de me salvar, odiava a minha alma fodida, o meu destino fodido.

Passei dias inteiros em Las Vegas sem trocar um cumprimento, sem receber uma palavra ou um gesto de outro ser humano. A solidão, essa garra gelada no peito, me venceu de tal forma que não passou pela minha cabeça a solução mais simples: pegar um telefone e ligar para a minha casa em Berkeley. Teria bastado isso, um telefonema; mas, naqueles dias, eu havia perdido a esperança.

No começo, quando ainda podia correr, rondava os cafés e restaurantes com mesas ao ar livre, onde se sentam os fumantes, e, se alguém deixava um maço de cigarros sobre a mesa, eu passava voando e o levava, porque podia trocá-lo por crack. Usei todas as substâncias tóxicas imagináveis que existem na rua, exceto fumo para cachimbo, embora goste do cheiro, que me lembra o meu Popo. Também roubava frutas nos mercados de autoatendimento ou barras de chocolate nas bancas da estação, mas, assim como não consegui dominar o triste ofício de puta, também não consegui aprender a roubar.

Freddy era um expert. Havia começado a roubar quando ainda usava fraldas, dizia-me, e me fez várias demonstrações com o intuito de me ensinar seus truques. Explicava-me que as mulheres são muito descuidadas com suas bolsas: penduram nas cadeiras, largam em qualquer lugar nas lojas enquanto escolhem ou provam roupas, deixam-nas no chão nos salões de beleza, penduram no ombro nos ônibus, quer dizer, andam pedindo que alguém as livre do incômodo de levá-las. Freddy tinha mãos invisíveis, dedos mágicos e a graça silenciosa de um guepardo.

— Olhe bem, Laura, não tire os olhos de mim — desafiava ele.

Entrávamos num shopping, ele estudava as pessoas procurando sua vítima, andava com o celular na orelha, fingindo-se absorto numa conversa aos gritos, aproximava-se de uma mulher distraída, tirava a carteira da bolsa antes que eu conseguisse ver e se afastava com calma, sempre falando por telefone. Com a mesma elegância, podia abrir qualquer carro ou entrar numa loja de departamentos e sair dali a cinco minutos por outra porta com um par de perfumes ou relógios.

Tentei aplicar as lições de Freddy, mas me faltava naturalidade, me faltavam nervos, e minha aparência miserável me tornava suspeita. Nas lojas, eu era vigiada, e, na rua, as pessoas se afastavam. Eu cheirava a esgoto, tinha os cabelos sebosos e a expressão desesperada.

Em meados de outubro, o clima mudou, começou a fazer frio de noite, e eu já estava doente; urinava a todo instante com uma dor aguda e ardente, que só desaparecia com as drogas. Era cistite. Reconheci porque já tivera uma vez antes, aos dezesseis anos, e sabia que se cura rápido com um antibiótico, mas nos Estados Unidos um antibiótico sem receita médica é mais difícil de obter do que um quilo de cocaína ou um rifle automático. Tinha dificuldade para andar, me levantar, mas não me atrevi a ir ao serviço de emergência do hospital porque me fariam perguntas e sempre havia policiais de plantão.

Precisava encontrar um lugar seguro para passar as noites e, então, decidi experimentar um albergue de indigentes, que era um galpão mal-arejado com fileiras apertadas de camas de campanha, onde havia umas vinte mulheres e muitas crianças. Surpreendeu-me que muito poucas dessas mulheres estivessem resignadas à miséria como eu; somente algumas falavam sozinhas como os dementes ou puxavam briga, as demais pareciam muito inteiras. As que tinham crianças eram mais decididas, ativas, limpas e até alegres, ocupadas com os filhos, preparando mamadeiras, lavando roupa; vi uma delas lendo um livro do Dr. Seuss para uma menina de uns quatro anos, que o sabia de cor e o recitava com a mãe. Nem todas as pessoas da rua são, como se pensa, esquizofrênicas ou bandidas; são simplesmente pobres, velhos ou desempregados. A maioria é composta de mulheres com crianças que foram abandonadas ou que estão escapando de alguma forma de violência.

Na parede do albergue, havia um cartaz com uma frase que gravei para sempre: "A vida sem dignidade não vale a pena." Dignidade? Compreendi, de repente, com uma certeza aterrorizante, que havia me transformado em drogada e alcoólatra. Imagino que me restava um mínimo de dignidade enterrado entre as cinzas, suficiente para sentir uma perturbação tão violenta quanto uma pancada no peito. Comecei a chorar diante do cartaz, e o meu desconsolo deve ter sido grande, porque logo uma das conselheiras se aproximou de mim, me levou ao seu pequeno escritório, me deu um copo de chá frio e me perguntou amavelmente o meu nome, o que eu estava usando, com que frequência, quando havia sido a última vez, se havia recebido tratamento, se podíamos avisar alguém.

Eu sabia de memória o número do telefone da minha avó, disso não tinha me esquecido, mas ligar para ela significava matá-la de dor ou de vergonha. Também significava para mim reabilitação obrigatória e abstinência. Não queria nem pensar nisso.

— Você tem família? — insistiu a conselheira.

Explodi de raiva, como acontecia a todo instante, e respondi com um palavrão. Sem perder a calma, ela permitiu que eu desabafasse e depois me autorizou a ficar aquela noite no albergue, violando o regulamento, porque uma condição para ser aceita era não estar usando álcool ou drogas.

Havia suco de frutas, leite e biscoitos para as crianças, café e chá a toda hora, banheiros, telefone e máquinas de lavar roupa, inúteis para mim, porque eu tinha apenas a roupa que usava, havia perdido a sacola plástica com as minhas magras posses. Tomei um banho prolongado — o primeiro em semanas —, saboreando o prazer da água quente na pele, o sabonete, a espuma no cabelo, o cheiro delicioso do xampu. Depois tive que vestir minhas velhas roupas hediondas. Encolhida na cama, chamei minha Nini e meu Popo num murmúrio, implorando que viessem me pegar no colo, como antes, e me dizer que tudo ia acabar bem, que eu não me preocupasse, eles velavam por mim: nana, neném, que a cuca vem pegar, papai foi pra roça, mamãe foi trabalhar. Desde que nasci, dormir sempre foi meu problema, mas pude descansar, apesar do ar escasso e dos roncos das mulheres. Algumas gritavam durante os sonhos.

Perto da minha cama havia se instalado uma mãe com duas crianças, um bebê de colo e uma menininha linda de dois ou três anos. Era uma jovem branca, sardenta, gorda, que, pelo visto, tinha ficado sem teto fazia pouco, porque ainda parecia ter um propósito, um plano. Ao nos cruzarmos no banheiro, sorriu para mim, e a menina ficou me observando com seus olhos azuis e redondos e me perguntando se eu tinha um cachorro.

— Antes eu tinha um cachorrinho, que se chamava Toni — disse ela.

Quando a mulher trocou as fraldas do bebê, vi uma nota de cinco dólares num compartimento de sua bolsa e já não consegui mais tirá-la da cabeça. Ao amanhecer, quando, por fim, havia silêncio no dormitório e a mulher dormia em paz, abraçada a seus filhos, deslizei até a cama, remexi a bolsa e roubei a nota. Depois voltei à minha cama, agachada, com o rabo entre as pernas, como uma cadela.

De todos os erros e pecados cometidos em minha vida, esse é o que menos poderei me perdoar. Roubei alguém mais necessitado do que eu, uma mãe que teria empregado o dinheiro em comida para seus filhos. Isso não tem perdão. Sem decência, a gente se desarma, perde a humanidade, a alma.

Às oito da manhã, depois de um café e um bolo, a mesma conselheira que havia me atendido ao chegar me deu um papel com os dados de um centro de reabilitação.

— Fale com Michelle, é minha irmã, ela vai ajudá-la — disse.

Saí apressada sem agradecer e joguei o papel na lata de lixo da rua. Os benditos cinco dólares eram suficientes para uma dose de alguma coisa barata e eficaz. Não precisava da compaixão de nenhuma Michelle.

Naquele mesmo dia, perdi a foto do meu Popo, que minha Nini havia me dado na clínica no Oregon e que sempre levava comigo. Pareceu-me um sinal aterrorizante: significava que meu avô tinha visto eu roubar aqueles cinco dólares, que estava decepcionado, que havia ido embora e ninguém mais velava por mim. Medo, angústia, vontade de me esconder, fugir, mendigar, tudo fundido num só pesadelo, dias e noites iguais.

Às vezes me assalta a lembrança de uma cena desse tempo na rua, que surge diante de mim num relâmpago e me deixa trêmula. Outras vezes, acordo suando com imagens na cabeça, tão vívidas que parecem reais. No sonho, eu me vejo correndo nua, gritando sem voz, num labirinto de becos estreitos que se enroscam como serpentes, edifícios com portas e janelas fechadas, nem uma alma a quem pedir socorro, o corpo ardendo, os pés sangrando, bílis na boca, sozinha. Em Las Vegas, eu pensava estar condenada a uma solidão irremediável, que havia começado com a morte do meu avô. Como ia imaginar, então, que um dia eu estaria aqui, nesta ilha de Chiloé, incomunicável, escondida, entre estranhos e muito longe de tudo o que me é familiar, mas, ainda assim, sem me sentir sozinha?

Assim que conheci Daniel, queria causar boa impressão nele, apagar meu passado e recomeçar numa página em branco, inventar uma versão melhor de mim mesma, mas, na intimidade do amor compartilhado, entendi que isso não é possível nem conveniente. A pessoa que sou é o resultado de meus vícios anteriores, inclusive dos erros drásticos.

Confessar-me com ele foi uma boa experiência, comprovei a verdade do que afirma Mike O'Kelly, que os demônios perdem seu poder quando os tiramos das profundezas onde se escondem e os olhamos de frente em plena luz, mas agora não tenho certeza se devia ter feito isso. Acho que espantei Daniel e por isso ele não me responde com a mesma paixão que sinto; certamente, desconfia de mim, é natural. Uma história como a minha poderia assustar o homem mais valente.

Também é verdade que ele mesmo provocava minhas confidências. Foi muito fácil contar a ele até os episódios mais humilhantes, porque me escutava sem me julgar; imagino que isso seja parte de sua formação. Não é o que fazem os psiquiatras? Escutar e se calar.

Nunca me perguntou o que aconteceu, perguntava-me o que eu sentia naquele momento, ao lhe contar, e eu descrevia a ardência na pele, as palpitações no peito, o peso de uma rocha me esmagando. Ele me pedia para não rejeitar essas sensações, que as admitisse sem analisá-las, porque, se eu tivesse a coragem de fazê-lo, iriam se abrir como caixas e meu espírito poderia se libertar.

— Você sofreu muito, Maya, não só pelo que aconteceu na sua adolescência como também pelo abandono da infância — disse.

— Abandono? Nada de abandono, eu garanto. Não imagina como meus avós me papariacaram.

— Sim, mas sua mãe e seu pai a abandonaram.

— É o que diziam os terapeutas do Oregon, mas meus avós...

— Um dia, você terá que examinar isso em terapia — interrompeu ele.

— Vocês, psiquiatras, resolvem tudo com terapia!

— É inútil enterrar as feridas psicológicas. É preciso ventilá-las para que cicatrizem.

— Enjoei de terapia no Oregon, Daniel, mas, se é disso que preciso, você poderia me ajudar.

A resposta dele foi mais racional do que romântica: disse que isso seria um projeto a longo prazo e ele tinha que ir em breve, sem contar que, na relação do paciente com seu terapeuta, não pode haver sexo.

— Então, vou pedir ajuda ao meu Popo.

— Boa ideia — riu.

No tempo miserável de Las Vegas, meu Popo veio me ver apenas uma vez. Eu havia conseguido uma heroína tão barata que devia ter suspeitado de que não era confiável. Sabia de viciados que tinham morrido envenenados pelas porcarias com que, às vezes, batizam as drogas, mas eu estava muito necessitada e não pude resistir. Eu a inalei num banheiro público nojento. Não tinha seringa para injetá-la, talvez isso tenha me salvado. Mal a inalei, senti um coice de mula nas têmporas, meu coração disparou e, em menos de um minuto, me vi envolta num manto negro, sufocada, sem poder respirar. Desabei no chão, nos quarenta centímetros entre o vaso e a parede, sobre papéis usados, num bafo de amoníaco.

Compreendi vagamente que estava morrendo, e, longe de ficar assustada, um grande alívio me invadiu. Flutuava sobre uma água negra, cada vez mais desprendida, como num sonho, contente por cair suavemente até o fundo naquele abismo líquido e acabar com a vergonha, ir embora, ir para o outro lado, escapar da farsa que era minha vida, de minhas mentiras e justificativas, daquele ser indigno, desonesto e covarde que era eu mesma, aquele ser que culpava o pai, a avó e o resto do universo pela própria estupidez, aquela infeliz que, aos dezenove anos recém-feitos, já havia jogado fora todas as oportunidades e estava arruinada, encurralada, perdida, aquele esqueleto cheio de picadas e piolhos em que havia me transformado, aquela miserável que transava por uma bebida, que roubava uma mãe indigente;

desejava apenas escapar para sempre de Joe Martin e do Chinês, do meu corpo, da minha existência fodida.

Então, quando já estava quase do outro lado, escutei, de muito longe, os gritos:

— Maya, Maya, respire! Respire! Respire!

Hesitei um instante, confusa, desejando desmaiar de novo para não ter que tomar uma decisão, tentando me soltar e partir como uma flecha para o nada, mas estava presa a este mundo por aquele vozeirão peremptório que me chamava. Respire, Maya! Instintivamente abri a boca, engoli ar e comecei a respirar com inspirações curtas de agonizante. Pouco a pouco, com uma lentidão espantosa, voltei do último sonho.

Não havia ninguém comigo, mas, no espaço de um palmo entre a porta do banheiro e o assoalho, pude ver sapatos masculinos do outro lado e os reconheci. Popo? É você, Popo? Não houve resposta. Os mocassins ingleses permaneceram no lugar por um instante e depois se afastaram sem ruído. Fiquei ali, sentada, respirando entrecortadamente, com tremores nas pernas que não me obedeciam, chamando-o:

— Popo! Popo!

Daniel não achou nada estranho que o meu avô tenha me visitado e não tentou me dar uma explicação racional sobre o que tinha acontecido, como faria qualquer um dos muitos psiquiatras que conheci. Nem mesmo me deu uma daquelas olhadas gozadoras típicas de Manuel Arias quando me mostro esotérica, como ele diz. Como não vou ficar apaixonada por Daniel, que, além de bonito, é sensível? Principalmente, bonito. Ele se parece com o *David* de Michelangelo, mas tem uma cor muito mais atraente.

Em Florença, meus avós compraram uma réplica em miniatura da estátua. Na loja, ofereceram um *David* com uma folha de figueira, mas do que eu mais gostava era dos genitais dele; naquele tempo, ainda não tinha visto de verdade essa parte de um homem, somente nos livros de anatomia do meu Popo.

Enfim, me distraí. Volto a Daniel, que acha que metade dos problemas do mundo se solucionaria se cada um de nós tivesse um Popo incondicional, em vez de um superego exigente, porque as melhores virtudes florescem com o carinho.

A vida de Daniel Goodrich foi fácil em comparação à minha, mas ele também teve seus problemas. É uma pessoa determinada, que sabia desde jovem qual seria o seu caminho, ao contrário de mim, que ando à deriva. À primeira vista, engana com sua atitude de menino rico e seu sorriso fácil demais, o sorriso de alguém satisfeito consigo mesmo e com o mundo. Esse ar de eterno contentamento é estranho porque, em seus estudos de medicina, sua prática em hospitais e em suas viagens, a pé e com mochila no ombro, deve ter presenciado muita pobreza e sofrimento. Se eu não tivesse dormido com ele, pensaria que é outro aspirante a Sidarta, outro desconectado de suas emoções, como Manuel.

A história dos Goodrich dá um romance. Daniel sabe que seu pai biológico era negro e sua mãe, branca, mas não os conhece e não teve interesse em procurá-los, porque adora a família em que cresceu. Robert Goodrich, seu pai adotivo, é desses ingleses com título de sir, embora não o use, porque, nos Estados Unidos, seria motivo de gozação. Como prova, existe uma fotografia colorida em que aparece cumprimentando a rainha Isabel II com uma ostentosa condecoração pendurada numa faixa alaranjada. É um psiquiatra de grande renome, com dois livros publicados e um título de sir, que recebeu por mérito na ciência.

O sir inglês se casou com Alice Wilkins, uma jovem violinista americana de passagem por Londres. O casal se mudou para os Estados Unidos e se instalou em Seattle, onde Robert montou a própria clínica, enquanto ela entrava para a orquestra sinfônica. Ao saber que Alice não podia ter filhos, e depois de hesitar muito, adotaram Daniel. Quatro anos mais tarde, inesperadamente, Alice engravidou. No começo, pensaram tratar-se de uma gravidez psicológica, mas logo se comprovou que não era nada disso e, no devido tempo, Alice deu à luz a pequena Frances. Em vez de ficar ciumento com a chegada de uma rival, Daniel se ligou à irmã com um amor absoluto e excludente, que só aumentou com o tempo e que era plenamente correspondido pela menina. Robert e Alice compartilhavam o gosto pela música clássica, que inculcaram nos dois filhos, a paixão pelos cocker spaniels, que sempre tiveram, e pelo montanhismo, que haveria de provocar o infortúnio de Frances.

Daniel tinha nove anos e sua irmã, cinco, quando os pais se separaram, e Robert Goodrich foi morar a dez quadras de distância com Alfons Zaleski, o pianista da orquestra onde também tocava Alice. Era um polonês talentoso, de modos bruscos, com corpo de lenhador, uma mata de cabelos indomáveis e um humor vulgar, que contrastava notoriamente com a ironia britânica e a finura de sir Robert Goodrich. Daniel e Frances receberam uma explicação poética sobre o chamativo amigo de seu pai e ficaram com a ideia de que se tratava de um acerto temporário, mas já transcorreram dezenove anos e os dois homens continuam juntos. Entretanto, Alice, elevada a primeiro violino da orquestra, continuou tocando com Alfons Zaleski como os bons amigos que na realidade são, porque o polonês nunca tentara roubar seu marido, apenas compartilhá-lo.

Alice ficou na casa da família com metade dos móveis e dois dos cocker spaniels, enquanto Robert se instalava no mesmo bairro com o namorado numa casa similar, com o restante dos móveis e o terceiro cão, Daniel e Frances cresceram indo e vindo com suas maletas entre os dois lares, uma semana em cada um. Foram sempre ao mesmo colégio, onde a situação dos pais não chamava a atenção; passavam as festas e aniversários com ambos; e, por um tempo, acreditaram que a numerosa família Zaleski, que viajava desde Washington e aterrissava em massa para o Dia de Ação de Graças, era de acrobatas de circo, porque essa foi uma das muitas histórias inventadas por Alfons para ganhar o afeto das crianças. Poderia ter economizado o trabalho, porque Daniel e Frances gostam dele por outros motivos: foi uma mãe para eles. O polonês os adora, dedica mais tempo a eles do que os pais verdadeiros e é um sujeito alegre e bon-vivant, que costuma fazer demonstrações atléticas de danças folclóricas russas de pijama e com a condecoração de Robert no pescoço.

Os Goodrich se separaram sem se dar o trabalho de um divórcio legal e conseguiram manter a amizade. Estão unidos pelos mesmos interesses que compartilhavam antes do surgimento de Alfons Zaleski, exceto o montanhismo, que não voltaram a praticar depois do acidente de Frances.

Daniel terminou o secundário com boas notas aos dezesseis anos recém-completados e foi aceito na universidade para estudar medicina, mas a sua imaturidade era tão evidente que Alfons o convenceu a esperar um ano e, enquanto isso, curtir um pouco.

— Você é um menino, Daniel, como vai ser médico se não sabe nem assoar o nariz?

Diante da forte oposição de Robert e Alice, o polonês o mandou para a Guatemala num programa estudantil para que se tornasse homem e aprendesse espanhol. Daniel viveu nove meses com uma família indígena numa aldeia do lago Atitlán, cultivando milho e tecendo cordas de sisal, sem mandar notícias, e voltou cor de petróleo, com o cabelo como uma moita impenetrável, com ideias de guerrilheiro e falando *quiche*. Depois dessa experiência, estudar medicina lhe pareceu brincadeira de criança.

Provavelmente, o cordial triângulo dos Goodrich e Zaleski teria se desfeito depois que as crianças crescessem. Mas a necessidade de cuidar de Frances uniu essas pessoas mais do que antes. Frances depende delas por completo.

Há nove anos, Frances Goodrich sofreu uma forte queda quando toda a família, exceto o polonês, estava escalando montanhas em Sierra Nevada, quebrou mais ossos do que se pode contar e, depois de treze cirurgias complicadas e exercícios contínuos, mal pode se mexer. Daniel decidiu estudar medicina ao ver a irmã feita em pedaços numa cama de UTI e optou pela psiquiatria porque ela lhe pediu.

A garota esteve mergulhada num coma profundo durante três longas semanas. Seus pais consideraram a ideia irrevogável de desligar o oxigênio, porque havia sofrido uma hemorragia cerebral e, de acordo com os prognósticos médicos, ia ficar em estado vegetativo, mas Alfons Zaleski não permitiu porque tinha a intuição de que Frances estava suspensa no limbo, mas que, se não a soltassem, iria voltar. A família se revezava para passar dia e noite no hospital falando com ela, acariciando-a, chamando-a, e, no momento em que ela por fim abriu os olhos, num sábado às cinco da manhã, era Daniel quem estava lá. Frances não podia falar, porque tinha uma traqueostomia, mas ele traduziu o que expressavam seus olhos e anunciou ao mundo que sua irmã estava muito contente de viver e era melhor abandonar o plano misericordioso de ajudá-la a morrer. Eles tinham sido criados como gêmeos, conheciam-se melhor do que a si mesmos e não necessitavam de palavras para se entenderem.

A hemorragia não danificou o cérebro de Frances do modo como se temia, apenas lhe produziu perda temporária de memória, a deixou vesga e a fez perder a audição de um ouvido, mas Daniel se deu conta de que algo fundamental havia mudado. Antes sua irmã era como seu pai, racional, lógica, inclinada à ciência e à matemática, mas depois do acidente passou a pensar com o coração, segundo me explicou. Diz que Frances pode adivinhar as intenções e os estados de espírito das pessoas, é impossível lhe ocultar alguma coisa ou enganá-la e tem premonições tão acertadas que Alfons Zaleski a está treinando para adivinhar os números premiados da loteria. A imaginação, a criatividade e a intuição se desenvolveram de forma espetacular.

— A mente é muito mais interessante do que o corpo, Daniel. Você deveria ser psiquiatra, como papai, para investigar por que eu tenho tanta vontade de viver e outras pessoas, que estão saudáveis, se matam — disse Frances a ele, quando conseguiu falar.

A mesma coragem que antes empregava em esportes radicais lhe serviu para aguentar o sofrimento; jurou que vai se recuperar. Por ora, tem a vida inteiramente ocupada entre a fisioterapia, que lhe consome muitas horas diárias, sua assombrosa vida social na internet e seus estudos; ela vai se formar este ano em história da arte. Vive com sua curiosa família. Os Goodrich e Zaleski decidiram que seria mais conveniente viverem todos juntos com os cocker spaniels, que aumentaram para sete, e se mudaram para uma casa térrea grande, onde Frances pode se deslocar com a maior comodidade de um lado para o outro em sua cadeira de rodas. Zaleski fez vários cursos para ajudar Frances com seus exercícios, e ninguém se lembra mais claramente de qual é a relação entre os Goodrich e o pianista polonês; não importa, são três pessoas boas que se estimam e cuidam de uma filha, três pessoas que amam a música, os livros e o teatro, colecionam vinhos e compartilham os cachorros e os amigos.

Frances não pode se pentear ou escovar os dentes sozinha, mas move os dedos e maneja seu computador, de modo que se conecta com a universidade e o mundo. Entramos na internet, e Daniel me mostrou o Facebook de sua irmã, onde há várias fotos dela anteriores e posteriores ao acidente: uma menina com cara de esquilo, sardenta, loira, delicada e alegre. Em sua página, tem vários comentários, fotos e vídeos da viagem de Daniel.

— Frances e eu somos muito diferentes — contou-me. — Eu não sou nada agitado, sou sedentário, enquanto ela é uma espoleta. Quando era criança, queria ser exploradora. O livro favorito dela era os *Naufrágios e comentários*, de Álvar Núñez Cabeza de Vaca, um aventureiro espanhol do século XV. Gostaria de ir aos confins da terra, ao fundo do mar, à lua. Minha viagem à América do Sul foi ideia dela, é o que havia planejado e que não poderá fazer. Cabe a mim, então, ver com os seus olhos, escutar com os seus ouvidos e filmar com a sua câmera.

Eu temia — e continuo temendo — que Daniel se assuste com as minhas confidências e me rejeite por ser desequilibrada, mas tive que lhe contar tudo. Não se pode construir nada firme sobre mentiras e omissões. Segundo Blanca, com quem falei a respeito até cansá-la, cada pessoa tem direito a seus segredos, e esse meu empenho de me exibir à luz menos favorável é uma forma de soberba. Também pensei nisso. Soberba seria eu pretender que Daniel me amasse apesar dos meus problemas e do meu passado. Minha Nini dizia que se amam os filhos e os netos incondicionalmente, mas não o marido ou a esposa. Manuel se cala sobre esse assunto, mas me preveniu contra a imprudência de me apaixonar por um desconhecido que vive tão longe. Que outro conselho poderia me dar? Ele é assim: não corre riscos sentimentais, prefere a solidão da sua toca, onde se sente seguro.

Em novembro do ano passado, minha vida em Las Vegas estava fora de controle e eu, tão doente que confundo os detalhes. Eu me vestia de homem, usava o capuz do casacão sobre os olhos, a cabeça metida entre os ombros, andando rápido, sem nunca mostrar a cara. Para descansar, eu me colava numa parede, melhor ainda ao ângulo entre duas paredes, encolhida, com uma garrafa quebrada na mão que pouco teria me servido como defesa. Deixara de pedir comida no albergue para mulheres e começara a ir ao dos homens — esperava para ficar no fim da fila, pegava o meu prato e o engolia apressada num canto. Entre aqueles homens, uma olhada direta podia ser interpretada como agressão, uma palavra a mais já era perigo — eram seres anônimos, invisíveis, fora os velhos, que estavam um tanto malucos e iam ali havia anos; aquele era o seu território e ninguém se metia com eles. Eu passava por outro garoto drogado dos muitos que apareciam arrastados pela maré da miséria humana. Era tal a minha aparência de vulnerabilidade que, às vezes, alguém que ainda tinha um resquício de compaixão me cumprimentava com um *"hi, buddie!"*. Eu não respondia, porque a voz teria me delatado.

O mesmo traficante que trocava os meus cigarros por crack comprava aparelhos eletrônicos, CDs, DVDs, iPods, celulares e videogames. Mas não era fácil consegui-los. Roubar esse tipo de coisa requer muito atrevimento e velocidade, atributos que me faltavam. Freddy havia me explicado seu método. Primeiro se deve fazer uma visita de reconhecimento para estudar a localização das saídas e das câmeras de segurança; depois, esperar que a loja esteja cheia e os empregados ocupados, o que acontece especialmente durante as liquidações, as festas e o começo e meio do mês, dias de pagamento. Isso em teoria é muito bom, mas, se a necessidade é imperiosa, a gente não pode esperar as circunstâncias ideais.

O dia em que o oficial Arana me pegou em flagrante havia sido de contínuo sofrimento. Eu não tinha conseguido nada e estava havia horas com câimbras, tiritando por causa da abstinência e curvada de dor pela cistite, que havia se agravado e já não se acalmava com heroína ou fármacos muito caros no mercado negro. Eu não podia continuar naquele estado nem mais um segundo e fiz exatamente o contrário do que Freddy aconselhava: entrei desesperada numa loja de eletrônicos que não conhecia, cuja única vantagem era a ausência de um guarda armado na porta, como havia em outras, sem me preocupar com empregados ou câmeras, procurando ansiosamente e às cegas a seção de jogos. Minha atitude e minha aparência devem ter chamado a atenção. Encontrei os jogos, peguei um de guerra, japonês, de que Freddy gostava, e o escondi embaixo da camiseta, dirigindo-me apressadamente para a saída. O dispositivo de segurança do jogo fez o alarme disparar com um som barulhento assim que me aproximei da porta.

Comecei a correr com surpreendente energia, dada a condição lamentável em que me encontrava, antes que os empregados conseguissem reagir. Continuei correndo, primeiro pelo meio da rua, desviando dos carros, e depois pela calçada, afastando as pessoas com empurrões e gritos obscenos, até que percebi que ninguém me seguia. Parei ofegante, sem ar, com uma pontada nos pulmões, dor surda na cintura e na bexiga, umidade quente de urina entre as pernas, e me deixei cair sentada na calçada, abraçada à caixa japonesa.

Momentos mais tarde, duas mãos pesadas e firmes me pegaram pelos ombros. Ao me virar, deparei com olhos claros num rosto muito bronzeado. Era o oficial Arana, que não reconheci de imediato, porque estava sem uniforme e eu não podia ajustar a visão, pois estava a ponto de desmaiar. Pensando bem, é incrível que Arana não tivesse me encontrado antes. O mundo dos mendigos, punguistas, prostitutas e viciados se limita a certos bairros e ruas que a polícia conhece de sobra e vigia, tal como tem sob os olhos os albergues para indigentes, onde cedo ou tarde os famintos vão parar. Vencida, tirei o jogo debaixo de minha camiseta e lhe entreguei.

O policial me levantou do chão por um braço e precisou me segurar, porque minhas pernas se dobravam.

— Venha comigo — disse com mais gentileza do que o esperado.
— Por favor... não me prenda, por favor... — soltei aos borbotões.
— Calma, não vou prendê-la.

Ele me levou a La Taquería, um restaurante mexicano que ficava a uns vinte metros dali. Os garçons tentaram impedir minha entrada ao ver o meu estado, mas cederam quando Arana lhes mostrou seu distintivo. Desmoronei num assento com a cabeça entre os braços, sacudida por tremores incontroláveis.

Não sei como Arana me reconheceu. Havia me visto poucas vezes, e a ruína que tinha à sua frente não se parecia nada com a garota saudável de cabelos platinados, vestida na moda, que ele conhecia. Na hora ele se deu conta de que não era de comida que eu necessitava com mais urgência e, me ajudando como a uma inválida, me levou ao banheiro. Deu uma olhada para se assegurar de que estávamos sozinhos, colocou alguma coisa na minha mão e me empurrou suavemente para dentro enquanto montava guarda à porta. Pó branco. Assoei o nariz com papel higiênico, nervosa, apressada, e inalei a droga, que me subiu como uma faca gelada até a testa. Num segundo me invadiu o alívio prodigioso que qualquer drogado conhece. Deixei de tremer e gemer, e minha mente clareou.

Molhei o rosto e tratei de arrumar um pouco o cabelo com os dedos, sem reconhecer no espelho aquele cadáver de olhos avermelhados e mechas sebosas de duas cores. Não suportava meu próprio cheiro, mas era inútil me lavar se não podia trocar de roupa. Lá fora, Arana me esperava de braços cruzados, apoiado na parede.

— Sempre carrego um pouco para emergências como esta — disse, sorrindo para mim com os olhos como frestas.

Voltamos à mesa e o oficial me pagou uma cerveja, que me caiu como água benta no estômago, e me obrigou a comer umas iscas de frango antes de me dar dois comprimidos. Deviam ser de algum analgésico muito forte, porque insistiu que não podia tomá-los de estômago vazio. Em menos de dez minutos, eu tinha ressuscitado.

— Quando mataram Brandon Leeman, procurei você para conseguir um depoimento e para que identificasse o corpo. Era somente uma formalidade, porque não havia dúvida nenhuma de que era ele mesmo. Foi um típico crime entre traficantes — disse.

— Sabe quem o cometeu, oficial?

— Temos uma ideia, mas faltam provas. Meteram onze balas nele, e muita gente deve ter ouvido o tiroteio, mas ninguém colabora com a polícia. Pensei que já tinha voltado para a sua família, Laura. No que deram os seus planos de ir para a universidade? Nunca imaginei que a encontraria nestas condições.

— Eu me assustei, oficial. Quando soube que tinham matado Brandon, não me atrevi a voltar ao edifício e me escondi. Não pude telefonar para a minha família e acabei na rua.

— E viciada, pelo visto. Precisa...

— Não! — interrompi. — Estou bem. De verdade, oficial. Não preciso de nada. Irei para casa, vão me mandar dinheiro para o ônibus.

— Você me deve algumas explicações, Laura. Seu suposto tio não se chamava Brandon Leeman e também não possuía nenhum dos nomes que apareciam na meia dúzia de identidades falsas em poder dele. Foi identificado como Hank Trevor, com duas condenações de prisão em Atlanta.

— Nunca me falou disso.

— Também não lhe falou de seu irmão Adam?

— Pode ter mencionado, não lembro.

O policial pediu outra cerveja para cada um e, em seguida, me contou que Adam Trevor era um dos melhores falsificadores de dinheiro do mundo. Aos quinze anos, começara a trabalhar numa gráfica em Chicago, onde aprendera o ofício da tinta e do papel, e depois desenvolvera uma técnica para falsificar notas de forma tão perfeita que passavam no teste da caneta detectora e no da luz ultravioleta. Vendia essas notas a quarenta ou cinquenta centavos por dólar às máfias da China, da Índia e dos Bálcãs, que as misturavam com notas verdadeiras antes de introduzi-las no mercado. O negócio de dinheiro falsificado, um dos mais lucrativos do mundo, exige discrição total e sangue-frio.

— Brandon Leeman, quer dizer, Hank Trevor, não tinha o talento nem a inteligência do irmão; era um bandidinho pé de chinelo.

A única coisa em comum que os irmãos tinham era a mentalidade criminosa. Por que quebrar a cara com um trabalho honrado se o crime é mais rentável e mais divertido? Até que eles têm razão, não é mesmo, Laura? Confesso que sinto certa admiração por Adam Trevor; ele é um artista e nunca prejudicou ninguém, fora o governo americano — concluiu Arana.

Explicou-me que a regra fundamental de um falsificador é não gastar seu dinheiro, mas vendê-lo o mais longe possível, sem deixar pistas que possam levar ao autor ou à gráfica. Adam Trevor violou essa regra e entregou uma soma ao irmão, que, em vez de guardá-la, como certamente eram suas instruções, começou a gastá-la em Las Vegas. Arana acrescentou que ele tinha vinte e cinco anos de experiência no Departamento de Polícia e sabia muito bem ao que Brandon Leeman se dedicava e o que eu fazia para ele, mas não havia nos prendido porque viciados como nós não têm a menor importância; se prendessem cada drogadinho e traficante de Nevada, não haveria celas suficientes onde enfiá-los. Mas, quando Leeman pôs dinheiro falsificado em circulação, ele se colocou numa categoria muito acima de seu grupo. A única razão para não prendê-lo imediatamente foi a possibilidade de que, através dele, se pudesse descobrir a origem das notas.

— Eu o estava vigiando havia meses com a esperança de que me levasse a Adam Trevor. Imagine a minha frustração quando o assassinaram. E andava procurando você porque sabe onde o seu amante guardava o dinheiro que recebia do irmão...

— Ele não era meu amante! — interrompi.

— Dá na mesma. Quero saber onde guardou o dinheiro e como localizar Adam Trevor.

— Se eu soubesse onde há dinheiro, oficial, acha que estaria na rua?

Uma hora antes eu teria contado sem hesitar, mas a droga, os comprimidos, as cervejas e um copinho de tequila tinham desmanchado minha angústia temporariamente, e lembrei que não devia me meter nessa confusão. Ignorava se a grana do depósito de Beatty era falsa, autêntica ou ambas as coisas, mas, em qualquer caso, não me convinha que Arana me relacionasse com aquelas bolsas. Como aconselhava Freddy, sempre é mais seguro se calar. Brandon Leeman tinha sido morto brutalmente, seus assassinos andavam à solta, a polícia havia mencionado as máfias, e qualquer informação que eu ventilasse provocaria a vingança de Adam Trevor.

— Como pode pensar que Brandon Leeman ia me confiar algo desse tipo, oficial? Eu era sua garota das entregas. Joe Martin e o Chinês eram seus sócios, eles participavam dos negócios e o acompanhavam por toda parte, não eu.

— Eram sócios?

— Acho que sim, mas não tenho certeza, porque Brandon Leeman não me contava nada. Até este momento, eu nem sequer sabia que se chamava Hank Trevor.

— Quer dizer, Joe Martin e o Chinês sabem onde o dinheiro está.

— Teria que perguntar a eles. O único dinheiro que eu via eram as gorjetas que Brandon Leeman me dava.

— E o que cobrava para ele nos hotéis.

Ele continuou me interrogando para averiguar detalhes da convivência no antro de delinquência que era o edifício de Brandon Leeman. Respondi com cautela, sem mencionar Freddy nem dar pistas sobre as bolsas de El Paso TX. Tratei de envolver Joe Martin e o Chinês, com a ideia de que, se fossem presos, eu me livraria deles, mas Arana não pareceu interessado nos dois.

Havíamos terminado de comer fazia um tempo, eram quase cinco da tarde e, no modesto restaurante mexicano, só restava um garçom aguardando a nossa saída. Como se não tivesse feito o bastante por mim, o oficial Arana me deu dez dólares e o número do seu celular, para que ficássemos em contato e eu ligasse para ele se me visse em apuros. Avisou que eu devia lhe comunicar antes de ir embora da cidade e me aconselhou cuidado, porque havia bairros muito perigosos em Las Vegas, especialmente à noite, como se eu não soubesse. Ao nos despedirmos, me ocorreu perguntar por que andava sem uniforme e me confiou que estava colaborando com o FBI: a falsificação de dinheiro é crime federal.

As precauções que me permitiram me ocultar em Las Vegas foram inúteis diante da Força do Destino, com maiúsculas, como diria o meu avô se referindo a uma de suas óperas favoritas de Verdi. Meu Popo aceitava a ideia poética do destino — que outra explicação cabia para ter encontrado a mulher da sua vida em Toronto? —, mas era menos fatalista do que minha avó, para quem o destino é algo tão certo e concreto quanto a herança genética. Ambos, o destino e os genes, determinam o que somos, não se pode mudar; se a combinação é virulenta, estamos ferrados, mas, se não é assim, podemos exercer certo controle sobre a própria existência, desde que os astros sejam favoráveis. Tal como ela me explicava, viemos ao mundo com certas cartas na mão e fazemos a nossa aposta; com cartas similares uma pessoa pode afundar e outra se superar.

— É a lei da compensação, Maya. Se o seu destino é nascer cega, você não é obrigada a sentar-se no metrô e tocar flauta, pode desenvolver o olfato e se tornar uma provadora de vinhos.

Típico exemplo da minha avó.

De acordo com a teoria da minha Nini, eu nasci predestinada ao vício, vai-se lá saber por quê, já que não está em meus genes — minha avó é abstêmia, meu pai só toma um copo de vinho branco de vez em quando e minha mãe, a princesa da Lapônia, me deixou uma boa impressão na única vez que a vi. Claro que eram onze da manhã, e a essa hora quase todo mundo está mais ou menos sóbrio. De qualquer forma, entre minhas cartas figura a do vício, mas, com vontade e inteligência, eu poderia criar jogadas de mestre para mantê-la sob controle. No entanto, as estatísticas são pessimistas, há mais cegos que se tornam provadores de vinhos do que viciados que se reabilitam. Levando em conta outras rasteiras que o destino me deu, como ter conhecido Brandon Leeman, minhas possibilidades de levar uma vida normal eram mínimas antes da oportuna intervenção de Olympia Pettiford. Assim falei para a minha Nini, e ela me respondeu que sempre se pode trapacear com as cartas. Foi isso que ela fez ao me mandar para a ilhazinha de Chiloé: trapaça com as cartas.

No mesmo dia do meu encontro com o Arana, algumas horas mais tarde, Joe Martin e o Chinês finalmente toparam comigo a poucas quadras do restaurante mexicano onde o oficial havia me socorrido. Não vi a terrível caminhonete preta nem os pressenti se aproximarem até já estarem em cima, porque havia gastado os dez dólares em drogas e estava chapada. Eles me imprensaram entre si, me levantaram e me meteram à força no carro, enquanto eu gritava e dava pontapés para todo lado. Algumas pessoas pararam para ver o escândalo, mas ninguém interveio — quem ia se meter com dois valentões perigosos e uma mendiga histérica? Tentei me atirar do carro andando, mas Joe Martin me paralisou com uma pancada no pescoço.

Levaram-me para o edifício que eu já conhecia, o território de Brandon Leeman, onde agora os *capi* eram eles, e, apesar de aturdida, pude me dar conta de que o prédio estava mais deteriorado, haviam se multiplicado as grosserias pichadas nas paredes, o lixo e os vidros quebrados, e o lugar cheirava a excremento. Os dois me carregaram ao terceiro andar, abriram a grade e entramos no apartamento, que estava vazio.

— Agora você vai abrir o bico, puta desgraçada — ameaçou Joe Martin, a dois centímetros do meu rosto, esmagando os meus seios com suas mãozonas de macaco. — Vai me dizer onde Leeman guardou o dinheiro ou vou quebrar seus ossos, um por um.

Naquele instante, tocou o celular do Chinês, que falou umas duas frases e depois disse a Joe Martin que teriam tempo para quebrar os meus ossos, tinham ordem de ir, estavam sendo esperados. Eles me amordaçaram com um pano e fita adesiva, me jogaram sobre um dos colchões, amarraram meus tornozelos e pulsos com um fio elétrico e uniram a amarra dos tornozelos à dos braços, de modo que eu ficasse curvada para trás. Foram embora depois de me avisarem uma vez mais o que fariam comigo na volta, e fiquei sozinha, sem poder gritar nem me mexer, o fio me cortando os tornozelos e os pulsos, o pescoço teso pela pancada, sufocada pelo pano na boca, aterrorizada com o que me aguardava nas mãos daqueles assassinos e porque o efeito do álcool e das drogas começava a se dissipar. Tinha na boca o pano e um ranço de frango do almoço. Tentava controlar o vômito que me subia pela garganta e que poderia me sufocar.

Quanto tempo permaneci naquele colchão? É impossível saber com certeza, mas me pareceram vários dias, embora possa ter sido menos de uma hora.

Em seguida, comecei a tremer violentamente e a morder o pano, já empapado de saliva, para não o engolir. A cada sacudidela, mais o fio das amarras se incrustava no meu corpo. O medo e a dor me impediram de pensar, e o ar estava se acabando. Comecei a rezar para que Joe Martin e o Chinês voltassem, para lhes dizer tudo o que queriam saber, para eu mesma levá-los a Beatty, para ver se podiam estourar o cadeado do depósito a balas. Se depois me dessem um tiro na cabeça, não haveria problema, isso seria preferível a morrer torturada como um animal.

Eu não dava a mínima para aquele dinheiro de merda. Por que não contara ao oficial Arana? Por quê? Por quê?

Agora, meses mais tarde em Chiloé, com a calma da distância, compreendo que aquela era a forma de me fazer confessar: não era necessário quebrar os meus ossos, a tortura da abstinência era suficiente. Fora essa, certamente, a ordem que haviam dado ao Chinês pelo celular.

Lá fora o sol havia se posto, já não se filtrava luz entre as tábuas da janela e, dentro, a escuridão era total, enquanto eu, cada vez mais doente, seguia suplicando para que os assassinos voltassem. A força do destino. Não foram Joe Martin e o Chinês que acenderam a luz e se inclinaram sobre mim, mas Freddy, tão magro e tão alucinado que, por um momento, não o reconheci.

— Porra, Laura! Puta merda! — murmurava, enquanto tentava me tirar a mordaça com as mãos trêmulas.

Por fim, tirou o pano e pude respirar, encher bem os pulmões, com ânsias, tossindo. Freddy, Freddy, bendito seja Freddy. Não pôde me desamarrar, os nós haviam petrificado, e ele contava com apenas uma das mãos, na outra lhe faltavam dois dedos e nunca recuperara a mobilidade depois que a esmagaram. Foi buscar uma faca na cozinha e começou a lidar com o fio até que conseguiu cortá-lo. Ao fim de minutos eternos, ele me soltou. Eu tinha feridas sangrentas nos tornozelos e nos pulsos, mas só as notei mais tarde. Naquele momento, estava dominada pela angústia da abstinência; conseguir outra dose era a única coisa que importava.

Foi inútil tentar me levantar, estava sacudida por espasmos convulsivos, sem controle das extremidades.

— Puta que pariu, Laura, você tem que sair daqui, porra! — repetia o garoto, como uma ladainha.

Freddy foi outra vez à cozinha e voltou com um cachimbo, um maçarico e um punhado de crack. Ele o acendeu e colocou-o na minha boca. Inalei fundo e isso me devolveu um pouco de força.

— Como vamos sair daqui, Freddy? — murmurei. Meus dentes batiam.

— Andando. Não há outro jeito. Levante, Laura — respondeu.

E saímos andando da forma mais simples pela porta principal. Freddy tinha o controle remoto para abrir a grade, e nos esgueiramos pela escada na escuridão, colados à parede, ele me segurando pela cintura, eu apoiada em seus ombros. Era tão pequeno! Mas seu coração valente supria de sobra sua fragilidade. Talvez tenhamos sido vistos nos andares inferiores por alguns fantasmas, que contaram a Joe Martin e ao Chinês que Freddy havia me resgatado. Nunca saberei. Se ninguém disse nada, devem ter deduzido — quem mais arriscaria a vida para me ajudar?

Andamos umas duas quadras pelas sombras das casas, nos afastando do edifício. Freddy tentou parar vários táxis, que, ao nos verem, passaram direto. Devíamos estar com uma aparência deplorável. Ele me levou a uma parada de ônibus e pegamos o primeiro que passou, sem prestar atenção aonde ia nem fazer caso das caras de repugnância dos passageiros ou dos olhares do motorista pelo retrovisor.

Eu cheirava a urina, estava desgrenhada, tinha sangue nos braços e nos tênis. Podiam ter nos obrigado a sair do ônibus ou ter avisado a polícia, mas nisso também tivemos sorte: não o fizeram.

Descemos na última parada, onde Freddy me levou a um banheiro público e me lavei da melhor forma possível, o que não foi muito, porque tinha a roupa e os cabelos nojentos, e depois subimos em outro ônibus e mais outro e demos voltas e voltas por Las Vegas durante horas para despistar. Por fim, Freddy me levou a um bairro negro onde eu nunca tinha estado, mal-iluminado, com as ruas vazias àquela hora, casas humildes de empregados desqualificados e operários, varandas com cadeiras de vime, pátios com trastes, carros velhos. Depois da terrível surra que tinham dado naquele menino por se meter num bairro que não lhe dizia respeito, era preciso muita coragem para me levar até lá, mas ele não parecia preocupado, agia como se tivesse andado muitas vezes por aquelas ruas.

Chegamos a uma casa que em nada se diferenciava das outras, e Freddy tocou a campainha várias vezes, com insistência. Por fim, ouvimos uma voz de trovão:

— Quem vem chatear a essa hora?!

Uma luz se acendeu na varanda, a porta se entreabriu, e um olho nos inspecionou.

— Ora, se não é você, Freddy! Bendito seja o Senhor.

Era Olympia Pettiford numa bata de pelúcia cor-de-rosa, a enfermeira que havia cuidado de Freddy no hospital quando lhe deram a surra, a giganta doce, a madona dos desamparados, a mulher esplêndida que dirigia sua própria igreja das Viúvas por Jesus. Olympia escancarou sua porta e me acolheu em seu colo de deusa africana:

— Pobre menina, pobre menina.

Levando-me nos braços até o sofá de sua sala, me deitou nele com o cuidado de uma mãe com seu recém-nascido.

Na casa de Olympia Pettiford, estive totalmente encurralada no horror da síndrome de abstinência, pior do que qualquer dor física, dizem, mas menor do que a dor moral de me sentir indigna ou a dor terrível de perder alguém tão querido, como meu Popo. Não quero pensar no que seria perder Daniel... O marido de Olympia, Jeremiah Pettiford, um verdadeiro anjo, e as Viúvas por Jesus, umas senhoras negras maduras, sofridas, mandonas e generosas, se revezaram para me apoiar nos piores dias. Quando meus dentes batiam tanto que a minha voz mal saía para pedir um trago, um trago apenas de qualquer coisa forte, qualquer coisa para sobreviver, quando os tremores e os espasmos me martirizavam e o polvo da angústia me cingia as têmporas e me espremia com seus mil tentáculos, quando suava e me debatia e lutava e tentava escapar, aquelas Viúvas maravilhosas me seguraram, me embalaram, me consolaram, rezaram e cantaram por mim e não me deixaram sozinha nem um só instante.

— Fodi com a minha vida, não aguento mais, quero morrer — solucei em algum momento, quando pude articular algo mais do que insultos, súplicas e pragas.

Olympia me agarrou pelos ombros e me obrigou a olhá-la nos olhos, focalizar a vista, prestar atenção, escutá-la:

— Quem lhe disse que ia ser fácil, garota? Aguente. Ninguém morre por isso. Proíbo você de falar em morrer, é pecado. Se entregue a Jesus, e você vai viver com decência os setenta anos que lhe restam pela frente.

Não sei como Olympia Pettiford arranjou um antibiótico, que deu conta da minha infecção urinária, e Valium para me ajudar com os sintomas da abstinência. Imagino que os trouxe do hospital com a consciência limpa, porque contava com o perdão antecipado de Jesus. A cistite havia chegado aos rins, segundo me explicou, mas suas injeções a controlaram em poucos dias, e ela me deu um frasco de comprimidos para tomar nas duas semanas seguintes. Não lembro quanto tempo agonizei por causa da abstinência. Devem ter sido uns dois ou três dias, mas me pareceram meses.

Fui saindo do fundo do poço pouco a pouco e cheguei à superfície. Pude engolir sopa e aveia com leite, descansar e dormir por alguns momentos; o relógio zombava de mim, uma hora se esticava como uma semana. As Viúvas me deram banho, cortaram as minhas unhas, cataram os meus piolhos, curaram minhas feridas inflamadas das agulhas e dos fios elétricos que haviam arrebentado meus pulsos e meus tornozelos, me fizeram massagens com óleos para bebê para soltar as casquinhas, conseguiram roupa limpa para mim e me vigiaram para evitar que eu saltasse pela janela e fosse procurar drogas.

Quando, por fim, pude ficar de pé e caminhar sem ajuda, me levaram à sua igreja, um galpão pintado de azul-celeste onde se reuniam os membros da reduzida congregação. Não havia jovens, todos eram afro-americanos, a maioria mulheres. Soube que os poucos homens não eram necessariamente viúvos. Jeremiah e Olympia Pettiford, vestidos com túnicas de seda violeta com barras amarelas, conduziram um serviço para dar graças a Jesus em meu nome. Aquelas vozes! Cantavam com o corpo inteiro, balançando-se como palmeiras, os braços levantados para o céu, alegres, tão alegres que seus cantos me limparam por dentro.

Olympia e Jeremiah não quiseram saber nada sobre mim, nem mesmo o meu nome. Bastou a eles que Freddy tivesse me levado à sua porta para me acolherem. Adivinharam que eu fugia de alguma coisa e preferiram não saber do quê, para o caso de alguém lhes fazer perguntas comprometedoras. Rezavam por Freddy todos os dias, pediam a Jesus que ele se desintoxicasse e aceitasse ajuda e amor.

— Mas, às vezes, Jesus demora para responder, porque recebe pedidos demais — explicaram-me.

Eu também não tirava Freddy da cabeça, temia que caísse nas mãos de Joe Martin e do Chinês, mas Olympia confiava em sua astúcia e em sua assombrosa capacidade de sobreviver.

Uma semana mais tarde, quando os sintomas da infecção haviam desaparecido e eu podia ficar mais ou menos quieta sem Valium, pedi a Olympia que ligasse para a minha avó na Califórnia, porque eu não era capaz de fazê-lo. Eram sete da manhã quando Olympia digitou o número que lhe dei, e minha Nini atendeu no mesmo instante, como se tivesse esperado seis meses sentada ao lado do telefone.

— Sua neta está pronta para voltar para casa. Venha buscá-la.

Onze horas mais tarde, uma caminhonete vermelha parou diante da casa dos Pettiford. Minha Nini grudou o dedo na campainha com a urgência do carinho, e eu caí em seus braços diante do olhar satisfeito dos donos da casa, várias Viúvas e de Mike O'Kelly, que estava tirando sua cadeira de rodas do carro alugado.

— Menina de merda! Como fez a gente sofrer! Custava ter me ligado para que soubéssemos que estava viva?! — foi a saudação da minha Nini, em espanhol e aos gritos, como fala quando está emocionada. E, em seguida: — Você está péssima, Maya, mas a sua aura está verde, cor de convalescência. Esse é um bom sintoma.

Minha avó estava muito menor do que eu me lembrava. Em poucos meses havia se reduzido, e suas olheiras roxas, antes tão sensuais, agora a envelheciam.

— Avisei o seu pai, está vindo direto de Dubai, amanhã vai esperar você em casa — disse, agarrada à minha mão e me olhando com olhos de coruja para impedir que eu desaparecesse de novo, mas se absteve de me mortificar com perguntas.

Depois, as Viúvas nos chamaram para a mesa: frango frito, batatas fritas, vegetais empanados e fritos, sonhos fritos, um festim de colesterol para celebrar o reencontro da minha família.

Depois do jantar, as Viúvas por Jesus se despediram e se foram, enquanto nós nos reunimos na salinha, onde mal cabia a cadeira de rodas. Olympia deu à minha Nini e a Mike um resumo do meu estado de saúde e o conselho de me mandar para um programa de reabilitação assim que chegasse à Califórnia, o que Mike, que sabe muito dessas coisas, já tinha decidido por conta própria e logo se retirou com discrição. Então, informei-os rapidamente sobre o que havia sido minha vida desde maio, pulando a noite com Roy Fedgewick no motel e a prostituição, que teriam arrasado a minha Nini. À medida que falava de Brandon Leeman, ou melhor, Hank Trevor, do dinheiro falsificado, dos assassinos que me sequestraram e de tudo o mais, minha avó se contorcia na cadeira, repetindo entredentes:

— Menina de merda!

Mas os olhos azuis de Branca de Neve brilhavam como luzes de avião. Estava encantado por finalmente se achar no meio de um caso policial.

— Falsificação de dinheiro é um crime muito grave. As penas são piores do que para um assassinato premeditado e por motivos torpes — informou alegremente.

— Foi o que me disse o oficial Arana. O melhor seria telefonar para ele e confessar tudo, ele me deixou seu número — propus.

— Que ideia genial! Digna da burra da minha neta! — exclamou minha Nini. — Gostaria de passar vinte anos em San Quentin e acabar na cadeira elétrica, sua bobalhona? Vá em frente, então. Corra para contar ao tira que você é cúmplice.

— Calma, Nini. A primeira coisa a ser feita é destruir as evidências, para que não possam relacionar sua neta com o dinheiro. Depois, nós a levaremos para a Califórnia sem deixar pistas de sua passagem por Las Vegas e então, quando ela recuperar a saúde, a faremos desaparecer. O que acha?

— Como vamos fazer isso? — perguntou ela.

— Aqui todos a conhecem como Laura Barron, menos as Viúvas por Jesus, não é, Maya?

— As Viúvas também não sabem meu nome verdadeiro — esclareci.

— Ótimo. Vamos voltar para a Califórnia na caminhonete alugada — decidiu Mike.

— Bem pensado, Mike — interveio minha Nini, cujos olhos também tinham começado a brilhar. — Para viajar de avião Maya precisará de uma passagem em seu nome e de alguma forma de identificação, e isso deixa pistas, mas de carro poderemos cruzar o país sem que ninguém saiba nada. Podemos devolver a caminhonete em Berkeley.

Com toda essa desenvoltura, os dois membros do Clube dos Criminosos organizaram a minha saída da Cidade do Pecado. Era tarde, estávamos cansados e precisávamos dormir antes de pôr o plano em prática. Fiquei com Olympia naquela noite, enquanto Mike e minha avó dormiram num hotel. Na manhã seguinte, nos reunimos com os Pettiford para o café da manhã, que alongamos o máximo possível, porque relutávamos em nos despedir da minha benfeitora. Minha Nini, agradecida e em dívida para sempre com os Pettiford, lhes ofereceu hospitalidade incondicional em Berkeley — "minha casa é sua casa" —, mas, por precaução, eles não quiseram saber o nome da minha família nem o endereço. No entanto, quando Branca de Neve disse que havia salvado jovens como Freddy e poderia ajudar o garoto, Olympia aceitou seu cartão.

— As Viúvas por Jesus vão procurá-lo até encontrá-lo. Se o acharem, nós o levaremos, nem que amarrado — garantiu.

Despedi-me daquele casal adorável com um abraço apertado e a promessa de vê-lo de novo.

Minha avó, Mike e eu partimos na caminhonete vermelha rumo a Beatty e, pelo caminho, discutimos a forma de abrir os cadeados. Não era caso de dinamitar a porta, como sugeriu a minha Nini, porque, no caso de conseguirmos, o estrondo poderia chamar a atenção; além do mais, a força bruta é o último recurso de um bom detetive. Eles me fizeram repetir dez vezes os pormenores das duas viagens que fiz com Brandon Leeman ao depósito.

— Qual era exatamente a mensagem que você devia dar ao irmão dele por telefone? — perguntou minha Nini mais uma vez.

— O endereço onde estavam as bolsas.

— Isso é tudo?

— Não! Agora que estou lembrando, Leeman insistiu muito que eu devia dizer ao irmão dele onde estavam as bolsas de El Paso TX.

— Ele se referia à cidade de El Paso, no Texas?

— Acho que sim, mas não tenho certeza. A outra bolsa não tinha marca, era uma bolsa comum de viagem.

A dupla de detetives amadores deduziu que o segredo dos cadeados estava no nome, por isso Leeman havia insistido tanto na exatidão da mensagem. Demoraram três minutos para traduzir as letras em números, um código tão simples que os decepcionou, porque esperavam um desafio à altura de suas capacidades. Bastava ver um telefone: as oito letras correspondiam a oito números, quatro para cada combinação, 3578 e 7689.

Paramos para comprar luvas de borracha, um pano, uma vassoura, fósforos e álcool. Depois, numa loja de ferragens, compramos um galão de plástico e uma pá, e por fim, num posto de gasolina, enchemos o tanque e o galão. Fomos para o depósito, que por sorte eu lembrava onde ficava, porque havia vários naquele setor. Localizei a porta correspondente, e minha Nini, com luvas, abriu os cadeados na segunda tentativa; poucas vezes a tinha visto mais alegre. Lá dentro estavam as duas bolsas, exatamente como Brandon Leeman as havia deixado. Disse-lhes que, nas duas visitas anteriores, eu não tinha tocado em nada, somente Leeman havia manipulado os cadeados, tirado as bolsas do carro e tornado a fechar o depósito, mas minha Nini opinou que, se eu andava drogada, não podia estar certa de nada. Mike limpou com o pano embebido em álcool as superfícies onde podia haver impressões digitais, da porta para dentro.

Por curiosidade, demos uma olhada dentro dos caixotes e achamos rifles, pistolas e munição. Minha Nini pretendia que saíssemos armados como guerrilheiros, já que estávamos metidos no crime até o pescoço, e Branca de Neve achou a ideia sensacional, mas não deixei que fizessem isso. Meu Popo nunca quisera ter uma arma, dizia que o diabo as carregava e que, se a gente tem uma, acaba fazendo uso dela e depois se arrepende. Minha Nini achava que, se o marido tivesse uma arma, ele a teria matado quando ela jogou no lixo suas partituras de ópera, na primeira semana de casados. O que não dariam os membros do Clube dos Criminosos por aqueles dois caixotes de brinquedos mortíferos! Colocamos as bolsas na caminhonete, minha Nini varreu o assoalho para apagar as marcas dos nossos sapatos e da cadeira de rodas, fechamos os cadeados e nos afastamos, desarmados.

Com as bolsas na caminhonete, fomos descansar por algumas horas num motel, depois de comprar água e provisões para a viagem, que levaria umas dez horas. Mike e minha Nini haviam chegado de avião e alugaram o carro no aeroporto de Las Vegas, ou seja, não tinham a menor ideia de como a estrada era longa, reta e chatérrima, mas, pelo menos naquela época, não era o caldeirão fervente que costuma ser em outros meses, quando a temperatura sobe a mais de quarenta graus. Mike O'Kelly levou as bolsas do tesouro para o seu quarto e eu compartilhei uma cama larga no outro quarto com a minha avó, que segurou minha mão a noite inteira.

— Não penso em fugir, Nini. Não se preocupe — garanti, quase desmaiada de tanto cansaço.

Mas ela não me soltou. Nenhuma de nós duas conseguiu dormir, então aproveitamos para conversar — tínhamos muito a nos dizer. Ela me falou do meu pai, de como tinha sofrido com a minha fuga, e repetiu várias vezes que nunca me perdoaria por tê-los deixado sem notícias por cinco meses, uma semana e dois dias: eu havia despedaçado os nervos deles e partido seus corações.

— Me perdoe, Nini, eu não pensei...

Era verdade, não tinha pensado naquilo, somente em mim mesma.

Perguntei por Sarah e Debbie, e ela me contou que havia assistido à formatura da minha turma de Berkeley High, convidada especialmente pelo senhor Harper, de quem acabou ficando amiga, porque sempre havia se interessado por mim. Debbie se formou com os demais colegas, mas Sarah havia se afastado da escola e estava internada numa clínica havia meses, no último estágio de fraqueza, transformada num esqueleto. Quando a cerimônia terminou, Debbie se aproximou para perguntar por mim. Estava de azul, saudável e bonita — não restara nada dos seus trapos góticos nem da sua maquiagem de além-túmulo. Minha Nini, ressentida, disse a ela que eu me casara com um herdeiro ricaço e andava pelas Bahamas.

— A troco de que eu ia dizer que você tinha desaparecido, Maya? Não queria dar esse gostinho a ela. Veja o estrago que lhe causou aquela desgraçada de maus hábitos — sentenciou Dom Corleone da máfia chilena, que não perdoa.

Quanto a Rick Laredo, havia sido preso por uma estupidez que só a ele poderia ocorrer: sequestrar mascotes. Sua operação, muito mal-planejada, consistia em roubar algum lulu mimado e depois telefonar para a família pedindo recompensa para devolvê-lo.

— Tirou essa ideia dos sequestros de milionários na Colômbia, sabe, por aqueles insurgentes, como se chamam? Farc? Bem, uma coisa assim. Mas não se preocupe, Mike está ajudando o garoto, e logo vão soltá-lo — concluiu minha avó.

Esclareci que eu não dava a mínima se Laredo ficaria atrás das grades, pelo contrário, achava que era o lugar que lhe cabia na ordem do universo.

— Não seja chata, Maya, o coitado do garoto esteve muito apaixonado por você. Quando o soltarem, Mike vai conseguir um trabalho para ele na Sociedade Protetora dos Animais, para que aprenda a respeitar os cãezinhos dos outros. Que acha, hein?

Aquela solução não teria passado pela cabeça de Branca de Neve. Tinha que ser coisa da minha Nini.

Do seu quarto, Mike nos chamou por telefone às três da manhã, distribuiu bananas e bolos, pusemos nossa bagagem escassa na caminhonete e, meia hora mais tarde, partíamos em direção à Califórnia com minha avó ao volante. Era tarde da noite, boa hora para evitar o trânsito e a polícia rodoviária. Eu ia dando cabeçadas, sentia serragem nos olhos, tambores na cabeça, algodão nos joelhos e teria dado qualquer coisa para dormir um século, como a princesa do conto de Perrault. Cento e noventa quilômetros mais à frente, saímos da estrada e pegamos um caminho estreito, escolhido no mapa por Mike porque não levava a lugar algum, e logo mergulhamos numa solidão lunar.

Fazia frio, mas me aqueci rapidamente cavando um buraco, tarefa impossível para Mike em sua cadeira de rodas ou para a minha Nini com seus sessenta e seis anos e muito difícil para uma sonâmbula como eu. O terreno era pedregoso, com uma vegetação rasteira seca e dura. Faltavam-me forças, nunca havia usado uma pá, e as instruções de Mike e da minha avó só aumentavam a minha frustração. Meia hora mais tarde, eu tinha conseguido abrir apenas uma fenda no chão, mas, como tinha bolhas nas mãos sob as luvas de borracha e mal podia levantar a pá, os dois membros do Clube dos Criminosos tiveram de se dar por satisfeitos.

Queimar meio milhão de dólares é mais complicado do que imaginávamos porque não calculamos o fator vento, a qualidade do papel reforçado nem a densidade dos maços. Depois de várias tentativas, optamos pelo método mais rústico: enfiávamos um punhado de notas no buraco, que borrifávamos com gasolina, ateávamos fogo e abanávamos a fumaça para evitar que fosse vista de longe, embora à noite isso fosse bem pouco provável.

— Tem certeza de que tudo isso é falsificado, Maya? — perguntou a minha avó.

— Como vou saber, Nini? O oficial Arana disse que normalmente misturam notas falsas com legais.

— Seria uma pena queimar notas boas, com todo o gasto que temos. Poderíamos guardar um pouco para emergências... — sugeriu ela.

— Está maluca, Nidia? Isto é mais perigoso do que nitroglicerina — rebateu Mike.

Continuaram discutindo acaloradamente enquanto terminei de queimar o conteúdo da primeira bolsa e abri a segunda. Dentro encontrei apenas quatro maços de notas e dois pacotes do tamanho de livros envoltos em plástico e fita adesiva de embalar. Arrebentamos a fita com dentadas e puxões, porque não dispúnhamos de nada cortante e tínhamos pressa — o dia começava a clarear com nuvens cinzentas deslizando rápidas num céu avermelhado. Nos pacotes havia quatro placas metálicas para imprimir notas de cem e cinquenta dólares.

— Isso vale uma fortuna! — exclamou Mike. — É muito mais valioso do que a grana que queimamos.

— Como sabe disso? — perguntei.

— Segundo lhe disse o policial, Maya, as notas de Adam Trevor são tão perfeitas que é quase impossível detectá-las. As máfias pagariam milhões por essas placas.

— Ou seja, poderíamos vendê-las — disse minha Nini, esperançosa.

— Nem pense nisso, Dom Corleone — atalhou Mike com um olhar de punhal.

— Não dá para queimar isso — intervim.

— Temos que enterrá-las ou atirá-las no mar — determinou ele.

— Que pena, são obras de arte — suspirou minha Nini, e tratou de envolvê-las cuidadosamente para evitar que arranhassem.

Terminamos de queimar o butim, tapamos o buraco com terra e, antes de irmos, Branca de Neve insistiu em marcar o lugar.

— Para quê? — perguntei.

— Por via das dúvidas. Assim se faz nos romances de crime — explicou.

Tive de buscar pedras e fazer uma pirâmide em cima do buraco, enquanto minha Nini media os passos até as referências mais próximas e Mike desenhava um mapa numa sacola de papel. Era como brincar de piratas, mas não tive vontade de discutir com eles.

Fizemos a viagem a Berkeley com três paradas para ir ao banheiro, tomar café, encher o tanque e nos desfazermos das bolsas, da pá, do galão e das luvas em diferentes latas de lixo. O incêndio de cores do amanhecer dera passagem à luz branca do dia, e suávamos no ar febril do deserto, porque o ar-condicionado do carro não funcionava bem. Minha avó não quis me ceder o volante, porque achava que eu ainda tinha o cérebro comprometido e os reflexos entorpecidos, e dirigiu por aquela faixa interminável o dia inteiro até a noite, sem se queixar uma só vez.

— De alguma coisa está me servindo ter sido motorista de limusines — comentou, referindo-se à época em que conhecera o meu Popo.

Daniel Goodrich quis saber, quando lhe contei, o que fizéramos com as placas. Minha Nini ficou encarregada de atirá-las do ferryboat na baía de São Francisco.

Lembro que a fleuma de psiquiatra de Daniel Goodrich fraquejou quando lhe contei essa parte da minha história, lá pelo mês de maio. Como pude viver sem ele toda essa eternidade? Daniel me ouviu boquiaberto e, pela expressão dele, deduzi que nunca tinha lhe acontecido nada tão excitante quanto minhas aventuras em Las Vegas. Disse-me que, quando voltasse aos Estados Unidos, procuraria minha Nini e Branca de Neve, mas ainda não o fez.

— A sua avó é uma figura, Maya. Ela e Alfons Zaleski dariam um ótimo casal — comentou.

— Agora você sabe por que estou vivendo aqui, Daniel. Não é um capricho turístico, como poderia imaginar. Minha Nini e O'Kelly decidiram me mandar para o mais longe possível até que se esclareça um pouco a situação em que estou metida. Joe Martin e o Chinês andam atrás do dinheiro, porque não sabem que é falsificado; a polícia quer prender Adam Trevor, e ele quer recuperar suas placas antes que o FBI o faça. Eu sou o ponto de ligação. Quando descobrirem isso, vou ter todos na minha cola.

— Laura Barron é o ponto de ligação — lembrou-me Daniel.

— A polícia deve ter descoberto que ela sou eu. Minhas digitais ficaram em muitos lugares, como nos armários da academia, no edifício de Brandon Leeman, inclusive na casa de Olympia Pettiford. Se pegarem Freddy e o fizerem falar, que Deus me ajude.

— Você não mencionou Arana.

— É um bom sujeito. Está colaborando com o FBI, mas, quando pôde me prender, não o fez, mesmo suspeitando de mim. Ele me protegeu. Só estava interessado em desbaratar a indústria de falsificação de notas e prender Adam Trevor. Dariam uma medalha de ouro a ele por isso.

Daniel concordou com o plano de me manter isolada por um tempo, mas não achou perigoso que trocássemos correspondências — não há necessidade de exagerar o delírio de perseguição. Criei uma conta de e-mail em nome de juanitocorrales@gmail.com. Ninguém suspeitaria da relação entre Daniel Goodrich em Seattle com um garotinho de Chiloé, mais um dos amigos feitos na viagem com quem se comunica regularmente. Desde que Daniel se foi, tenho usado a conta todos os dias. Manuel não aprova a ideia, acha que os espiões do FBI e seus hackers são como Deus, onipresentes.

Juanito Corrales é o irmão que eu gostaria de ter tido, como também o foi Freddy.

— Leve ele para o seu país, gringuinha, para mim este pirralho não serve para nada — disse-me certa vez Eduvigis, de brincadeira.

Mas Juanito levou a sério e está fazendo planos para viver comigo em Berkeley. É o único ser no mundo que me admira.

— Quando eu crescer, vou me casar com você, tia Gringa — diz.

Estamos pelo terceiro volume de Harry Potter, e ele sonha com a Escola de Magia e Bruxaria de Hogwarts e ter sua própria vassoura voadora. Está orgulhoso de ter me emprestado seu nome para uma conta de e-mail.

Naturalmente, Daniel achou descabido que tivéssemos queimado o dinheiro no deserto, onde uma patrulha poderia ter nos surpreendido, porque a estrada interestadual 15 tem muito trânsito de caminhões e é vigiada por terra e por helicópteros. Antes de tomar essa decisão, Branca de Neve e minha Nini consideraram diversas opções, inclusive dissolver as notas em soda cáustica, como fizeram uma vez com um quilo de chuletas, mas todas apresentavam riscos e nenhuma era tão definitiva e teatral quanto o fogo. Dentro de alguns anos, quando puderem contar a história sem serem presos, uma fogueira no deserto de Mojave soará melhor do que líquido para desentupir canos.

Antes de conhecer Daniel, eu não havia pensado no corpo masculino nem me detivera para contemplá-lo, afora aquela visão inesquecível do *David* em Florença, com seus cinco metros e dezessete centímetros de perfeição em mármore, mas com um pênis de tamanho muito reduzido. Os garotos com quem me deitei não se pareciam em nada com esse *David*, eram desajeitados, fedorentos, peludos e tinham acne. Passei pela adolescência apaixonada por alguns atores de cinema cujos nomes nem lembro, só porque Sarah e Debbie ou algumas garotas da clínica no Oregon também estavam, mas eram tão incorpóreos quanto os santos da minha avó. Cabia a dúvida à sua real mortalidade, tal era a brancura de seus dentes e a suavidade de seus torsos depilados com cera e bronzeados com o sol dos ociosos. Eu jamais os veria de perto, muito menos chegaria a tocá-los, haviam sido criados para uma tela, e não para os manejos deliciosos do amor. Nenhum figurava em minhas fantasias eróticas. Quando era menina, meu Popo me dera um delicado teatro de papelão com personagens vestidos de papel para ilustrar os tediosos enredos das óperas. Meus amantes imaginários, como essas figuras de papelão, eram atores sem identidade que eu movia num palco. Agora, todos foram substituídos por Daniel, que ocupa as minhas noites e os meus dias: penso e sonho com ele. Daniel foi embora rápido demais, não conseguimos consolidar nada.

A intimidade requer tempo para amadurecer, uma história comum, lágrimas derramadas, obstáculos superados, fotografias em um álbum — é uma planta de crescimento lento. Daniel e eu estamos suspensos num espaço virtual, e esta separação pode destruir o amor.

Ele ficou em Chiloé vários dias a mais do que havia planejado, não conseguiu chegar à Patagônia, partiu de avião para o Brasil e de lá para Seattle, onde já está trabalhando na clínica do pai. Enquanto isso, devo terminar meu exílio nesta ilha e, chegado o momento, imagino que decidiremos onde nos encontraremos. Seattle é um bom lugar, chove menos do que em Chiloé, mas gostaria mais de viver aqui, não gostaria de deixar Manuel, Blanca, Juanito e Fákin.

Não sei se haveria trabalho para Daniel em Chiloé. Segundo Manuel, os psiquiatras passam fome neste país, embora aqui haja mais loucos do que em Hollywood, porque os chilenos acham kitsch a felicidade, são muito avessos a gastar dinheiro para se livrar da infelicidade. Ele mesmo é um bom exemplo, em minha opinião, porque, se não fosse chileno, teria explorado seus traumas com um profissional e viveria um pouco mais feliz. Não que eu seja a defensora dos psicoterapeutas — como poderia sê-lo depois da minha experiência no Oregon? —, mas às vezes ajudam, como no caso da minha Nini, quando enviuvou.

Talvez Daniel pudesse trabalhar em outra coisa. Conheço um acadêmico de Oxford, desses de paletó de tweed com remendo de couro nos cotovelos, que se apaixonou por uma chilena, ficou na Ilha Grande e agora dirige uma empresa turística. E que dizer da austríaca da bunda épica e do *strudel* de maçã? Ela era dentista em Innsbruck e agora é dona de uma pousada. Com Daniel poderíamos fazer biscoitos — isso tem futuro, como diz Manuel — ou iniciar uma criação de vicunhas, como eu pretendia no Oregon.

Nesse 29 de maio, eu me despedi de Daniel com serenidade fingida, porque havia vários curiosos no embarcadouro — nossa relação era mais comentada do que a telenovela — e não queria dar um espetáculo para aqueles nativos linguarudos, mas, sozinha com Manuel em casa, chorei até nós dois nos cansarmos. Daniel viajava sem computador, mas, ao chegar a Seattle, deparou com cinquenta mensagens minhas, às quais respondeu sem muito romantismo — devia estar exausto. Desde então nos comunicamos com frequência, evitando o que possa me identificar, e temos um código para o amor, que ele usa com excessiva moderação, de acordo com seu temperamento, e eu abuso desmesuradamente, de acordo com o meu.

Meu passado é curto, e eu deveria tê-lo claro na mente, mas não confio em minha memória caprichosa, devo escrever antes que comece a mudá-lo ou censurá-lo. Disseram na televisão que cientistas americanos desenvolveram uma nova droga para apagar lembranças, que pensam usá-la no tratamento de traumas psicológicos, especialmente de soldados que voltam baratinados da guerra. Mas essa droga ainda está em fase de experiência, devem aperfeiçoá-la para que não apague a memória por completo. Se eu dispusesse dela, o que escolheria esquecer? Nada. As coisas más do passado são lições para o futuro e quero lembrar para sempre o pior que aconteceu comigo, a morte do meu Popo.

Vi meu Popo no morro perto da caverna da Pincoya. Estava de pé na borda do penhasco olhando o horizonte, com seu chapéu italiano, como se tivesse vindo de longe e estivesse em dúvida entre ir embora ou ficar. Permaneceu por um momento curto demais, enquanto eu, imóvel, sem respirar para não assustá-lo, o chamava sem voz; então, umas gaivotas passaram grasnando e ele evaporou. Não contei isso a ninguém para evitar explicações pouco convincentes, embora talvez aqui acreditassem em mim. Se almas penadas uivam em Cucao, se um barco tripulado por espantalhos navega pelo golfo de Ancud e se os bruxos se transformam em cachorros em Quicaví, a aparição de um astrônomo morto na caverna da Pincoya é perfeitamente possível. Pode não ser um fantasma, e sim minha imaginação que o materializa na atmosfera, como a projeção de um filme. Chiloé é um bom lugar para o ectoplasma de um avô e para a imaginação de uma neta.

Falei muito do meu Popo a Daniel quando estávamos sozinhos e nos dedicávamos a nos contar nossas vidas. Descrevi minha infância, que transcorreu feliz na extravagância arquitetônica de Berkeley. A lembrança desses anos e do amor ciumento dos meus avós me amparou nos tempos de infortúnio. Meu pai teve pouca influência sobre mim, porque seu trabalho de piloto o mantinha mais no ar do que em terra firme. Antes de se casar, vivia na mesma casa que a gente, em dois quartos do segundo andar, com entrada independente por uma escada exterior estreita, mas o víamos pouco, porque, se não estava voando, podia estar nos braços de alguma daquelas namoradas que telefonavam nos horários mais inoportunos, as quais ele não mencionava. Seus horários mudavam a cada duas semanas, e na família nos acostumamos a não esperá-lo nem a lhe fazer perguntas. Meus avós me criaram: eles iam às reuniões de pais na escola, me levavam ao dentista, me ajudavam com os deveres de casa, me ensinaram a amarrar os cadarços dos tênis, a andar de bicicleta, a usar um computador, secaram as minhas lágrimas, riram comigo; não me lembro de um só momento dos meus primeiros quinze anos em que minha Nini e meu Popo não estivessem presentes. E, agora que meu Popo está morto, eu o sinto mais perto do que nunca. Ele cumpriu sua promessa de que sempre estaria comigo.

Passaram-se dois meses desde que Daniel foi embora, dois meses sem vê-lo, dois meses com o coração apertado, dois meses escrevendo neste caderno as coisas que devia estar conversando com ele. Que falta ele me faz! Isso é uma agonia, uma doença mortal.

Em maio, quando Manuel voltara de Santiago, fingira não se dar conta de que a casa inteira cheirava a beijos e de que Fákin estava nervoso porque não recebera atenção e tivera que sair para passear sozinho, como todos os cães deste país; havia pouco era um vira-lata de rua e agora tinha pretensões a lulu de madame. Manuel largara sua mala e nos anunciara que precisava resolver alguns assuntos com Blanca Schnake e, em vista de que ia chover, ficaria para dormir na casa dela. Aqui se sabe que vai chover quando os golfinhos dançam e quando há "barras de luz", como chamam os raios de sol que atravessam as nuvens. Que eu saiba, nunca antes Manuel fora dormir na casa de Blanca. Obrigada, obrigada, obrigada, murmurei no ouvido dele num desses abraços longos, que ele detesta. Dera-me outra noite com Daniel, que, naquele momento, estava pondo lenha no fogão para cozinhar um frango com mostarda e bacon, receita de sua irmã Frances, que nunca cozinhara na vida, mas colecionava livros de culinária e se transformara numa chef teórica. Eu tinha me proposto a não olhar o relógio de navio na parede, que engolia depressa o tempo que me restava com ele.

Em nossa rápida lua de mel, contei a Daniel sobre a clínica de reabilitação em São Francisco, onde estivera por quase um mês e que devia ser muito parecida com a do pai dele em Seattle.

Durante a viagem de novecentos e dezenove quilômetros entre Las Vegas e Berkeley, minha avó e Mike O'Kelly traçaram um plano para me fazer desaparecer do mapa antes que as autoridades ou os criminosos me pegassem. Eu estava havia um ano sem ver meu pai, o que não me fizera falta, e o culpava pelas minhas desgraças, mas o meu ressentimento se evaporou num segundo quando chegamos em casa na caminhonete vermelha e ele estava nos esperando na porta. Meu pai, como minha Nini, também estava mais magro e encolhido; nos meses de minha ausência, ele tinha envelhecido, já não era o sedutor com pinta de ator de cinema de quem eu me lembrava. Abraçou-me apertado, repetindo meu nome com uma ternura desconhecida.

— Pensei que tínhamos perdido você, minha filha.

Nunca vira meu pai transtornado por uma emoção. Andy Vidal era a própria imagem da compostura, muito charmoso em seu uniforme de piloto, intocado pelas asperezas da existência, desejado pelas mulheres mais lindas, viajado, culto, alegre, saudável.

— Graças a Deus, minha filha, graças a Deus — repetia.

Chegamos à noite, mas ele havia nos preparado um café da manhã em vez de um jantar: chocolate quente, *torrijas* com creme e banana, minhas favoritas.

Enquanto comíamos, Mike O'Kelly se referiu ao programa de reabilitação mencionado por Olympia Pettiford e reiterou que era a melhor forma conhecida de lidar com o vício. Meu pai e minha Nini estremeciam como se levassem um choque cada vez que ele articulava essas palavras aterrorizantes, viciada, alcoólatra, mas eu já as incorporara à minha realidade graças às Viúvas por Jesus, cuja vasta experiência nesses assuntos lhes permitira ser muito francas comigo. Mike disse que o vício é um monstro astuto e paciente, de infinitos recursos e sempre à espreita, cujo argumento mais poderoso é que a gente não é realmente viciada. Resumiu as opções à nossa disposição, desde o centro de reabilitação a seu cargo, gratuito e muito modesto, até uma clínica em São Francisco cuja diária custa mil dólares e que eu descartei na hora porque não havia de onde tirar toda essa grana. Meu pai escutou com os dentes e os punhos cerrados, muito pálido, e, por fim, anunciou que usaria as economias de sua aposentadoria para o meu tratamento. Não houve jeito de convencê-lo do contrário, embora, segundo Mike, o programa fosse similar ao dele; as únicas diferenças eram as instalações e a vista para o mar.

Passei o mês de dezembro na clínica, cuja arquitetura japonesa convidava à paz e à meditação: madeira, grandes janelões e terraços, muita luz, jardins com caminhos discretos, bancos para se sentar abrigada para ver a neblina, piscina aquecida. A paisagem de águas e matas valia os mil dólares diários. Eu era a mais jovem dos residentes, os outros eram homens e mulheres de trinta a sessenta anos, amáveis, que me cumprimentavam nos corredores ou me convidavam para jogar *Scrabble* e tênis de mesa como se estivéssemos de férias. Afora a compulsão por cigarros e café, eles pareciam normais, ninguém imaginaria que eram viciados.

O programa se parecia com o da clínica do Oregon, com conversas, cursos, sessões em grupo, o mesmo jargão de psicólogos e conselheiros que conheço muitíssimo bem, mais os Doze Passos, abstinência, recuperação, sobriedade. Levei uma semana para começar a me relacionar com os demais residentes e vencer a tentação constante de ir embora, já que a porta permanecia aberta e a estada era voluntária. "Isso não é para mim", foi meu mantra durante aquela semana, mas me conteve o fato de que meu pai havia investido suas economias naqueles vinte e oito dias, pagos adiantados, e eu não podia decepcioná-lo de novo.

Minha colega de quarto era Loretta, uma mulher atraente, de trinta e seis anos, casada, mãe de três filhos, agente imobiliária, alcoólatra.

— Esta é a minha última chance. Meu marido me disse que, se eu não parar de beber, vai pedir divórcio e tirar os filhos de mim — disse.

Nos dias de visita, o marido aparecia com os filhos — traziam desenhos, flores e chocolates; pareciam uma família feliz. Loretta me mostrava os álbuns de fotos um monte de vezes.

— Quando nasceu o meu filho mais velho, Patrick, só cerveja e vinho; férias no Havaí, daiquiris e martínis; Natal em 2002, champanhe e gim; aniversário de casamento em 2005, lavagem estomacal e programa de reabilitação; piquenique do Quatro de Julho, primeiro uísque depois de onze meses sóbria; aniversário em 2006, cerveja, tequila, rum, amaretto.

Ela sabia que as quatro semanas do programa eram insuficientes, deveria ficar dois ou três meses antes de voltar para a família.

Além das conversas para nos levantar o moral, eles nos educavam sobre o vício e suas consequências, e havia sessões privadas com os conselheiros. Os mil dólares diários nos davam direito à piscina e ao ginásio, caminhadas pelos parques próximos, massagens e alguns tratamentos de relaxamento e beleza, além de aulas de ioga, pilates, meditação, jardinagem e arte. Por mais atividades que tivéssemos, cada um carregava nos ombros seu problema como um cavalo morto, impossível de ignorar. Meu cavalo morto era o desejo imperioso de fugir para o lugar mais distante possível — fugir da clínica, da Califórnia, do mundo, de mim mesma. A vida dava trabalho demais, não valia a pena levantar de manhã e ver as horas se arrastarem sem uma finalidade. Descansar, morrer. Ser ou não ser, como dizia Hamlet.

— Não pense, Maya. Procure manter-se ocupada. Essa fase negativa é normal e passará logo — foi o conselho de Mike O'Kelly.

Para me manter ocupada, tingi o cabelo várias vezes, para espanto de Loretta. Do preto, aplicado por Freddy em setembro, só restavam rastros cinzentos nas pontas. Eu me distraí pintando mechas nos tons que normalmente se veem nas bandeiras. Minha conselheira qualificou isso de agressão contra mim mesma, uma forma de me castigar; era o que eu também pensava do coque de matrona dela.

Duas vezes por semana havia reuniões de mulheres com uma psicóloga parecida com Olympia Pettiford por seu volume e sua bondade. Sentávamos no chão, na sala iluminada por muitas velas, e cada uma contribuía com algo para armar um altar: uma cruz, um Buda, fotos dos filhos, um urso de pelúcia, uma caixinha com cinzas de um ente querido, uma aliança de casamento. Na penumbra, naquele ambiente feminino, era mais fácil falar.

As mulheres contavam como o vício arruinara suas vidas: estavam cheias de dívidas, haviam abandonado os amigos, a família ou o marido; eram atormentadas pela culpa de terem atropelado alguém dirigindo bêbadas ou por abandonar um filho doente para sair em busca de drogas. Algumas também falavam da degradação em que caíram, as humilhações, os roubos, a prostituição, e eu escutava com a alma, porque havia passado pelas mesmas situações. Muitas eram reincidentes sem o mínimo sinal de confiança em si mesmas, porque sabiam como a sobriedade pode ser escorregadia e efêmera. A fé ajudava, podiam se colocar nas mãos de Deus ou de um poder superior, mas nem todas contavam com esse recurso.

Aquele círculo de viciadas, com sua tristeza, era o oposto do das bruxas bonitas de Chiloé. Na *ruca*, ninguém sente vergonha, tudo é abundância e vida.

Nos sábados e domingos havia sessões com a família, muito dolorosas, mas necessárias. Meu pai fazia perguntas lógicas: o que é o crack e como se usa, quanto custa a heroína, qual é o efeito dos cogumelos alucinógenos, a porcentagem de êxito dos Alcoólicos Anônimos — e as respostas eram pouco tranquilizadoras. Outros familiares manifestavam sua desilusão e desconfiança, tinham suportado o viciado por anos sem compreender sua determinação de se destruir e destruir o que alguma vez tiveram de bom. No meu caso, só havia carinho no olhar do meu pai e da minha Nini, nem uma palavra de censura ou dúvida.

— Você não é como eles, Maya: espiou o abismo, mas não caiu até o fundo — disse minha Nini certa vez.

Justamente contra isto haviam me prevenido Olympia e Mike: a tentação de achar que éramos melhores.

Por turnos, cada família se colocava no centro do círculo para compartilhar suas experiências. Os conselheiros manejavam com habilidade tais rodadas de confissões e conseguiam criar um ambiente seguro no qual éramos iguais — ninguém havia cometido pecados originais. Ninguém permanecia indiferente nesses momentos, arrasavam-se um por um, e, às vezes, alguém ficava no chão, soluçando, e nem sempre era o viciado. Pais que praticavam abusos, companheiros violentos, mães odiosas, incesto, uma herança de alcoolismo — havia de tudo.

Na vez da minha família, Mike O'Kelly passou com a gente para o centro em sua cadeira de rodas e pediu que pusessem outra cadeira no círculo, que ficou vazia. Eu havia contado à minha Nini muito do que acontecera desde a minha fuga no Oregon, mas omitira aquilo que podia feri-la de morte; sozinha com Mike, quando ele vinha me visitar, eu pudera contar tudo; ele não se escandalizava com nada.

Meu pai falou de seu trabalho de piloto, de que havia permanecido afastado de mim, de sua frivolidade e de como, por egoísmo, havia me deixado com os meus avós, sem assumir a responsabilidade do seu papel de pai, até que eu tivera o acidente de bicicleta aos dezesseis anos; apenas então começara a me dar atenção. Disse que não estava irritado comigo nem tinha perdido a confiança em mim e faria o que estivesse ao seu alcance para me ajudar. Minha Nini descreveu a menina saudável e alegre que fui, minhas fantasias, meus poemas épicos e partidas de futebol e repetiu o quanto me amava.

Naquele instante, o meu Popo entrou tal como era antes de sua doença, grande, cheirando a tabaco fino, com seus óculos dourados e seu chapéu borsalino, sentou-se na cadeira que lhe correspondia e abriu os braços para mim. Nunca antes havia me aparecido com tamanha elegância, incomum num fantasma. Em seus joelhos, chorei e chorei, pedi perdão e aceitei a verdade absoluta de que ninguém podia me salvar de mim mesma, que eu era a única responsável pela minha vida.

— Me dê a mão, Popo — pedi, e, desde então, não a soltei mais.

O que os outros viram? Viram-me abraçada a uma cadeira vazia, mas Mike estava esperando meu Popo, por isso a pedira, e minha Nini aceitara sua presença invisível com naturalidade.

Não recordo como terminou aquela sessão, só me lembro do meu cansaço visceral e de que minha Nini me acompanhou até o meu quarto e, com Loretta, me deitou, e, pela primeira vez, dormi quatorze horas seguidas. Dormi pelas minhas incontáveis noites de insônia, pela indignidade acumulada e pelo medo tenaz. Foi um sono reparador que não tornou a se repetir. A insônia estava me esperando atrás da porta, pacientemente.

A partir daquele momento, eu me entreguei para valer ao programa e me atrevi a explorar uma por uma as cavernas escuras do passado. Entrava às cegas numa dessas cavernas para lutar com dragões e, quando parecia que os tinha vencido, abria-se outra e mais outra, um labirinto que nunca acabava. Devia enfrentar as perguntas da minha alma, que não estava ausente, como pensava em Las Vegas, mas amortecida, encolhida, assustada. Nunca me senti a salvo nessas cavernas negras, mas perdi o medo da solidão e por isso, agora, em minha nova vida solitária em Chiloé, estou alegre.

Que estupidez acabo de escrever nesta página? Em Chiloé, não estou sozinha. A verdade é que nunca estive mais acompanhada do que nesta ilha, nesta casinha, com este cavalheiro neurótico que é Manuel Arias.

Enquanto eu cumpria o meu programa de reabilitação, minha Nini renovou o meu passaporte, entrou em contato com Manuel e preparou a minha viagem ao Chile. Se tivesse recursos, ela teria vindo pessoalmente me deixar nas mãos de seu amigo em Chiloé. Dois dias antes de terminar o tratamento, coloquei minhas coisas na mochila e, mal escureceu, saí da clínica sem me despedir de ninguém. Minha Nini me esperava a duas quadras de distância em seu Volkswagen avariado, exatamente como havíamos combinado.

— A partir deste instante, Maya, você vai virar fumaça — disse com uma piscadela marota de cumplicidade.

Entregou-me outra foto plastificada do meu Popo, igual àquela que eu tinha perdido, e me levou ao aeroporto de São Francisco.

Estou acabando com os nervos de Manuel.

— Você acha que os homens se apaixonam tão perdidamente quanto as mulheres? Acha que Daniel seria capaz de vir se enterrar em Chiloé por mim? Acha que estou gorda, Manuel? Tem certeza? Vamos, me diga a verdade!

Manuel me diz que nesta casa não se pode respirar, o ar está saturado de lágrimas e de suspiros femininos, paixões abrasadoras e planos ridículos. Até os animais andam esquisitos: o Gato-Literato, antes muito limpo, agora deu para vomitar no teclado do computador, e o Gato-Bobo, antes displicente, agora compete pelo meu carinho com Fákin e amanhece na minha cama com as quatro patas no ar para que eu coce a barriga dele.

Tivemos várias conversas sobre o amor, longas em demasia, segundo Manuel.

— Não há nada mais profundo que o amor — digo para ele, entre outras trivialidades.

E ele, que tem memória acadêmica, recita num só fôlego um verso de D.H. Lawrence sobre como há algo mais profundo que o amor, a solidão de cada pessoa, e como, no fundo dessa solidão, arde o fogo poderoso da vida nua, ou um troço deprimente desse tipo para mim, que descobri o fogo poderoso de Daniel nu.

Além de citar poetas mortos, Manuel se cala. Nossas conversas são monólogos em que desabafo sobre Daniel; não falo de Blanca Schnake porque ela me proibiu de fazê-lo, mas sua presença também flutua na atmosfera. Manuel acha que está muito velho para se apaixonar e não tem nada que oferecer a uma mulher, mas isso me cheira a covardia, eis o problema, ele tem medo de compartilhar, depender, sofrer, medo de que Blanca tenha câncer de novo e morra antes dele, ou o contrário, teme deixá-la viúva ou ficar senil quando ela ainda é bastante jovem, o que seria bem provável, porque é muito mais velho do que ela. Se não fosse pela macabra bolhinha em seu cérebro, certamente Manuel chegaria são e forte até os noventa.

Como é o amor entre velhos? Refiro-me à parte física. Fazem... aquilo?

Quando completei doze anos e comecei a espiar os meus avós, eles puseram um trinco na porta do quarto deles. Perguntei à minha Nini o que faziam trancados e ela me respondeu que rezavam o rosário.

Às vezes dou conselhos a Manuel, não consigo me conter, e ele os desarma com ironia, mas sei que me escuta e aprende. Aos poucos, está mudando seus hábitos de monge, está menos obcecado com essa mania de ordem e mais atencioso comigo, já não se congela quando o toco nem se afasta quando começo a pular e a dançar ao som do meu fone de ouvido; preciso fazer exercícios ou acabarei como as sabinas de Rubens, umas gordas peladas que vi na Pinacoteca de Munique.

Sua bolhinha no cérebro deixou de ser um segredo, porque não pôde me ocultar suas enxaquecas nem os episódios de visão dupla, que confundem as letras na página e na tela do monitor. Quando Daniel soube do aneurisma, ele me sugeriu a Clínica Mayo em Minneapolis, a melhor dos Estados Unidos, e Blanca me garantiu que o pai dela financiaria a cirurgia, mas Manuel não quis nem falar no assunto; já deve muito a dom Lionel.

— Ora, cara, dever um ou dois favores dá na mesma — rebateu Blanca.

Arrependo-me de ter queimado aquela grana toda no deserto de Mojave. Falsa ou não, teria sido útil.

Comecei a escrever de novo em meu caderno, que tinha abandonado por um tempo na afobação de mandar e-mails para Daniel. Penso dá-lo a ele quando nos reencontrarmos, assim poderá me conhecer melhor e à minha família. Não posso contar tudo o que gostaria por e-mail, onde cabem apenas as notícias do dia e uma ou outra palavra de amor. Manuel me aconselha a censurar meus surtos passionais, porque todo mundo se arrepende das cartas de amor que escreveu, não há nada mais cafona e ridículo, e, no meu caso, não encontra eco no destinatário. As respostas de Daniel são secas e pouco frequentes. Deve estar muito ocupado com seu trabalho na clínica, ou se limitou estritamente às medidas de segurança impostas pela minha avó.

Mantenho-me ocupada para não arder em combustão espontânea pensando em Daniel. Houve casos assim, gente que, sem uma causa aparente, pega fogo e desaparece em chamas. Meu corpo é um pêssego maduro, está pronto para ser saboreado ou cair da árvore e se tornar uma massa no chão entre as formigas. O mais provável é que aconteça a segunda opção, porque Daniel não dá sinais de vir me saborear. Esta vida de freira me deixa de péssimo humor, explodo por qualquer coisinha, mas admito que estou dormindo bem pela primeira vez desde que me lembro e meus sonhos são interessantes, embora nem todos eróticos, como eu gostaria. Desde a morte inesperada de Michael Jackson, sonhei várias vezes com Freddy. Jackson era seu ídolo, e meu pobre amigo deve estar de luto.

O que será de Freddy? Ele arriscou sua vida para salvar a minha, e não tive oportunidade de lhe agradecer.

De certa forma, Freddy se parece com Daniel, tem a mesma cor, os olhos com pestanas enormes, o cabelo crespo. Se Daniel tivesse um filho, poderia ser como Freddy, mas, se eu fosse a mãe desse menino, ele correria o risco de sair dinamarquês. Os genes de Marta Otter são muito poderosos, eu não peguei nem uma gota de sangue latino. Nos Estados Unidos, Daniel se considera negro, mesmo que seja de cor clara e possa passar por grego ou árabe.

— Os negros jovens na América são uma espécie ameaçada; muitos acabam presos ou assassinados antes dos trinta — disse Daniel quando tocamos no assunto.

Ele foi criado entre brancos, numa cidade liberal do oeste americano, e circula num ambiente privilegiado, onde sua cor não o limitou em nada, mas sua situação seria diferente em outros lugares. A vida é mais fácil para os brancos, disso o meu avô também sabia.

Meu Popo emanava um ar poderoso, com seu um metro e noventa e seus cento e vinte quilos, cabelos grisalhos, óculos com aros dourados e chapéu infalível, que meu pai tinha trazido da Itália. A seu lado eu me sentia a salvo de qualquer perigo, ninguém se atreveria a tocar naquele homem formidável. Acreditei nisso até o incidente com o ciclista, quando eu tinha por volta de sete anos.

A Universidade de Buffalo havia convidado meu avô para dar algumas conferências. Estávamos hospedados num hotel da avenida Delaware, numa daquelas mansões de milionários do século passado que hoje são edifícios públicos ou comerciais. Fazia frio e soprava um vento gélido, mas meu avô metera na cabeça que devíamos sair para caminhar num parque próximo. Minha Nini e eu íamos alguns passos adiante pulando as poças e não vimos o que aconteceu, só ouvimos o grito e a confusão que se armou de imediato. Atrás de nós vinha um jovem de bicicleta, que aparentemente resvalara numa poça congelada, chocara-se contra o meu avô e rolara pelo chão. Meu Popo cambaleou com o golpe, perdeu o chapéu e deixou cair o guarda-chuva fechado, que levava no braço, mas se manteve de pé. Eu corri atrás do chapéu e ele se abaixou para pegar o guarda-chuva; em seguida, estendeu a mão para ajudar o rapaz caído a se levantar.

Num instante a cena se tornou violenta. O ciclista, assustado, começou a gritar, um carro parou, depois outro e, em poucos minutos, chegou uma patrulha policial. Não sei como as pessoas concluíram que meu avô havia causado o acidente e ameaçado o ciclista com o guarda-chuva. Sem mais perguntas, os policiais o empurraram com violência contra a viatura, ordenaram que ficasse com as mãos para cima, separaram suas pernas a pontapés, agrediram-no e algemaram seus pulsos atrás das costas. Minha Nini interveio como uma leoa, enfrentou os uniformizados com uma enxurrada de exclamações em espanhol, único idioma que lembra nos momentos de crise, e, quando quiseram afastá-la, agarrou o maior deles pela roupa com tal energia que conseguiu levantá-lo centímetros do chão, feito admirável para alguém que pesa menos de cinquenta quilos.

Fomos parar na delegacia, mas aquilo não era Berkeley, ali não havia um sargento Walczak oferecendo *cappuccinos*. Meu avô, sangrando pelo nariz e por um corte na sobrancelha, tentou explicar o que acontecera num tom humilde que nunca tínhamos ouvido e solicitou um telefone para ligar para a universidade. Como resposta, ameaçaram trancafiá-lo, se não se calasse. Ordenaram que minha Nini, também algemada por medo de que voltasse a atacar alguém, sentasse num banco enquanto preenchiam um formulário. Ninguém deu atenção a mim e me encolhi, tiritando, perto da minha avó.

— Você tem que fazer alguma coisa, Maya — sussurrou ela em meu ouvido.

Em seu olhar, compreendi o que estava me pedindo. Enchi bem os pulmões de ar, soltei um gemido gutural que retumbou na sala e caí no chão, arqueada para trás, atacada por convulsões, soltando espuma pela boca e com os olhos em branco. Tinha fingido epilepsia tantas vezes durante os meus ataques de manhas de pirralha mimada para não ir à escola que podia enganar um neurocirurgião e mais ainda alguns policiais de Buffalo. Emprestaram-nos um telefone na hora. Levaram-me com a minha Nini numa ambulância a um hospital, onde cheguei recuperada por completo do ataque, para surpresa da policial que nos vigiava, enquanto a universidade enviava um advogado para tirar o astrônomo da cadeia, onde se encontrava na companhia de bêbados e punguistas.

À noite, reunimo-nos no hotel, extenuados. Jantamos apenas um prato de sopa e nos deitamos os três na mesma cama. A batida da bicicleta tinha deixado grandes equimoses no meu Popo e as algemas feriram os pulsos dele. Na escuridão, abrigada entre seus corpos como num casulo, perguntei o que tinha acontecido.

— Não foi nada, Maya, durma — respondeu meu Popo.

Ficaram um instante em silêncio, fingindo que dormiam, até que, por fim, minha Nini disse:

— O que aconteceu, Maya, é que o seu avô é negro.

E havia tanta raiva em sua voz que não perguntei mais nada.

Essa foi a minha primeira lição sobre as diferenças de raça, que não havia percebido antes e que, segundo Daniel Goodrich, não podem ser deixadas de lado.

Manuel e eu estamos reescrevendo seu livro. Digo estamos porque ele entra com as ideias e eu com a escrita, porque escrevo melhor que ele em espanhol. A ideia surgiu quando ele contou a Daniel os mitos de Chiloé, e este, como bom psiquiatra, começou a procurar chifre em cabeça de cavalo. Disse que os deuses representam diversos aspectos da psique e que os mitos são histórias da Criação, da natureza ou dos dramas humanos fundamentais e estão conectados à realidade, mas os daqui dão a impressão de estarem colados com chiclete, carecem de coerência. Manuel ficou pensando e, dois dias mais tarde, anunciou que já se escrevera bastante sobre mitos de Chiloé e seu livro não acrescentaria nada novo, a menos que ele pudesse oferecer uma interpretação da mitologia. Falou com seus editores, que lhe deram um prazo de quatro meses para apresentar o novo manuscrito; precisamos nos apressar. Daniel contribui a distância, porque isso lhe interessa, e assim tenho outra desculpa para o contato permanente com o nosso assessor em Seattle.

O clima frio de inverno limita as atividades na ilha, mas sempre há trabalho: é preciso se ocupar das crianças e dos animais, pegar mariscos na maré baixa, remendar redes, reparar provisoriamente as casas atingidas pelos temporais, tecer e contar as nuvens até as oito, quando as mulheres se reúnem para ver a telenovela e os homens para beber e jogar truco. Choveu semanas inteiras, esse pranto tenaz do céu do sul, e a água penetra pelas frestas das tabuinhas deslocadas no telhado pelo temporal da segunda-feira. Colocamos baldes embaixo das goteiras e andamos com trapos nas mãos para secar o assoalho. Quando estiar, vou subir no telhado, porque Manuel não tem mais idade para fazer estripulias e já perdemos a esperança de ver por aqui o "mestre franjinha" antes da primavera. O som do sapateado na água deixa nossos morcegos nervosos, pendurados de cabeça para baixo das vigas mais altas, fora do alcance dos arranhões inúteis do Gato-Bobo. Detesto esses ratos cegos e alados, porque podem chupar meu sangue de noite, embora Manuel garanta que não são parentes dos vampiros da Transilvânia.

Dependemos mais do que nunca da lenha e do fogão preto de ferro, onde a chaleira sempre está pronta para o mate ou o chá; fica um rastro de fumaça, uma fragrância picante na roupa e na pele. A convivência com Manuel é uma dança delicada: eu limpo, ele carrega lenha, nós dois cozinhamos. Por um tempo, também limpávamos, porque Eduvigis deixou de vir à nossa casa, embora mandasse Juanito recolher a roupa suja e a devolvesse lavada, mas já está trabalhando de novo.

Por causa do aborto de Azucena, Eduvigis andava muito calada, sem aparecer no povoado mais do que o indispensável nem falar com as pessoas. Sabia das fofocas sobre sua família que circulavam às suas costas; muitos a culpavam por ter permitido que Carmelo Corrales violasse suas filhas, mas não faltava quem culpasse as filhas "por tentar o pai, que era bebum e não sabia o que fazia", como ouvi dizer na Taberna do Mortinho. Blanca me explicou que o conformismo de Eduvigis frente aos abusos do homem é comum nestes casos e é injusto acusá-la de cumplicidade, porque ela também, como o restante da família, era uma vítima. Temia o marido e nunca conseguiu enfrentá-lo.

— É fácil julgar os outros quando a gente não passou por uma experiência dessas — concluiu Blanca.

Ela me deixou pensativa, porque fui das primeiras a julgar Eduvigis duramente. Arrependida, decidi ir vê-la em sua casa. Encontrei-a inclinada sobre o tanque, lavando nossos lençóis com uma escovinha de ramos e sabão azul. Secou as mãos no avental e me convidou para tomar "um chazinho" sem me olhar. Sentamos diante do fogão e depois bebemos o chá em silêncio. A intenção conciliadora da minha visita era clara, mas teria sido embaraçoso para ela que eu lhe pedisse desculpas e falta de respeito mencionar Carmelo Corrales. Nós duas sabíamos por que eu estava ali.

— Como tem passado, dona Eduvigis? — perguntei finalmente, quando tínhamos terminado a segunda xícara de chá, sempre com o mesmo saquinho.

— Vou levando. E você, filhinha?

— Levando também, obrigada. Sua vaca está bem?

— Sim, sim, mas tem seus aninhos — suspirou. — Dá pouco leite. Está ficando frouxinha, eu acho.

— Manuel e eu estamos usando leite condensado.

— Jesus! Diga ao senhor que amanhã mesmo Juanito vai levar leitinho e um queijinho.

— Muito obrigada, dona Eduvigis.
— E sua casinha não deve estar muito limpa...
— Não, não: está bem suja, não posso negar — confessei.
— Nossa! Me perdoe.
— Nada disso, não há o que perdoar.
— Diga ao senhor que pode contar comigo.
— Como sempre, então, dona Eduvigis.
— Sim, sim, gringuinha, como sempre.
Depois falamos de doenças e de batatas, como exige o protocolo.

Estas são as notícias recentes. O inverno em Chiloé costuma ser frio e longo, mas muito mais suportável do que os invernos do norte do mundo — aqui não precisamos tirar neve com a pá nem nos cobrir de peles. Temos aulas na escola quando o clima permite, mas há truco na taberna todos os dias, embora o céu se arrebente de relâmpagos. Nunca faltam batatas na sopa, lenha no fogão nem mate para os amigos. Às vezes, temos eletricidade, outras vezes nos iluminamos com velas.

Se não chove, o time do Caleuche treina ferozmente para o campeonato de setembro. Os pés dos meninos não cresceram e os tênis ainda cabem neles. Juanito está na reserva e Pedro Pelanchugay foi eleito goleiro do time por votação. Neste país tudo se resolve votando democraticamente ou nomeando comissões, processo um tanto complicado; os chilenos acreditam que as soluções simples são ilegais.

Dona Lucinda fez cento e dez anos e, nas últimas semanas, adquiriu uma aparência de boneca de pano empoeirada. Já não tem energia para tingir lã e fica sentada olhando para o lado da morte, embora estejam nascendo dentes novos. Não teremos *curantos* nem turistas até a primavera, mas, enquanto isso, as mulheres tecem e fazem artesanatos, porque é um pecado ficar de mãos ociosas, pois preguiça é coisa de homem. Estou aprendendo a tecer para não me sentir mal; por ora, faço mantas à prova de erros, com ponto corrido e lã grossa.

Metade da população da ilha está resfriada, com bronquite ou dor nos ossos, mas, se a lancha do Serviço Nacional de Saúde atrasa uma semana ou duas, a única que sente falta é Liliana Treviño, que tem um caso com o doutor imberbe, segundo dizem. As pessoas desconfiam dos médicos que não cobram, preferem se tratar com remédios naturais e, se o caso é grave, com os recursos mágicos de uma *machi*. O padre, por outro lado, sempre vem rezar a missa dominical, para evitar que os pentecostais e evangélicos o passem para trás. Segundo Manuel, isso não vai acontecer facilmente, porque, no Chile, a Igreja católica é mais influente que no Vaticano. Ele me contou que este foi o último país do mundo a ter uma lei de divórcio e que a existente é muito complicada; é bem mais fácil matar o cônjuge do que se divorciar, por isso ninguém quer se casar e a maioria das crianças nasce fora do casamento. Do aborto nem se fala, é uma palavra banida, mesmo que praticado a torto e a direito. Os chilenos veneram o papa, mas não lhe dão a mínima em assuntos sexuais e suas consequências, porque um velho solteiro, em boa situação econômica e que nunca trabalhou na vida pouco sabe disso.

A telenovela avança muito lentamente, está no capítulo noventa e dois e continuamos na mesma situação do começo. É o acontecimento mais importante da ilha; sofre-se mais com as infelicidades dos personagens do que com as próprias. Manuel não vê televisão e eu entendo pouco do que os atores falam e quase nada do enredo; parece que uma tal Elisa foi raptada pelo tio, que se apaixonou por ela e a mantém trancada em algum lugar, enquanto sua tia a procura para matá-la, em vez de matar o marido, como seria mais razoável.

Minha amiga, a Pincoya, e sua família de leões-marinhos já não estão mais na caverna; emigraram para outras águas e outras rochas, mas voltarão na próxima temporada. Os pescadores me disseram que são criaturas de costumes arraigados, sempre voltam no verão.

Livingstone, o cão dos carabineiros, chegou ao tamanho adulto e acabou poliglota: entende as instruções em inglês, espanhol e na língua local. Ensinei a ele quatro truques básicos, que qualquer animal doméstico sabe, e o restante ele aprendeu por conta própria, de modo que arrebanha ovelhas e bêbados, pega a caça se o levam em caçadas, dá o alarme se há fogo ou inundação, detecta drogas — exceto maconha — e ataca de brincadeira se Humilde Garay ordena nas demonstrações, mas, na vida real, é muito manso. Não recuperou cadáveres porque infelizmente não tivemos nenhum, como me disse Garay, mas encontrou o neto de quatro anos de Aurelio Ñancupel, que havia se perdido no morro. Susan, minha antiga madrasta, daria ouro por um cão como Livingstone.

Faltei duas vezes à reunião das bruxas boas na *ruca*, a primeira quando Daniel esteve aqui e a segunda este mês, porque Blanca e eu não pudemos ir à Ilha Grande: havia ameaça de tempestade e o administrador do embarcadouro proibiu a navegação. Lamentei muito, porque íamos abençoar o recém-nascido de uma delas e já me preparava para cheirá-lo, gosto de crianças enquanto ainda não aprenderam a falar. Senti muita falta do nosso sabá mensal no ventre da Pachamama com aquelas mulheres jovens, sensuais, de mente e coração saudáveis. Sinto-me aceita entre elas, não sou a gringa, sou Maya, sou uma das bruxas e pertenço a esta terra.

Quando vamos a Castro, ficamos para dormir uma ou duas noites com dom Lionel Schnake, por quem eu teria me apaixonado se Daniel Goodrich não tivesse cruzado meu mapa astral. Ele é irresistível, como o mítico Millalobo, enorme, temperamental, bigodudo e luxurioso.

— Olha só a boa sorte que você tem, comunista. Esta gringuinha gostosa caiu de paraquedas na sua casa! — exclama toda vez que vê Manuel Arias.

A investigação no caso de Azucena Corrales não deu em nada por falta de provas, não havia sinal de que o aborto fora induzido — essa é a vantagem da infusão concentrada de folhas de abacateiro e borragem. Não vimos a garota de novo, porque foi viver em Quellón com a irmã mais velha, a mãe de Juanito, que não conheço. Depois disso, os carabineiros Cárcamo e Garay começaram a perguntar por conta própria sobre a paternidade da criança morta e concluíram o que já se sabia, que Azucena fora violada pelo próprio pai, tal como fizera com suas outras filhas. Isso é "privativo", como dizem aqui, e ninguém se sente no direito de intervir no que acontece a portas fechadas numa casa. Cada um lava a própria roupa suja.

Os carabineiros queriam que a família denunciasse o fato, assim poderiam intervir legalmente, mas não conseguiram. Blanca Schnake também não pôde convencer Azucena ou Eduvigis a fazê-lo. Voavam fofocas e acusações, o povoado inteiro opinava a respeito e, no fim, o escândalo se diluiu em palavreado. A justiça, entretanto, foi feita da forma mais inesperada quando o pé que restava a Carmelo Corrales gangrenou. O homem esperou que Eduvigis fosse a Castro preencher os formulários para a segunda amputação e injetou nele próprio uma caixa completa de insulina. Ela o encontrou inconsciente e o segurou até ele morrer, minutos mais tarde. Ninguém, nem os carabineiros, mencionou o suicídio; por consenso, o doente faleceu de morte natural; assim, puderam lhe dar uma sepultura cristã e se evitou mais uma humilhação à infeliz família.

Enterraram Carmelo Corrales sem esperar o padre itinerante, com uma rápida cerimônia a cargo do fiscal da igreja, que elogiou a habilidade do defunto para a carpintaria de botes, única virtude que conseguiu citar, e encomendou sua alma à divina misericórdia. Um punhado de vizinhos compareceu por compaixão pela família, entre eles Manuel e eu. Blanca estava tão furiosa por causa de Azucena que não apareceu no cemitério, mas comprou em Castro uma coroa de flores de plástico para o túmulo. Nenhum dos filhos de Carmelo veio ao enterro, apenas Juanito estava presente, vestido com seu traje de primeira comunhão, que estava pequeno, de mãos dadas com a avó, que usou luto da cabeça aos pés.

Acabamos de celebrar a festa do Nazareno na ilha de Caguach. Vieram milhares de peregrinos, inclusive argentinos e brasileiros, a maioria em grandes barcaças onde cabem duzentas ou trezentas pessoas de pé, bem apertadas, mas teve também quem veio em botes artesanais. As embarcações navegavam precariamente num mar bravo, com densas nuvens no céu, mas ninguém se preocupava, porque existe a crença de que o Nazareno protege os peregrinos. Isso não é verdade, pois mais de um bote naufragou no passado e alguns cristãos morreram afogados. Em Chiloé, muita gente se afoga porque ninguém sabe nadar, afora o pessoal da Armada, que teve de aprender à força.

O Santo Cristo, muito milagroso, consiste numa armação de arame com cabeça e mãos de madeira, peruca de cabelos humanos, olhos de vidro e um rosto sofredor, banhado em lágrimas e sangue. Uma das tarefas do sacristão é pintar o sangue com esmalte de unhas antes da procissão. Está coroado de espinhos, vestido com uma túnica roxa e carregando uma cruz pesada. Manuel escreveu sobre o Nazareno, que já tem trezentos anos e é símbolo da fé dos nativos. Para ele não é uma novidade, mas foi comigo a Caguach. Para mim, criada em Berkeley, é impossível o espetáculo ser mais pagão.

Caguach tem dez quilômetros quadrados e quinhentos habitantes, mas, durante as procissões de janeiro e agosto, os devotos somam milhares; é preciso a ajuda da Armada e da polícia para manter a ordem durante a navegação e os quatro dias de cerimônias, quando os devotos surgem em massa para pagar suas promessas. O Santo Cristo não perdoa os que não pagam suas dívidas pelos favores recebidos. Nas missas, as cestas da coleta com dinheiro e joias ficam lotadas; os peregrinos pagam como podem, inclusive há quem se desfaça dos celulares. Senti medo, primeiro na *Cahuilla*, balançando-nos durante horas entre as ondas, nos empurrando por um vento traidor, com o padre Lyon cantando hinos na popa, depois na ilha, entre os fanáticos, e finalmente na volta, quando os peregrinos nos atacaram para subir na lancha, porque o transporte para a multidão era insuficiente. Trouxemos onze pessoas de pé na *Cahuilla*, escorando-se umas nas outras, várias bêbadas e cinco crianças dormindo nos braços de suas mães.

Fui a Caguach com saudável ceticismo, somente para presenciar a festa e filmá-la, como havia prometido a Daniel, mas admito que o fervor religioso me contagiou e acabei de joelhos diante do Nazareno, agradecendo por duas notícias sensacionais que a minha Nini me enviara. Sua mania de perseguição a leva a compor mensagens crípticas, mas, como são longas e frequentes, posso adivinhar o que diz.

A primeira notícia era que finalmente recuperara o casarão colorido onde eu passara a infância, depois de três anos de batalha judicial para expulsar o comerciante da Índia que nunca pagara o aluguel e se amparava nas leis de Berkeley, que favorecem o inquilino. Minha avó decidira limpá-la, consertar os estragos mais evidentes e alugar quartos para estudantes universitários; com isso, pode mantê-la e viver nela. Tenho uma vontade louca de passear por aqueles quartos maravilhosos!

A segunda notícia, muito mais importante, era sobre Freddy. Olympia Pettiford aparecera em Berkeley, acompanhada de outra senhora tão imponente quanto ela, trazendo Freddy arrastado, para deixá-lo aos cuidados de Mike O'Kelly.

Em Caguach, Manuel e eu acampamos em uma barraca, porque não havia alojamento suficiente. Deviam estar mais bem-preparados para essa invasão de crentes que se repete anualmente faz mais de um século. O dia estava úmido e gelado, mas a noite foi muito pior. Tiritávamos nos sacos de dormir, de gorro, meias grossas e luvas, enquanto a chuva caía na lona e penetrava por baixo do forro de plástico que nos separava do chão. Por fim, decidimos unir os dois sacos e dormir juntos. Agarrei-me nas costas de Manuel como uma mochila, e nenhum de nós mencionou o acordo de que eu nunca mais ia me meter na cama dele. Dormimos feito anjos até ouvirmos o barulho dos peregrinos.

Não passamos fome, porque havia inúmeros pontos de venda de comida — empanadas, salsichas, mariscos, batatas cozidas nas cinzas, cordeiros inteiros assados no espeto, além de doces chilenos e vinho à vontade, dissimulado em embalagens de refrigerante, porque os padres não veem com bons olhos o álcool nas festas religiosas. Os banheiros — uma fileira de WCs portáteis — logo se tornam escassos e, em poucas horas de uso, ficam num estado de dar nojo. Os homens e as crianças se aliviavam disfarçadamente atrás das árvores, mas, para as mulheres, era mais complicado.

No segundo dia, Manuel teve que usar um dos WCs e, de forma inexplicável, a porta emperrou e ele ficou trancado. Nessa hora, eu andava percorrendo os pontos de artesanato e de diversas bugigangas, que estavam alinhados ao lado da igreja, e soube do problema pelo alvoroço que se formou. Aproximei-me com curiosidade, sem suspeitar do que se tratava, e vi um grupo de pessoas esmurrando a casinha de plástico com risco de tombá-la, enquanto, do lado de dentro, Manuel gritava e batia na porta como um louco. Várias pessoas riam, mas me dei conta de que a angústia de Manuel era a de alguém enterrado vivo. A confusão foi crescendo, até que um "mestre franjinha" afastou os ajudantes espontâneos e calmamente começou a desmontar a fechadura com um canivete. Cinco minutos depois, ele abria a porta, e Manuel saía como um foguete, caindo no chão, congestionado e sacudido por ânsias de vômito. Agora ninguém mais ria.

Nisso se aproximou o padre Lyon, e nós dois ajudamos Manuel a se levantar, segurando-o pelos braços e dando alguns passos hesitantes em direção à barraca. Atraídos pela balbúrdia, apareceram dois carabineiros para perguntar se o senhor estava doente, embora certamente suspeitassem de que havia bebido além da conta, porque àquela altura já havia muitos bêbados cambaleando. Não sei o que Manuel pensou, mas foi como se o diabo tivesse aparecido, e nos empurrou com expressão de terror, tropeçando, caindo de joelhos e vomitando uma espuma esverdeada. Os carabineiros tentaram intervir, mas o padre Lyon se meteu na frente deles com a autoridade que sua reputação de santo lhe conferia, garantiu que se tratava de uma indigestão e que podíamos nos encarregar do doente.

O padre e eu levamos Manuel para a barraca e o limpamos com um pano molhado; em seguida, nós o deixamos descansar. Dormiu três horas, encolhido, como se tivesse sido surrado.

— Deixe Manuel sozinho, gringuinha, e não faça perguntas — ordenou o padre Lyon antes de ir cumprir os seus deveres.

Mas eu não quis deixá-lo e fiquei na barraca para vigiar o sono dele.

Na esplanada em frente à igreja, haviam colocado várias mesas, e foi lá que se instalaram os sacerdotes para distribuir a comunhão durante a missa. Logo em seguida começou a procissão, com a imagem do Nazareno levada num andor pelos fiéis, que cantavam aos gritos, enquanto dezenas de penitentes se arrastavam de joelhos no barro ou queimavam as mãos com cera derretida das velas, clamando perdão por seus pecados.

Não pude cumprir a promessa de filmar o evento para Daniel, porque, na agitação da viagem para Caguach, derrubara a câmera no mar; uma perda menor, levando em conta que uma senhora deixara cair um cachorrinho. Resgataram o animal quase congelado, mas respirando, outro milagre do Nazareno, como disse Manuel.

— Não me venha com ironias de ateu, Manuel. Olha que podemos afundar — respondeu o padre Lyon.

Uma semana depois da peregrinação a Caguach, Liliana Treviño e eu fomos ver o padre Lyon, uma viagem estranha, quase clandestina, para evitar que Manuel ou Blanca soubessem. As explicações seriam complicadas, porque não tenho direito a remexer no passado de Manuel e menos ainda às suas costas. Sou movida pelo carinho que sinto por ele, um carinho que foi crescendo com a convivência. Depois que Daniel foi embora e caiu o inverno, passamos muito tempo sós nesta casa sem portas, onde o espaço é reduzido demais para guardar segredos. Minha relação com Manuel se tornou mais estreita; finalmente, ele confia em mim e tenho pleno acesso a seus papéis, suas notas, suas gravações e seu computador. O trabalho me deu pretexto para remexer em suas gavetas. Perguntei a ele por que não tem fotografias de familiares e amigos, e ele me explicou que viajou muito, começou do zero várias vezes em diferentes lugares, e pelo caminho foi se desfazendo da carga material e sentimental; diz que, para se lembrar das pessoas que lhe importam, não precisa de fotos. Em seus arquivos, não encontrei nada sobre a parte do seu passado que me interessa. Sei que esteve preso por mais de um ano nos tempos do golpe militar, que foi banido para Chiloé e, em 1976, foi embora do país; sei de suas mulheres, seus divórcios, seus livros, mas não sei nada de sua claustrofobia ou de seus pesadelos. Se eu não descobrir nada, será impossível ajudá-lo, e nunca chegarei a conhecê-lo verdadeiramente.

    Entroso-me muito bem com Liliana Treviño. Tem a personalidade da minha avó — enérgica, idealista, intransigente e apaixonada, mas não tão mandona. Ela deu um jeito para que fôssemos discretamente ver o padre Lyon na lancha do Serviço Nacional de Saúde, convidadas pelo doutor, seu namorado, que se chama Jorge Pedraza. Parece muito mais jovem do que é: acaba de fazer quarenta anos e serve há dez no arquipélago. Está separado da mulher, destrinchando os lentos trâmites do divórcio, e tem dois filhos, um deles com síndrome de Down. Pensa em se casar com Liliana assim que ela estiver livre, embora ela mesma não veja vantagem nisso; diz que seus pais viveram vinte e um anos juntos e criaram três filhos sem papéis.

A viagem durou uma eternidade, porque a lancha foi parando em vários lugares, e, quando chegamos onde mora o padre Lyon, já eram quatro da tarde. Pedraza nos deixou lá e seguiu seu itinerário habitual, com o compromisso de nos recolher depois de uma hora e meia para voltarmos à nossa ilha. O galo de penas iridescentes e o carneiro obeso que eu vira antes estavam nos mesmos lugares, vigiando a casinha com telhado de tabuinhas do sacerdote. O lugar me pareceu diferente na luz invernal; até as flores de plástico do cemitério pareciam desbotadas. O padre estava nos esperando com chá, bolos doces, pão recém-assado, queijo e presunto servidos por uma vizinha que cuida dele e o controla como se fosse uma criança.

— Vista seu ponchinho e tome a aspirina, padrinho; olhe que não estou aqui para cuidar de velhinhos doentinhos — ordenou em chilote (no diminutivo) enquanto resmungava.

O padre esperou que estivéssemos sozinhos e nos implorou que comêssemos os bolos, porque senão ele mesmo teria que comer tudo e, na sua idade, eles caíam como tijolos no estômago.

Devíamos voltar antes que escurecesse, por isso, como dispúnhamos de pouco tempo, fomos direto ao assunto.

— Por que não pergunta a Manuel o que quer saber, gringuinha? — sugeriu o sacerdote, entre dois goles de chá.

— Eu perguntei, padre, mas ele tira o corpo fora.

— Então, tem que respeitar o silêncio dele, minha filha.

— Perdão, padre, mas não vim incomodá-lo por pura curiosidade. Manuel está doente da alma e eu quero ajudá-lo.

— Doente da alma... O que você sabe disso, gringuinha? — perguntou, sorrindo ironicamente.

— Bastante, porque cheguei a Chiloé doente da alma e Manuel me acolheu e me ajudou a sarar. Tenho que retribuir o favor, não acha?

O sacerdote nos falou do golpe militar, da repressão implacável que veio em seguida e de seu trabalho no Vicariato da Solidariedade, que não durou muito, porque ele também foi preso.

— Tive mais sorte que outros, gringuinha, porque o cardeal em pessoa me resgatou em menos de dois dias, mas não pôde evitar que me exilassem.

— O que acontecia com os presos?

— Depende. Você podia cair nas mãos da polícia política, a DINA (Direção de Inteligência Nacional) ou o CNI (Central Nacional de Informações), de carabineiros ou dos serviços de segurança de uma das subdivisões das forças armadas. Manuel foi levado primeiro ao Estádio Nacional e depois para Villa Grimaldi.

— Por que Manuel se nega a falar disso?

— É possível que não se lembre, gringuinha. Às vezes, a mente bloqueia os traumas graves demais como defesa contra a loucura ou a depressão. Olha, vou lhe dar um exemplo que vi no Vicariato. Em 1974, coube a mim entrevistar um homem assim que o libertaram de um campo de concentração; ele estava física e moralmente arrasado. Gravei a conversa, como sempre fazíamos. Conseguimos tirá-lo do país e não o vi de novo por muito tempo. Quinze anos mais tarde, fui a Bruxelas e o procurei, porque sabia que vivia naquela cidade, e queria entrevistá-lo para um ensaio que estava escrevendo para a revista *Mensaje*, dos jesuítas. Ele não se lembrava de mim, mas aceitou conversar comigo. A segunda gravação não se parecia em nada com a primeira.

— Em que sentido? — perguntei.

— O homem lembrava que tinha sido preso, mas nada mais. Tinha apagado lugares, datas e detalhes.

— Imagino que o senhor o fez ouvir a primeira gravação.

— Não, isso teria sido uma crueldade. Na primeira gravação, ele me contou sobre a tortura e as humilhações sexuais que sofrera. O homem tinha esquecido tudo para continuar vivendo com integridade. Talvez Manuel tenha feito o mesmo.

— Se é assim, o que Manuel reprimiu aflora em seus pesadelos — interrompeu Liliana Treviño, que nos escutava com grande atenção.

— Tenho que descobrir o que aconteceu, padre. Por favor, me ajude — pedi ao sacerdote.

— Você teria que ir a Santiago, gringuinha, e procurar nos cantos mais esquecidos. Posso pôr você em contato com gente que a ajudaria...

— É o que vou fazer assim que puder. Muito obrigada.

— Ligue-me quando quiser, minha filha. Agora tenho meu próprio celular, mas nada de e-mails: não aprendi os mistérios de um computador. Fiquei muito para trás nesse negócio das comunicações.

— O senhor está em comunicação com o céu, padre, não precisa de computador — disse Liliana Treviño.

— O céu já tem Facebook, minha filha!

Desde que Daniel foi embora, minha impaciência começou a crescer. Passaram-se mais de três meses intermináveis, e estou preocupada. Meus avós nunca se separaram por causa da possibilidade de não poderem se reencontrar; temo que isso aconteça a Daniel e a mim. Começo a esquecer o cheiro dele, a pressão exata de suas mãos, o som de sua voz, seu peso sobre mim, e dúvidas lógicas me assaltam: será que me ama mesmo, pensa em voltar ou nosso encontro foi apenas um capricho de mochileiro peripatético? Dúvidas e mais dúvidas. Ele me escreve — isso poderia me tranquilizar, como argumenta Manuel quando o tiro do sério —, mas não o suficiente, e seus e-mails são comedidos; nem todo mundo sabe se comunicar por escrito, como eu, modéstia à parte. Ele não diz nada sobre vir ao Chile, e isso é mau sinal.

Sinto muita falta de um confidente, uma amiga, alguém da minha idade com quem eu possa desabafar. Blanca se chateia com as minhas ladainhas de amante frustrada, e não me atrevo a incomodar Manuel, porque agora suas dores de cabeça são mais frequentes e intensas, ele costuma cair fulminado, e não há analgésico, compressas frias nem homeopatia capazes de aliviá-lo. Por um tempo, pretendeu não fazer caso delas, mas, diante da pressão de Blanca e da minha, ligou para seu neurologista e logo terá que ir à capital examinar a maldita bolha. Não suspeita de que pretendo acompanhá-lo, graças à generosidade do portentoso Millalobo, que me ofereceu dinheiro para a passagem e outro tanto para a estada. Esses dias em Santiago me servirão para acabar de pôr no devido lugar as peças do quebra-cabeça que formam o passado de Manuel. Devo completar os dados dos livros e da internet. A informação está disponível, não me custou nada consegui-la, mas foi como descascar uma cebola: camadas e camadas finas e transparentes sem nunca chegar ao miolo. Averiguei as denúncias de tortura e assassinatos, que foram extensamente documentadas, mas preciso me aproximar dos lugares onde ocorreram, se pretendo entender Manuel. Espero que os contatos do padre Lyon sejam úteis.

É difícil falar disso com Manuel e outras pessoas; os chilenos são prudentes, temem ofender ou dar uma opinião direta, a linguagem é uma dança de eufemismos, o hábito da cautela está arraigado e, sob a superfície, existe muito ressentimento que ninguém deseja ventilar; é como se houvesse uma espécie de vergonha coletiva; para alguns porque sofreram, para outros porque se beneficiaram; para alguns porque foram embora, para outros porque ficaram; para alguns porque perderam seus familiares, para outros porque fizeram vista grossa.

Por que minha Nini não me falou nada disso? Criou-me falando em espanhol, embora eu respondesse em inglês; levava-me à Peña Chilena, em Berkeley, onde latino-americanos se reúnem para ouvir música, assistir a peças de teatro ou filmes; e me fazia memorizar poemas de Pablo Neruda que eu mal entendia. Por causa dela, conheci o Chile antes de pisar nele; falava-me de suas abruptas montanhas nevadas, de vulcões adormecidos que às vezes despertam com uma sacudida apocalíptica, da longa costa do Pacífico com suas ondas encrespadas e seu colarinho de espuma, do deserto no norte, seco como a lua, que, às vezes, floresce como uma pintura de Monet, das matas frias, dos lagos límpidos, dos rios fecundos e das geleiras azuis. Minha avó falava do Chile com voz de apaixonada, mas nada dizia sobre seu povo nem sobre sua história, como se fosse um território virgem, desabitado, nascido ontem de um suspiro telúrico, imutável, parado no tempo e no espaço. Quando se juntava com outros chilenos, a língua dela se acelerava, seu sotaque mudava, e eu não conseguia acompanhar a conversa.

Os imigrantes vivem com os olhos voltados para o país remoto que deixaram, mas minha Nini nunca se esforçou para visitar o Chile. Tem um irmão na Alemanha, com quem se comunica poucas vezes, seus pais morreram e o mito da família tribal não se aplica em seu caso.

— Não me resta ninguém lá, por que eu iria? — dizia.

Terei que esperar para lhe perguntar cara a cara o que aconteceu com o seu primeiro marido e por que foi embora para o Canadá.

PRIMAVERA

Setembro, outubro, novembro e um dezembro dramático

A ilha está alegre, porque os pais das crianças chegaram para celebrar as Festas Pátrias e o começo da primavera; a chuva do inverno, que no começo me parecia poética, acabou se tornando insuportável. E vou comemorar meu aniversário no dia 25 — sou de libra —, terei vinte anos, e minha adolescência, enfim, terminará. Jesus, que alívio!

Normalmente, nos fins de semana, há sempre alguns jovens que vêm ver suas famílias, mas, neste mês de setembro, apareceram em massa, as lanchas vinham lotadas. Trouxeram presentes para os filhos, que, em muitos casos, não viam havia vários meses, e dinheiro para os avós e para gastar em roupa, objetos para a casa, telhas novas para substituir as que o inverno estragara.

Entre os visitantes estava Lucía Corrales, a mãe de Juanito, uma mulher simpática, bonita e jovem demais para ter um filho de onze anos. Contou-nos que Azucena conseguiu trabalho de faxineira numa pousada em Quellón, não quer continuar estudando e não pensa voltar à nossa ilha, para não ter que enfrentar os comentários maldosos das pessoas.

— Nos casos de estupro, costumam colocar a culpa na vítima — disse Blanca, corroborando o que eu tinha ouvido na Taberna do Mortinho.

Juanito se comporta com timidez e desconfiança perto da mãe, que conhecia apenas por fotografia, porque ela o deixara nos braços de Eduvigis quando ele tinha dois ou três meses e não voltara a vê-lo enquanto Carmelo Corrales estava vivo, embora ligasse para ele com frequência e sempre o tenha sustentado. O menino havia me falado dela muitas vezes com uma mistura de orgulho, porque lhe dava muitos presentes, e de raiva, porque o deixara com os avós. Ele me apresentou a mãe com as bochechas vermelhas e os olhos voltados para o chão:

— Esta é Lucía, a filha da minha avó — disse.

Depois lhe contei que minha mãe foi embora quando eu era um bebê e que meus avós também me criaram, mas que tive muita sorte, minha infância foi feliz e não a trocaria por outra. Ela me olhou longamente com seus grandes olhos escuros. Então, lembrei-me das marcas de cinto que tinha nas pernas havia alguns meses, quando Carmelo Corrales ainda podia alcançá-lo. Eu o abracei, triste, porque não posso protegê-lo contra isso — vai levar as marcas pelo resto da vida.

Setembro é o mês do Chile. De norte a sul, drapejam bandeiras e, até nos lugares mais remotos, se levantam "ramadas", quatro postes de madeira e um teto de ramos de eucalipto, sob o qual o povo vai beber e sacudir o esqueleto com ritmos americanos e com a *cueca*, dança nacional que imita o namoro entre o galo e a galinha. Aqui também fizemos uma "ramada" regada a empanadas a rodo e a rios de vinho, cerveja e chicha; os homens acabaram escarrapachados no chão, roncando, e, ao entardecer, os carabineiros e as mulheres colocaram-nos no caminhãozinho do verdureiro e os distribuíram em suas casas. Nenhum bêbado vai preso em 18 e 19 de setembro, a menos que puxe uma faca.

Na televisão de Ñancupel, vi os desfiles militares de Santiago, em que a presidente Michelle Bachelet passou em revista as tropas em meio a aclamações da multidão, que a venera como a uma mãe; nenhum outro presidente chileno foi tão querido. Há quatro anos, antes das eleições, ninguém apostava nela, porque se supunha que os chilenos não votariam numa mulher e, além do mais, socialista, mãe solteira e agnóstica, mas ganhou a presidência e também o respeito de mouros e cristãos, como diz Manuel, embora eu não tenha visto nenhum mouro em Chiloé.

Temos vivido dias mornos e céus azuis, o inverno retrocedeu diante da investida da euforia patriótica. Com a primavera, foram vistos alguns leões-marinhos nas proximidades da caverna; acho que logo voltarão a se instalar onde estiveram antes e poderei reatar minha amizade com a Pincoya, se é que ela ainda se lembra de mim.

Subo o caminho do morro até a caverna quase diariamente, porque ali costumo encontrar meu Popo. A melhor prova de sua presença é que Fákin fica nervoso e, às vezes, sai correndo com o rabo entre as pernas. É apenas uma silhueta difusa, o cheiro delicioso de seu tabaco inglês no ar, ou a sensação de que me abraça. Então, fecho os olhos e me abandono ao calor e à segurança daquele peito largo, daquela barriga de xeique, daqueles braços fortes.

Uma vez, perguntei a ele onde estava quando mais precisara dele, no ano passado, e não tive que esperar sua resposta, porque, no fundo, eu já a sabia: sempre estivera comigo. Enquanto o álcool e as drogas dominaram a minha existência, ninguém podia me alcançar, eu era uma ostra em sua concha, mas, quando estava mais desesperada, meu avô me levava no colo. Ele nunca me perdeu de vista e me salvou quando estive em perigo de morte, dopada com heroína adulterada num banheiro público. Agora, sem aquela confusão em minha cabeça, eu o sinto sempre perto. Se tenho que escolher entre o prazer fugaz de um trago de álcool e o prazer memorável de um passeio pelo morro com o meu avô, sem dúvida, prefiro o segundo.

Meu Popo encontrou, por fim, a sua estrela. Esta ilha remota, invisível na conflagração do mundo, verde, sempre verde, é um planeta perdido; em vez de procurar tanto seu planeta no céu, poderia ter olhado para o sul.

As pessoas tiraram os casacos e saíram para tomar sol, mas eu ainda uso meu gorro de lã verde-bílis, porque perdemos o campeonato escolar de futebol. Meus infelizes "caleuches", cabisbaixos, assumiram toda a responsabilidade pela derrota. A partida foi jogada em Castro com a presença de metade da população da nossa ilha, que foi torcer pelo Caleuche, até mesmo dona Lucinda, que levamos na lancha de Manuel, amarrada a uma cadeira e enrolada em xales. Dom Lionel Schnake, mais vermelho e sonoro que nunca, apoiava nosso time com gritos destemperados.

Estivemos a ponto de ganhar, teria nos bastado um empate; foi uma rasteira do destino que, no último momento, quando faltavam trinta segundos para terminar a partida, levássemos um gol. Pedro Pelanchugay defendeu um chute com a cabeça, entre os gritos ensurdecedores da nossa torcida e as vaias dos adversários, mas a pancada o deixou meio tonto e, antes que pudesse se recuperar, veio um desgraçado e, com a ponta do pé, meteu calmamente a bola na rede. Foi tal o espanto geral que ficamos paralisados durante um longo segundo antes que a gritaria de guerra estourasse e começassem a voar latas de cerveja e garrafas de refrigerantes. Dom Lionel e eu estivemos a ponto de morrer de ataque cardíaco conjunto.

Nessa mesma tarde, eu me apresentei em sua casa para pagar a dívida.

— Nem pensar, gringuinha! Essa aposta foi uma brincadeira — garantiu o Millalobo, sempre galante.

Mas, se aprendi alguma coisa na taberna de Ñancupel, é que as apostas são sagradas. Fui a uma humilde barbearia, dessas atendidas por seu dono, com uma pilastra com faixas tricolores na porta e uma cadeira apenas, antiga e majestosa, onde me sentei com algum pesar, porque Daniel Goodrich não ia gostar nada disso. O barbeiro, muito profissional, raspou os meus cabelos e lustrou o meu crânio com um pedaço de camurça. Minhas orelhas parecem enormes, como as asas de uma jarra etrusca, e tenho manchas coloridas no couro cabeludo, como um mapa da África, por causa das tintas vagabundas, segundo me disse o barbeiro. Recomendou-me massagens com suco de limão e cloro. O gorro se faz necessário, porque as manchas parecem até contagiosas.

Dom Lionel se sente culpado e não sabe como ficar numa boa comigo, mas não há o que perdoar; aposta é aposta. Ele pediu a Blanca para comprar um chapéu sexy, porque estou parecendo uma lésbica fazendo quimioterapia, como disse com todas as letras, mas o gorro chilote se ajusta melhor à minha personalidade. Neste país, os cabelos são símbolo de feminilidade e beleza, as mulheres jovens os usam longos e cuidam deles como se fossem um tesouro. Nem preciso falar das exclamações de comiseração que ouvi na *ruca* quando apareci careca como um extraterrestre entre aquelas belas mulheres douradas, com suas abundantes cabeleiras renascentistas.

Manuel preparou uma bolsa com algumas roupas e seu manuscrito, que pensava discutir com seu editor, e me chamou à sala para me dar instruções antes de ir a Santiago. Apresentei-me com a minha mochila e a passagem na mão e anunciei que ele gozaria da minha companhia, gentileza de dom Lionel Schnake.

— Quem vai ficar com os bichos? — perguntou baixinho.

Expliquei que Juanito Corrales ia levar Fákin para sua casa e viria uma vez por dia alimentar os gatos. Estava tudo combinado. Não disse nada sobre a carta fechada que o portentoso Millalobo havia me dado para entregar discretamente ao neurologista, que, por sinal, vem a ser parente emprestado dos Schnake, pois é casado com uma prima de Blanca. A rede de relações neste país é como a deslumbrante teia de aranha de galáxias do meu Popo. Manuel não teve o que alegar e, por fim, se resignou a me levar. Fomos a Puerto Montt, de onde pegamos o voo para Santiago. O trajeto que eu havia feito em doze horas de ônibus para chegar a Chiloé demorou somente uma hora de avião.

— Que está acontecendo, Manuel? — perguntei, quando estávamos para aterrissar em Santiago.

— Nada.

— Como nada? Não falou comigo desde que saímos de casa. Está se sentindo mal?

— Não.

— Então, está chateado.

— Sua decisão de vir comigo sem me consultar é muito invasiva.

— Olha, cara, não o consultei porque teria dito que não. É melhor pedir perdão do que pedir permissão. Me perdoa?

Isso o calou, e, dali a pouco, o humor dele melhorou. Fomos a um hotelzinho no Centro, cada um em seu quarto, porque ele não quis dormir comigo, embora saiba o quanto me custa dormir sozinha, e depois me convidou para comer pizza e ir ao cinema ver *Avatar*, que não tinha chegado à nossa ilha e eu morria de vontade de ver. Manuel preferia, é claro, assistir a um filme deprimente sobre um mundo pós-apocalíptico, coberto de cinzas e com bandos de canibais, mas resolvemos a parada jogando uma moeda no ar: saiu coroa, e eu ganhei, como sempre. O truque é infalível: coroa eu ganho, cara você perde. Comemos pipoca, pizza e sorvetes, um festim para mim, que tenho meses de comida fresca e nutritiva. Estava com saudades de um pouco de colesterol.

 O doutor Arturo Puga atende pelas manhãs num hospital para população de baixa renda, onde recebeu Manuel, e pelas tardes em seu consultório particular na Clínica Alemã, em pleno bairro dos ricos. Sem a misteriosa carta do Millalobo, que fiz chegar até ele através da recepcionista pelas costas de Manuel, possivelmente ele teria me impedido de assistir à consulta. A carta me escancarou as portas. O hospital parecia saído de um filme sobre a Segunda Guerra Mundial, antiquado e enorme, desarrumado, com encanamento à vista, pias enferrujadas, lajotas quebradas e paredes descascadas, mas estava limpo e o atendimento era eficiente, levando-se em conta o número de pacientes. Esperamos quase duas horas numa sala com fileiras de cadeiras de ferro, até que chamaram o nosso número. O doutor Puga, chefe do departamento de neurologia, nos recebeu amavelmente em seu modesto consultório com a ficha de Manuel e suas radiografias sobre a mesa.

 — Qual é a sua relação com o paciente, senhorita? — perguntou.

 — Sou neta dele — respondi sem hesitar, diante do olhar atônito do aludido.

 Manuel está na lista de espera para uma possível cirurgia faz dois anos e vai-se lá saber quantos mais passarão antes que chegue a sua vez, porque não se trata de uma emergência. Imagina-se que, se viveu com uma bolha por mais de setenta anos, bem pode esperar mais alguns. A cirurgia é arriscada e, pelas características do aneurisma, convém adiá-la o máximo possível, na esperança de que o paciente morra de outra coisa; entretanto, em virtude da crescente intensidade das enxaquecas e tonteiras de Manuel, parece que chegou a hora de intervir.

O método tradicional consiste em abrir o crânio, separar o tecido cerebral, colocar um clipe para impedir o fluxo de sangue ao aneurisma e tornar a fechar a ferida; a recuperação leva mais ou menos um ano e pode deixar sequelas sérias. Enfim, um quadro pouco tranquilizador. No entanto, na Clínica Alemã, podem resolver o problema com um furinho na perna, por onde introduzem um cateter na artéria, chegam até o aneurisma navegando pelo sistema vascular e o preenchem com um fio de platina, que se enrola por dentro como um coque de velha. O risco é muito menor, a estada na clínica é de trinta e seis horas, e o tempo de convalescência é de um mês.

— Elegante, simples e completamente fora do alcance do meu bolso, doutor — disse Manuel.

— Não se preocupe, senhor Arias, a gente dá um jeito. Posso operá-lo sem custo algum. Este é um procedimento novo, que aprendi nos Estados Unidos, onde já se faz de forma rotineira, e tenho que treinar outro cirurgião para trabalhar na minha equipe. Sua cirurgia será como uma aula — explicou Puga.

— Ou seja, um "mestre franjinha" vai meter um arame no cérebro do Manuel — interrompi, horrorizada.

O médico começou a rir e me deu uma piscadela de cumplicidade. Então, lembrei-me da carta e compreendi que se tratava de uma conspiração do Millalobo para custear a cirurgia sem que Manuel ficasse sabendo, senão quando não pudesse fazer mais nada a respeito. Concordo com Blanca: dever um favor ou dever dois dá na mesma. Resumindo, Manuel foi internado na Clínica Alemã, fizeram os exames necessários e, no dia seguinte, o doutor Puga e um suposto aprendiz fizeram a intervenção com pleno sucesso, segundo me garantiram, embora não possam afirmar que a bolha permanecerá estável.

Blanca Schnake deixou sua escola a cargo de uma suplente e voou para Santiago assim que telefonei para lhe contar da cirurgia. Acompanhou Manuel como uma mãe durante o dia, enquanto eu realizava a minha investigação. À noite, ela foi para a casa de uma irmã e eu dormi com Manuel na Clínica Alemã, num sofá mais confortável do que a minha cama na ilha. A comida da cafeteria também era tipo cinco estrelas. Pude tomar o primeiro banho com porta fechada em muitos meses, mas, depois do que fiquei sabendo, nunca mais poderei perturbar Manuel para que ele instale portas em sua casa.

Santiago tem seis milhões de habitantes e continua crescendo para cima num delírio de prédios em construção. É uma cidade rodeada de morros e altas montanhas coroadas de neve, limpa, próspera, apressada, com parques bem-cuidados. O trânsito é agressivo, porque os chilenos, tão amáveis na aparência, descarregam suas frustrações ao volante. Entre os carros, pululam vendedores de frutas, antenas de televisão, pastilhas de menta e quanta bugiganga possa existir, e em cada semáforo há um saltimbanco dando saltos mortais por uma esmola. Os dias estavam bons, mas, às vezes, a poluição impedia de ver a cor do céu.

Uma semana depois da intervenção, voltamos com Manuel para Chiloé, onde nos esperavam os animais. Fákin nos recebeu com uma coreografia patética e as costelas à vista, porque se negou a comer em nossa ausência, como nos explicou Juanito, consternado. Voltamos antes que o doutor Puga lhe desse alta, porque Manuel não quis convalescer o mês inteiro na casa da irmã de Blanca em Santiago, onde estávamos importunando, como disse. Blanca me pediu que evitasse comentários na frente da família, que é de ultradireita, a respeito do que tínhamos descoberto do passado de Manuel, porque cairia muito mal. Fomos acolhidos com carinho, e todos, inclusive os filhos adolescentes, se dispuseram a acompanhar Manuel aos exames e cuidar dele.

Dividi o quarto com Blanca e pude apreciar como os ricos vivem em suas comunidades gradeadas, com serviço doméstico, jardineiro, piscina, cães de raça e três automóveis. Traziam-nos o café da manhã na cama, preparavam o banho com sais aromáticos e até me passaram os jeans. Nunca tinha visto nada parecido e gostei bastante; eu me acostumaria muito rápido à riqueza.

— Não são realmente ricos, Maya, não têm avião — zombou Manuel, quando comentei com ele.

— Você tem mentalidade de pobre, esse é o problema com os esquerdistas — respondi, pensando em minha Nini e em Mike O'Kelly, com vocação para pobres. Eu não sou como eles. A igualdade e o socialismo me parecem medíocres.

Em Santiago, fiquei angustiada com a poluição, o trânsito e o tratamento impessoal das pessoas. Em Chiloé, sabe-se quando alguém é de fora porque não cumprimenta na rua; em Santiago, quem cumprimenta na rua é suspeito. No elevador da Clínica Alemã, eu cumprimentava todo mundo como uma boba e as pessoas olhavam fixamente a parede para não ter que me responder. Não gostei de Santiago e não via a hora de voltar à nossa ilha, onde a vida flui como um rio manso, o ar é puro, há silêncio e tempo para concluir os pensamentos.

A recuperação de Manuel vai levar um tempo, ele está fraco e ainda sente dor na cabeça. As ordens do doutor Puga foram expressas: deve tomar meia dúzia de comprimidos por dia, ficar em repouso até dezembro, quando terá que voltar a Santiago para fazer outra tomografia, evitar esforços físicos pelo resto da vida e confiar na sorte ou em Deus, conforme sua crença, porque o fio de platina não é infalível. E acho que não perderá nada em consultar uma *machi*, por via das dúvidas...

Blanca e eu decidimos esperar a oportunidade para falar com Manuel sobre o que temos que falar, sem pressioná-lo. Por ora, cuidamos dele da melhor forma possível. Está acostumado aos modos autoritários de Blanca e dessa gringa que vive em sua casa, por isso nossa recente amabilidade o deixa inquieto, acha que ocultamos a verdade, que está muito pior do que lhe disse o doutor Puga.

— Se pensam em me tratar como a um inválido, prefiro que me deixem sozinho — resmunga.

Com um mapa e uma lista de lugares e pessoas dada pelo padre Lyon, pude reconstituir a vida de Manuel nos anos-chave entre o golpe militar e sua saída para o exílio. Em 1973, tinha trinta e seis anos, era um dos professores mais jovens da Faculdade de Ciências Sociais, estava casado e, pelo que deduzi, seu casamento ia aos trancos e barrancos. Não era comunista, como pensa o Millalobo, nem estava filiado a outro parido, mas simpatizava com o governo de Salvador Allende e participava das manifestações multitudinárias daquela época, umas em apoio a Allende e outras em oposição. Quando aconteceu o golpe militar, na segunda-feira, 11 de setembro de 1973, o país estava dividido em duas facções irreconciliáveis, ninguém podia permanecer neutro. Dois dias depois do golpe, veio o toque de recolher, imposto durante as primeiras quarenta e oito horas, e Manuel voltou a trabalhar. Encontrou a universidade ocupada por soldados armados para a guerra, em uniformes de combate e com os rostos pintados para não serem reconhecidos, viu buracos de balas nas paredes e sangue na escada, e alguém o avisou de que tinham prendido os estudantes e professores que estavam no edifício.

Esse tipo de violência era tão inimaginável no Chile, orgulhoso de sua democracia e de suas instituições, que Manuel não soube avaliar a gravidade do que havia acontecido e foi à delegacia mais próxima perguntar pelos colegas. Não tornou a pôr o pé na rua. Foi levado com os olhos vendados ao Estádio Nacional, que fora transformado num centro de detenção. Lá estavam milhares de pessoas que tinham sido presas naqueles dois dias, maltratadas e famintas, que dormiam jogadas no chão de cimento e passavam o dia sentadas nas arquibancadas, rogando silenciosamente para não serem incluídas entre os desgraçados que eram levados à enfermaria para interrogatório. Escutavam-se os gritos das vítimas e, à noite, os tiros das execuções. Os presos estavam incomunicáveis, sem contato com os familiares, embora estes pudessem deixar pacotes de comida e roupa, na esperança de que os guardas os entregassem a seus destinatários. A mulher de Manuel, que pertencia ao Movimento de Esquerda Revolucionária, o grupo mais perseguido pelos militares, fugiu imediatamente para a Argentina e dali para a Europa; não voltaria a se reunir com o marido até três anos mais tarde, quando ambos se refugiaram na Austrália.

Pelas arquibancadas do estádio passava um homem encapuzado, com sua carga de culpa e aflição, escoltado de perto por dois soldados. O homem apontava supostos militantes socialistas ou comunistas, que eram levados de imediato para as entranhas do edifício para serem submetidos à tortura ou executados. Por erro ou medo, o fatídico encapuzado apontou Manuel Arias.

Dia a dia, passo a passo, percorri a rota de seu calvário e, no processo, senti as cicatrizes indeléveis que a ditadura deixou no Chile e na alma de Manuel. Agora sei o que se oculta sob as aparências deste país. Sentada num parque diante do rio Mapocho, onde trinta e cinco anos atrás flutuavam cadáveres de torturados, li o informe da Comissão que investigou as atrocidades de então, um extenso relato de sofrimento e crueldade. Um padre amigo do padre Lyon facilitou meu acesso aos arquivos do Vicariato da Solidariedade, órgão da Igreja católica que ajudava as vítimas da repressão e fazia a conta dos desaparecidos, desafiando a ditadura no coração da própria catedral. Examinei centenas de fotografias de presos que logo evaporaram sem deixar rastro (quase todos jovens) e as denúncias das mulheres que ainda procuram os filhos, os maridos, às vezes os netos.

Manuel ficou preso o verão e o outono de 1974 no Estádio Nacional e em outros centros de detenção, onde foi interrogado tantas vezes que perdeu a conta. As confissões não significavam nada e acabavam perdidas em arquivos ensanguentados que interessavam apenas aos ratos. Como muitos outros prisioneiros, nunca soube o que seus verdugos queriam ouvir e finalmente compreendeu que não importava, porque eles também não sabiam o que procuravam. Não eram interrogatórios, eram castigos para estabelecer um regime opressor e cortar pela raiz qualquer tentativa de resistência na população. O pretexto eram depósitos de armas, que supostamente o governo Allende teria entregado ao povo, mas, ao cabo de meses, não haviam encontrado nada e ninguém mais acreditava nos arsenais imaginários. O terror paralisou as pessoas, foi o meio mais eficaz de impor a ordem gelada dos quartéis. Era um plano a longo prazo para mudar completamente o país.

Durante o inverno de 1974, Manuel esteve preso numa mansão nos arredores de Santiago que havia pertencido a uma família poderosa, os Grimaldi, de origem italiana, cuja filha fora presa para, em seguida, sua liberdade ser trocada pela residência. A propriedade passou para as mãos da Direção de Inteligência Nacional, a infame DINA, cujo emblema era um punho de ferro, responsável por muitos crimes, inclusive no estrangeiro, como os assassinatos, em plena Buenos Aires, do deposto comandante em chefe das Forças Armadas e de um ex-ministro em pleno coração de Washington, a poucas quadras da Casa Branca. A Villa Grimaldi se transformou no mais temido centro de interrogatório, por onde haveriam de desfilar quatro mil e quinhentos presos, muitos dos quais não saíram vivos.

No fim da minha semana em Santiago, realizei a visita obrigatória à Villa Grimaldi, que agora é um jardim silencioso onde assombra a memória dos que ali padeceram. Na hora, fui incapaz de ir sozinha. Minha avó acha que os lugares ficam marcados pelas experiências humanas; faltou-me coragem para enfrentar a maldade e a dor encarceradas para sempre naquele lugar. Pedi a Blanca Schnake, a única pessoa a quem havia contado o que estava investigando, exceto Liliana e o padre Lyon, que me acompanhasse. Blanca fez uma fraca tentativa de me dissuadir:

— Para que continuar remexendo numa coisa que aconteceu há tanto tempo? — Mas ela pressentia que ali estava a chave da vida de Manuel Arias, e seu amor por ele foi mais forte que sua resistência a enfrentar algo que preferia ignorar. — Está bem, gringuinha. Vamos já, antes que eu me arrependa.

A Villa Grimaldi, agora chamada Parque pela Paz, é um hectare verde de árvores sonolentas. Resta pouco dos edifícios que existiram quando Manuel esteve ali, porque foram demolidos pela ditadura numa tentativa de apagar as pegadas de seus crimes imperdoáveis. No entanto, os tratores não puderam arrasar os persistentes fantasmas nem calar os lamentos de agonia que ainda se ouvem no ar.

Caminhamos entre imagens, monumentos, homenagens, grandes painéis com os rostos dos mortos e desaparecidos. Um guia nos explicou o tratamento que davam aos prisioneiros, as formas mais usadas de tortura, com desenhos esquemáticos de formas humanas penduradas pelos braços, cabeças submersas em tonéis de água, camas de ferro com eletricidade, mulheres estupradas por cães, homens sodomizados com cabos de vassoura. Num muro de pedra, entre duzentos e sessenta e seis nomes, encontrei o de Felipe Vidal e então pude encaixar as últimas peças do quebra-cabeça.

Na desolação daquela Villa Grimaldi se conheceram Manuel Arias, professor, e Felipe Vidal, jornalista; ali padeceram juntos e um deles sobreviveu.

Blanca e eu decidimos que tínhamos que falar com Manuel de seu passado e lamentamos que Daniel não pudesse nos ajudar, porque, numa intervenção desse tipo, a presença de um profissional se justifica, mesmo que seja um psiquiatra novato como ele. Blanca afirma que essas experiências de Manuel devem ser tratadas com o mesmo cuidado e delicadeza que requer seu aneurisma, porque estão encapsuladas numa bolha da memória que, se estourar subitamente, poderá aniquilá-lo. Nesse dia, Manuel fora a Castro buscar alguns livros e aproveitamos a sua ausência para preparar o jantar, sabendo que ele sempre volta ao pôr do sol.

Comecei a preparar o pão, como costumo fazer quando fico nervosa. Fico calma ao sovar a massa com firmeza, dar-lhe forma, esperar que cresça sob um pano branco, assá-la até que fique dourada e, mais tarde, servi-la ainda quentinha aos amigos, um ritual paciente e sagrado. Blanca cozinhou o frango infalível com mostarda e bacon de Frances, o favorito de Manuel, e trouxe castanhas em calda para a sobremesa. A casa estava acolhedora, fragrante a pão recém-assado e a comida cozinhando lentamente numa panela de barro. Era uma tarde quase fria, gostosa, com o céu em tons de cinza, sem vento. Logo haveria lua cheia e outra reunião de sereias na *ruca*.

Desde a cirurgia do aneurisma, algo mudou entre Manuel e Blanca. Atualmente a aura deles brilha, como diria minha avó: elas têm essa luz palpitante dos maravilhados. Também há outros sinais menos sutis, como a cumplicidade no olhar, a necessidade de se tocar, a forma como adivinham as intenções e desejos um do outro. Por um lado, isso me alegra, é o que eu vinha propiciando por muitos meses, e, por outro, me preocupa: o que vai ser de mim quando decidirem mergulhar nesse amor que adiaram por tantos anos? Nesta casa não cabemos os três, e a de Blanca também ficaria pequena. Bem, espero que até lá o meu futuro com Daniel Goodrich tenha se esclarecido.

Manuel chegou com uma sacola de livros que havia encomendado a seus amigos livreiros e romances em inglês enviados pela minha avó ao correio de Castro.

— Estamos festejando algum aniversário? — perguntou, farejando o ar.

— Estamos festejando a amizade. Como esta casa mudou desde que a gringuinha chegou! — comentou Blanca.

— Você se refere à bagunça?

— Me refiro às flores, à boa comida e à companhia, Manuel. Não seja mal-agradecido. Você vai sentir muitas saudades quando ela for embora.

— Por acaso está pensando em ir?

— Não, Manuel. Penso em me casar com Daniel e viver aqui com você e mais os quatro filhos que vamos ter — respondi de gozação.

— Espero que seu namorado aprove esse plano — disse ele no mesmo tom.

— Por que não? É um plano perfeito.

— Vocês morreriam de tédio nesta ilha de pedra, Maya. Os forasteiros que se metem aqui estão desencantados com o mundo. Ninguém vem antes de ter começado a viver.

— Eu vim me esconder, e olha tudo o que encontrei: vocês, Daniel, segurança, natureza e uma aldeia com trezentas pessoas para eu gostar. Até o meu Popo está à vontade aqui, eu o vi passeando no morro.

— Andou bebendo?! — exclamou Manuel, alarmado.

— Nem um só gole, Manuel. Sabia que não ia acreditar, por isso não tinha lhe contado.

Foi uma noite extraordinária, em que tudo conspirou para as confidências, o pão e o frango, a lua que surgia entre as nuvens, a comprovada simpatia mútua que sentíamos, a conversa salpicada de anedotas e brincadeiras leves. Contaram-me como se conheceram, a impressão que um causou no outro. Manuel disse que Blanca, quando jovem, era muito bonita (ainda é); era uma valquíria dourada, toda pernas, cabeleira e dentes, que irradiava a segurança e a alegria de quem tinha sido muito mimada.

— Eu devia tê-la detestado, porque era muito mimada, mas sua simpatia me venceu. Era impossível não gostar dela. Mas eu não estava em condições de conquistar ninguém, muito menos uma jovem tão inalcançável quanto ela.

Para Blanca, Manuel tinha a atração do proibido e perigoso, vinha de um mundo oposto ao seu, provinha de outro meio social e representava o inimigo político, embora, por ser hóspede de sua família, estivesse disposta a aceitá-lo.

Falei para eles da minha casa em Berkeley, de por que pareço escandinava e da única vez em que vi minha mãe. Falei de alguns personagens que conheci em Las Vegas, como uma gorda de cento e oitenta quilos e voz carinhosa que ganhava a vida trabalhando num disque-sexo, ou uma dupla de transexuais amigos de Brandon Leeman que se casaram numa cerimônia formal, ela de smoking e ele com vestido de organdi branco.

Jantamos sem pressa e depois nos sentamos, como sempre, para olhar a noite pela janela, eles com seus copos de vinho, eu com minha xícara de chá. Blanca estava no sofá, encostada em Manuel, e eu numa almofada no chão com Fákin, que passou a sofrer de síndrome da separação desde que o deixamos para ir a Santiago. Ele me segue com o olhar e não desgruda de mim, é um tormento.

— Tenho a impressão de que esta festinha é uma armadilha — resmungou Manuel. — Faz dias que alguma coisa flutua no ar. Mãos à obra, mulheres.

— Você destruiu a nossa estratégia, Manuel. Pensávamos em entrar no assunto com diplomacia — disse Blanca.

— O que vocês querem?

— Nada, só conversar.

— Sobre o quê?

Então, eu lhe contei que havia meses estava investigando por conta própria o que tinha acontecido depois do golpe militar, porque achava que ele convivia com as lembranças infeccionadas como uma úlcera no fundo da memória e elas o estavam envenenando. Pedi desculpas por me intrometer, e o que me motivara era o quanto eu o amava; sentia pena por vê-lo sofrer de noite, quando pesadelos o assaltavam. Disse que a rocha que ele carregava sobre os ombros era pesada demais, mantinha-o esmagado, levando-o a viver pela metade, como se estivesse fazendo hora para morrer. Havia se fechado tanto que não podia sentir nem alegria, nem amor. Acrescentei que Blanca e eu podíamos ajudá-lo a carregar essa pedra.

Manuel não me interrompeu. Estava pálido, respirando como um cachorro cansado, agarrado à mão de Blanca, com os olhos fechados.

— Quer saber o que a gringuinha descobriu, Manuel? — perguntou Blanca num murmúrio.

Ele assentiu, mudo.

Confessei que, em Santiago, enquanto ele convalescia da cirurgia, eu tinha remexido nos arquivos do Vicariato e falado com as pessoas com quem o padre Lyon me pusera em contato: dois advogados, um padre e um dos autores do Informe Rettig, onde aparecem mais de três mil e quinhentas denúncias de violações aos direitos humanos cometidas durante a ditadura. Entre esses casos estavam o de Felipe Vidal, o primeiro marido de minha Nini, e o de Manuel Arias.

— Eu não participei desse informe — disse Manuel, com a voz cansada.

— O seu caso foi denunciado pelo padre Lyon. Você contou a ele os detalhes desses quatorze meses em que esteve preso, Manuel. Acabava de sair do campo de concentração Três Álamos e estava banido aqui, em Chiloé, onde convivera com o padre Lyon.

— Não me lembro disso.

— O padre se lembra, mas não pôde me contar, porque o considera segredo de confissão. Ele se limitou a me apontar o caminho. O caso de Felipe Vidal foi denunciado por sua mulher, a minha Nini, antes de se exilar.

Repeti a Manuel o que havia descoberto naquela semana transcendental em Santiago e a visita que fiz com Blanca à Villa Grimaldi. O nome do lugar não provocou nenhuma reação especial, ele tinha uma vaga ideia de que havia estado ali, mas em sua mente confundia com outros centros de detenção. Nos trinta e poucos anos transcorridos desde então, eliminara de sua memória essa experiência — lembrava como se a tivesse lido num livro, não como algo pessoal, embora tivesse cicatrizes de queimaduras no corpo e não pudesse levantar os braços por cima dos ombros, porque eram deslocados.

— Não quero saber os detalhes — disse.

Blanca explicou que os detalhes estavam intactos num lugar dentro dele e que era preciso uma coragem imensa para entrar naquele lugar, mas ele não iria sozinho, ela e eu o acompanharíamos. Já não era um prisioneiro impotente nas mãos de seus captores, mas nunca seria verdadeiramente livre se não enfrentasse o sofrimento do passado.

— O pior aconteceu na Villa Grimaldi, Manuel. No fim da visita que fizemos, o guia nos levou para ver as celas. Havia celas de um metro por dois nas quais colocavam vários prisioneiros de pé, apertados, por dias, por semanas. Só os tiravam para torturá-los ou para irem ao banheiro.

— Sim, sim... estive numa dessas com Felipe Vidal e outros homens. Não nos davam água... era uma caixa sem ventilação, aguentávamos o suor, o sangue, os excrementos — balbuciou Manuel, curvado, a cabeça sobre os joelhos. — E outras eram nichos individuais, tumbas, casinhas de cachorro... as câimbras, a sede... Me tirem daqui!

Blanca e eu o envolvemos num círculo de braços e peitos e beijos, segurando-o, chorando com ele. Tínhamos visto uma dessas celas. Tanto pedi ao guia que ele acabou me permitindo entrar. Tive que entrar de joelhos, e lá dentro fiquei encolhida, de cócoras, incapaz de mudar de postura ou me mover, e, depois que fecharam a portinhola, fiquei no escuro, encurralada. Não suportei mais do que alguns segundos e comecei a gritar, até que me tiraram pelos braços, ofegante.

— Os presos permaneciam enterrados vivos por semanas, às vezes meses. Poucos saíram vivos daqui, e esses ficaram loucos — dissera o guia.

— Já sabemos onde você está quando sonha — disse Blanca.

Por fim tiraram Manuel de sua tumba, para trancafiar nela outro prisioneiro. Tinham se cansado de torturá-lo e o mandaram para outros centros de detenção. Depois de cumprir seu banimento em Chiloé, pôde ir embora para a Austrália, onde estava sua mulher, que não soubera dele por mais de dois anos e o considerava morto. Ela tinha uma nova vida, na qual Manuel, traumatizado, não cabia. Divorciaram-se em seguida, como aconteceu com a maioria dos casais em exílio. Apesar de tudo, Manuel teve melhor sorte que outros exilados, porque a Austrália é um país acolhedor; lá conseguiu trabalho em sua área e pôde escrever dois livros, enquanto se aturdia com álcool e aventuras fugazes que só acentuaram sua solidão abissal. A vida com sua segunda mulher, uma bailarina espanhola que conheceu em Sydney, durou menos de um ano. Era incapaz de confiar em alguém ou de se entregar numa relação amorosa, sofria episódios de violência e ataques de pânico, estava irremediavelmente preso em sua cela da Villa Grimaldi ou despido, amarrado a uma cama metálica, enquanto seus carcereiros se divertiam lhe dando choques.

Um dia, em Sydney, Manuel arrebentou o carro contra um pilar de concreto armado, um acidente improvável, inclusive para alguém tomado de bebida, como ele estava quando o recolheram. Os médicos do hospital, onde esteve treze dias em estado grave e um mês imóvel, concluíram que havia tentado se matar. Puseram-no em contato com uma organização internacional que ajudava vítimas de tortura. Um psiquiatra com experiência em casos como o dele o visitou quando ainda estava no hospital. Não conseguiu destrinchar os traumas de seu paciente, mas o ajudou a lidar com as mudanças de humor e os episódios de violência e pânico, a deixar de beber e a levar uma existência aparentemente normal. Manuel se considerou curado, sem dar maior importância aos pesadelos ou ao medo visceral de elevadores e lugares fechados; continuou tomando antidepressivos e se acostumou à solidão.

Durante o relato de Manuel faltou luz, como sempre acontece na ilha a essa hora, e nenhum de nós três se levantou para acender velas. Ficamos no escuro, sentados bem juntos.

— Me perdoe, Manuel — murmurou Blanca ao fim de uma longa pausa.

— Perdoar você? Eu só tenho que agradecer — disse ele.

— Me perdoe pela incompreensão e pela cegueira. Ninguém poderia perdoar os criminosos, Manuel, mas talvez você possa me perdoar e à minha família. Nós pecamos por omissão. Ignoramos a evidência, porque não queríamos ser cúmplices. No meu caso, foi pior, porque nesses anos viajei bastante, sabia o que a imprensa estrangeira publicava sobre o governo Pinochet. Mentiras, pensava, é propaganda comunista.

Manuel a puxou, abraçando-a. Levantei-me tateando para colocar lenha no fogão e procurar velas, outra garrafa de vinho e mais chá. A casa havia esfriado. Coloquei uma manta sobre as pernas deles e me enrolei no sofá desmantelado do outro lado de Manuel.

— Então sua avó lhe contou sobre nós, Maya — disse Manuel.

— Que eram amigos, mais nada. Ela não fala dessa época, raramente menciona Felipe Vidal.

— Então como soube que sou seu avô?

— Meu Popo é o meu avô — respondi, afastando-me dele.

Sua revelação foi tão inaudita que levei um minuto inteiro para captar seu alcance. As palavras foram abrindo caminho aos trancos em minha mente embotada e em meu coração perturbado, mas o significado não era claro para mim.

— Não estou entendendo... — murmurei.

— Andrés, o seu pai, é meu filho — disse Manuel.

— Não pode ser. Minha Nini não teria ocultado isso durante quarenta e tantos anos.

— Pensei que soubesse, Maya. Disse ao doutor Puga que você era minha neta.

— Para ele me deixar entrar na consulta!

Em 1964, minha Nini era secretária, e Manuel Arias professor auxiliar na faculdade; ela tinha vinte e dois anos e acabara de se casar com Felipe Vidal; ele tinha vinte e sete e uma proposta de bolsa para fazer doutorado de sociologia na Universidade de Nova York. Haviam se apaixonado na adolescência, mas deixaram de se ver durante alguns anos e, ao se reencontrarem por acaso na faculdade, foram atropelados por uma paixão nova e urgente, muito diferente do romance virginal de antes. Essa paixão haveria de terminar de forma lancinante quando ele partiu para Nova York e tiveram que se separar. Enquanto isso, Felipe Vidal, lançado numa notável carreira jornalística, estava em Cuba, sem suspeitar da traição de sua mulher, tanto que nunca colocou em dúvida que o filho nascido em 1965 era dele. Ele não soube da existência de Manuel Arias até compartilharem uma cela infame, mas Manuel Arias havia seguido de longe o sucesso do repórter. O amor de Manuel e Nini sofrera várias interrupções, mas se acendia de novo inevitavelmente quando se reencontravam, até que ele se casou em 1970, ano em que Salvador Allende ganhou a presidência e começou a germinar o cataclismo político que culminaria três anos mais tarde com o golpe militar.

— Meu pai sabe disso? — perguntei a Manuel.

— Acho que não. Nidia se sentia culpada pelo que havia acontecido entre nós e estava disposta a manter o segredo a qualquer custo, pretendia esquecer tudo e que eu também esquecesse. Não tocou mais no assunto até dezembro do ano passado, quando me escreveu mencionando você.

— Agora entendo por que você me recebeu nesta casa, Manuel.

— Em minha esporádica correspondência com Nidia, fiquei sabendo da sua existência, Maya. Sabia que, por ser filha de Andrés, era minha neta, mas não dei importância, achei que nunca iria conhecê-la.

O clima de reflexão e intimidade que havia minutos antes se tornou muito tenso. Manuel era o pai do meu pai, tínhamos o mesmo sangue. Não houve reações dramáticas, nada de abraços comovidos nem de lágrimas de reconhecimento, nada de nos enlamear com declarações sentimentais; tornei a sentir aquela dureza amarga dos meus maus tempos, que nunca tinha sentido em Chiloé. Apagaram-se os meses de brincadeiras, estudo e convivência com Manuel; de repente, ele se tornara um desconhecido cujo adultério com a minha avó me repelia.

— Meu Deus, Manuel, por que não me contou? A telenovela é programa infantil perto dessa bomba — concluiu Blanca com um suspiro.

Essa frase rompeu o feitiço e desanuviou o ar. Olhamo-nos na luz amarelada da vela, sorrimos timidamente e depois começamos a rir, primeiro hesitantes e em seguida com entusiasmo, diante do absurdo e da falta de importância do assunto, porque se não se tratava de doar um órgão ou herdar uma fortuna, dava na mesma quem era meu antepassado biológico. Apenas o afeto importava, o que por sorte tínhamos de sobra.

— Meu Popo é o meu avô — repeti.

— Ninguém tem dúvida disso, Maya — respondeu ele.

Pelas mensagens da minha Nini, que escreve para Manuel através de Mike O'Kelly, fiquei sabendo que encontraram Freddy desmaiado numa rua de Las Vegas. Uma ambulância o levou ao mesmo hospital onde havia estado antes e onde Olympia Pettiford o conhecera, uma dessas felizes coincidências que as Viúvas por Jesus atribuem ao poder da oração. O garoto ficou internado na UTI, respirando por um tubo conectado a uma máquina barulhenta, enquanto os médicos tentavam controlar uma pneumonia dupla que o deixou às portas do crematório. Depois tiveram que lhe extirpar um rim, que havia sido arrebentado numa antiga surra, e tratar as múltiplas doenças causadas pela má vida. Por fim, foi parar numa cama do andar de Olympia. Nesse ínterim, ela colocara em movimento as forças salvadoras de Jesus e seus próprios recursos para evitar que o Serviço de Proteção Infantil ou a lei levasse o garoto.

Quando deram alta a Freddy, Olympia Pettiford já tinha conseguido uma autorização judicial para cuidar dele, alegando um parentesco ilusório, e assim o salvou de um centro de recuperação juvenil ou da cadeia. Parece que foi ajudada pelo oficial Arana, que soube que um garoto com as características de Freddy dera entrada no hospital e, então, decidiu ir vê-lo num momento livre. Lá deparou com o acesso bloqueado pela imponente Olympia, decidida a censurar as visitas ao doente, que ainda andava meio perdido naquele território incerto entre a vida e a morte.

A enfermeira temia que Arana tivesse a intenção de prender o seu protegido, mas ele a convenceu de que só desejava saber notícias de uma amiga dele, Laura Barron. Disse que estava disposto a ajudar o garoto, e então, como nisso ambos estavam de acordo, Olympia o convidou para tomar um suco na cafeteria e conversar. Ela explicou que, em fins do ano passado, Freddy havia levado a sua casa uma tal Laura Barron, drogada e doente, e depois havia evaporado. Não soubera mais nada a respeito dele até que saíra da sala de cirurgia com um só rim e fora parar numa sala de seu andar. Quanto a Laura Barron, só podia lhe dizer que cuidara dela por alguns dias: mal a garota melhorara um pouco, apareceram uns parentes que a levaram, provavelmente para algum programa de reabilitação, como ela mesma havia aconselhado. Ignorava para onde e já não tinha o número que a garota lhe dera para telefonar para uma avó. Freddy devia ser deixado em paz, disse para Arana num tom que não admitia discussão, porque o garoto não sabia nada a respeito da tal Laura Barron.

Quando Freddy saiu do hospital com aparência de espantalho, Olympia Pettiford o levou para sua casa e o pôs nas mãos do temível comando das Viúvas cristãs. A essa altura, o garoto já sobrevivera a dois meses de abstinência e sua escassa energia somente lhe permitia ver televisão. Com a dieta de frituras das Viúvas, ele começou a recuperar as forças. Quando Olympia calculou que ele podia fugir para as ruas e voltar ao inferno do vício, lembrou-se do homem na cadeira de rodas, cujo cartão mantinha entre as páginas de sua Bíblia, e telefonou para ele. Sacou suas economias do banco, comprou as passagens e levou Freddy para a Califórnia com outra mulher como reforço. Segundo a minha Nini, elas se apresentaram com roupas dominicais no cubículo sem ventilação perto da Prisão de Menores, onde Branca de Neve trabalhava. Ele estava à espera delas.

A história me encheu de esperança, porque, se alguém neste mundo pode ajudar Freddy, esse alguém é Mike O'Kelly.

Daniel Goodrich e seu pai foram a uma Conferência de Analistas Junguianos em São Francisco, onde o tema era o *Livro vermelho* (*Liver novus*), de Carl Jung, que acabara de ser publicado, depois de ter ficado numa caixa-forte na Suíça por décadas, vedado aos olhos do mundo e rodeado de grande mistério. Sir Robert Goodrich comprou a preço de ouro uma das cópias de luxo, idêntica ao original, que Daniel herdará. Aproveitando o domingo livre, Daniel foi a Berkeley ver a minha família e levou fotografias de sua passagem por Chiloé.

Na melhor tradição chilena, minha avó insistiu para ele passar a noite em sua casa e o instalou no meu quarto, que foi pintado num tom mais tranquilo que o manga berrante da minha infância e despojado do dragão alado no teto e das criaturas desnutridas nas paredes. O hóspede ficou pasmo com o casarão de Berkeley e com minha pitoresca avó, mais resmungona, reumática e colorida do que eu havia conseguido descrever.

A torre das estrelas havia sido usada pelo inquilino para guardar mercadorias, mas Mike mandara vários de seus delinquentes arrependidos rasparem a sujeira e colocarem o velho telescópio em seu lugar. Minha Nini diz que isso tranquilizou meu Popo, que antes vagava pela casa tropeçando em caixotes e pacotes da Índia. Abstive-me de contar que meu Popo está em Chiloé, porque talvez ronde por vários lugares ao mesmo tempo.

Daniel foi com a minha Nini conhecer a biblioteca, os hippies anciãos da Telegraph Avenue, o melhor restaurante vegetariano, a Peña Chilena e, naturalmente, Mike O'Kelly. "O irlandês está apaixonado pela sua avó e acho que ela não é indiferente", escreveu Daniel, mas me custa imaginar que minha avó possa levar Branca de Neve a sério — comparado com meu Popo, é um pobre-diabo. O certo é que O'Kelly não está de todo mal, mas qualquer um é um pobre-diabo comparado ao meu Popo.

No apartamento de Mike estava Freddy, que deve ter mudado muito nesses meses, porque a descrição de Daniel não bate com a do garoto que me salvou a vida duas vezes. Freddy está no programa de reabilitação de Mike, sóbrio e com aparente boa saúde, mas muito deprimido, não tem amigos, não sai à rua, não quer estudar nem trabalhar. O'Kelly acha que ele precisa de tempo e que devemos ter fé em que persistirá, porque é muito jovem e tem bom coração, e isso sempre ajuda. O garoto se mostrou indiferente diante das fotos de Chiloé e das notícias sobre mim; se não fosse pela falta de dois dedos de uma das mãos, eu pensaria que Daniel o confundiu com outro.

Meu pai chegou nesse domingo ao meio-dia, vindo de algum emirado árabe, e almoçou com Daniel. Imagino os três na antiquada cozinha da casa, os guardanapos brancos esfiapados pelo uso, a mesma jarra de cerâmica verde para a água, a garrafa de sauvignon blanc Veramonte, favorito do meu pai, e o fragrante "ensopadinho de peixe" da minha Nini, uma variante chilena do *cioppino* italiano e da *bouillabaisse* francesa, como ela mesma o descreve. Meu amigo concluiu, erroneamente, que meu pai é de lágrimas fáceis, porque se emocionou ao ver as minhas fotos, e que eu não me pareço com ninguém da minha pequena família. Devia ver Marta Otter, a princesa da Lapônia. Passou um dia de estupenda hospitalidade e partiu com a ideia de que Berkeley é um país do Terceiro Mundo. Se deu muito bem com a minha Nini, embora a única coisa que tenham em comum seja eu e a fraqueza por sorvete de menta. Depois de pesar os riscos, ambos concordaram em trocar notícias por telefone, o que oferece um perigo mínimo, desde que evitem mencionar o meu nome.

— Pedi a Daniel que viesse a Chiloé para o Natal — anunciei a Manuel.

— De visita, para ficar ou para buscar você?

— Sei lá, Manuel.

— O que você prefere?

— Que fique! — respondi sem hesitar, surpreendendo-o com a minha certeza.

Desde que esclarecemos o nosso parentesco, Manuel costuma me olhar com olhos úmidos, e sexta-feira trouxe chocolate de Castro para mim.

— Você não é meu namorado, Manuel, e tire da cabeça a ideia de substituir o meu Popo.

— Isso não passou pela minha cabeça, gringuinha bobalhona — respondeu.

Nossa relação é a mesma de antes, nada de arrulhos e muita ironia, mas ele parece outra pessoa, coisa que Blanca também notou. Espero que não amoleça e acabe se transformando num velhinho sem graça. A relação deles também mudou. Várias noites por semana, Manuel dorme na casa de Blanca e me deixa abandonada, sem outra companhia que a dos três morcegos, dois gatos maníacos e um cachorro coxo. Tivemos oportunidade de falar do seu passado, que já não é tabu, mas ainda não me atrevo a tocar primeiro no assunto; prefiro esperar que ele tome a iniciativa, o que acontece com certa frequência porque, uma vez aberta a caixa de Pandora, Manuel tem necessidade desabafar.

Tracei um quadro bastante preciso do que aconteceu com Felipe Vidal, graças ao que Manuel lembra e à denúncia detalhada de sua mulher no Vicariato da Solidariedade, onde, inclusive, há duas cartas arquivadas que ele escreveu para ela antes de ser preso. Violando as normas de segurança, escrevi para a minha Nini através de Daniel, que lhe enviou a carta, para pedir explicações. Ela respondeu pelo mesmo canal e com isso completei a informação que me faltava.

Na confusão dos primeiros tempos depois do golpe militar, Felipe e Nidia Vidal acharam que, mantendo-se invisíveis, poderiam continuar sua existência normal. Felipe Vidal havia dirigido um programa político de televisão durante os três anos do governo de Salvador Allende, razão de sobra para ser considerado suspeito pelos militares; no entanto, não tinha sido preso. Nidia achava que a democracia seria restaurada logo, mas ele temia uma ditadura de grande fôlego, porque, no exercício do jornalismo, havia coberto guerras, revoluções e golpes militares — sabia que a violência, uma vez desatada, é irrefreável. Antes do golpe, pressentia que estavam sobre um barril de pólvora pronto para explodir e avisou o presidente em particular, depois de uma entrevista coletiva.

— Sabe de alguma coisa que eu não sei, companheiro Vidal, ou é um palpite? — perguntou Allende.

— Senti o pulso do país e acho que os militares vão colocar as tropas nas ruas — respondeu sem preâmbulos.

— O Chile tem uma longa tradição democrática, aqui ninguém toma o poder pela força. Conheço a gravidade dessa crise, companheiro, mas confio no comandante das Forças Armadas e na honra de nossos soldados; sei que cumprirão seu dever — disse Allende em tom solene, como que falando para a posteridade.

Ele se referia ao general Augusto Pinochet, que havia nomeado recentemente, um homem da província, de família de militares, que vinha bem-recomendado por seu antecessor, o general Prats, deposto por pressões políticas. Vidal reproduziu textualmente esta conversa em sua coluna no jornal. Nove dias mais tarde, na segunda-feira, 11 de setembro, escutou pelo rádio as últimas palavras do presidente se despedindo do povo antes de morrer e o estouro das bombas caindo sobre o Palácio de La Moneda, sede da presidência. Então se preparou para o pior. Não acreditava no mito da conduta civilizada dos militares chilenos, porque havia estudado história e existiam evidências excessivas do contrário. Pressentia que a repressão seria pavorosa.

A Junta Militar declarou o estado de guerra e, entre suas medidas imediatas, impôs censura estrita aos meios de comunicação. Não circulavam notícias, apenas boatos, que a propaganda oficial não tentasse calar porque lhe convinha semear o terror. Falavam de campos de concentração e centros de tortura, milhares e milhares de presos, exilados e mortos, tanques arrasando completamente bairros de operários, soldados fuzilados por se negarem a obedecer, prisioneiros amarrados a pedaços de trilhos e lançados ao mar de helicópteros com os corpos abertos de fora a fora para que afundassem. Felipe Vidal tomou nota dos soldados com armas de guerra, dos tanques, do estrépito de caminhões militares, do zumbido dos helicópteros, das pessoas espancadas. Nidia arrancou os cartazes de cantores de protesto das paredes e juntou os livros, inclusive romances inócuos, e foi jogá-los num lixão, porque não sabia como queimá-los sem chamar a atenção. Era uma precaução inútil, porque existiam centenas de artigos, documentários e gravações comprometedores do trabalho jornalístico do marido.

A ideia de Felipe se esconder foi de Nidia; assim estariam mais tranquilos. Ela propôs que ele fosse para o sul, para a casa de uma tia. Dona Ignacia era uma octogenária bastante peculiar, que há cinquenta anos andava recebendo moribundos. Três empregadas, quase tão velhas quanto ela, se revezavam na nobre tarefa de ajudar a morrer os doentes terminais de sobrenomes importantes, de quem suas próprias famílias não podiam ou não queriam se encarregar. Ninguém visitava aquela residência lúgubre, afora uma enfermeira e um diácono, que passavam duas vezes por semana para distribuir remédios e a comunhão, porque era sabido que ali havia almas penadas.

Felipe Vidal não acreditava em nada disso, mas por carta admitiu à mulher que os móveis se deslocavam sozinhos e à noite não se podia dormir por causa das inexplicáveis batidas de portas e pancadas no telhado. Com frequência, a sala de jantar era usada como capela mortuária e havia um armário cheio de dentaduras postiças, óculos e frascos de remédios que os hóspedes deixavam depois de partir para o céu. Dona Ignacia recebeu Felipe Vidal de braços abertos. Não lembrava quem era e achou que se tratava de outro paciente enviado por Deus; por isso se surpreendeu com sua aparência saudável.

A casa era uma relíquia colonial, de tijolos e telhas de calha, quadrada, com pátio central. Os quartos davam para uma galeria, onde definhavam matas poeirentas de gerânios e ciscavam galinhas soltas. As vigas e pilares estavam tortos, as paredes com rachaduras, os postigos desencaixados pelo uso e pelos tremores de terra; o teto tinha goteiras, e as correntes de ar e as almas penadas costumavam mover as estátuas dos santos que decoravam as peças. Era a perfeita antessala da morte, gelada, úmida e sombria como um cemitério, mas que, para Felipe Vidal, pareceu um luxo. O quarto que lhe deram era do tamanho de seu apartamento em Santiago, com uma coleção de móveis pesados, janelas com barrotes de ferro e teto tão alto que os deprimentes quadros com cenas bíblicas pendiam inclinados, para que pudessem ser vistos de baixo. A comida acabou sendo excelente, porque a tia era gulosa e não poupava nada a seus moribundos, que permaneciam muito quietos em suas camas, respirando cavernosamente, e mal provavam os pratos.

Daquele refúgio na província, Felipe tentou mexer os pauzinhos para esclarecer sua situação. Estava sem trabalho, porque o canal de televisão havia sofrido uma intervenção, seu jornal fora arrasado e o edifício, queimado até os alicerces. Seu rosto e sua pena estavam relacionados à imprensa de esquerda, não podia sonhar em conseguir emprego em sua profissão, mas contava com economias para viver alguns meses. Seu problema imediato era averiguar se estava na lista negra e, se estava, como escapar do país. Mandava recados em código e fazia discretas consultas por telefone, mas seus amigos e conhecidos se negavam a responder ou o enrolavam com desculpas.

Ao fim de três meses, estava bebendo meia garrafa de pisco por dia, deprimido e envergonhado porque, enquanto outros lutavam na clandestinidade contra a ditadura militar, ele comia como um príncipe à custa de uma velha demente que media sua temperatura a todo momento. Morria de tédio. Recusava ver televisão, para não ouvir as proclamações e marchas militares; não lia, porque os livros da casa eram do século XIX. Sua única atividade social era o rosário vespertino, que as empregadas e a tia rezavam pela alma dos agonizantes, do qual devia participar, porque era a única condição que dona Ignacia impusera para lhe dar hospedagem.

Naquele período, escreveu várias cartas à mulher contando detalhes de sua existência, duas das quais pude ler no arquivo do Vicariato. Aos poucos, começou a sair, primeiro até a porta, depois até a padaria da esquina e à banca de jornais; em seguida, foi dar uma volta pela praça e ao cinema. Descobriu que o verão havia despontado e que as pessoas se preparavam para as férias com ar de normalidade, como se as patrulhas de soldados com capacete e fuzil automático fossem parte da paisagem urbana.

Passou o Natal e o começo do ano de 1974 separado da mulher e do filho, quando já estava havia cinco meses vivendo como um rato, sem que a polícia secreta desse sinais de que o procurava. Calculou, então, que era hora de voltar à capital e pegar os cacos de sua vida e de sua família.

Felipe Vidal se despediu de dona Ignacia e das empregadas, que encheram sua mala de queijos e bolos, emocionadas porque era o primeiro paciente em meio século que, em vez de morrer, havia engordado nove quilos. Tinha colocado lentes de contato, cortado o cabelo e raspado o bigode — estava irreconhecível. Voltou para Santiago e decidiu ocupar o tempo escrevendo suas memórias, já que a situação ainda não era propícia para procurar emprego. Um mês mais tarde, sua mulher saiu do emprego, passou para pegar o filho Andrés na escola e comprar alguma coisa para o jantar. Quando chegou ao apartamento, encontrou a porta escancarada e o gato estirado na entrada, com a cabeça esmagada.

Nidia Vidal percorreu a trilha habitual perguntando por seu marido, juntamente com centenas de outras pessoas angustiadas, que faziam fila diante de delegacias, prisões, centros de detenção, hospitais e necrotérios. Seu marido não figurava na lista negra, não estava registrado em parte alguma, jamais havia sido preso — não o procure, senhora; na certa, fugiu com uma amante para Mendoza. Sua peregrinação teria continuado durante anos, se não tivesse recebido uma mensagem.

Manuel Arias estava na Villa Grimaldi, inaugurada fazia pouco como quartel da DINA, numa das celas de tortura, de pé, esmagado contra outros prisioneiros imóveis. Entre eles se encontrava Felipe Vidal, a quem todos conheciam por seu programa de televisão. Claro, Vidal não podia saber que seu companheiro de cela, Manuel Arias, era o pai de Andrés, o menino que ele considerava seu filho. Depois de dois dias, levaram Felipe Vidal para ser interrogado. Não voltou.

Os presos costumavam se comunicar com pancadinhas e arranhões nos tabiques de madeira que os separavam. Assim Manuel ficou sabendo que Vidal tinha sofrido uma parada cardíaca enquanto levava choques. Seu corpo, como o de tantos outros, foi lançado ao mar. Entrar em contato com Nidia se tornou uma obsessão para ele. O mínimo que podia fazer por essa mulher que havia amado tanto era impedir que desperdiçasse sua vida procurando o marido e avisá-la que fugisse antes que desaparecessem com ela também.

Era impossível enviar mensagens para o exterior, mas, por uma milagrosa coincidência naqueles dias, houve a primeira visita da Cruz Vermelha, porque as denúncias de violações dos direitos humanos já haviam dado a volta ao mundo. Foi necessário esconder os presos, limpar o sangue e desmontar os instrumentos de tortura para a inspeção. Manuel e outros que estavam em melhores condições receberam um ótimo tratamento e tomaram banho, ganharam roupas limpas e foram apresentados aos observadores com o aviso de que, à menor indiscrição, suas famílias sofreriam as consequências. Manuel aproveitou para enviar um recado a Nini Vidal nos únicos segundos que teve para sussurrar duas frases a um dos membros da Cruz Vermelha.

Nidia recebeu a mensagem, soube de quem provinha e não teve dúvida de sua veracidade. Entrou em contato com um sacerdote belga que trabalhava no Vicariato, a quem conhecia, e ele deu um jeito de introduzi-la com seu filho na embaixada de Honduras, onde passaram dois meses esperando salvo-condutos para deixar o país.

A residência diplomática tinha sido invadida até o último recanto por meia centena de homens, mulheres e crianças que dormiam estirados no assoalho e mantinham os três banheiros ocupados em tempo integral, enquanto o embaixador procurava colocar as pessoas em outros países, porque o dele estava superlotado e não podia mais receber refugiados. A tarefa parecia interminável, já que, a cada tanto, outros perseguidos pelo regime militar saltavam o muro da rua e aterrissavam em seu pátio. Conseguiu que o Canadá recebesse vinte, entre eles Nidia e Andrés Vidal, alugou um ônibus, em que pôs o brasão diplomático e duas bandeiras hondurenhas, e, acompanhado por seu oficial militar, conduziu pessoalmente os vinte exilados ao aeroporto e, em seguida, à porta do avião.

Nidia se propôs a dar ao filho uma vida normal no Canadá, sem medo, ódio ou rancor. Não faltou com a verdade ao lhe explicar que o pai tinha morrido de um ataque do coração, mas omitiu os detalhes horrendos, porque o menino era muito jovem para assimilá-los. Os anos foram passando sem que ela encontrasse a oportunidade — ou uma boa razão — para esclarecer as circunstâncias daquela morte, mas, agora que eu desenterrei o passado, minha Nini terá que fazê-lo. Também terá que dizer ao filho que Felipe Vidal, o homem da fotografia que ele sempre teve em sua mesa de cabeceira, não era seu pai.

Chegou para nós, à Taberna do Mortinho, um pacote pelo correio e, antes de abri-lo, sabíamos quem o enviara, porque provinha de Seattle. Continha a carta que tanta falta me fazia, longa e informativa, mas sem a linguagem apaixonada que teria acabado com as minhas dúvidas a respeito de Daniel. Também vinham as fotos tiradas por ele em Berkeley: minha Nini, com melhor aparência que no ano passado, porque tingira os cabelos grisalhos, de braço dado com meu pai em seu uniforme de piloto, sempre bonitão; Mike O'Kelly de pé, agarrado a seu andador, com o tronco e os braços de um lutador e as pernas atrofiadas pela paralisia; a casa mágica sombreada por dois pinheiros num dia claro de outono; a baía de São Francisco salpicada de velas brancas. De Freddy só havia um instantâneo, obtido possivelmente num descuido do garoto, que não aparecia nas outras, como se tivesse evitado a câmera de propósito. Aquele ser de olhos famintos, esquelético e triste era igual aos zumbis do edifício de Brandon Leeman. Controlar o vício poderá levar anos ao meu pobre Freddy, se é que vai conseguir; enquanto isso, está sofrendo.

O pacote também incluía um livro sobre máfias, que lerei, e uma longa reportagem de uma revista sobre o falsificador de dólares mais procurado do mundo, um americano de quarenta e quatro anos, Adam Trevor, preso em agosto, no aeroporto de Miami, quando tentava entrar nos Estados Unidos com uma identidade falsa, proveniente do Brasil. Havia fugido do país com a mulher e o filho em meados de 2008, tapeando o FBI e a Interpol. Trancafiado numa prisão federal, com a possibilidade de passar o restante da vida numa cela, calculou que valia mais a pena cooperar com as autoridades em troca de uma pena mais curta. As informações dadas por Trevor poderiam levar ao desmantelamento de uma rede internacional capaz de influenciar nos mercados financeiros, desde Wall Street até Pequim, dizia o artigo.

Trevor começou sua indústria de dólares falsos no estado sulista da Geórgia e depois se mudou para o Texas, perto da permeável fronteira com o México. Montou sua máquina de fazer dinheiro no porão de uma fábrica de sapatos fechada havia muitos anos, numa zona industrial muito ativa durante o dia e morta à noite, quando podia transportar os materiais sem chamar a atenção. Suas notas eram tão perfeitas quanto o oficial Arana me dissera em Las Vegas, porque conseguia recortes do mesmo papel sem amido das autênticas e tinha desenvolvido uma engenhosa técnica para colocar a fita metálica de segurança; nem o caixa mais experiente poderia detectá-las. Além disso, uma parte de sua produção era de notas de cinquenta dólares, raramente submetidas ao mesmo exame que as de valor mais alto. A revista repetia o que Arana tinha dito: os dólares falsificados eram sempre enviados para fora dos Estados Unidos, onde quadrilhas criminosas os misturavam com verdadeiros antes de colocá-los em circulação.

Em sua confissão, Adam Trevor admitiu o erro de ter dado meio milhão de dólares para seu irmão guardar em Las Vegas; este havia sido assassinado antes de conseguir dizer onde havia escondido o tesouro. Nada teria sido descoberto, se o irmão, um traficante de drogas pouco importante que se fazia chamar Brandon Leeman, não houvesse começado a gastá-lo. No oceano de dinheiro vivo dos cassinos de Nevada, as notas teriam passado anos sem serem detectadas, mas Brandon Leeman também as usara para subornar policiais — com essa pista, o FBI começou a desenrolar o fio da meada.

O Departamento de Polícia de Las Vegas manteve o escândalo do suborno mais ou menos sob controle, mas alguma coisa vazou para a imprensa, e houve uma limpeza superficial para acalmar a indignação popular e vários oficiais corruptos foram destituídos. O jornalista finalizava sua reportagem com um parágrafo que me deixou assustada:

Meio milhão de dólares falsificados não tem importância. O essencial é encontrar as placas para imprimir as notas, que Adam Trevor deu a seu irmão para guardar, antes que elas caiam em poder de grupos terroristas ou de alguns governos, como os da Coreia do Norte e do Irã, interessados em inundar o mercado com dólares falsos e sabotar a economia americana.

Minha avó e Branca de Neve estão convencidos de que já não existe privacidade, que se pode conhecer até o mais íntimo da vida de qualquer pessoa, que ninguém pode se esconder, porque basta usar seu cartão de crédito, ir ao dentista, pegar um trem ou dar um telefonema para deixar uma pista indelével. No entanto, todo ano centenas de milhares de crianças e adultos desaparecem por diversas razões: sequestro, suicídio, assassinato, doença mental, acidentes. Muitas pessoas escapam da violência doméstica ou da lei, entram em alguma seita ou viajam com outra identidade, para não mencionar as vítimas de tráfico sexual ou as que são exploradas em trabalho forçado como escravos. Segundo Manuel, atualmente existem vinte e sete milhões de escravos, apesar de a escravidão ter sido abolida no mundo inteiro.

No ano passado, eu era uma dessas pessoas desaparecidas, e minha Nini foi incapaz de me encontrar, embora eu não tenha feito nada especial para me esconder. Ela e Mike acham que o governo norte-americano, com a desculpa do terrorismo, espia todos os nossos movimentos e intenções, mas eu duvido que possa ter acesso a bilhões de e-mails e conversas telefônicas — o ar está saturado de palavras em centenas de idiomas, seria impossível ordenar e decifrar a algaravia dessa torre de Babel.

— Podem fazer, sim, Maya, dispõem da tecnologia e de milhões de burocratas insignificantes cuja única tarefa é nos espionar. Se os inocentes devem se cuidar, pode crer, você tem mais razão ainda para fazê-lo — insistiu minha Nini ao se despedir de mim em São Francisco, em janeiro.

Acontece que um desses inocentes, seu amigo Norman, aquele gênio odioso que a ajudou a violar o meu e-mail e o meu celular em Berkeley, se dedicou a divulgar piadas sobre Bin Laden na internet e, antes de completar uma semana, apareceram dois agentes do FBI em sua casa para interrogá-lo. Obama não desmantelou a máquina de espionagem doméstica montada por seu antecessor, de modo que todo cuidado é pouco, me garante minha avó, e Manuel Arias está de acordo.

Manuel e minha Nini têm um código para falar de mim: o livro que ele está escrevendo sou eu. Por exemplo, para dar uma ideia à minha avó de como me adaptei em Chiloé, Manuel diz que o livro progrediu melhor do que o esperado, não topou com nenhum problema sério, e os nativos, habitualmente fechados, estão cooperando. Minha Nini pode escrever para ele com um pouco mais de liberdade, desde que não o faça de seu computador. Assim fiquei sabendo que os trâmites do divórcio do meu pai acabaram, que ele continua voando no Oriente Médio e Susan voltou do Iraque e a destinaram para a segurança da Casa Branca. Minha avó se mantém em contato com ela, porque chegaram a ser amigas, apesar dos atritos que tiveram no começo, quando a sogra se intrometia demais na privacidade da nora. Eu também vou escrever para Susan assim que a minha situação se normalizar. Não quero perdê-la, foi muito boa comigo.

Minha Nini continua com seu trabalho na biblioteca, acompanhando os moribundos do Hospice e ajudando O'Kelly. O Clube dos

Criminosos foi notícia na imprensa norte-americana porque dois de seus membros descobriram a identidade de um serial killer de Oklahoma. Mediante dedução lógica, conseguiram aquilo que a polícia, com suas técnicas modernas de investigação, não tinha conseguido. Essa notoriedade provocou uma avalanche de solicitações para entrar no clube. Minha Nini pretende cobrar uma mensalidade dos novos membros, mas O'Kelly afirma que o idealismo se perderia.

— Essas placas de Adam Trevor podem causar um cataclismo no sistema econômico internacional. São o equivalente a uma bomba nuclear — comentei para Manuel.

— Estão no fundo da baía de São Francisco.

— Tem certeza disso? Mas, mesmo que tivesse, o FBI não sabe. O que vamos fazer, Manuel? Se antes me procuravam por causa de um pacote de dinheiro falso, com maior razão estão me procurando agora por causa dessas placas. Vão se mobilizar até me acharem.

Sexta-feira, 27 de novembro de 2009. Terceiro dia de horror. Estou desde quarta-feira sem ir trabalhar, sem sair de casa, sem tirar o pijama, sem apetite, brigando com Manuel e Blanca, dias sem consolo, dias numa montanha-russa de emoções. Um instante antes de pegar o telefone naquela quarta-feira desgraçada, eu voava lá nas alturas, na luz e na felicidade. Depois veio a queda direta, como a de um pássaro com o coração trespassado. Passei três dias fora de mim, me lamentando aos gritos por meus amores e meus erros e minhas dores, mas hoje, finalmente, disse "Basta!" e tomei um banho demorado que acabou com a água da caixa, lavei minha tristeza com sabonete e depois me sentei ao sol no terraço para devorar as torradas com geleia de tomate que Manuel preparou — elas tiveram a virtude de me devolver a sensatez, depois do meu alarmante ataque de demência amorosa. Pude abordar minha situação com um pouco de objetividade, embora soubesse que o efeito calmante das torradas seria temporário. Chorei muito e continuarei chorando tudo o que for preciso, de pena de mim mesma e do amor não correspondido, porque sei o que acontece se tento me fazer de valente, como fiz quando meu Popo morreu. Além do mais, ninguém se importa se eu choro, Daniel não me ouve e o mundo continua girando, indiferente.

Daniel Goodrich me escreveu que "valoriza nossa amizade e deseja continuar em contato", que eu sou uma jovem excepcional e blá-blá-blá; em poucas palavras, não me ama. Não virá a Chiloé para o Natal — essa foi uma sugestão minha à qual ele não respondeu, como também nunca fez planos para nos reencontrarmos. Nossa aventura em maio fora muito romântica, vai se lembrar dela para sempre, mais e mais palavrório, mas ele tem sua vida em Seattle. Ao receber esse e-mail no endereço juanitocorrales@gmail.com, achei que era um mal-entendido, uma confusão por causa da distância, e telefonei para ele, minha primeira ligação — ao diabo com as medidas de segurança de minha avó. Tivemos uma conversa curta, muito penosa, impossível de repetir sem me retorcer de angústia e humilhação, eu implorando, ele retrocedendo.

— Sou feia, idiota e bêbada! Com razão, Daniel não quer nada comigo — solucei.

— Muito bem, Maya, flagele-se — aconselhou-me Manuel, que havia se sentado ao meu lado com seu café e mais torradas.

— Isso é a minha vida? Mergulhar na escuridão em Las Vegas, sobreviver, me salvar por acaso aqui em Chiloé, cair de paraquedas no amor com Daniel e em seguida perdê-lo? Morrer, ressuscitar, amar e morrer de novo? Sou um desastre, Manuel.

— Calma, Maya, não vamos exagerar, isso não é ópera. Você cometeu um erro, mas não tem culpa, esse jovem devia ter sido mais cuidadoso com os seus sentimentos. Que sujeitos, esses psiquiatras! Ele é um otário.

— Sim, mas um otário muito sexy.

Sorrimos, mas em seguida comecei a chorar de novo, ele me passou o lenço de papel para que eu assoasse o nariz e me abraçou.

— Estou muito arrependida por causa do seu computador, Manuel — murmurei com a cara enfiada no casaco dele.

— Meu livro está salvo, não perdi nada, Maya.

— Vou comprar outro computador, prometo.

— Como pensa fazer isso?

— Vou pedir um empréstimo ao Millalobo.

— Nem pensar! — avisou.

— Então vou ter que vender a maconha da dona Lucinda, ainda tem uns pés no jardim dela.

Não é só o computador arrebentado o que terei que repor, também ataquei as estantes dos livros, o relógio de navio, os mapas, pratos, copos e outras coisas ao alcance da minha fúria, berrando como uma pirralha de dois anos, o chilique mais escandaloso da minha vida. Os gatos saíram voando pela janela, e Fákin se meteu embaixo da mesa, aterrorizado. Quando Manuel chegou, lá pelas nove da noite, encontrou sua casa devastada por um tufão e eu no assoalho, completamente bêbada. Isso é o pior, o que me dá mais vergonha.

Manuel ligou para Blanca, que veio correndo da sua casa, embora não tenha mais idade para correr, e entre eles deram jeito de me reanimar com café preto, me dar um banho, me deitar e recolher os destroços.

Eu tinha tomado uma garrafa de vinho e os restos de vodca e licor de ouro que achei no armário — estava intoxicada até o tutano. Comecei a beber sem pensar. Eu, que me gabava de ter superado os meus problemas, que podia prescindir de terapia e dos Alcoólicos Anônimos, porque me sobrava força de vontade e, no fundo, não era uma viciada, passei a mão nas garrafas de forma automática assim que o mochileiro de Seattle me rejeitou. Admito que a causa era contundente, mas esse não é o ponto. Mike O'Kelly tinha razão: o vício está sempre à espreita, à espera de uma oportunidade.

— Que idiota eu fui, Manuel!

— Não se trata de idiotice, Maya. Isso se chama se apaixonar pelo amor.

— Como?

— Você conhece Daniel muito pouco. Você está apaixonada pela euforia que ele produz em você.

— Essa euforia é a única coisa que me importa, Manuel. Não posso viver sem Daniel.

— Claro que pode viver sem ele. Esse jovem foi a chave que abriu o seu coração. O vício do amor não vai arruinar a sua saúde nem a sua vida, como o crack ou a vodca, mas você deve aprender a distinguir entre o objeto amoroso, neste caso Daniel, e a excitação de ter o coração aberto.

— Repita isso, cara. Você está falando como os terapeutas do Oregon.

— Você sabe que passei metade da minha vida trancado na porrada, Maya. Somente agora começo a me abrir, mas não posso escolher os sentimentos. Pela mesma abertura que entra o amor, se infiltra o medo. O que eu quero dizer é que, se você é capaz de amar muito, também vai sofrer muito.

— Vou morrer, Manuel. Não posso aguentar isso. É a pior coisa que já passei!

— Não, não, gringuinha. É uma desgraça temporária, uma ninharia comparada com a sua tragédia do ano passado. Esse mochileiro lhe fez um favor, lhe deu a oportunidade de se conhecer melhor.

— Porra, Manuel, não tenho a menor ideia de quem sou!

— Está no caminho para descobrir.

— E você? Sabe quem é Manuel Arias?

— Ainda não, mas já dei os primeiros passos. Você está mais adiantada e tem muito mais tempo pela frente que eu, Maya.

Manuel e Blanca suportaram com generosidade exemplar a crise dessa gringa absurda, como deram para me chamar; aguentaram choro, recriminações, lamentos de autocompaixão e culpa, mas cortaram na hora os meus palavrões, os insultos e as ameaças de continuar quebrando as coisas dos outros, neste caso as coisas de Manuel. Tivemos umas duas brigas bem sonoras, que faziam falta a nós três. Nem sempre se pode ser zen. Tiveram a elegância de não mencionar minha bebedeira nem o custo da destruição; sabem que estou disposta a qualquer penitência para ser perdoada. Quando me acalmei e vi o computador no chão, tive a tentação fugaz de me atirar ao mar. Como ia encarar Manuel? Quanto deve me amar este novo avô para não ter me posto na rua! Este será o último chilique da minha vida, tenho vinte anos e isso já não tem mais graça nenhuma.

O conselho de Manuel sobre me abrir aos sentimentos ficou ressoando em mim, porque poderia ter sido dado pelo meu Popo ou pelo próprio Daniel Goodrich. Ai! Não posso escrever seu nome sem começar a chorar! Vou morrer de tristeza, nunca sofri tanto...

Não é verdade, sofri mais, mil vezes mais, quando o meu Popo morreu. Daniel não é o único a me partir o coração, como dizem nas rancheiras mexicanas que a minha Nini cantarola.

Quando eu tinha oito anos, meus avós decidiram me levar à Dinamarca para cortar pela raiz minhas fantasias de órfã. O plano consistia em me deixar com a minha mãe para que nos conhecêssemos, enquanto eles faziam turismo pelo Mediterrâneo, e me buscar duas semanas mais tarde para voltarmos para a Califórnia. Esse seria o meu primeiro contato direto com Marta Otter e, para causar boa impressão, encheram a minha mala de roupas novas e presentes sentimentais, como um relicário com alguns dos meus dentes de leite e uma mecha do meu cabelo. Meu pai, que a princípio se opôs à viagem e só cedeu por pressão minha e dos meus avós, nos avisou que aquele fetiche de dentes e cabelos não seria apreciado: os dinamarqueses colecionam outras partes do corpo.

Embora dispusesse de várias fotografias da minha mãe, eu a imaginava como as lontras do aquário de Monterrey, por causa de seu sobrenome, Otter. Nas fotos que havia me mandado em alguns natais, aparecia magra, elegante e com uma cabeleira platinada, daí que foi uma surpresa encontrá-la em sua casa de Odense um pouco gorda, numa roupa de ginástica e com o cabelo, maltingido, cor de vinho tinto. Estava casada e tinha filhos.

Segundo o guia turístico que meu Popo comprara na estação de Copenhague, Odense é uma cidade encantadora na ilha de Fiônia, no centro da Dinamarca, berço do célebre escritor Hans Christian Andersen, cujos livros ocupavam um lugar de destaque em minhas estantes, ao lado de *Astronomia para principiantes*, porque correspondiam à letra A. Isso tinha sido motivo de discussão, porque o meu

Popo insistia na ordem alfabética, e minha Nini, que trabalha na biblioteca de Berkeley, garantia que os livros eram organizados por assunto. Nunca soube se a ilha de Fiônia era tão encantadora quanto assegurava o guia, porque não chegamos a conhecê-la. Marta Otter vivia num bairro de casas iguais, com um retalho de grama na frente que se distinguia dos demais por uma sereia de gesso sentada numa rocha igual à que eu tinha numa bola de vidro. Ela nos abriu a porta com expressão de surpresa, como se não lembrasse que a minha Nini havia escrito com meses de antecedência para lhe anunciar a visita, que havia repetido a dose antes de sair da Califórnia e telefonado de Copenhague no dia anterior. Marta nos cumprimentou com um formal aperto de mão, nos convidou para entrar e nos apresentou seus filhos, Hans e Vilhelm, de quatro e dois anos, umas crianças tão brancas que até brilhavam no escuro.

O interior era limpo, impessoal e deprimente, no mesmo estilo do quarto do hotel de Copenhague, onde não pudemos tomar banho porque não encontramos as torneiras, apenas lisas superfícies minimalistas de mármore branco. A comida do hotel acabou sendo tão austera quanto a decoração, e minha Nini, sentindo-se tapeada, exigiu um desconto no preço.

— Cobram uma fortuna, mas não têm nem cadeiras! — alegou na recepção, onde só havia uma grande mesa de aço e um arranjo floral de uma alcachofra num tubo de vidro.

O único enfeite na casa de Marta Otter era a reprodução bastante boa de um quadro pintado pela rainha Margarida: se Margarida não fosse rainha, seria mais apreciada como artista.

Sentamos num incômodo sofá de plástico cinza, meu Popo com minha mala aos pés, que parecia enorme, e minha Nini me segurando por um braço para que eu não saísse correndo. Eu os tinha enchido por anos para conhecer minha mãe, mas, naquele momento, estava pronta para fugir, aterrorizada perante a ideia de passar duas semanas com aquela mulher desconhecida e aqueles coelhos albinos, meus irmãozinhos. Quando Marta Otter foi à cozinha preparar café, sussurrei ao meu Popo que, se me deixasse naquela casa, eu ia me suicidar. Ele cochichou a mesma coisa para sua mulher e, em menos de trinta segundos, ambos concluíram que aquela viagem havia sido um equívoco; era preferível que sua neta continuasse acreditando na lenda da princesa da Lapônia pelo resto da sua existência.

Marta Otter voltou com café em xícaras tão pequenininhas que nem asa tinham, e a tensão diminuiu um pouco com o ritual de passar o açúcar e o creme. Meus branquíssimos irmãos se acomodaram para ver um programa de animais na televisão sem som, para não incomodar — eram muito bem-educados —, e os adultos se puseram a falar de mim como se eu estivesse morta. Minha avó puxou de sua bolsa o álbum familiar e foi explicando as fotos à minha mãe, uma por uma: Maya com duas semanas nua, encolhida numa só das grandes mãos de Paul Ditson II; Maya aos três anos vestida de havaiana com um uquelele; Maya aos sete jogando futebol. Enquanto isso, eu estudava com desmedida atenção o cadarço dos meus tênis novos. Marta Otter comentou que eu me parecia muito com Hans e Vilhelm, embora a única semelhança consistisse em que nós três éramos bípedes. Acho que minha mãe ficou secretamente aliviada com a minha aparência, porque eu não apresentava evidência dos genes latino-americanos do meu pai e, num aperto, poderia passar por escandinava.

Quarenta minutos mais tarde, longos como quarenta horas, meu avô pediu o telefone para chamar um táxi e logo nos despedimos sem mencionar a mala, que, nesse meio-tempo, tinha crescido e já pesava como um elefante. Na porta, Marta Otter me deu um beijo tímido na testa e disse que manteríamos contato e que iria à Califórnia dali a um ou dois anos, porque Hans e Vilhelm queriam conhecer a Disney World.

— Isso fica na Flórida — expliquei.

Minha Nini me calou com um beliscão.

No táxi, minha Nini opinou frivolamente que a ausência da minha mãe, longe de ser uma desgraça, tinha sido uma bênção, porque eu me criara mimada e livre na casa mágica de Berkeley, com suas paredes coloridas e sua torre astronômica, em vez de ter me criado num ambiente minimalista de uma dinamarquesa. Tirei da minha bolsa a bola de vidro com a sereiazinha e, quando desembarcamos, deixei-a no assento do táxi.

Passei meses emburrada depois da visita a Marta Otter. Naquele Natal, para me consolar, Mike O'Kelly me trouxe de presente uma cesta tapada com um pano de prato xadrez. Ao tirar o pano, deparei com uma cadelinha branca do tamanho de uma toranja dormindo placidamente sobre outro pano de prato.

— Ela se chama Daisy, mas você pode mudar o nome — disse o irlandês.

Apaixonei-me perdidamente por Daisy; eu voltava correndo da escola para não perder nem um minuto de sua companhia — era a minha confidente, minha amiga, meu brinquedo, dormia na minha cama, comia do meu prato e andava no meu colo (não pesava nem dois quilos). Esse animal teve a virtude de me acalmar e me fazer tão feliz que não pensei mais em Marta Otter. Ao completar um ano, Daisy teve seu primeiro cio, e o instinto pesou mais do que a sua timidez: ela fugiu para a rua. Não conseguiu ir longe, pois um carro a atropelou na esquina e a matou instantaneamente.

Minha Nini, incapaz de me dar a notícia, avisou meu Popo, que deixou o trabalho na universidade para ir me buscar na escola. Eles me tiraram da aula e, quando o vi me esperando, soube o que tinha acontecido antes que ele pudesse me dizer. Daisy! Eu a vi correr, vi o carro, vi o corpo inerte da cadelinha. Meu Popo me segurou em seus braços enormes, me apertou contra seu peito e chorou comigo.

Colocamos Daisy numa caixa e a enterramos no jardim. Minha Nini quis arranjar outra cadela, o mais parecida possível com Daisy, mas meu Popo disse que não se tratava de substituí-la, mas sim de viver sem ela.

— Não posso, Popo. Eu a amava tanto! — solucei inconsolável.

— Esse carinho está em você, Maya, não em Daisy. Pode dá-lo a outros animais, e o que sobrar você me dá — disse aquele avô sábio.

Essa lição sobre o luto e o amor está me servindo agora, porque o certo é que amei Daniel mais do que a mim mesma, mas não mais que a meu Popo ou a Daisy.

Más notícias, muito más — chove no molhado, como dizem aqui quando as desgraças se acumulam. Primeiro, o negócio de Daniel, e agora isso. Exatamente como eu temia, o FBI topou com a minha pista e o oficial Arana chegou a Berkeley. Isso não significa que virá a Chiloé, como diz Manuel para me tranquilizar, mas estou assustada, porque, se Arana se deu o trabalho de me procurar desde novembro do ano passado, não vai desistir agora que localizou a minha família.

Arana se apresentou na porta dos meus avós com roupas civis, mas brandindo seu distintivo no ar. Minha Nini estava na cozinha, e meu pai o fez entrar, pensando que se tratava de algo relacionado com os delinquentes de Mike O'Kelly. Teve a desagradável surpresa de ser notificado de que Arana estava investigando um caso de falsificação de dinheiro e necessitava fazer perguntas a Maya Vidal, aliás Laura Barron; o caso estava praticamente fechado, acrescentou, mas a garota se encontrava em perigo e ele tinha a obrigação de protegê-la. O susto que minha Nini e meu pai levaram teria sido muito pior, se eu não lhes tivesse contado que Arana é um policial decente e sempre me tratara bem.

Minha avó perguntou como ele havia chegado até mim, e Arana não se incomodou em explicar, orgulhoso do seu faro de sabujo, como ela comentou em sua mensagem a Manuel. O policial começara pela pista mais básica, o computador do Departamento de Polícia, onde examinara as listas de garotas desaparecidas no país durante 2008. Achara desnecessário investigar os anos anteriores, porque, ao me conhecer, se dera conta de que eu não tinha vivido na rua por muito tempo; os adolescentes perdidos adquirem rapidamente um inconfundível selo de desamparo. Havia dezenas de garotas nas listas, mas ele se limitara às que tinham entre quinze e vinte e cinco anos, em Nevada e nos Estados limítrofes. Na maioria dos casos, figuravam fotografias, embora algumas não fossem recentes. Ele era um bom fisionomista e reduzira a lista a somente quatro garotas, entre as quais uma lhe chamara a atenção, porque o anúncio coincidia com a data em que conhecera a suposta sobrinha de Brandon Leeman, junho de 2008. Ao estudar a foto e a informação disponível, concluíra que aquela Maya Vidal era quem procurava; assim ficara sabendo o meu nome verdadeiro, meus antecedentes e o endereço da clínica no Oregon e da minha família na Califórnia.

Acontece que o meu pai, ao contrário do que eu pensava, havia me procurado por meses e tinha fornecido meus dados a todas as delegacias e hospitais do país. Arana dera um telefonema para a clínica, falara com Angie para obter os detalhes que faltavam e assim chegara à antiga casa do meu pai, onde os novos moradores lhe forneceram o endereço do casarão multicolorido dos meus avós.

— É uma sorte que tenham me designado para o caso, e não outro policial, porque estou convencido de que Laura, ou Maya, é uma boa menina e desejo ajudá-la, antes que as coisas se compliquem para ela. Penso provar que sua participação no delito foi pouco significativa — disse o oficial, ao concluir sua explicação.

Em vista da atitude conciliadora de Arana, minha Nini o convidou a se sentar com eles à mesa, e meu pai abriu sua melhor garrafa de vinho. O policial achou que a sopa era perfeita numa tarde com neblina de novembro — por acaso, era um prato típico do país da senhora? Tinha notado o sotaque. Meu pai informou que se tratava de um frango à caçarola chileno, como o vinho, e que sua mãe e ele tinham nascido naquele país. O oficial quis saber se iam com frequência ao Chile, e meu pai explicou que fazia mais de trinta anos que não iam. Minha Nini, atenta a cada palavra do policial, deu um chute no filho por baixo da mesa por falar demais. Quanto menos Arana soubesse sobre a família, melhor. Tinha farejado uma mentirinha do oficial e ficara na defensiva. Como o caso ia estar encerrado, se não haviam recuperado o dinheiro falsificado nem as placas? Ela também lera a reportagem da revista sobre Adam Trevor e estudara durante meses o tráfico internacional de dinheiro falso — ela se considerava uma expert e conhecia o valor comercial e estratégico das placas.

Disposta a colaborar com a lei, como dissera, minha Nini deu a Arana as informações que ele poderia obter por conta própria. Disse que sua neta havia fugido da clínica do Oregon em junho do ano passado, que a procuraram em vão, até que receberam uma ligação de uma igreja em Las Vegas, então fora recolhê-la, porque naquele momento o pai de Maya estava voando. Encontrou-a em péssimas condições, irreconhecível, havia sido muito duro rever sua menininha, que outrora fora muito bonita, atlética e esperta, transformada numa drogada. Neste ponto do relato, minha avó mal podia falar de tanta tristeza. Meu pai acrescentou que internaram a filha numa clínica de reabilitação em São Francisco, mas, poucos dias antes de terminar o programa, ela havia fugido de novo e não suspeitavam onde estava. Maya completara vinte anos, não podiam impedir que destruísse sua vida, se era isso o que pretendia.

Nunca saberei em quanto disso o policial Arana acreditou.

— É muito importante que eu encontre Maya logo. Está assim de criminosos dispostos a colocar as mãos nela — disse e, de passagem, avisou qual era a pena por obstrução e cumplicidade num crime federal.

O oficial bebeu o restante do vinho, elogiou o pudim de leite, agradeceu o jantar e, antes de se despedir, deixou seu cartão com eles, para o caso de terem notícias de Maya Vidal ou lembrarem qualquer detalhe útil para a investigação.

— Encontre Maya, policial, por favor — suplicou minha avó na porta, segurando-o pelas lapelas, com as faces molhadas de lágrimas.

Mal o policial foi embora, ela secou o choro histriônico, vestiu um casaco, pegou meu pai por um braço e o levou em seu calhambeque ao apartamento de Mike O'Kelly.

Freddy, que estivera mergulhado num silêncio indiferente desde sua chegada à Califórnia, despertou de sua letargia ao ouvir que o oficial Arana andava farejando em Berkeley. O garoto não dissera nada sobre sua existência entre o dia em que me deixara nos braços de Olympia Pettiford, em novembro do ano anterior, e sua cirurgia no rim, sete meses mais tarde, mas o medo de que Arana pudesse prendê-lo o fez soltar a língua. Contou que, depois de me ajudar, não pudera voltar ao edifício de Brandon Leeman porque Joe Martin e o Chinês teriam feito picadinho dele. Estava unido ao edifício pelo forte cordão umbilical do desespero, já que em nenhum outro lugar contaria com aquela abundância de drogas, mas o risco de aparecer por lá era imenso. Jamais poderia convencer os valentões de que não havia participado da minha fuga, como fizera depois da morte de Brandon Leeman, quando me tirara da academia bem a tempo de me livrar deles.

Da casa de Olympia, Freddy fora de ônibus para uma cidadezinha da fronteira, onde tinha um amigo, e lá sobrevivera a duras penas durante um tempo, até que a necessidade de voltar se tornara insuportável. Em Las Vegas, conhecia o terreno, podia se locomover de olhos fechados, sabia onde se abastecer. Tomara a precaução de se manter longe dos seus antigos territórios, para evitar Joe Martin e o Chinês, e sobrevivera traficando, roubando, dormindo nas ruas, cada vez mais doente, até que acabara no hospital e depois nos braços de Olympia Pettiford.

No tempo em que Freddy ainda estava na rua, os corpos de Joe Martin e do Chinês foram encontrados dentro de um carro incendiado no deserto. Se o garoto sentiu alívio por ter se livrado dos bandidos, a sensação não durou muito, porque, segundo boatos no mundinho dos viciados e delinquentes, o crime tinha as características de uma execução da polícia. Haviam aparecido na imprensa as primeiras notícias de corrupção no Departamento de Polícia, e o duplo assassinato dos sócios de Brandon Leeman devia ter relação com o crime. Numa cidade de vício e máfias, o suborno era comum, mas, naquele caso, circulava dinheiro falsificado e o FBI tinha intervindo; os oficiais corruptos tentariam conter o escândalo por todos os meios, e os corpos no deserto eram uma advertência aos que pensassem falar além da conta. Os culpados sabiam que Freddy tinha vivido com Brandon Leeman e não iam permitir que um pirralho drogado os arruinasse, embora, na realidade, este não pudesse identificá-los porque nunca os vira em pessoa. Brandon Leeman havia encarregado um desses policiais de eliminar Joe Martin e o Chinês, dissera Freddy, o que coincidia com o que Brandon me confessara na viagem para Beatty, mas cometera a asneira de pagá-lo com notas falsas, pensando que circulariam sem serem detectadas. As coisas saíram mal para ele, o dinheiro fora descoberto, o policial se vingara revelando o plano a Joe Martin e ao Chinês, que, naquele mesmo dia, assassinaram Brandon Leeman. Freddy ouviu quando os dois gângsteres receberam instruções por telefone para matar Leeman e mais tarde deduzira que haviam sido dadas pelo policial. Depois de presenciar o crime, correra até a academia para me avisar.

Meses mais tarde, quando Joe Martin e o Chinês me sequestraram na rua e me levaram para o apartamento para me obrigar a confessar onde estava o restante do dinheiro, Freddy tornou a me ajudar. O garoto não me encontrou amarrada e amordaçada naquele colchão por casualidade, mas porque ouvira Joe Martin falar pelo celular e depois dizer ao Chinês que tinham localizado Laura Barron. Ele se escondeu no terceiro andar, viu os dois chegarem me carregando suspensa e pouco depois os viu saindo sozinhos. Esperou mais de uma hora, sem saber o que fazer, até que decidiu entrar no apartamento e averiguar o que haviam feito comigo. Faltava saber se a voz ao telefone que ordenara a morte de Brandon Leeman era a mesma que depois informara aos assassinos onde me encontrar e se aquela voz correspondia ao policial corrupto no caso de ser uma única pessoa, pois também podiam ser várias.

Mike O'Kelly e minha avó não foram tão longe em suas especulações para acusar sem provas o policial Arana, mas também não o descartaram como suspeito, como Freddy não descartava (por isso tremia). O homem — ou os homens — que havia eliminado Joe Martin e o Chinês no deserto faria o mesmo com ele, se o agarrasse. Minha Nini argumentou que, se Arana fosse aquele bandido, teria se livrado de Freddy em Las Vegas, mas, segundo Mike, seria difícil assassinar um paciente no hospital ou um protegido das aguerridas Viúvas por Jesus.

Acompanhado por Blanca, Manuel foi a Santiago para que o doutor Puga o examinasse. Enquanto isso, Juanito Corrales veio ficar comigo na casa, para terminarmos de uma vez por todas o quarto volume de Harry Potter. Havia passado mais de uma semana desde que eu terminara com Daniel, ou melhor, desde que ele terminara comigo, e eu ainda andava choramingando, sonâmbula, com a sensação de ter sido espancada. Mas tinha voltado ao trabalho. Estávamos nas últimas semanas de aula antes das férias de verão, e eu não podia faltar.

Na quinta-feira, 3 de dezembro, fui com Juanito comprar lã da dona Lucinda, porque tinha intenção de tecer uma das minhas mantas horrorosas para Manuel. Era o mínimo que eu poderia fazer.

Levei nossa balança para pesar a lã, uma das coisas que se salvaram do meu ataque destrutivo, porque a dela está com os números apagados pela pátina do tempo, e, para adoçar o dia dela, levei uma torta de peras, que me pareceu solada, mas ela gostaria de qualquer jeito. Sua porta emperrou no terremoto de 1960 e desde então usamos a porta dos fundos. É preciso passar pelo pátio, onde estão as plantações de maconha, o lugar da fogueira e os tonéis de lata para tingir lã, no meio de uma confusão de galinhas soltas, coelhos em gaiolas e duas cabras, que originalmente davam leite para queijo e agora gozam de uma velhice sem obrigações. Fákin nos seguia com seu trote de lado e o focinho no ar, farejando, de modo que, antes de entrar na casa, soube o que havia acontecido e começou a uivar nervoso. Logo o imitaram os cachorros das redondezas, que foram dando o aviso, e, em pouco tempo, uivavam todos os cachorros da ilha.

Dentro da casa, encontramos dona Lucinda em sua cadeira de palha perto do fogão apagado, com seu vestido de ir à missa, um rosário na mão e seus poucos cabelos brancos presos num coque, já fria. Ao pressentir que era seu último dia neste mundo, tinha se arrumado para não dar trabalho depois de morta. Sentei-me no chão ao seu lado, enquanto Juanito ia dar a notícia aos vizinhos, que já vinham a caminho, atraídos pelo coro dos cachorros.

Na sexta-feira, ninguém trabalhou na ilha por causa do velório, e, no sábado, todos fomos ao funeral. O falecimento da centenária dona Lucinda produziu um desconcerto geral, porque ninguém imaginava que ela fosse mortal. Para o velório na casa, as vizinhas trouxeram cadeiras, e a multidão foi chegando aos poucos, até encher o pátio e a rua. Colocaram a anciã sobre a mesa onde comia e pesava a lã, num ataúde vagabundo, rodeado por uma profusão de flores em baldes e garrafas plásticas, rosas, hortênsias, cravos, lírios. A idade havia reduzido tanto o tamanho de dona Lucinda que seu corpo ocupava apenas a metade do caixão, e sua cabeça no travesseiro era a de uma criança. Colocaram sobre a mesa dois castiçais com tocos de vela e o retrato de seu casamento, colorido a mão, em que estava vestida de noiva, de braço dado com um soldado de uniforme antiquado, o primeiro de seus seis maridos, fazia noventa e quatro anos.

O fiscal da ilha guiou as mulheres num rosário e em cânticos desafinados, enquanto os homens, sentados às mesas do pátio, aliviavam o luto com carne de porco acebolada e cerveja. No dia seguinte, chegou o padre itinerante, um missionário apelidado de Três Marés por causa do comprimento de seus sermões, que começam com uma maré e terminam com a terceira. Ele oficiou a missa na igreja, que estava tão lotada de gente, fumaça de velas e flores silvestres que comecei a ter visões de anjos tossindo.

O ataúde estava diante do altar sobre uma armação metálica, coberto por um pano preto com uma cruz branca e dois candelabros, com uma bacia embaixo "para o caso de o corpo arrebentar", como me explicaram. Não sei o que é isso, mas soa mal.

A congregação rezou e cantou valsas populares ao som de dois violões, depois o Três Marés tomou a palavra e, durante sessenta e cinco minutos, não a largou. Começou elogiando dona Lucinda e, em seguida, se extraviou em outros assuntos como política, a indústria salmoneira e o futebol, enquanto os fiéis cochilavam. O missionário chegou a Chiloé há cinquenta anos e ainda fala com sotaque estrangeiro. No momento da comunhão, várias pessoas começaram a chorar; acabamos nos contagiando e, no fim, até os violinistas estavam em lágrimas.

Quando a missa terminou e os sinos tocaram o dobre a finados, oito homens levantaram o caixão, que não pesava nada, e saíram com passos solenes para a rua, seguidos pelo povoado inteiro, que levava as flores da capela. No cemitério, o sacerdote benzeu dona Lucinda mais uma vez. Então, justamente quando iam baixá-la na cova, chegaram acenando o carpinteiro de botes e seu filho, que traziam uma casinha para a tumba, feita às pressas, mas perfeita. Como dona Lucinda não tinha parentes vivos, e Juanito e eu tínhamos descoberto o corpo, as pessoas desfilaram nos dando os pêsames com um sóbrio aperto de mãos cheias de calos pelo trabalho, antes de irem em massa à Taberna do Mortinho para beber o espanta-dor de praxe.

Fui a última a ir embora do cemitério, quando a bruma do mar começava a subir. Fiquei pensando na falta que me fizeram Manuel e Blanca naqueles dois dias de luto, em dona Lucinda, tão querida pela comunidade, e em como fora solitário, em comparação, o enterro de Carmelo Corrales, mas pensava principalmente em meu Popo. Minha Nini queria espalhar suas cinzas numa montanha, o mais perto possível do céu, mas já se passaram quatro anos e elas continuam aguardando num pote de cerâmica sobre a sua cômoda. Subi pelo caminho do morro até a caverna da Pincoya, com a esperança de sentir meu Popo no ar e pedir permissão a ele para trazer suas cinzas para esta ilha, enterrá-las no cemitério de frente para o mar e marcar o túmulo com uma réplica em miniatura da torre das estrelas, mas meu Popo não vem quando o chamo; ele só aparece quando lhe dá na telha, e dessa vez o esperei em vão em cima do morro. Andei muito suscetível por causa do fim do amor com Daniel e assustada com maus pressentimentos.

A maré estava subindo e a neblina era cada vez mais densa, mas lá de cima ainda se vislumbrava a entrada da caverna; um pouco mais longe estavam os vultos pesados dos leões-marinhos dormitando nas rochas. O penhasco é uma descida de uns seis metros cortada a pique, por onde fui umas duas vezes com Juanito. É necessário ter agilidade e sorte, é fácil escorregar e quebrar o pescoço, por isso é proibido aos turistas.

Tentarei resumir os acontecimentos desses dias, tal como me contaram e me lembro, embora meu cérebro funcione pela metade, por causa da pancada. Há aspectos incompreensíveis do acidente, mas aqui ninguém tem intenção de investigar a sério.

    Lá de cima, contemplei por um bom tempo a paisagem que a neblina ia esfumaçando rapidamente; o espelho de prata do mar, as rochas e os leões-marinhos tinham desaparecido no cinzento da bruma. Em dezembro, há dias luminosos e outros frios, como aquele, com neblina ou com uma garoa quase impalpável, que, em pouco tempo, pode se tornar um temporal. Naquele sábado, o dia tinha amanhecido com um sol radiante, e, no transcurso da manhã, começara a nublar. No cemitério flutuava uma neblina delicada, dando à cena a melancolia apropriada para a despedida de dona Lucinda, a tataravó de todos no povoado. Uma hora mais tarde, no topo do morro, o mundo estava envolto num manto algodoado, como uma metáfora para o meu estado de espírito. A raiva, a vergonha, a desilusão e o choro que me transtornaram quando perdera Daniel deram passagem a uma tristeza imprecisa e cambiante, como a neblina. Isso se chama desgosto de amor, que, segundo Manuel Arias, é a tragédia mais trivial da história humana, mas como dói. A neblina é inquietante, quem sabe que perigos espreitam a dois metros de distância?, como nos romances de crimes londrinenses, de que Mike O'Kelly gosta tanto, em que o assassino conta com a proteção da bruma que sobe do Tâmisa.

Senti frio — a umidade começava a atravessar meu casaco — e medo, porque a solidão era absoluta. Percebi uma presença que não era meu Popo, mas algo vagamente ameaçador, como um animal grande, mas logo descartei como outro monstro da imaginação, que me prega peças horrorosas; naquele momento, porém, Fákin rosnou. Estava a meus pés, alerta, os pelos do lombo eriçados, a cauda comprida, e mostrava os caninos. Escutei passos em surdina.

— Quem está aí? — gritei.

Ouvi mais dois passos e pude distinguir uma silhueta humana apagada pela bruma.

— Segure o cachorro, Maya, sou eu...

Era o oficial Arana. Eu o reconheci na hora, apesar da neblina e de sua aparência estranha, pois parecia disfarçado de turista americano, com calças xadrez, boné de beisebol e uma câmera pendurada no pescoço. Invadiu-me um grande cansaço, uma calma gelada: assim terminava um ano de fuga, um ano me escondendo, um ano de incertezas.

— Boa-tarde, oficial. Estava esperando você.

— Como assim? — disse ele se aproximando.

A troco de que ia explicar o que eu já havia deduzido das mensagens da minha Nini? E ele sabia de sobra. A troco de que dizer que havia tempo eu andava visualizando cada passo inexorável que ele dava na minha direção, calculando quanto demoraria para me alcançar e aguardando, angustiada, aquele momento? Na visita que ele fizera à minha família em Berkeley, descobrira a nossa origem chilena, depois confirmara a data em que eu deixara a clínica de reabilitação em São Francisco. Com suas conexões não lhe custara nada averiguar que meu passaporte havia sido renovado e examinar as listas de passageiros daqueles dias nas duas linhas aéreas que voam para o Chile.

— Este país é muito comprido, oficial. Como veio parar em Chiloé?

— Por experiência. Você parece bem. A última vez que estive com você em Las Vegas era uma mendiga chamada Laura Barron.

Seu tom era amável e coloquial, como se as circunstâncias em que nos encontrávamos fossem normais. Contou-me, em poucas palavras, que, depois de jantar com a minha Nini e o meu pai, esperara na rua e, como imaginava, os vira sair cinco minutos depois. Entrara facilmente na casa, fizera uma revista superficial, encontrara o envelope com as fotos que Daniel Goodrich havia levado e confirmara sua suspeita de que haviam me escondido em algum lugar. Uma das fotos lhe chamara a atenção.

— Uma casa puxada por bois — interrompi.

— Exato. Você corria na frente dos bois. No Google, identifiquei a bandeira que havia no teto da casa, escrevi "transporte de uma casa com bois no Chile" e apareceu Chiloé. Havia várias fotografias e três vídeos de uma puxada de casa no YouTube. É incrível como uma investigação passou a ficar fácil com o computador. Entrei em contato com as pessoas que tinham filmado aquelas cenas e assim cheguei a uma tal Frances Goodrich, em Seattle. Mandei uma mensagem dizendo que ia viajar a Chiloé e agradeceria alguma informação, falamos um pouco e ela me contou que não era ela, mas sim seu irmão Daniel que havia estado em Chiloé e me deu seu e-mail e telefone. Daniel não respondeu a nenhuma das minhas mensagens, mas entrei em sua página e lá estava o nome desta ilha, onde ele havia passado mais de uma semana em fins de maio.

— Mas não havia nada sobre mim, oficial. Eu também vi esta página.

— Não, mas ele estava com você numa das fotos que havia na casa da sua avó em Berkeley.

Até aquele momento, tranquilizava-me a ideia absurda de que Arana não podia me tocar em Chiloé sem uma ordem da Interpol ou da polícia chilena, mas a descrição da longa jornada que fizera para me alcançar trouxe-me à realidade. Se ele se dera a tanto trabalho para chegar ao meu refúgio, sem dúvida, tinha poder para me prender. Quanto aquele homem sabia?

Recuei por instinto, mas ele me segurou sem violência por um braço e repetiu a mesma coisa que havia garantido à minha família, que só pretendia me ajudar e que eu devia confiar nele. Sua missão estaria concluída ao encontrar o dinheiro e as placas, disse, já que a gráfica clandestina havia sido desmantelada, Adam Trevor estava preso e dera as informações necessárias sobre o tráfico de dólares falsificados. Arana chegara a Chiloé por conta própria e por orgulho profissional, porque havia se proposto a encerrar o caso pessoalmente. O FBI não sabia de mim ainda, mas ele me avisou que a máfia ligada a Adam Trevor tinha o mesmo interesse em me agarrar que o governo norte-americano.

— Entenda, se eu consegui achá-la, esses criminosos também conseguirão — disse.

— Ninguém pode me relacionar a isso — desafiei, mas o tom de voz expôs meu medo.

— Claro que sim. Por que acha que aqueles dois gorilas, Joe Martin e o Chinês, a sequestraram em Las Vegas? E, a propósito, eu gostaria de saber como você escapou deles, não uma vez só, mas duas.

— Não eram muito espertos, oficial.

De alguma coisa me serviu ter crescido ao abrigo do Clube dos Criminosos, com uma avó paranoica e um irlandês que me emprestava livros de detetive e me ensinara o método dedutivo de Sherlock Holmes. Como o oficial Arana sabia que Joe Martin e o Chinês haviam me perseguido depois da morte de Brandon Leeman? Ou que haviam me sequestrado no mesmo dia em que me surpreendera roubando um videogame? A única explicação era que, na primeira vez, fora ele quem ordenara nossa morte, a minha e a de Leeman, ao descobrir que havia sido subornado com notas falsas, e, na segunda vez, fora ele quem ligara para eles pelo celular para dizer onde me encontrar e como arrancar de mim a informação sobre o restante da grana. Naquele dia em Las Vegas, quando o oficial Arana me levou a uma lanchonete mexicana e me deu dez dólares, estava sem uniforme, como também não o usava na visita à minha família nem naquele exato momento no morro. A razão não era que estava colaborando disfarçado com o FBI, como dissera, mas que fora expulso do Departamento de Polícia por corrupção. Ele era um dos homens que haviam aceitado suborno e tinham negócios com Brandon Leeman; cruzara o mundo pelos despojos, não por senso de dever, e muito menos para me ajudar. Imagino que, pela expressão do meu rosto, Arana se deu conta de que havia falado demais e reagiu antes que eu conseguisse sair correndo morro abaixo. Segurou-me com duas garras de ferro.

— Não pense que vou embora com as mãos vazias, entendeu? — disse ameaçador. — Você vai me entregar o que estou procurando por bem ou por mal. Mas prefiro não ter que machucar você. Podemos chegar a um acordo.

— Que acordo? — perguntei aterrorizada.

— Sua vida e sua liberdade. Encerrarei o caso, seu nome não aparecerá na investigação e ninguém irá persegui-la de novo. Além disso, vou lhe dar vinte por cento do dinheiro. Como está vendo, sou generoso.

— Brandon Leeman guardou duas bolsas com dinheiro num depósito em Beatty, oficial. Eu as peguei e queimei tudo no deserto de Mojave, porque tinha medo de que me acusassem de cumplicidade. Eu juro, é a mais pura verdade!

— Acha que sou imbecil? A grana! E as placas!

— Estão no fundo da baía de São Francisco.

— Não acredito! Puta desgraçada! Vou matar você! — gritou, me sacudindo.

— Não tenho a merda da sua grana nem a merda das suas placas!

Fákin rosnou de novo, mas Arana o atirou para longe com um pontapé feroz. Era um homem musculoso, treinado em artes marciais e acostumado a situações de violência, mas eu não sou covarde e o enfrentei, cega de desespero. Sabia que Arana não ia poupar a minha vida de jeito nenhum. Joguei futebol desde menina e tenho pernas fortes. Mandei num chute nos testículos dele, que ele pressentiu a tempo para se esquivar, e o acertei numa perna. Se eu não estivesse de sandálias, talvez tivesse quebrado o osso dele. Em troca, com o impacto, quebrei os dedos do pé e a dor chegou ao meu cérebro como um relâmpago. Arana aproveitou para cortar minha respiração com um murro no estômago e depois veio direto para cima de mim.

Agora não me lembro mais, talvez tenha me aturdido com outro soco no rosto, porque tenho o nariz quebrado e terei que implantar os dentes que perdi. Vi o rosto difuso do meu Popo contra um fundo branco e translúcido, camadas e camadas de gaze flutuando na brisa, um véu de noiva, uma cauda de cometa. Estou morta, pensei, feliz, e me abandonei ao prazer de levitar com o meu avô no vazio, incorpórea, desprendida. Juanito Corrales e Pedro Pelanchugay garantem que não havia nenhum homem negro de chapéu por ali. Dizem que acordei por um instante, justamente quando estavam tentando me levantar, mas que desmaiei de novo.

Voltei da anestesia no hospital de Castro com Manuel de um lado, Blanca do outro e o carabineiro Laurencio Cárcamo aos pés da cama.

— Senhorita, o que acha de me responder umas perguntinhas quando puder? — Foi a saudação cordial dele.

Só pude dois dias mais tarde. Pelo visto, a contusão me nocauteou de verdade.

A investigação dos carabineiros determinou que um turista que não falava castelhano chegara à ilha depois do funeral de dona Lucinda, fora à Taberna do Mortinho, onde tinha se reunido às pessoas, e mostrara uma foto minha ao primeiro que encontrara na porta, Juanito Corrales. O menino apontara a trilha estreita que subia para a caverna e o homem partira nessa direção. Juanito Corrales foi procurar seu amigo, Pedro Pelanchugay, e juntos decidiram segui-lo, por curiosidade. Em cima do morro, ouviram Fákin latir. Isso os guiou até onde eu estava com o estrangeiro e chegaram a tempo para presenciar o acidente, embora, daquela distância e com a neblina, não estivessem certos do que viram. Isso explica que se contradissessem nos detalhes. Segundo disseram, o desconhecido e eu estávamos inclinados na borda do penhasco olhando a gruta, ele tropeçou, eu tentei segurá-lo, perdemos o equilíbrio e desaparecemos. De cima, a densa neblina não permitia ver onde caímos e, como não respondíamos aos chamados deles, os dois meninos desceram agarrados às saliências e raízes do morro. Já tinham feito isso antes e o terreno estava mais ou menos seco, o que facilitou a descida, pois molhado fica muito escorregadio. Aproximaram-se com cuidado, com medo dos leões-marinhos, mas comprovaram que a maioria havia se atirado na água, inclusive o macho que normalmente vigiava seu harém do alto de uma rocha.

Juanito explicou que me encontrou caída na estreita faixa de areia entre a boca da caverna e o mar, e que o homem havia aterrissado sobre as rochas e tinha meio corpo na água. Pedro não tinha certeza de ter visto o corpo do homem, assustou-se ao me ver coberta de sangue e não conseguiu pensar, disse ele. Tentou me levantar, mas Juanito se lembrou do curso de primeiros socorros de Liliana Treviño, decidiu que era melhor não me mover e mandou Pedro buscar ajuda, enquanto ele ficou comigo, me segurando, preocupado porque a maré podia nos alcançar. Não pensou em ajudar o homem, concluiu que estava morto, porque ninguém sobreviveria a uma queda daquela altura nas rochas.

Pedro subiu o penhasco como um macaco e correu ao posto dos carabineiros, onde não encontrou ninguém, e dali foi dar o alarme na Taberna do Mortinho. Em poucos minutos, o resgate foi organizado, vários homens se dirigiram para o morro e alguém localizou os carabineiros, que chegaram no jipe e se encarregaram da situação. Não tentaram me subir com cordas, como pretendiam alguns que haviam bebido demais, porque eu sangrava profusamente. Alguém entregou sua camisa para enrolar a minha cabeça quebrada e outros improvisaram uma maca, enquanto chegava a lancha de socorro, que demorou um pouco porque deveria contornar meia ilha. Começaram a procurar a outra vítima umas duas horas mais tarde, quando a excitação de me transportar passou, mas então já estava escuro e tiveram que esperar até o dia seguinte.

O informe escrito pelos carabineiros difere do que foi averiguado em suas diligências — é uma obra-prima de omissões:

> Os suboficiais subscritores Laurencio Cárcamo Ximénez e Humilde Garay Ranquileo atestam ter socorrido ontem, sábado, 5 de dezembro de 2009, a cidadã norte-americana Maya Vidal, da Califórnia, residente temporária neste povoado, que sofreu uma queda no chamado penhasco da Pincoya, na região nordeste da ilha. A dita dama se encontra estável no hospital de Castro, para onde foi transportada mediante helicóptero da Armada solicitado pelos subscritores. A dama acidentada foi descoberta pelo menor de onze anos Juan Corrales e o menor de quatorze anos Pedro Pelanchugay oriundos da presente ilha, que se encontravam no mencionado penhasco. Ao serem devidamente interrogadas, as ditas testemunhas disseram ter visto cair outra suposta vítima, um visitante forasteiro do sexo masculino. Foi encontrada uma câmera fotográfica em mau estado nas rochas da chamada caverna da Pincoya. Pelo fato de a dita câmera ser da marca Canon, os subscritores concluem que a vítima era um turista. Carabineiros da Ilha Grande estão presentemente investigando a identidade do dito forasteiro. Os menores Corrales e Pelanchugay acham que as duas vítimas resvalaram no dito penhasco, mas, por a visibilidade ser deficiente em virtude das condições climáticas de neblina, não têm certeza. A dama Maya Vidal caiu na areia, mas o cavalheiro turista caiu nas rochas e morreu por causa do impacto. Ao subir a maré, o corpo foi levado mar adentro pela corrente e não foi encontrado.

> Os suboficiais subscritores solicitam uma vez mais a instalação de uma grade de proteção no chamado penhasco da Pincoya por suas condições de periculosidade, antes que outras damas e outros turistas percam a vida, com grave prejuízo para a reputação da dita ilha.

Nenhuma palavra sobre o fato de que o forasteiro andava me procurando com uma fotografia na mão. Também não se menciona que nunca apareceu um turista sozinho em nossa ilhazinha, onde há poucos atrativos, afora o *curanto*; sempre chegam em grupos das agências de ecoturismo. No entanto, ninguém colocou em dúvida o informe dos carabineiros; talvez não desejem complicações na ilha. Alguns dizem que o afogado foi comido pelos salmões e que talvez o mar cuspa os ossos descarnados na praia um dia desses, e outros juram de pés juntos que foi levado pelo *Caleuche*, o barco fantasma; nesse caso, não encontraremos nem o boné de beisebol.

Os carabineiros interrogaram os meninos no posto em presença de Liliana Treviño e Aurelio Ñancupel, que se apresentaram para evitar que fossem intimados, e com uma dúzia de nativos reunidos no pátio esperando os resultados, encabeçados por Eduvigis Corrales, que emergiu do fosso emocional em que estava depois do aborto de Azucena: tirou o luto e se tornou combativa. Os garotos não puderam acrescentar nada ao que já tinham declarado. O carabineiro Laurencio Cárcamo veio ao hospital me fazer perguntas sobre como tínhamos caído, mas omitiu o assunto da fotografia, um detalhe que teria complicado o acidente. Seu interrogatório ocorreu dois dias depois dos fatos e, àquela altura, Manuel Arias já havia me instruído a dar a única resposta possível: eu estava confusa por causa da contusão na cabeça, não lembrava o que tinha acontecido. Mas não foi preciso mentir, porque o carabineiro nem sequer me perguntou se eu conhecia o suposto turista; estava mais interessado nos detalhes do terreno e da queda, por causa do assunto da grade de proteção que vinha solicitando fazia cinco anos.

— Este servidor da pátria advertira seus superiores da periculosidade do dito penhasco, mas assim são as coisas, senhorita, precisa um forasteiro inocente falecer para que façam caso da gente.

Conforme Manuel, o povoado inteiro se encarregará de esconder as pistas e jogar uma pá de cal sobre o acidente para proteger os meninos e a mim de qualquer suspeita. Não seria a primeira vez que, tendo que escolher entre a verdade pura e simples, que, em certos casos, não favorece ninguém, e o silêncio discreto, que pode ajudar os seus, optam pelo segundo.

Sozinha com Manuel Arias, contei a minha versão dos fatos, inclusive a luta corpo a corpo com Arana e de como não lembro nada sobre termos caído juntos no precipício; na verdade, me parece que estávamos longe da borda. Examinei essa cena mil vezes de trás para frente, sem compreender como aconteceu. Depois de me deixar aturdida, Arana pode ter concluído que eu realmente não tinha as placas e devia ser eliminada, porque sabia demais. Decidiu então me jogar do penhasco, mas, como não sou leve e com o esforço, perdeu o equilíbrio, ou então Fákin o atacou por trás, e caiu comigo. O pontapé deve ter deixado o cão aturdido por alguns minutos, mas sabemos que se recuperou logo, porque os meninos foram atraídos por seus latidos. Sem o corpo de Arana, que poderia dar algumas pistas, ou a colaboração dos meninos, que parecem decididos a se calar, não há como responder estas perguntas. Também não entendo como o mar levou o corpo, se ambos estávamos no mesmo lugar, mas pode ser que eu não conheça o poder das correntes marítimas de Chiloé.

— Você não acha que os garotos tiveram algo a ver com isso, Manuel?

— Como?

— Podem ter arrastado o corpo de Arana para a água, para que o mar o levasse.

— Por que fariam isso?

— Porque talvez eles mesmos tenham empurrado Arana no penhasco quando viram que ele tentava me matar.

— Tire isso da cabeça, Maya, e nunca mais repita isso nem de brincadeira, porque poderia estragar as vidas de Juanito e Pedro — alertou-me. — É isso que você quer?

— Claro que não, Manuel. Mas seria bom saber a verdade.

— A verdade é que o seu Popo a salvou de Arana e de cair nas pedras. Essa é a explicação. Não pergunte mais nada.

Levaram vários dias procurando o corpo sob as ordens do Ministério da Marinha e da Armada. Trouxeram helicópteros, mandaram botes, lançaram redes e nelas desceram dois mergulhadores, que não encontraram o afogado, mas resgataram uma motocicleta de 1930, incrustada de moluscos, como uma escultura surrealista, que será a peça mais valiosa do museu de nossa ilha. Humilde Garay percorreu a costa palmo a palmo com Livingstone, sem achar rastro do infeliz turista. Imagina-se que era um tal Donald Richards, porque um americano se registrou por duas noites com esse nome no hotel Galeón Azul de Ancud, dormiu a primeira noite e depois desapareceu. Como ele não voltou, o gerente do hotel, que havia lido a notícia do acidente na imprensa local, supôs que podia se tratar da mesma pessoa e avisou os carabineiros. Encontraram na mala roupas, uma lente de máquina fotográfica Canon e o passaporte de Donald Richards, emitido em Phoenix, Arizona, em 2009, parecendo novo, com uma única entrada internacional: Chile, em 4 de dezembro, o dia anterior ao acidente. Segundo o formulário de entrada no país, o motivo da viagem era turismo. Esse Richards chegou a Santiago, pegou um avião para Puerto Montt no mesmo dia, dormiu uma noite no hotel de Ancud e planejava ir embora na manhã do dia seguinte; um itinerário inexplicável, porque ninguém viaja da Califórnia a Chiloé para ficar trinta e oito horas.

O passaporte confirma a minha teoria de que Arana estava sendo investigado pelo Departamento de Polícia em Las Vegas e não podia sair dos Estados Unidos com seu nome verdadeiro. Conseguir um passaporte falso era muito fácil para ele. Ninguém do consulado americano foi até a ilha dar uma olhada; conformaram-se com o informe oficial dos carabineiros. Se eles se deram o trabalho de procurar a família do defunto para notificá-la, certamente não a encontraram, porque entre os trezentos milhões de habitantes dos Estados Unidos deve haver milhares de Richards. Não há conexão visível entre Arana e eu.

Fiquei no hospital até sexta-feira, e no sábado 12 me levaram para a casa de dom Lionel Schnake, onde me receberam como a um herói de guerra. Eu estava machucada, com vinte e três pontos no couro cabeludo e obrigada a permanecer de costas, sem travesseiro e na penumbra, por causa do traumatismo craniano. Na sala de cirurgia, tinham me raspado metade da cabeça para dar os pontos — pelo visto é meu destino andar por aí careca. Desde a raspagem anterior, em setembro, meu cabelo havia crescido três centímetros e então descobri a minha cor natural, amarelo como o Volkswagen da minha avó. Ainda estava com a cara inchada, mas a dentista do Millalobo já havia me examinado, uma senhora de sobrenome alemão, parente distante dos Schnake. (Haverá alguém neste país que não seja parente dos Schnake?) A dentista se mostrou disposta a substituir meus dentes. Opinou que vão ficar melhores que os originais e ofereceu clareamento grátis, como deferência ao Millalobo, que a tinha ajudado a conseguir um empréstimo no banco. Uma mão lava a outra — dessa vez, seria eu a beneficiária.

Por ordem médica, devia ficar deitada e em paz, mas houve um desfile constante de visitas; chegaram as bruxas bonitas da *ruca*, uma delas com seu bebê, a família Schnake em massa, amigos de Manuel e Blanca, Liliana Treviño e seu namorado, o doutor Pedraza, muita gente da ilha, meus jogadores de futebol e o padre Luciano Lyon.

— Trago a extrema-unção dos moribundos, gringuinha — disse, rindo, e me entregou uma caixinha de chocolate. Esclareceu-me que agora esse sacramento se chama unção dos enfermos e não é indispensável estar agonizando para recebê-lo.

Enfim, nada de repouso para mim.

No domingo, acompanhei da cama a eleição presidencial, com o Millalobo sentado a meus pés, muito exaltado e meio cambaleante, porque seu candidato, Sebastián Piñera, o multimilionário conservador, pode ganhar, e, para festejá-lo, ergueu sozinho uma garrafa de champanhe. Ofereceu-me uma taça e aproveitei para dizer que não posso beber, porque sou alcoólatra.

— Puxa, que desgraça! Isso é pior do que ser vegetariano! — exclamou.

Nenhum dos candidatos teve votos suficientes e haverá segundo turno em janeiro, mas o Millalobo me garante que seu amigo irá ganhar.

Suas explicações políticas me parecem um tanto confusas: admira a presidente socialista Michelle Bachelet porque fez um governo sensacional e é uma senhora muito fina, mas detesta os partidos de centro-esquerda, que estiveram no poder durante vinte anos, e agora chegou a vez da direita. Além disso, o novo candidato a presidente é seu amigo, e isso é muito importante no Chile, onde tudo se ajeita com ligações e parentescos. O resultado da votação deixou Manuel arrasado, entre outras coisas, porque Piñera fez fortuna amparado pela ditadura de Pinochet, mas, segundo Blanca, as coisas não mudarão muito. Este país é o mais próspero e estável da América Latina, e o novo presidente teria que ser muito desajeitado para começar a inovar. Não é o caso, de Piñera poderia se dizer qualquer coisa, menos que seja desajeitado; é de uma habilidade espantosa.

Manuel telefonou para a minha avó e para o meu pai e contou do meu acidente, sem alarmá-los com detalhes truculentos sobre a minha saúde, e eles decidiram que virão passar o Natal com a gente. Minha Nini retardou demais o reencontro com seu país e meu pai mal se lembra dele. Já é hora de virem. Puderam falar com Manuel sem se complicarem com criptografias e códigos, já que, com a morte de Arana, o perigo desapareceu — não preciso mais me esconder e posso voltar para casa assim que me aguentar nas pernas. Sou livre.

Últimas páginas

Há um ano, minha família se compunha de uma pessoa morta, meu Popo, e de três vivas, minha avó, meu pai e Mike O'Kelly, enquanto agora conto com uma tribo, embora estejamos um pouco dispersos. Foi o que compreendi no inesquecível Natal que acabamos de passar na casa sem portas de cipreste das Gualtecas. Era meu quinto dia em nossa ilha depois de convalescer uma semana na casa do Millalobo. Minha Nini e meu pai haviam chegado no dia anterior com quatro malas, porque pedi que trouxessem livros, duas bolas de futebol e material didático para a escola, DVDs dos filmes de Harry Potter e outros presentes para Juanito e Pedro, e um computador para Manuel, que pagarei como puder no futuro. Pretendiam ir para um hotel como se isso fosse Paris; o único disponível na ilha é um quarto insalubre no alto de uma das peixarias. Por isso, minha Nini e eu dormimos na cama de Manuel, meu pai na minha e Manuel se foi para a casa de Blanca. Com o pretexto do acidente e do repouso obrigatório, não me deixaram fazer nada e me mimaram como a uma *guagua*, como chamam os bebezinhos de colo no Chile. Ainda estou horrível, com os olhos roxos, o nariz como uma berinjela e um curativo enorme na cabeça, além dos dedos do pé quebrados e as equimoses pelo corpo, que começam a se tornar verdes. Mas já tenho dentes provisórios.

No avião, minha Nini contou ao filho a verdade sobre Manuel Arias. Como estava preso pelo cinto de segurança, meu pai não pôde fazer uma cena, mas acho que não perdoará facilmente sua mãe, que o manteve enganado durante quarenta e quatro anos. O encontro entre Manuel e meu pai foi civilizado, apertaram as mãos, depois trocaram um tímido e desajeitado abraço, nada de longas explicações. O que poderiam dizer? Terão que se conhecer nos dias que passarão juntos e, se houver afinidade, cultivar uma amizade na medida em que a distância o permita. De Berkeley a Chiloé a distância é como a de uma viagem à lua. Ao vê-los juntos, eu me dei conta de que são parecidos; com trinta anos mais, meu pai será um velho bonito como Manuel.

O reencontro da minha Nini com Manuel, seu antigo amante, tampouco foi digno de nota: dois beijos mornos nas bochechas, como os chilenos costumam dar. Isso foi tudo. Blanca Schnake os vigiava, embora eu tivesse lhe adiantado que minha avó é distraída e certamente se esqueceu de seus amores febris com Manuel Arias.

Blanca e Manuel prepararam para a ceia de Natal cordeiro — nada de salmão —, e minha Nini decorou a casa em seu estilo kitsch com luzes natalinas e umas bandeirinhas de papel que sobraram das Festas Pátrias. Sentimos muitas saudades de Mike O'Kelly, que passou todos os natais com a minha família desde que conhece a minha Nini. À mesa, nos interrompíamos uns aos outros aos gritos, na pressa de contar tudo o que havia acontecido. Rimos muito, e o bom humor foi suficiente para fazermos um brinde a Daniel Goodrich. Minha Nini disse que, tão logo meus cabelos cresçam, deverei ir estudar na Universidade de Seattle, assim poderei preparar o laço para o escorregadio mochileiro, mas Manuel e Blanca se horrorizaram com a ideia, que lhes parece muito ruim, porque tenho muitas coisas para resolver antes de me atirar de cabeça no amor.

— Pode ser, mas penso em Daniel o tempo todo — anunciei, e quase as lágrimas escorreram mais uma vez.

— Vai passar, Maya. A gente esquece os amantes num piscar de olhos — disse minha Nini.

Manuel se engasgou com um pedaço de cordeiro e ficamos com os garfos no ar.

Na hora do café, perguntei pelas placas de Adam Trevor, que quase me custaram a vida. Como eu imaginava, minha Nini está com elas: jamais as atiraria no mar, muito menos agora, com a crise econômica mundial, que ameaça nos afundar a todos na pobreza. Se minha avó desalmada não se dedicar a imprimir dinheiro ou se não vender as placas para alguns mafiosos, vai deixá-las de herança para mim quando morrer, juntamente com o cachimbo do meu Popo.

Impresso no Brasil pelo
Sistema Cameron da Divisão Gráfica da
DISTRIBUIDORA RECORD DE SERVIÇOS DE IMPRENSA S.A.
Rua Argentina 171 – Rio de Janeiro, RJ – 20921-380 – Tel.: 2585-2000